SANDRA
BROWN

Die Zwillingsfrau
Tauziehen der Liebe

Sandra Brown arbeitete mit großem Erfolg als Fotomodell, Schauspielerin und TV-Journalistin, bevor sie mit ihrem ersten Roman *Trügerischer Spiegel* auf Anhieb einen großen Erfolg landet. Seither war jedes ihrer Bücher monatelang auf den Spitzenplätzen der *New York Times*-Bestsellerliste zu finden – einmal sogar drei Bücher gleichzeitig!

SANDRA BROWN

Die Zwillingsfrau
Tauziehen der Liebe

Zwei Romane in einem Band

Weltbild

Die amerikanische Originalausgabe von *Die Zwillingsfrau* erschien
unter dem Titel *Thursday's Child* bei Bantam Books, New York

Die amerikanische Originalausgabe von *Tauziehen der Liebe* erschien
unter dem Titel *Hawk O'Toole's Hostage* bei Bantam Books, New York

Übersetzung: Heinz Tophinke

Übersetzung: Heinz Tophinke
This translation is published by arrangement with the
Bantam Dell Publishing Group,
a division of Random House, Inc.
Umschlaggestaltung: Hauptmann und Kompanie
Werbeagentur GmbH, München
Umschlagmotiv: © Alfred Saerchinger / zefa / CORBIS (Portrait)
und Tony Sweet / Getty Images (Landschaft)
Gesamtherstellung: CPI Moravia Books s.r.o., Pohorelice
Printed in the EU
ISBN 978-3-86800-266-9

2012 2011 2010 2009
Die letzte Jahreszahl gibt die aktuelle Lizenzausgabe an.

SANDRA BROWN

Die Zwillingsfrau

Roman

Aus dem Amerikanischen
von Heinz Tophinke

Weltbild

1

»Bist du übergeschnappt?«

»Das ist eine tolle Idee!«

»Es ist eine schwachsinnige Idee. Das haben wir seit unserer Kindheit nicht mehr gemacht.«

»Und wir sind immer damit durchgekommen!«

Allison Leamon betrachtete erbost ihre Schwester. Vom Gesichtsausdruck abgesehen – Anns Miene war erwartungsvoll – hätte Allison in ihr Spiegelbild blicken können.

Ann saß im Schneidersitz mitten auf dem Bett ihrer Schwester. Allison wandte ihr den Rücken zu und begann, die Haarnadeln aus ihrem Knoten herauszunehmen. Dann schüttelte sie ihre kastanienbraune Mähne aus, die ihr in großen Wellen bis auf die Schultern fiel und dem Haar ihrer Schwester glich wie ein Ei dem anderen.

»Bette Davis hat mehrere Filme gemacht, in denen Zwillinge die Rollen tauschten. Und es kam immer etwas Schreckliches dabei heraus.«

»Kino und das wirkliche Leben sind zwei verschiedene Paar Schuhe!«

»Bildet die Kunst denn nicht das Leben nach?«

Ann seufzte verärgert. »Komm schon, Allison. Machst du's oder machst du's nicht?«

»Nein. Ich kann nicht glauben, dass du überhaupt ernsthaft vorhast, diese Operation machen zu lassen«, erwiderte sie und bürstete sich die Haare.

»Ich will nicht flachbrüstig durchs Leben gehen!«

»Wir sind nicht flachbrüstig«, hielt Allison ihr entgegen und betrachtete prüfend ihre Figur im Spiegel.

»Aber zu viel haben wir auch nicht gerade zu bieten.«

»Na und? Mit Riesentitten hast du in ein paar Jahren einen Hängebusen, und dann wirst du die Operation schwer bedauern!« Sie legte die Bürste beiseite und wandte sich ihrer Schwester zu. »Bitte, Annie, überleg es dir noch einmal – tu es nicht.«

Ann lachte.

»Du bist immer so verdammt vorsichtig und praktisch. Hast du denn nie einen frivolen Gedanken im Kopf? Sieh dich doch bloß an, jetzt, mit offenen Haaren – du siehst hinreißend aus! Gefällt dir das denn nicht?«

»Ich bin nicht hinreißend. Und ich lege darauf auch keinen wirklichen Wert, nein. Das Aussehen ist nicht wichtig.«

Ann legte eine Hand aufs Herz und wandte den Blick an die Decke.

»Ich weiß«, sagte sie theatralisch, »nur die inneren Werte eines Menschen zählen!«

»Du kannst dich über mich lustig machen, so lang du willst, aber genauso sehe ich es. Mir ist es nun einmal lieber, als intelligent zu gelten denn als umwerfend.«

Ann runzelte verärgert die Stirn. Ihre Schwester war wirklich ein hoffnungsloser Fall. Das Einzige, was für Allison zählte, war ihr Labor – ihr Elektronenmikroskop, ihr Bunsenbrenner und irgendwelche Organismen, die man in Petrischalen kultivieren konnte!

»Wirst du mir nun den Gefallen tun oder nicht?«

»Nein. Ich will damit nichts zu tun haben. Wieso kann Davis nicht von vornherein Bescheid wissen?«

»Weil ich ihn überraschen möchte!«

»Er mag dich so, wie du bist. Warum sonst würde er dich heiraten?«

»Kennst du einen Mann, dem es nicht gefällt, wenn seine Frau einen großen Busen hat?« Sie hatte die Frage kaum ausgesprochen, als sie ihre Worte bereits bereute. »Vergiss es. Ich ziehe die Frage zurück. Du kennst keine Männer.«

»Ich kenne sehr wohl ein paar Männer!«, widersprach Allison aufbrausend.

»Aber die sind alle kopflastig und komisch«, schoss Ann zurück.

»Sie sind Wissenschaftler.«

»Sag ich doch, kopflastig und komisch«, murrte Ann und zupfte an einem losen Faden von Allisons Bettdecke. Doch ihr Schmollen hielt nur ein paar Sekunden an, dann verlor sie die Geduld. »Ich will eine Brustvergrößerung. Für mein Selbstwertgefühl. Davis wird vor Freude im Quadrat hüpfen, wenn er das Ergebnis sieht. Ich bitte meine Zwillingsschwester, mir ein bisschen zu helfen, aber sie macht eine Staatsaffäre daraus.«

»Ich hoffe, das war nur als Witz gemeint«, bemerkte Allison trocken. Doch durch Anns bittenden Blick ließ sie sich etwas erweichen. »Du kannst ja wohl nicht im Ernst behaupten, dass ich dir lediglich ›ein bisschen helfen‹ soll. Du verlangst von mir, deine Rolle zu spielen, während du wegen deiner Operation in der Klinik liegst.«

»Es sind doch bloß ein paar Tage. Nur, bis der Verband abgenommen wird!«

Allison bedeckte ihre Brüste, mit jeder Hand eine, und schauderte. Die ganze Vorstellung erschien ihr widerlich, aber es war schließlich Anns Sache. Sie wünschte nur, Ann hätte sie nicht mit eingeplant.

»Was ist mit deinem Job?«

»Ich nehme eine Woche Urlaub, da gibt es kein Problem. Du gehst ganz normal zur Arbeit. Du musst nur abends mit Davis zusammen sein.«

»Und was machst du, versteckst du dich im hinteren Schlafzimmer?«

»Ich bleibe in der Klinik. Das ist teuer, aber ich bin lieber dort als zu Hause.«

Allison stieß sich vom Toilettentisch ab und begann, im Zimmer auf und ab zu gehen. »Annie, das ist einfach verrückt. Du und Davis ... also, äh, erwartet er denn nicht gewisse, du weißt schon ...«

»Du meinst Schlafzimmerprivilegien?« Allison errötete. Ann lachte. »Das habe ich schon geregelt. Ich habe ihm gesagt, mein Frauenarzt hat mir eine andere Pille verschrieben, und deshalb sollen wir drei Wochen lang nicht miteinander schlafen, bis wir wissen, dass es wieder sicher ist.«

»Das ist absurd!«

»Das weißt du, weil du Biologin und Genetikerin bist, und ich weiß es, weil ich eine Frau bin, aber Davis weiß es nicht. Er hat sich furchtbar geärgert, aber er hat es geschluckt. Du brauchst also keine Angst zu haben, dass er dich ins Bett zerren wird. Und es sind ja letzten Endes nur drei oder vier Tage!«

Allison spielte nervös mit den Fingern. Ann konnte das einfach, sie hatte es schon immer verstanden, sie zu Dingen zu überreden, die dem vernünftigen Menschenverstand widerstrebten.

»Der Rollentausch war ein nettes Spiel mit unseren Eltern und sogar manchmal mit den Lehrern, aber ich habe einfach das Gefühl, dass diesmal etwas Schlimmes dabei herauskommen wird.«

»Du Schwarzseherin! Es wird gar nichts passieren.«

»Und ich soll solange in deine Wohnung ziehen?«

»Das wäre das Einfachste. Da würde Davis mich, besser gesagt dich, immer finden.«

Nicht ausgesprochen – wenngleich vorausgesetzt – wurde dabei, dass Allisons Abwesenheit von ihrer eigenen Wohnung unbemerkt bleiben würde. Sie hatte niemanden, der sie abends anrief.

»Ich müsste deine Klamotten tragen«, meinte sie wenig begeistert.

»Womit du dich im Vergleich zu deiner Garderobe erheblich verbessern wirst.« Ann betrachtete Allisons marineblauen Rock aus der Abteilung «Landmode« und die weiße Bluse mit unverhüllter Abneigung.

»Ich müsste meine Kontaktlinsen die ganze Zeit tragen. Davon bekomme ich Kopfschmerzen.«

»Lieber ein bisschen Kopfschmerzen als diese Brille, mit der du aussiehst wie eine Eule.«

»Und meine Haare ...«

»Hör schon auf! Offen sehen deine Haare umwerfend aus und ganz natürlich – viel besser als mit deinem altjüngferlichen Knoten!« Sie sprang vom Bett und baute sich, die Hände in die Hüften gestemmt, vor Allison auf. »Also, machst du's oder machst du's nicht? Bitte, Allison. Es ist mir so wichtig!«

Für Ann war immer alles wichtig. Krisen zog sie förmlich an. Und halbe Sachen mochte sie absolut nicht. Sie ließ sich voll auf jedes noch so fragwürdige Abenteuer ein, und meistens zog sie dabei ihre zurückhaltende Schwester mit hinein.

Allison betrachtete sich im Spiegel. Würde sie als Ann durchgehen? Ann, die nie einen Fremden traf, sondern immer gleich einen potentiellen Freund? Ann, die sich in jeder Situation zu Hause fühlte? Ann mit ihrer überschäumenden Persönlichkeit und mehr Charme im kleinen Finger, als sie im ganzen Leib hatte?

Ann stellte sich neben sie. Da Allison ihre Brille nicht trug und das Haar offen hatte, sahen sie völlig gleich aus.

Und es sollte ja nur für ein paar Tage sein. Und schließlich war Ann ihre Zwillingsschwester, ihre einzige Schwester. Und mit lebenslangen Gewohnheiten ließ sich nur schwer brechen ...

Allison lächelte wehmütig.

»Ist dir klar, dass die Leute für den Rest unseres Lebens nur noch auf unsere Titten schauen werden, um uns auseinanderzuhalten?«

»Oh Allison – du machst es also?«

Ann umarmte ihre Schwester überschwänglich.

»Ich wusste, dass ich auf dich zählen kann! Hier ist mein Verlobungsring«, sagte sie, zog ihn vom Finger und steckte ihn Allison an. »Pass bloß auf, dass du ihn nicht verlierst. Und jetzt bereite ich dich gleich auf den heutigen Abend vor.«

»Den heutigen Abend?«

»Davis und ‚ich' treffen uns mit seinem besten Freund zum Abendessen. Die beiden sind zusammen aufgewachsen, Blutsbrüder und so, du weißt schon. Ich habe ihn noch nie getroffen, und Davis will mich ihm vorstellen.«

»Oh Annie«, jammerte Allison.

»Warte, bis du sie kennenlernst, Spencer. Sie ist einfach umwerfend. Absolut super. Sie ist süß und intelligent. Tolle Figur. Und ihr Gesicht! Mein Gott, ihr Gesicht. Sie ist einfach wunderschön.«

»Zumindest klingt es so.«

Spencer Raft blinzelte seinem Freund schelmisch zu.

Davis sah leicht verärgert drein.

»Rede ich zu viel über sie?«

Spencer klopfte ihm auf die Schulter. »Du bist verliebt. Du musst über sie reden. Wie lange soll die Verlobungszeit noch dauern?«

Davis hatte Spencer vom Flughafen in Atlanta abgeholt. Sie fuhren zu einem Restaurant, in dem sie Ann zum Abendessen treffen wollten. Es war ein schwüler Nachmittag, und der Verkehr schlich so träge dahin, als wollte er sich der feuchten Hitze anpassen.

»Gleich sind wir da, Gott sei Dank. Bis zum letzten Juniwochenende. Ich hätte dich gern als Trauzeugen. Bleibst du so lange hier, oder musst du bald wieder los?«

»Ich werde bleiben. Ich kann doch nicht zulassen, dass mein bester Freund ohne meine Unterstützung in den Ehehafen einläuft!«

Davis musterte den Mann neben sich.

»Weißt du, wenn Ann nicht wäre, dann würde ich dich richtig beneiden. Mit der eigenen Yacht um die ganze Welt zu schippern, in jedem Hafen eine andere Frau, Abenteuer, keine Verpflichtungen, die dich festnageln. Das muss ein Leben sein!« Er seufzte.

Spencer blickte düster in den von Wolkenbänken umgebenen Sonnenuntergang.

»So toll, wie du anscheinend meinst, ist es gar nicht«, sagte er nachdenklich.

»Na, komm schon, erzähl deinem alten Kumpel ein paar heiße Geschichten. Ich habe keine Vorstellung davon, was du so alles treibst!«

Spencer lächelte unergründlich. »Das bleibt mein Geheimnis.«

»Du machst Geld wie Heu, bist dein eigener Herr, arbeitest, wann du willst, und bereist die ganze Welt. Du bist so eine Art moderner Glücksritter, wie?«

»Das unterliegt leider der strengsten Geheimhaltung, Davis.«

Davis pfiff durch die Zähne. »Sicher hast du irgendwie mit der CIA oder einem ähnlichen Verein zu tun, richtig? Na gut, lassen wir das. Wenn es geheim ist, dann verstehe ich das. Verrate mir bloß eines – sei aber ehrlich dabei.«

»Was willst du wissen?«

»Du verdienst dein Geld auf legale Weise? Keine Drogen, kein Waffenschmuggel oder so etwas?«

Spencer lachte lauthals. »Für das, was ich tue, gehe ich garantiert nicht ins Gefängnis, keine Bange!«

»Das erleichtert mich nicht unbedingt. Vielleicht bist du einfach nur zu gerissen, um dich schnappen zu lassen.«

»Ich arbeite im Rahmen des Gesetzes.«

Davis seufzte sehnsüchtig. »In Ordnung. Ab und zu beneide ich dich wirklich um dein Leben.«

»Solltest du aber nicht«, erwiderte Spencer ruhig. »Ich beneide dich um dein Glück mit Ann.«

»Na gut, jetzt kannst du gleich grün werden vor Neid – da ist sie nämlich. Hab ich dir nicht gesagt, dass sie Spitzenklasse ist?«

Er parkte genau in dem Moment vor dem Restaurant, als Ann um die Ecke bog, sprang aus seinem Cabrio und rief nach ihr.

Sie blickte auf, machte einen Schritt – und fiel dann der Länge nach hin.

Verdammt!

Sie konnte sich gerade noch mit den Händen abstützen, aber der Aufprall war hart und ließ ihre Zähne heftig aufeinanderschlagen. Außerdem schürfte sie sich die Handflächen auf; die eine brannte sofort wie Feuer. Sie hatte versucht, ihren Sturz mit einem Knie abzufangen und war dabei mit der Kniescheibe auf die Bordsteinkante aufgeschlagen. Das würde einen Monat lang einen Bluterguss geben.

Ihre Haare hingen zu beiden Seiten des Gesichts herunter wie ein roter Vorhang. Ihr Hintern ragte in die Luft, und es fiel ihr schwer, den Blick zu fokussieren.

Und neben all diesen körperlichen Beschwerden hatte sie sich auch noch der Lächerlichkeit preisgegeben. Sie hörte Passanten laut spekulieren, was sie wohl eingeworfen haben musste, um so von der Rolle zu sein. Während sie sich jämmerlich abmühte, sich aufzurappeln, kamen Davis und sein Freund auf sie zugestürzt.

Diese gottverdammten hohen Schuhe! Sie trug nie welche, Ann hingegen ständig. Solche Riemensandalen waren tödlich. Aber was sonst hätte sie zu dem hauchdünnen Chiffonkleid anziehen sollen, das zu tragen Ann ihr nahegelegt hatte? Ihre Slipper?

»Ann, Liebling, hast du dir wehgetan?«

Sie richtete sich auf dem Fuß auf, an dem der Schuh noch daran war. Der Absatz der anderen Sandalette steckte im Abflussgitter fest, und der dazugehörige Fuß baumelte leblos über dem Gehsteig.

»Nein, nein, es geht schon«, murmelte sie mit gesenktem Kopf. Irgendetwas war falsch, aber sie kam nicht darauf, was es war. Die Welt sah nicht richtig aus. Sie legte ihr ganzes Gewicht auf das aufgeschürfte Knie, doch es hielt der Belastung nicht stand; sie spürte, wie sie wieder vornüberkippte.

»Ann!«, rief Davis und streckte eine Hand nach ihr aus.

Aber es war ein anderes Paar Arme, das sich um sie legte, sie auffing und an eine Brust drückte, die so breit und solide war wie eine Wand. Sie lehnte sich einen Moment lang an diese kräftige Stütze und verfluchte die Überredungskunst ihrer Schwester nicht weniger als ihre eigene Nachgiebigkeit. Warum saß sie jetzt nicht mit einem guten Roman zu Hause?

»Darling, du hast dir wehgetan!«, rief Davis besorgt.

»Nein, es geht schon. Ich bin nur …«

Sie hob den Kopf. Das war nicht Davis. Davis hatte hellbraune Haare. Sie hatte den Eindruck von schwarzem Haar. Schwarzen Augenbrauen. Ein Sportsakko aus Rohseide und eine blaue Krawatte. Alles erschien ihr verschwommen. Sie blinzelte und versuchte, all die Bruchstücke zu einem klaren Bild zusammenzusetzen. Es ging nicht.

Oh Gott! Ich habe eine Kontaktlinse verloren!

»Äh, mein Schuh.« Sie befreite sich aus den starken Armen, ging wieder auf die Knie und tat so, als taste sie an ihrer Sandalette herum, doch in Wirklichkeit betete sie inständig, sie möge durch ein Wunder die Kontaktlinse wiederfinden, die bei ihrem Sturz herausgefallen war.

»Hier ist deine Handtasche, Darling«, sagte Davis und drückte sie ihr in die Hand.

»Ich hole Ihren Schuh da heraus.« Diese Stimme war tief und viel weniger nervös als die von Davis.

Armer Davis, dachte Allison.

»Anns« so untypische Ungeschicklichkeit musste für ihn sehr ärgerlich sein. Was für einen schrecklichen ersten Eindruck seine Verlobte auf seinen besten Freund machte!

Doch darüber konnte sie sich im Augenblick keine Gedanken machen. Sie musste vielmehr überlegen, wie sie in ihrem halbblinden Zustand diesen Abend überstehen konnte.

Sie hielt den Atem an, als sich eine warme Hand um ihren Knöchel legte und ihr den Schuh anzog, der sich in dem Abflussgitter verfangen und zu ihrem Sturz geführt hatte.

»Tut mir leid. Habe ich Ihnen wehgetan?« Er berührte besorgt ihre Wade.

»Nein, ich bin nur …« Sie stotterte, wusste nicht, was sie sagen sollte.

Nein, ich bin es nur nicht gewohnt, dass ein Mann mir beim Schuhanziehen hilft.

Hervorragend, Allison. Was für ein großartiger Start. Besser, du sagst gar nichts.

Er richtete sich wieder zu voller Größe auf. Und er schien dafür ziemlich lang zu brauchen. Allison strich ihre Haare nach hinten; sie war es nicht gewohnt, sie um das Gesicht und auf den Schultern zu spüren, und noch weniger die Hand eines Mannes an ihrem Knöchel und ihrer Wade. Sie hoffte, die angespannte Grimasse, die sie auf ihrem Gesicht spürte, würde in etwa wie ein Lächeln aussehen.

»Ich komme mir vor wie ein Trampel.«

»Na ja, ein wenig hat es schon so ausgesehen«, meinte Davis, legte ihr liebevoll einen Arm um die Schultern und küsste sie auf die Schläfe. »Ist wirklich alles in Ordnung?«

»Natürlich«, antwortete sie gespielt heiter und versuchte verzweifelt, ihn klar zu sehen. »Ist das dein Freund? Spencer Raft?«

Sie wandte sich der großen, verschwommenen Gestalt zu und streckte die Hand aus. Sie traf seinen Ärmel.

»Spencer, darf ich dir meine Verlobte vorstellen, Ann Leamon.«

»Ihre Hand blutet.«

»Oh, das tut mir leid«, sagte sie erschrocken. »Habe ich Ihr Hemd blutig gemacht?«

»Macht nichts. Hier.«

Dieselben festen, warmen Finger umschlossen ihre Hand, die sich zuvor um ihren Knöchel gelegt hatten. Sie waren stark, aber einfühlsam. Allison spürte, wie ihr Handballen vorsichtig mit etwas Weichem betupft wurde, und stellte fest, dass es ein weißes Stofftaschentuch war.

»Ich glaube, wir fahren sie besser nach Hause, Davis«, sagte Spencer ruhig.

»Nein, nein«, protestierte sie. Ann würde sie umbringen, wenn sie Davis diesen Abend ruinierte. »Es ist schon okay, wirklich. Ich muss nur zur Damentoilette und den Schaden begrenzen, das ist alles.«

Und vielleicht besorgt mir die Vorsehung noch einen Stock oder einen Blindenhund, dachte sie.

»Ganz sicher?«, fragte Davis.

»Ja, natürlich.«

»Also dann, gehen wir hinein, Liebes.«

Einen Arm besitzergreifend um ihre Schultern gelegt, führte Davis sie zum Eingang des Lokals. Sie hörte, dass Spencer ihnen folgte.

Sobald sie das elegante Restaurant betreten hatten, entschuldigte sich Allison und suchte die Damentoilette auf. Dort nahm sie die andere Kontaktlinse heraus und setzte erst einmal ihre Brille auf, um den entstandenen Schaden genau zu begutachten.

Sie betrachtete sich im Spiegel und stellte fest, dass es eigentlich nicht so tragisch war. Ein paar Bürstenstriche und ihr Haar sah wieder ordentlich aus. Sie ließ kaltes Wasser über die Handflächen laufen und trocknete sie dann vorsichtig ab. Die Abschürfungen waren längst nicht so schlimm, wie sie gedacht hatte. An der Stelle, wo sie mit dem Knie an der Gehsteigkante aufgeschlagen war, hatte sie ein Loch im Strumpf, und über ihr Schienbein zog sich eine breite Laufmasche nach unten, aber daran war im Augenblick nichts zu ändern.

Dank der Frisur, des Make-ups und der Kleidung war es Ann, die sie aus dem Spiegel anblickte. Als sie das seegrüne Chiffonkleid anprobiert hatte, war sie entsetzt gewesen und hatte sofort Ann in der Klinik angerufen.

»Sie haben mir Blut abgenommen, und in paar Minuten werde ich geröntgt. Dann geht es ab ins Bett. Die Operation findet gleich morgen früh statt.«

Obwohl sie wegen ihrer Schwester besorgt gewesen war, hatte Allison dennoch gefragt: »Ann, wo ist der BH, den du zu diesem Kleid trägst? Die, die ich anprobiert habe, sieht man alle.«

»Man trägt keinen BH unter diesem Kleid, du Dummerchen!«

»Aber ich … fühle mich so nackt.«

»So sollst du ja auch aussehen.«

»Dann ziehe ich lieber etwas anderes an. Wie wär's mit …«

»Nein! Das ist Davis' Lieblingskleid. Er hat es sich für heute Abend gewünscht.«

Ihr Unfall am Straßenrand hatte ihre Gedanken von dem Kleid abgelenkt. Jetzt, wo sie sich im Spiegel betrachtete, wurde sie wieder daran erinnert, wie knapp es saß. Die Träger waren nicht mehr als Schnürsenkel; das tiefe Dekolleté gewährte einen freizügigen Blick auf die Ansätze ihrer Brüste. Weshalb Ann einen noch größeren Busen haben wollte, konnte Allison nicht verstehen. Sie hatte das Gefühl, dass ihre Brüste geradezu aus dem Ausschnitt herausquollen, aber auch daran war nichts zu ändern.

Bedauernd setzte sie die Brille ab, steckte sie wieder in ihre Handtasche und verließ mit einem tiefen Seufzer den Raum. Gott sei Dank führte der Oberkellner sie an ihren Tisch, denn sonst hätte sie Davis und Spencer in dem halbdunklen, von Kerzen erhellten Raum nie gefunden. Sie standen beide auf, als sie wieder zu ihnen stieß.

»Alles in Ordnung?«, fragte Davis besorgt, während er ihr einen Stuhl anbot.

»Bis auf eine Laufmasche im Strumpf.«

»Das macht doch nichts. Du siehst wunderbar aus.« Davis beugte sich zu ihr und küsste sie zärtlich auf den Mund. Sie musste sich sehr zusammennehmen, um nicht unwillkürlich vor ihm zurückzuweichen.

»Danke. Tut mir leid, dass ich mich so dumm benommen habe. Ich weiß nicht, wie das passiert ist. Als du mich riefst, blickte ich auf, und im nächsten Augenblick lag ich plötzlich auf dem Gehsteig.«

Es tat ihr um Davis' willen leid. Sie hatte Davis Lundstrum noch nie umwerfend gefunden, doch Ann betete ihn an. Er sah gut aus, wie ein anständiger Amerikaner eben, er war großzügig, liebenswürdig, ausgeglichen und beruflich erfolgreich in der Computerbranche tätig. Sie wollte ihren Schwager in spe unter keinen Umständen in Verlegenheit bringen.

»Es war ein Unfall«, sagte er freundlich und legte unter dem Tisch eine Hand auf ihr Knie. Als sie zusammenzuckte, fragte er: »Was ist los?«

»Das ist das Knie, das ich mir aufgeschlagen habe.«

»Ups, entschuldige, Liebes.«

Er nahm seine Hand zurück, und Allison entspannte sich.

»Ich bin froh, dass Sie sich nicht verletzt haben«, meinte Spencer.

Sie wandte sich ihm zu und war etwas enttäuscht, dass sie seine Gesichtszüge nicht scharf erkennen konnte. Er hatte eine attraktive Stimme, erregend und tief. Sie wusste, dass er groß war. Als er sie an sich drückte, hatte ihre Schädeldecke nicht bis an sein Kinn gereicht. Außerdem musste er gut gebaut sein. Hatte sie sich nicht an seine Brust gelehnt und diese dabei nicht einmal zur Gänze bedeckt?

»Davis hat sich sehr auf Ihren Besuch gefreut.«

»Und ich wollte Sie unbedingt endlich kennenlernen. Auf dem Weg vom Flughafen hierher hat Davis wieder mal über nichts anderes geredet als über Sie«, sagte er lachend. »Aber nicht einmal seine überschwänglichsten Beschreibungen werden Ihnen gerecht. Sie sind wunderschön; ich gratuliere meinem Freund zur Wahl seiner Braut.«

»D-dankeschön«, stammelte sie.

Sie bekam nur selten ein Kompliment von einem Mann. Ann wusste mit so etwas geschickt umzugehen, sie hätte sofort eine absolut charmante, kokette Erwiderung parat gehabt. Allison saß da, ihr Knie und ihre Handflächen schmerzten, die Zunge schien ihr am Gaumen zu kleben, und sie wusste absolut nichts Charmantes oder Kokettes zu sagen – nur weil der Mann eine sanfte, tiefe Stimme hatte wie ein gut klingendes Cello.

Wie sollte sie das Essen hinunterbringen, ohne die Hälfte davon auf ihr Kleid fallen zu lassen? Ah, wenn sie Ann allein erwischte …

Und schaute Spencer Raft nicht auf ihren Busen? Sie war sich der Tatsache extrem bewusst, dass ihre Brüste unter dem Kleid nackt waren und dass das knappe Oberteil viel zu viel von ihnen preisgab.

Seltsam, ob Davis auf sie schaute, fragte sie sich nicht.

»Da kommen die Drinks«, sagte Davis. »Ich habe dir das Übliche bestellt.«

Allisons übliches Getränk war Mineralwasser mit Zitrone. Sie war gespannt zu erfahren, was Ann meistens bestellte, die auf jeden Fall erheblich mehr Alkohol vertrug als sie.

»Zwei?«, fragte sie erstaunt. Oder sah sie am Ende schon doppelt?

»Happy Hour«, erklärte Davis und erhob sein Glas. »Auf alte Freundschaft. Schön, dass du da bist, Spencer.«

»Schön, dass wir uns treffen«, erwiderte Spencer mit seinem Glas in der Hand.

Allison griff vorsichtig nach ihrem und prostete den beiden zu, ohne dass sich ein Missgeschick ereignete.

»Auf gute Freunde«, sagte sie.

Wodka, dachte sie, als sie daran nippte. Ein halber davon, und ich liege unter dem Tisch. Nach zweien bin ich bewusstlos.

Guter Gott, wie sollte sie das überstehen? Warum machte sie dieser ganzen Farce nicht einfach ein Ende, bevor eine wirkliche Katastrophe passierte? Weil Ann dann nie mehr mit ihr sprechen würde, ganz einfach darum.

»Ihr Vorspeise, Madam«, sagte der Kellner und wartete darauf, dass sie den Arm zur Seite bewegte, damit er den Teller vor ihr abstellen konnte.

»Ich habe Pâté de foie gras für dich bestellt, Darling«, sagte Davis. »Ich weiß, wie sehr du die magst.«

Schon bei der Nennung des Namens musste sie sich beinahe übergeben. Gänseleberpastete! Egal, welch wohlklingende Namen sie dafür erfanden, egal, welche Delikatessen sie dazu reichten oder wie raffiniert es gewürzt war, – es war Leber von qualvoll gemästeten Tieren, und sie hatte es noch nie fertiggebracht, so etwas zu genießen.

»Wie nett von dir. Aber bitte, ihr beide müsst sie unbedingt mit mir teilen.« Sie lächelte matt und tätschelte Davis' Hand.

Davis küsste sie sanft auf die Lippen, und sie musste daran denken, dass sie heute Abend schon häufiger geküsst worden war als in ihrem ganzen bisherigen Leben.

Der Kellner kam, um die Essensbestellungen aufzunehmen. »Du möchtest ein dickes Rippensteak, medium, oder?«, fragte Davis sie.

Sie hatte eine Abneigung gegen halbrohes Fleisch, und selbst gut durchgebratenes aß sie nur gelegentlich in Form eines Cheeseburgers.

»Ich dachte, ich probiere heute den Hummer.«

Davis lachte, er hielt ihre Bemerkung für einen Scherz.

»Na klar doch!«

Er beugte sich zu Spencer hinüber und sagte leise: »Das letzte Mal, als sie Schalentiere aß, bekam sie einen Nesselausschlag. Es sah schrecklich aus, aber das Auftragen der Lotion erwies sich als sehr aufregende Angelegenheit!«

»Na, darauf würde ich wetten«, brummte die tiefe Stimme.

»Als wir endlich fertig waren, hatte ich mehr davon auf dem Körper als sie!«

Die beiden Männer lachten.

Allison errötete bis unter die Haarwurzeln, als Davis ihr Ohr küsste und murmelte: »Darling, wenn du das wieder spielen willst, sag es mir einfach. Du musst dafür nicht unbedingt eine allergische Reaktion durchstehen.«

Sie klappte die Speisekarte zu und lachte künstlich auf. »Das war schrecklich, nicht wahr?«

Warum hatte sie sich bloß nicht daran erinnert, dass Ann auf Schalentiere allergisch reagierte, und warum war der Gedanke, mit Davis Bettspiele zu machen, absolut jenseits ihrer Vorstellung?

Sobald sie die Bestellungen aufgegeben hatten, entschuldigte sich Davis und ging zur Toilette. Der Kellner fragte, ob er den Teller mit der Vorspeise abräumen solle, und Allison war froh, sie loszuwerden. Sie hatte es geschafft, drei Cracker mit dem widerlichen Zeug darauf zu essen und jeden Bissen mit einem kräftigen Schluck hinuntergespült. Jetzt brummte ihr vom Alkohol der Kopf, und sie hatte Ohrensausen.

Sie war sich des Mannes ihr gegenüber beunruhigend deutlich bewusst und tastete nach ihrem Cocktailglas, fand das Rührstäbchen und zog es müßig durch die Flüssigkeit. Spencer Raft beugte sich zu ihr. Er duftete nach einem nicht zu benennenden Parfum, das in ihr den Wunsch erweckte, ihm näherzukommen.

»Das war ein ziemlich heftiger Sturz. Sind Sie wirklich sicher, dass alles in Ordnung ist?«, fragte er leise.

Sie spürte seinen Atem am Hals und an ihrem nackten Oberarm.

»Natürlich. Mir fehlt nichts.«

Seine Gesichtszüge waren sehr männlich, mit harten Flächen und deutlichen Kanten. Aber Allison konnte sie noch immer nicht richtig ausmachen, und das frustrierte sie, sie wusste allerdings nicht wirklich, weshalb.

»Sie trinken aus beiden Gläsern«, flüsterte er, und auch wenn sie sein Lächeln nicht sehen konnte, hörte sie es in seiner Stimme.

»Wirklich?« Ihr Atem stockte kurz, dann versuchte sie, Anns entzückendes Kichern zu imitieren. »Wie dumm von mir!«

»Und Sie haben die Pâté nicht aufgegessen, obwohl Davis sagte, Sie mögen sie so gern.«

Ann hatte ihr erzählt, dieser alte Freund von Davis sei eine Art Glücksritter, der in der ganzen Welt herumreiste und faszinierende Geschäfte betrieb. Was immer er machte, er war jedenfalls kein Dummkopf und ein wesentlich schärferer Beobachter als Davis.

»Ich bin nervös.«

»Wieso?«

»Ihretwegen.«

»Meinetwegen?«

»Davis wollte, dass Sie von mir einen guten Eindruck bekommen.«

Wie schlagfertig von ihr, so etwas zu sagen. Vielleicht war sie in Sachen Smalltalk doch kein so hoffnungsloser Fall. Das würde ihm gefallen, ihm schmeicheln und ihm ein erleichterndes Lachen abringen; er würde sich in seinem Stuhl zurücklehnen wie jeder Mann, dessen Ego gestreichelt worden war.

Aber zu ihrer Beunruhigung lehnte er sich nicht zurück, sondern er kam ihr sogar noch näher.

»Dann entspannen Sie sich. Ich bin sehr beeindruckt.«

Wieder konnte sie seinen Gesichtsausdruck nicht erkennen, dafür aber spüren. Sie hörte ihn aus seinem Tonfall heraus – zweideutig, schmeichelnd, sexy. Und es war ihr Ego, dem geschmeichelt wurde. Sie konnte fühlen, wie sein Blick von ihrem Haar nach unten wanderte, über ihre Brüste glitt und auf deren Spitzen verweilte, die geradezu sklavisch auf seine unwiderstehliche Stimme zu reagieren schienen.

Gott sei Dank kam in diesem Augenblick Davis wieder zurück. Ihr Herz hämmerte, und ihre Handflächen waren feucht vor Nervosität. Trotz ihres wunden Knies schlug sie die Beine übereinander und presste sie fest zusammen.

»Erzählen Sie mir von der Hochzeit«, sagte Spencer, als hätten sie über das Wetter geplaudert.

Das war sicheres Terrain. Sie kannte die Hochzeitspläne, denn Ann hatte jedes kleinste Detail mit ihr durchgesprochen.

»Es ist eine kirchliche Trauung, aber nur in kleinem Kreis und nicht sehr förmlich. Ich habe nur eine Brautjungfer, meine Schwester. Und Sie sind natürlich Davis' Trauzeuge.«

»Sie haben eine Schwester?«, fragte er höflich.

»Ja.« Davis nippte kichernd an seinem Scotch.

»Was ist daran so lustig?«, fragte Allison.

»Ich habe gerade an Allison gedacht.«

»Was ist mit ihr?«

»Na, nun hör mal, Süße. Du weißt, dass ich sie nicht heruntermachen will, aber du musst einfach zugeben, dass sie ein wenig seltsam ist.«

»Seltsam?«, fragte Spencer.

Noch ehe Allison etwas erwidern konnte, ergriff Davis das Wort.

»Sie sind Zwillinge«, erklärte er. »Vom Äußeren her kann man sie absolut nicht unterscheiden, aber in jeder anderen Hinsicht sind sie so unterschiedlich wie Tag und Nacht.«

»Wir sind unterschiedlich, ja, aber was meinst du, wenn du sagst, Allison sei seltsam?«

Sie hatte ihr Bestes versucht, um diesen Abend für Davis zu einem Erfolg zu machen, und nun beleidigte er sie; unwissentlich zwar, aber es kränkte sie deshalb nicht weniger.

»Na ja, ihr Benehmen, und wie sie sich anzieht.« Er wandte sich Spencer zu. »Wenn es je eine typische alte

Jungfer gegeben hat, dann ist sie es. Der einzige Sex, für den sie etwas übrig hat, ist der, der in ihrem Labor stattfindet. Neulich war sie total aufgeregt, weil sich zwei seltene Käfer gepaart hatten.«

»Es waren Mäuse. Ihre Arbeit ist von sehr großer Bedeutung!«, platzte Allison heraus.

»Ich behaupte ja nichts Gegenteiliges, aber ...«

»Welche Arbeit?«, unterbrach ihn Spencer.

»Genforschung«, erwiderte Allison heftig abwehrend und riskierte damit eine spöttische oder unanständige Bemerkung des Mannes neben ihr.

Und genau so reagierte Davis.

»Wen interessiert denn schon das Sexualleben von Kakerlaken?«, fragte er höhnisch. »Sie hat dauernd mit lauter so grusligen Kriechtieren zu tun. Igitt!«

Er schnitt eine Grimasse und schüttelte sich.

»Wir sollten uns alle für die Arbeit interessieren, die ich ... die Allison tut. Sie ist über Generationen hinweg wichtig für unsere Lebensqualität. Und mit dem Sexualleben von Kakerlaken hat sie noch nie etwas zu schaffen gehabt!«, erklärte sie hitzig.

»Das klingt nach einer interessanten Forschungsarbeit«, warf Spencer diplomatisch ein.

Davis lächelte Allison entschuldigend zu.

»Tut mir leid, Süße, vielleicht habe ich ein wenig zu dick aufgetragen. Vielleicht findet Spencer ja Gefallen an Allison. Er ist schließlich auch so ein Genie.«

Allison nippte an ihrem Wodka und fragte sich, ob der Alkohol oder ihre heftige Verteidigung schuld daran war, dass sie sich plötzlich besser fühlte.

»Ach ja?«

»Ja, er ist ein echtes Superhirn. Phi Beta Kappa-Mitglied, hochbegabt. Rhodes-Stipendiat.«

Allison betrachtete Spencer mit neuem Interesse. Sie

hatte ihn für ein Exemplar jener Sorte Mann gehalten, die sie verachtete – die Sorte, für die eine Frau nichts als ein Sexobjekt und denen nichts wichtiger als ihre physische Befriedigung war. Aber offensichtlich hatte er, trotz seines verantwortungslosen Abenteurerlebens, einigen Tiefgang.

»Ich würde Ihre Schwester – Allison? – gern einmal kennenlernen«, meinte er. »Für wen arbeitet sie denn?«

»Mitchell-Burns.«

»Aha«, sagte er und nickte.

Offenbar kannte er diesen Chemie- und Pharmakonzern, der auf vielen Gebieten von der Medizin bis hin zu Energiesparmaßnahmen Forschung betrieb.

Der Kellner servierte den Hauptgang. Allison zwang sich, das rote Fleisch zu essen und den roten Wein zu trinken, obwohl ihr beides zuwider war.

Getränke, die bei Raumtemperatur serviert wurden, waren in Ordnung, wenn man am Nordpol lebte. Ansonsten mochte sie alles, was nicht kochend heiß war, lieber eisgekühlt.

Außerdem tat der Wein in Verbindung mit dem Wodka ihrem ohnehin schon beeinträchtigten Sehvermögen nicht unbedingt gut. Sie wollte nach dem Wasserkrug greifen, doch ihre Hand stieß an ihr Weinglas. Es landete auf Spencers Ärmel und hinterließ auf dem Jackett aus Rohseide einen leuchtend roten Fleck.

»Oh Gott!«, sagte sie erschrocken und legte eine Hand auf ihre bloße Brust. »Das tut mir leid!«

Sie weinte nie. Ann war es, die dazu neigte, bei den geringsten Anlässen in Tränen auszubrechen. Doch jetzt spürte Allison einen überwältigenden Drang zu weinen. Sie musste furchtbar betrunken oder entsetzlich verlegen sein, oder aber schrecklich verletzt.

Und warum sollte sie sich auch nicht verletzt fühlen?

Heute Abend hatte sie erfahren, welch ein erheiterndes Gesprächsthema sie für ihre Schwester und Davis war. Wie viele andere Leute hielten sie noch für eine exzentrische alte Jungfer, die ihr Sexualleben durch ihre Versuchstiere im Labor auslebte? Der Gedanke widerte sie an; ihr Magen drohte, gegen das Essen zu rebellieren, das zu verdauen er gezwungen war.

»Oh, er wird noch größer.« Vergebens tupfte sie mit ihrer Serviette auf den Weinfleck in Spencers Sakko.

»Vergessen Sie ihn einfach.«

»Darling, ist mit dir wirklich alles in Ordnung?«, fragte Davis. »Du bist schon den ganzen Abend irgendwie nicht du selbst.«

In diesem Augenblick wollte sie ebenso sehr lachen wie weinen.

»Mir geht es gut«, versuchte sie trotz des hysterischen Lachens zu sagen, das ihr in der Kehle saß. »Ich vermute, ich bin noch ein bisschen zittrig von meinem Sturz.« Sie spürte erneut Gewissensbisse und wandte sich Spencer zu. »Das mit Ihrem Jackett ist mir wirklich unangenehm.«

»Machen Sie es wieder gut.«

»Wie denn?«

»Tanzen Sie mit mir.«

Sie wurde augenblicklich nüchtern.

»Tanzen?«, piepste sie.

2

»Komm, Ann«, sagte Davis. »Dann geht es dir gleich besser. Du tanzt doch so gern.«

Wie wahr. Ann tanzte in der Tat sehr gern, sie tanzte mit Stil und einem natürlichen Gefühl für Rhythmus. Allison hatte diese Kunst nie gemeistert.

Ihre Mutter hatte darauf bestanden, dass sie beide Unterricht in Ballett und Standardtanz bekamen. Aber selbst Allisons größte Bemühungen waren enttäuschend gewesen.

»Bitte«, sagte Spencer Raft. Er stand auf und reichte ihr eine Hand. »Es sei denn, Ihr Knie tut Ihnen noch weh.«

»Nein, nein, mein Knie ist in Ordnung.«

Was mir Kopfzerbrechen macht, sind eher meine beiden linken Füße.

Welche Wahl hatte sie? Sie war dem Mann in die Arme gefallen, noch bevor sie sich zum ersten Mal begrüßt hatten. Sie hatte sein Taschentuch mit Blut besudelt. Sie hatte sein Sportsakko ruiniert, das wenigstens dreihundert Dollar gekostet hatte. Wenn er sie in seinem Jackett mit dem großen Rotweinflecken zum Tanzen führen wollte, dann sollte sie ihm das nicht abschlagen, auch wenn sie eine Laufmasche im Strumpf hatte.

Wenn sie sich weigerte, würde Davis mit »Ann« sicherlich ärgerlich werden, weil sie zu seinem Freund unhöflich war. Das konnte Allison nicht zulassen.

Sie legte ihre Serviette beiseite und stand auf, und er ergriff ihren Arm.

»Wir sind gleich wieder da, Darling«, sagte sie noch über die Schulter zu Davis.

In einem Anflug von Panik fühlte sich Allison, als ob sie und Spencer Davis für immer hinter sich zurücklassen würden.

Der Mann, der sie auf die kleine Tanzfläche führte, schien eine unheimliche Fähigkeit zu besitzen, Menschen dazu zu bringen, dass sie taten, was er wollte. In ihrer Vorstellung schaffte er es ohne Probleme, eine Frau zu entführen, sogar vor den Augen ihres Verlobten.

Wenn es wirklich Ann gewesen wäre, die er in seine Arme schloss und gegen seinen Körper drückte, einen Körper, der Männlichkeit in ihrer ausgeprägtesten Form darstellte, dann hätte sie sich über die gemeinsame Zukunft ihrer Schwester mit Davis Sorgen gemacht.

Aber es war nicht Ann.

Es war Allison, die den subtilen Anweisungen seiner Hände und Arme gehorchte und sich ohne zu zögern in seine Umarmung begab. Sie hatte weit mehr Alkohol getrunken, als sie vertrug. Der Abend war so katastrophal verlaufen, wie sie es vorhergesehen hatte. Sie war es leid, jemanden zu spielen, der sie gar nicht war.

Aus all diesen Gründen ließ sie sich nun einfach an seine beschützende Wärme hinschmelzen. Wenn sie sich als kleines Mädchen verstecken wollte, hatte sie sich eine Decke über den Kopf gezogen in dem Glauben, dass niemand sie sehen würde, wenn sie niemanden sah. Genauso fühlte sie sich auch jetzt. Die Welt erschien ihr verschwommen, wie durch Nebelschwaden verhüllt, und hinter diesem Dunst versteckte sie sich. Niemand würde sie später für das, was dabei herauskam, verantwortlich machen können.

Aber war es nicht sonderbar, dass sie Spencer Rafts Führung mühelos folgen konnte, obwohl ihr das mit anderen Männern immer so schwergefallen war? Sogar mit ihren hohen Absätzen bewegte sie sich wunderbar im Takt, wiegte und schmiegte sich im Rhythmus der Musik an seinen Körper.

»Sie fühlen sich noch immer nicht wohl, auch wenn Sie das Gegenteil behaupten, stimmt's?« Seine Lippen bewegten sich in ihrem Haar. Sein Atem schlug leicht und warm an ihre Wange.

»Mir ist schwindlig«, gab sie zu. Mehr noch – alle ihre Organe schienen schwerelos geworden zu sein und sich in ihrem Körper neu anzuordnen.

Er legte eine Hand an ihren Hinterkopf und drückte sie an seine Brust. Dann sanken seine Finger in ihr Haar und begannen, ihre Kopfhaut zu massieren. Ihre Augen schlossen sich wie von selbst, doch sie riss sie erschreckt sofort wieder weit auf. Was machte sie bloß? »Bitte, Spencer«, murmelte sie und widersetzte sich seiner Hand an ihrem Hinterkopf in einem Versuch, zu ihm aufzublicken. »Ich … Davis …«

»Pst, schon in Ordnung. Sie haben einen schweren Abend hinter sich.«

Er manövrierte sie auf die andere Seite der Tanzfläche. Andere Paare schoben sich zwischen sie und den Tisch, an dem Anns vertrauensseliger Verlobter wartete. Das Licht war gedämpft. Wahrscheinlich konnte Davis ohnehin nicht sehen, wie Spencers Hand ihren Rücken auf und ab streichelte.

»Sie sollten mich nicht so halten«, protestierte sie schwach, doch gleichzeitig gehorchte ihr Kopf dem Diktat seiner Hand und sank wieder an seine Brust, deren markante Wölbung für die Form ihrer Wange wie geschaffen schien.

»Nein, das sollte ich nicht. Ich bin deswegen auch nicht gerade stolz auf mich«, erwiderte er halblaut. »Davis ist mein bester Freund.«

Doch seine Arme wurden noch eine Spur enger.

»Aber Sie fühlen sich so gut an. Ich wusste es.«

Es fühlte sich wirklich gut an, dieses perfekte Ineinandergreifen zweier Gegenstücke. Sie konnte sich nicht daran erinnern, sich ihres Körpers schon einmal so sehr bewusst gewesen zu sein. Bisher hatte immer ihr Verstand die Herrschaft über ihn ausgeübt; nun verlangte ihr Körper, dass sie ihn beachtete.

Ihre Haut fühlte sich fieberheiß an, doch es war eine Hitze, die von innen nach außen strömte. Und hatte sie ihre Brüste jemals so voll und schwer gespürt wie jetzt? Warum zogen ihre Brustwarzen und drückten gegen das hauchdünne Oberteil von Anns Kleid? Und wieso hatte sie dieses Bedürfnis, sie an seiner Brust zu reiben? Ihre Gliedmaßen fühlten sich zu bleiern an, um sich zu bewegen, doch ihr Herz pochte voller Energie. Sie spürte jeden Pulsschlag im Zentrum ihrer Weiblichkeit, die warm und unstet und von einer namenlosen Sehnsucht erfasst war.

Auch eines anderen menschlichen Körpers war sie sich noch nie so sehr bewusst gewesen. Alle ihre Sinne waren auf ihn ausgerichtet. Sie galt im Allgemeinen als groß, doch gegen ihn war sie ein Zwerg. Er war von seiner Schulter, auf der ihre Hand lag, bis zu seinen Schenkeln, die sich an den ihren bewegten, fest wie ein Fels. Auch ohne dass ihre Hände sich dessen vergewisserten wusste sie, dass seine Arme und Beine sehr kraftvoll und muskulös waren.

Aber sie spürte noch mehr. Trotz seiner körperlichen Stärke war er sehr sensibel. Und er konnte zärtlich sein. Selbst jetzt drückte sein Daumen langsame Kreise in ihre Handfläche, und die Finger seiner rechten Hand erforschten sacht ihre bloße Schulter.

»Ich habe noch nie eine rothaarige Frau mit einer Haut wie der Ihren gesehen. Haben die meisten Rothaarigen nicht ganz helle Haut?«

»Wir, meine Schwester und ich, haben unseren Teint von unserer Großmutter mütterlicherseits geerbt. Sie war Spanierin und hatte eine dunkle Haut. Die grünen Augen haben wir auch von ihr.«

»Und das rötliche Haar?« Langsam und gefühlvoll kämmte er mit den Fingern durch ihre dicken Strähnen.

»Unser irischer Großvater.«

»Eine höchst bunte und interessante Familie.«

Sie lachte in sein Hemd hinein. »In mehr als einer Hinsicht.«

»Ihre Zwillingsschwester etwa auch?«

Sie hob den Kopf und blickte ihn an.

»Nach dem, was Davis über sie sagte, glauben Sie wahrscheinlich, sie sei ein komischer Kauz. Das ist sie nicht.«

Er berührte ihre Wange. »Ist sie so hübsch wie Sie?«

»Danke.«

So verwirrend es war, ihm so nahe zu sein, fand sie es jedoch noch beunruhigender, ihm ins Gesicht zu sehen, diese hypnotisierende Stimme zu hören und noch immer nicht wirklich zu wissen, wie er eigentlich genau aussah. Sie ließ die Stirn an seine Achsel sinken.

»Wir sind äußerlich identisch, aber ansonsten sehr unterschiedlich.«

»Inwiefern?«

»Sie würde sich von Ihnen nicht so halten lassen.«

Genau. Schieb diese Verantwortungslosigkeit auf Ann. Nein, auf Allison. Über die sprachen sie doch gerade, oder nicht? Oh Gott, es wurde zu verwirrend, sich durch dieses Kuddelmuddel zu manövrieren. Sie konnte nicht mehr denken. Die geistigen Fähigkeiten, die ihr noch geblieben waren, verließen sie, je näher und länger Spencer sie im Arm hielt.

»Ich gehe besser an den Tisch zurück«, sagte sie und wand sich aus seiner Umarmung.

»Nein. Gerade hat ein neues Stück begonnen.«

Seine Arme gaben sie nicht frei. Kurz davor, eine Szene zu machen, die sie demütigen, Davis verärgern und eine lebenslange Freundschaft bedrohen würde, ließ sie zu, dass er sie erneut an sich zog.

»Wie lange sind Sie mit Davis schon verlobt?«

»Fast ein Jahr.«

»Lieben Sie ihn?«

»Natürlich!«, rief sie.

»Wirklich?«, beharrte Spencer.

Sie senkte den Blick. Verglichen mit ihren Lügen waren ihre tänzerischen Fähigkeiten so gut wie die von Ginger Rogers. Sie hatte sich noch nie im Leben aus irgendetwas herauslügen können.

»Ich liebe ihn sehr«, sagte sie steif.

»Lebt ihr zusammen?«

»Nein.«

Davis hatte Ann mehrmals gebeten, mit ihm zusammenzuziehen, aber aus Rücksicht auf ihre Eltern hatte sie es abgelehnt.

»Aber ihr schlaft miteinander.«

Ihre Wangen waren feuerrot vor Verlegenheit und Zorn, als sie zu ihm aufblickte.

»Das geht Sie überhaupt nichts an!«

»Ich will es aber wissen«, beharrte er trotzig.

Nicht weniger dickköpfig entgegnete sie: »Natürlich schlafen wir miteinander!«

Er drängte ruckartig die Hüften an ihren Unterleib, und sie konnte nicht verhindern, dass ihren Lippen ein vielsagendes Stöhnen entwich.

Zornig auf ihn und von Scham erfüllt drückte sie sich von ihm ab und kollidierte mit zwei Paaren, als sie geradewegs über die Tanzfläche zum Tisch zurückging. Davis stand auf und ergriff ihre Hand.

»Na, geht es dir jetzt besser?«

»Viel.«

Ihre Knie gaben nach, kaum dass sie ihren Stuhl erreicht hatte. Sie zitterte am ganzen Leib und hasste sich dafür.

Ja, sie benahm sich wie ein Schulmädchen in den Armen eines Mannes, für den Verführung ein geläufiges Freizeitvergnügen war. Wahrscheinlich beherrschte er alles, was mit Erotik zu tun hatte, aus dem Effeff.

Ann, die nach Davis verrückt war, hätte sich von Spencer nicht so halten und so kühn mit sich reden lassen. Sie hätte ihn ausgelacht, ihm eine Ohrfeige gegeben, ihm das Knie in den Unterleib gestoßen oder sonst etwas getan, aber sie hätte sich nie an ihn geschmiegt wie ein heimatloses Kätzchen, das man aus einer stürmischen Nacht ins Haus geholt hatte.

Wenn sie Spencer Rafts Charme auch nur ein bisschen nachgab, würde Davis wütend werden, nicht auf Allison, sondern auf Ann. Ann würde nie mehr mit ihr reden, wenn sie ihre Beziehung mit Davis gefährdete. Und sie ...

Nun ja, sie würde sich mit Sicherheit nicht von einer Woge der Leidenschaft hinwegreißen lassen – von keinem Mann. Das wusste sie einfach.

Diese Art Romantik war nichts für einen praktisch veranlagten Denker wie sie.

Ihr gesunder Menschenverstand hatte für die Dauer

eines Tanzes ausgesetzt. Na und? Es war nichts passiert. Jedes Tier schnurrte zufrieden, wenn man es streichelte und liebkoste. Es würde auch nicht wieder vorkommen. In Zukunft würde sie diesen Mann meiden wie die Pest.

Für den Rest des Abends widmete sie ihre ganze Aufmerksamkeit Davis und reagierte auf Spencers Konversation lediglich so, dass Anstand und Etikette gewahrt blieben. Sie hatte Ann oft genug mit Davis zusammen gesehen und imitierte die offenkundige Zuneigung, die diese für ihn hegte. Davis schien von ihr überzeugt. Er sonnte sich in ihrer gespielten Begeisterung für ihn. Allison wagte jedoch nicht, Spencer anzusehen und seine Reaktion einzuschätzen.

Draußen vor dem Restaurant ließ Davis durch den Türsteher ein Taxi für Spencer rufen.

»Hier ist die Adresse meiner Wohnung und ein Schlüssel.« Er drückte seinem Gast einen Zettel und einen Schlüssel in die Hand. »Ich fahre Ann nach Hause hinterher und sehe zu, dass sie sicher ankommt.«

»Kann ich gut verstehen«, meinte Spencer. Dann trat er vor, legte leicht die Hände auf ihre Schultern und küsste sie freundschaftlich auf die Wange. »Gute Nacht, Ann. Sie sind alles, was Davis sagte … und mehr.«

Er trat zurück, doch die Berührung seiner Hände brannte auf ihrer Haut. Dieser Mann mit seiner einnehmenden Stimme und seinem großen, starken Körper war eine Bedrohung, mit der sie nicht im Entferntesten umzugehen verstand. Sie hängte sich bei Davis ein, als wollte sie sich Schutz suchend an ihn klammern.

»Danke, Spencer. Gute Nacht. Es war nett, Sie endlich kennenzulernen.«

Erst als Spencer Rafts Taxi losfuhr, konnte sie wieder normal atmen.

Es war nicht einfach, aber sie schaffte es, ihre Brille aufzusetzen und nach Hause zu fahren, ohne dass Davis etwas merkte. Erst als sie Anns Wagen parkte, setzte sie sie wieder ab, und als Davis nachkam und sie sich an der Haustür trafen, war die Brille bereits wieder sicher in der Handtasche verstaut.

Sie sperrte auf, und er folgte ihr hinein mit einer Vertrautheit, die bei Allison sofort Entsetzen auslöste und sie mit einer weiteren schwierigen Situation konfrontierte, der es zu entrinnen galt.

»Gute Nacht, Darling«, sagte sie.

»›Gute Nacht, Darling‹? Ich würde am liebsten Hallo sagen. Ich habe dir den ganzen Abend lang keinen richtigen Kuss gegeben!«

Ehe sie es verhindern konnte, zog er sie in seine Arme und bedeckte ihre Lippen mit seinem Mund. Ihre erste Reaktion war, sie zusammenzupressen, doch sie wusste, dass das nicht angehen würde. Also erlaubte sie ihm, ihr einen intimen Kuss zu geben. Ihre Hände ließ sie zaghaft an seinen Hüften.

»Oh Gott, Annie«, flüsterte er ihr ins Ohr, als er endlich aufhörte. »Ich habe es heute Abend sehr vermisst, dass wir nicht unter uns waren. Wie gefällt dir Spencer?«

Sie konnte keinen Gedanken fassen, solange die Hand des Verlobten ihrer Schwester von ihrer Schulter über ihren Busen nach unten glitt.

»Äh … er war ch-charmant, ganz wie du gesagt hast.«

»Das hat er über dich gesagt. Ich habe ihm erzählt, wie toll du aussiehst und wie sexy du bist. Und er hat mir voll und ganz zugestimmt!«

»Oh!«, rief sie unwillkürlich, als er den Träger ihres Kleides nach unten schob.

Er zuckte überrascht zurück. »Was ist denn jetzt los?« »N-nichts. Ich habe mich nur, äh, vor deinem Freund so dumm benommen. Ich hatte Angst, du würdest zornig sein.«

Er nahm sie wieder in die Arme und drückte sie fest an sich.

»Ich gebe zu, ich war entsetzt, als du der Länge nach auf den Gehsteig geknallt bist.« Er lachte. »Das hätte eigentlich besser zu Allison gepasst.«

Er hielt sie auf Armlänge vor sich und musterte sie vom Kopf bis zu den Füßen.

»Dir tut jetzt aber nichts mehr weh, oder etwa doch?«

»Nein.« Allison, der Trampel, Allison, die alte Jungfer, Allison, das amüsante Gesprächsthema, warf ihm ein kurzes, unaufrichtiges Lächeln zu. »Mir fehlt nichts.«

»Gut«, brummte er.

Während seine Lippen ihren Hals hinunterwanderten, liebkoste seine Hand ihre Brust und hob sie schließlich aus ihrem Oberteil heraus.

Von Panik erfasst, wich sie zurück. »Davis!«

»Was denn?« Er stemmte die Hände in die Hüften und musterte sie mit jener Aggressivität, die nur einem Mann eigen war, der sexuell nicht ans Ziel seiner Wünsche gelangte. »Was ist heute Abend bloß los mit dir?«

Allison wollte ihm unzweideutig sagen, dass nichts mit ihr los war, dass es ihr gutes Recht war, nein zu sagen, wenn ihr – verdammt noch mal – danach war. Aber Ann hätte das nicht gemacht. Was würde Ann tun, wenn sie keine Lust auf Sex hatte, ihn aber nicht schroff abweisen wollte?

Sie legte ihre zitternde Hand an den Hals.

»Nichts ist los. Ich bin nur ...«

Verzweifelt suchte sie nach einer logischen Erklärung. Ann hatte gesagt, er würde nicht erwarten, dass sie mit ihm ins Bett ging, weil … Warum? Ach ja, die Pille. Sie zwang sich zu dem für Ann typischen weichen, femininen Lächeln.

»Ich will nur nichts anfangen, das wir nicht zu Ende bringen können.« Um es noch überzeugender zu machen, fuhr sie mit einer Hand unter der Knopfleiste seines Hemds hoch und streichelte ihn am Kinn.

»Na ja, wahrscheinlich hast du Recht.« Er fuhr sich nervös durch die Haare. »Wie lange noch?«

»Nicht mehr lange«, sagte sie mit ihrem besten Schlafzimmerblick. »Ich halte es nicht mehr sehr lange ohne aus.«

Sie hatte diese Phrase neulich in einem Film gehört, aber redeten Liebende wirklich so miteinander?

»Ich auch nicht, Baby.« Er zog sie an sich und küsste sie keusch. Nun ja, beinahe keusch. »Ich fahre jetzt besser.«

»Okay.« Sie legte einen Arm um seine Hüfte und begleitete ihn zur Tür. »Gute Nacht.«

Sie stellte sich auf die Zehenspitzen und küsste ihn auf den Mund.

»Gute Nacht.« Er ließ eine Hand zärtlich über ihren Po gleiten. Sie lächelte ihm hölzern zu und winkte ihm, bis er in seinem Wagen saß und losfuhr.

Sobald sie die Tür hinter sich geschlossen hatte, lehnte sie sich daran, schloss die Augen und atmete mehrmals tief durch. Sie hatte es überstanden. Bis auf das, dass sie auf einem öffentlichen Gehsteig gestürzt war und Davis' Playboy-Freund beim Tanzen zu nahe an sich herangelassen hatte, war nichts allzu Schlimmes passiert. Wie viele Abende noch? Zwei? Drei? Vielleicht konnte sie ja morgen vorgeben, eine von diesen üblen, virusbedingten Magenverstimmungen zu haben.

Mit dieser ermutigenden Möglichkeit im Sinn ging sie in Anns Schlafzimmer. Sie hatte ein paar ihrer eigenen Sachen mitgebracht, darunter ein altes Hemd ihres Vaters, in dem sie normalerweise schlief. Vor Jahren schon hatte sie es einmal aus dessen Schrank mitgehen lassen. Die langen Ärmel rollte sie zum Schlafen zurück, und der Saum reichte ihr bis an die Oberschenkel.

Sie wusch sich und putzte sich die Zähne. Dann dachte sie daran, dass sie in der Tasche mit ihren Utensilien zum Übernachten eine Ersatz-Kontaktlinse hatte und setzte sie probehalber ein. Wie schön die Welt war, wenn man sehen konnte! Sie seufzte erleichtert; wenigstens musste sie nicht zum Optiker gehen und sich eine neue Linse kaufen.

Gerade als sie die Linsen herausnehmen und zu Bett gehen wollte, klingelte es an der Tür. Davis? Hatte er etwas vergessen? Barfuß schlich sie durch die abgedunkelten Räume, der Saum ihres »Nachthemds« streifte ihre Schenkel. Sie öffnete und steckte den Kopf hinaus, ihren Körper hielt sie hinter der Tür verborgen.

»Hallo, Ann.«

Sie gab einen seltsamen Laut von sich – ein kurzes Keuchen, gefolgt von einem saugenden Geräusch. Er war einfach schön. All die bislang verschwommenen Ecken und Kanten seiner Gesichtszüge fügten sich zu starker, beeindruckender Klarheit und einer attraktiven Kombination aus Verwegenheit und geschliffenem Charme.

Dunkles Haar, verführerisch außer Kontrolle geraten. Eine hohe, intelligente Stirn und Augenbrauen, die wild und buschig waren, aber sehr ausdrucksstark. Tiefblaue Augen, deren Blick sie durchdrang wie ein Laserstrahl, umrahmt von langen schwarzen Wimpern.

Eine Nase, um die ihn jeder Mann einfach nur beneiden konnte. Sein Mund … beim ersten klaren Anblick seiner sinnlich geformten Lippen, von denen sich die untere noch ein wenig mehr wölbte als die obere, bekam sie fast ein flaues Gefühl im Magen.

Jede weibliche Zelle ihres Körpers reagierte auf die geballte Männlichkeit, die ihr gegenüberstand. Ihre Brüste begannen zu schmerzen; die Spitzen kribbelten. An den Innenseiten ihrer Schenkel machte sich eine sanfte Erregung bemerkbar. Sie fühlte sich vom Scheitel bis zu den Zehenspitzen, die sich in den tiefen Teppich ihrer Schwester eingruben, butterweich und geschmeidig. Sie, die nie viel Wert auf Äußerlichkeiten und Aussehen gelegt hatte, reagierte jetzt ausschließlich auf Spencer Rafts gutes Aussehen.

Sie konnte nur hoffen, dass das Chaos in ihr nicht von außen sichtbar sein würde. Sie zog sich noch etwas weiter hinter die Tür zurück. »Davis ist schon weg.«

»Ich weiß. Ich habe gesehen, wie er wegfuhr.«

»Was machen Sie dann noch hier?«

»Ich bin zu dir gekommen.«

Nicht zu ihr. Nicht zu Allison. Er war zu Ann gekommen.

»Hm, das hätten Sie nicht tun sollen.«

»Das weiß ich auch. Ich bin aber trotzdem da.«

»Wie sind Sie hergekommen?«

»Ich habe mir einen Wagen gemietet und deine Adresse im Telefonbuch nachgeschlagen. Dann habe ich für Davis eine Nachricht hinterlassen und erklärt, dass ich erst später kommen werde. Lässt du mich rein?«

»Nein.«

»Dann muss ich mir leider selbst Einlass verschaffen.« Fast mühelos drückte er die Tür auf und trat ein.

Sie stand da mit nichts als ihrem zu großen Hemd,

das im Lauf der Jahre weich und dünn geworden war. Wenn er nicht so blind war wie sie ohne ihre Brille, dann musste er sehen, dass sie nichts darunter hatte außer einem knappen Höschen, und darüber lediglich ein aufblühendes Erröten.

Die blauen Augen nahmen sich Zeit, sie zu begutachten, und hielten dabei immer wieder an bestimmten Stellen inne – mit der Folge, dass sich die Wärme, die sie spürte, und die kräftige Farbe weiter ausbreiteten. Sein Blick schien sich durch den Baumwollstoff zu brennen und ihre Haut zu berühren, sie zu küssen, zu brandmarken.

Lange Zeit studierte er ganz genau ihre Gesichtszüge.

»Du hast unglaublich schöne Haare.« Er griff nach einer der welligen Strähnen, die betörend über ihrer Schulter lag.

»Und Sie unglaubliche Nerven!«

Allison schlug seine Hand zur Seite und trat einen Schritt zurück. Sie war zornig und musste sich eingestehen, dass ihr Zorn zum Teil daher rührte, dass er sie für Ann hielt. Wäre sie heute Abend nicht mit wallendem Haar und einem hautengen Chiffonkleid im Restaurant erschienen, sondern als die unelegante Allison, dann wäre er höflich gewesen, aber er würde jetzt nicht hier stehen mit diesem sengenden Blick, mit dem er ihr das Hemd ihres Vaters praktisch vom Leib schmolz.

»Du meinst, wegen Davis?«

»Natürlich wegen Davis!«, schrie sie. »Ich glaube kaum, er weiß, dass sein bester Freund seiner Verlobten so spät am Abend noch einen Besuch abstattet!«

»Du hast Recht, er weiß es nicht.«

»Er hält so viel von Ihnen. Alles, was ich von ihm gehört habe, seit ich ihn kenne, ist Spencer dies und Spencer das. Und jetzt ...«

»Ist ja gut!«, unterbrach er sie barsch. Einige Augenblicke lang schaute er betreten auf den Boden zwischen seinen Schuhen. Als er Allison wieder anblickte, verriet seine Miene eine Mischung aus Qual und Bedauern.

»Glaubst du vielleicht, ich hätte geplant, dass ich mich so zu dir hingezogen fühle? Glaubst du, ich hätte geplant, dass das passiert?«

»Nichts passiert.«

Sie fühlte ein fieberhaftes Bedürfnis zu protestieren, nicht nur um Anns, sondern auch um ihrer selbst willen. Denn es passierte natürlich etwas. Und für sie war es das erste Mal, dass es passierte. Bevor sie Spencer Raft kennenlernte, hatte sie die Vorstellung von einer sofortigen, leicht hervorzurufenden sexuellen Anziehung für einen Köder gehalten, den die Werbung benutzte, um Parfüm und Zahnpasta zu verkaufen. Aber nein. Er war real.

»Nichts passiert«, wiederholte sie im Versuch, sich selbst zu überzeugen.

Eine seiner buschigen Brauen ging fragend nach oben.

»Nein?«

Sie trat von einem nackten Fuß auf den anderen und fuhr sich nervös mit der Zunge über die Lippen. »Nein.«

»Du lügst schon wieder, Ann. Wenn du nicht gerade etwas erleben würdest, das in dir ein Schuldgefühl auslöst, dann hättest du mich mit einem freundlichen Lächeln willkommen geheißen und mich gebeten hereinzukommen, und wahrscheinlich hättest du vorgeschlagen, dass wir Davis ausfindig machen und dann alle zusammen einen mitternächtlichen Imbiss einnehmen.«

Er hatte Recht. Ann hätte das getan. Aber sie war

nicht Ann! Warum es ihm nicht einfach sagen? Warum sollte sie nicht einfach lachen und sagen: »Hör mal, du wirst es nicht glauben, aber …«, und ihm dann von Anns Plan erzählen?

Weil sie es dann erst recht mit ihm hätte aufnehmen müssen. Und wenn sie das schon nicht schaffte, so lange sie vorgab, Ann zu sein, wie konnte sie dann auch nur hoffen, damit als Allison fertig zu werden?

Er spürte ihre Bestürzung, und seine Miene wurde erkennbar weicher.

»Du denkst das Allerschlimmste von mir. Darf ich dir etwas von mir erzählen, damit du nicht glaubst, ich tue so etwas öfter?«

»Sie verführen nicht ständig irgendwelche Frauen?«, fragte sie frostig im Versuch, ihn herauszufordern.

Er grinste, und ihr Hochmut schmolz. Kein weibliches Wesen konnte der sexy Ausstrahlung dieses Lächelns widerstehen.

»Ich verführe nicht die Freundin meines besten Freundes, nein. Selbst für jemanden, der so abgebrüht und unheilig ist wie ich, ist das das erste Mal.«

Seine neckische Bemerkung reizte sie.

»Davis hat mir erzählt, dass Sie in Ihrem Boot um die ganze Welt fahren. Er sagt, Sie sind ein Abenteurer, so eine Art Söldner. Ich bin sicher, Sie spielen dieses Spiel, um sich zu amüsieren, aber ich halte das absolut nicht für lustig. Und jetzt gehen Sie bitte, bevor ich …«

Er trat einen Schritt näher. »Bevor du was?«

Sie schluckte und wich zurück, gerade als er vortrat.

»Bevor ich Davis anrufen und ihm sagen muss, was Sie vorhaben«, sagte sie außer Atem.

»Und das wäre?«

»Mich zu verführen.«

Ihr Rücken stieß an die Wand, sie hatte keinen Raum

mehr, um noch weiter zurückzuweichen. Er kam ihr näher und näher, bis sich seine Beine zwischen den ihren befanden und seine Hände sich zu beiden Seiten ihres Kopfes an der Wand abstützten. »Tue ich das?«

Sein Atem strich über ihr Gesicht. Er strahlte eine unverblümte Sexualität aus, die auf sie wirkte wie der unablässige Schlag von Wellen, die gegen sie brandeten.

»Etwa nicht?«

Ein Lächeln erschien auf seinen Lippen.

»Das müsstest du eigentlich selbst wissen, meinst du nicht? Ich kann nur gestehen, dass ich mein Bestes versuche, um dich zu verführen. Aber du bist der einzige Mensch, der sagen kann, ob es funktioniert.«

Oh, und wie es funktionierte! Sie schmolz dahin, dort, an der Wand, und ihr Kopf war wie benebelt. Ihr Puls schlug plötzlich an bisher unvorstellbaren Stellen – unanständigen, verbotenen, wunderbaren Stellen.

»Als wir tanzten, hast du es gespürt, nicht wahr?« Er rieb seine Nase seitlich an ihrem Hals.

Ohne es zu wollen, schloss sie die Augen. Ja, sie hatte es gespürt. Schließlich hatte sie nicht zehn Jahre lang Biologie studiert, um dann nichts über die männlichen Körperteile zu wissen, auf die es ankam. Und die seinen funktionierten ganz offensichtlich wunderbar.

Sie hatte es überdeutlich gespürt, als er seine Hüften gegen ihren weichen Unterleib drückte. Sie konnte nicht umhin, ein derartiges Verlangen, eine solch offenkundige Erregung, eine derart lüsterne Männlichkeit zu spüren. Aber sie hatte auch ihren Stolz.

»Was gespürt?«, fragte sie mit belegter Stimme, sobald sie die Augen wieder geöffnet hatte.

»Dieses Kribbeln, das irgendwo hier anfängt.« Er setzte seinen Zeigefinger auf ihren Bauch. »Und sich dann nach oben und ungefähr hierhin fortsetzt.«

Sein Finger fuhr in einer Zickzacklinie nach oben zu ihren Brüsten und umkreiste langsam eine davon.

»Bis man es hinten in der Kehle spürt.« Der Finger erforschte zärtlich das flache Dreieck unter ihrem Kehlkopf. »Und dann zieht es und zieht und zieht und landet schließlich mit einer sanften Explosion ungefähr«, sein Finger glitt über ihren Bauch nach unten, über ihren Nabel, und hielt erst am Saum ihres Höschens inne; dort öffnete er die Hand und legte sie mit leichtem Druck auf ihren Bauch, »ungefähr hier.«

Seine letzten Worte waren ein kaum mehr hörbares Flüstern.

Sie stöhnte; ihr Kopf fiel nach vorn gegen seine Brust. »Bitte, nicht.«

Die Nachwirkungen dieser »sanften Explosion« wogten durch sie wie die sich ausbreitenden Wellen in einem Teich, der jahrelang vollkommen unberührt gewesen war.

Er nahm ihr Gesicht zwischen seine Hände und hob es an. »Ich finde den Gedanken, meinen besten Freund zu hintergehen, verwerflich. Davis zu verletzen, ist das Allerletzte, was ich tun möchte. Du musst also wissen, welche Wirkung du auf mich hast, wenn ich sogar riskieren würde, eine lebenslange Freundschaft zu zerstören, indem ich mich dir auf diese Art und Weise nähere.«

»Du hättest das nicht tun sollen.«

»Wenn ich auf mein Gewissen gehört hätte, dann würde ich es auch nicht tun.«

»Aber du hast nicht darauf gehört.«

»Mein Herz schlug so laut, dass ich es nicht hören konnte.«

»Das ist unmöglich.«

»Wirklich? Finden wir es heraus.«

Als Erstes spürte sie seine Daumen, die abwechselnd über ihre Unterlippe strichen. Dann legte sich feucht und warm sein Atem über ihre Lippen. Und schließlich bedeckte er ihren Mund mit seinem, und in diesem Augenblick schoss ein Pfeil der Lust von diesem Kontaktpunkt ins Zentrum ihrer Weiblichkeit und erschloss Gefühle, die sie noch nie gekannt hatte.

»Spencer!«

Diese Empfindung war für sie so neu, so ergreifend und umwerfend, dass sie entsetzt seinen Namen ausrief.

»Oh, ja«, flüsterte er, legte seinen Arm um sie und drückte sie ganz an seine Brust.

Ein Arm glitt zum unteren Teil ihres Rückens, der andere umschloss ihre Schultern, er zog sie besitzergreifend an sich. Sein Kopf neigte sich zur Seite, die Lippen rieben sich auf ihren. Er drückte fester, seine Zunge erforschte die Ränder ihres Mundes.

Die Berührung seiner feuchten, samtenen Zunge öffnete ihn. Mehr brauchte er nicht als Einladung. Seine Zunge ging auf Erkundung; gierig und rastlos bewegte sie sich in ihrem Mund, bis er sicher sein konnte, dass Allison ihm das Recht dazu einräumte. Dann bewegte er sie auf unzweideutig rhythmische Art, und sein Körper drängte noch dichter an sie.

Arme Ann, dachte Allison. Sie würde durchs Leben gehen und sich mit Davis' faden Küssen zufriedengeben, ohne dies jemals zu erleben.

Seine Hand ergriff unter ihrem Hemd eine Brust und massierte sie liebevoll. Der Daumen neckte zärtlich die Brustwarze, und als sie sich aufrichtete, murmelte er »ihren« Namen. Seine Lippen streiften über die ihren. »Ann, Ann. Ich wusste, dass es mit uns so kommen würde.«

Der Name ihrer Schwester war für sie wie ein Schlag ins Gesicht, der ihre Trance zerbersten ließ. Sie riss sich von seinen Lippen los und entzog sich seiner Zärtlichkeit.

Verblüfft ließ er sie los, und sie trat rasch in die Mitte des Raums. Dort blieb sie stehen, verschloss die Augen vor ihrem für sie so untypischen Benehmen und umklammerte hilflos ihre Taille im Versuch, ihre Balance wiederzufinden.

Er beobachtete sie genau, als sie sich nach einer Weile wieder ihm zuwandte. Sie wusste, dass er auf Distanz bleiben würde, nicht weil er es wollte, sondern um ihr Zeit zu geben, ihre Gedanken zu sortieren.

»Du musst gehen, Spencer. Jetzt gleich. Und vergiss, dass … dass dieser Kuss je geschehen ist.«

»Wenn du es willst, dann gehe ich, aber den Kuss werde ich nicht vergessen.«

»Du musst!«, rief sie verängstigt.

Er hielt sie für Ann. Heute Abend war sie Ann gewesen, aber morgen würde sie wieder die unelegante, kopfgesteuerte Allison sein, und er würde ihr niemals hinterherschauen. Und davon abgesehen – das, was zwischen ihnen vorging, konnte Anns Beziehung mit Davis ruinieren.

»Ich kann ihn nicht vergessen«, sagte er bestimmt. »Ich habe nicht vorgehabt, in dieses Restaurant hineinzugehen und sofort die Verlobte meines Freundes zu begehren, aber es ist nun einmal so gekommen. Als ich hinausging, dachte ich, vielleicht war ich wirklichkeitsfremd. Vielleicht hat mir das romantische Kerzenlicht einen Streich gespielt und dich für mich zur begehrenswertesten Frau gemacht, die ich je getroffen habe. Oder vielleicht war ich einfach nur eifersüchtig auf das, was Davis für dich fühlt.«

Er trat einen Schritt näher, doch als er die Hand nach ihr ausstreckte, zuckte sie zurück. Seine Miene wurde ernst und entschlossen.

»Aber nun habe ich dich geküsst. Und das hat mir den Rest gegeben. Glaubst du im Ernst, dass ich mich jetzt einfach umdrehe, fröhlich meiner Wege ziehe und vergesse, was passiert ist? Niemals. Ich bin aus anderem Holz geschnitzt.«

»Du nimmst dir, was du willst, verstehe ich das richtig so?«

»Jawohl.«

»Und die Konsequenzen sind dir egal.«

Im Versuch, sein Temperament zu zügeln, presste er die Lippen zusammen.

»Auch wenn es anders aussieht – ich bin ein Ehrenmann«, erklärte er dann. »Ich will dich, Ann. Und nach allem, was ich erlebt habe, glaube ich, dass auch du mich willst. Aber Davis steht zwischen uns. Ich muss mir also etwas einfallen lassen, nicht wahr?«

Bei dieser nicht gerade eindeutigen Aussage befiel sie eine eisige Panik. Krampfhaft hielt sie den Kragen ihres Hemds fest.

»Was soll das heißen, du musst dir etwas einfallen lassen?«

»Überlass das alles mir.« Mit drei großen Schritten war er bei ihr und küsste sie.

»Nein, Spencer, hör mir zu. Du darfst nicht …«

Er küsste sie noch einmal. Und dann, während sie versuchte, sich wieder zu fassen, ging er einfach hinaus.

Gedankenschwer starrte Allison sekundenlang auf die geschlossene Wohnungstür. Schließlich bedeckte sie den Mund mit ihrer zitternden Hand und sagte zu sich: »Mein Gott, was habe ich bloß getan?«

3

Am nächsten Tag um ein Uhr fuhr Allison in die Klinik, um sich nach Ann zu erkundigen.

»Sie ist noch im Aufwachraum, aber Sie können schon hineingehen.«

Die Krankenschwester beschrieb ihr den Weg, und Allison schritt die gefliesten Flure entlang. Sie waren anders als in normalen Krankenhäusern. Diese Flure wurden nicht Zeugen von Tragödien; an ihren Wänden hingen feine Lithographien, und Strahler setzten die Bilder und die üppigen tropischen Pflanzen ins beste Licht. Anstatt mit den Patienten in diesen Räumlichkeiten Mitgefühl zu haben, konnte man sie fast um diese heitere, erholsame Umgebung beneiden.

Allison hatte nach einer schlaflosen Nacht um sieben Uhr morgens in der Klinik angerufen, doch man hatte ihr lediglich mitgeteilt, dass Miss Leamon bereits auf dem Weg in den OP sei und sich für mehrere Stunden unter Narkose befinden werde. Sie möge doch bitte gegen Mittag noch einmal anrufen.

Im Aufwachraum waren noch zwei andere Patientinnen, die beide von Pflegerinnen versorgt wurden. Ann lag in dem Bett gleich neben der Tür. Sie hatte die Augen geschlossen, doch die Injektionsschläuche und die anderen medizinischen Geräte waren bereits entfernt. Sie schlief, die Arme seitlich am Körper angelegt. Unter dem Klinik-Nachthemd sah Allison den Verband. Sie verzog das Gesicht.

»Annie?«, flüsterte sie.

Ann bemühte sich, die Augen zu öffnen und Allison anzusehen.

»Hallo.«

Sie schien das Wort wie eine Murmel im Mund herumzurollen, ehe es endlich herauskam.

»Wie geht es dir?«

»Gut. Sehr schläfrig.« Sie zuckte zusammen, als sie die Schultern bewegte. »Ich würde mich wirklich elend fühlen, wenn ich nicht wüsste, wie toll ich ab sofort in meinem Bikini aussehe.«

Allison versuchte zu lächeln, aber es wurde nur ein besorgtes Stirnrunzeln daraus. Trotz ihrer Benommenheit kicherte Ann leise.

»Schau nicht so besorgt. Mir geht es gut, wirklich. Der Doktor sagte ...«, ihre Aussprache wurde undeutlich, und ihre Lider schlossen sich; sie musste sie mit Gewalt wieder öffnen, »sagte, alles ist perfekt verlaufen.«

»Gut. Das freut mich. Wann darfst du auf dein Zimmer?«

Anns Kopf rollte auf eine Seite des festen Kissens.

»Bald, glaube ich«, sagte sie dumpf und schloss wieder die Augen.

Allison fühlte sich hilflos und verlegen. Sie hatte in der Nacht zuvor kaum geschlafen, weil sie sich Sorgen machte über das Dilemma, in das Ann ihretwegen geriet. Den ganzen Morgen hatte sie überlegt, was sie tun konnte, um die Sache wieder auszubügeln. Ihre erste Idee war gewesen, Ann alles zu erzählen, was sich ereignet hatte. Aber in diesem Zustand konnte Ann ihr sicher nicht folgen.

»Annie?«

Sie versuchte es noch einmal und schüttelte die Hand ihrer Zwillingsschwester.

Als sich die grünen Augen erneut öffneten, sagte sie: »Lass mich Davis anrufen. Er wäre außer sich, wenn er wüsste, dass du ohne sein Wissen eine Operation machen lässt. Er sollte hier sein und deine Hand halten, nicht ich. Er wird sehr böse mit dir sein, wenn er erfährt, dass du ihm das verheimlicht hast.«

»Bitte, Allison, nicht«, krächzte Ann mit heiserer Kehle. »Noch nicht.«

»Aber er sollte Bescheid wissen.«

»Er wird. Ich will nicht, dass er mich sieht, bevor der Verband wegkommt und ich wieder schön aussehe.«

»Wie du aussiehst, spielt keine Rolle. Er liebt dich.«

»Bitte, Allison, tu mir den Gefallen.«

Sie schloss wieder die Augen, und es sah aus, als sei sie eingeschlafen. Allison fragte sich, ob sie sich schlafend stellte. Als Kind hatte Ann viele unangenehme Dinge vermieden, indem sie sich schlafend gestellt hatte.

»Ich rufe dich später an«, sagte Allison pflichtbewusst, ließ Anns Hand los und ging.

Sie konnte nicht umhin, sich über ihre Schwester zu ärgern. Ann hatte ihr schließlich diese Situation aufgebürdet, und jetzt verschlief sie sie einfach, und Allison durfte alles ausbaden und sich um eine Lösung bemühen.

»Na ja, es ist schließlich nicht meine Schuld, wenn ihre Verlobung in die Binsen geht!«, sagte sie sich, während sie durch die schwere Kliniktür in die helle Sonne von Georgia trat. Aber so einfach war das nicht. Alle würden sie für das Fiasko verantwortlich machen – nicht zuletzt sie selbst.

Auf dem Weg zurück ins Labor versuchte sie die ganze Zeit, sich von jeglicher Schuld loszusagen, aber keines ihrer Argumente klang in ihren Ohren wirklich überzeugend. Sie hatte mit diesem Mann getanzt. Sie hatte ihn in Anns Wohnung gelassen. Sie hatte ihm Freiheiten erlaubt, die sie normalerweise mit einem einzigen strafenden Blick unterbunden hätte. Sie hatte ihm gestattet, sie zu küssen.

Und sie hatte seinen Kuss erwidert.

Ein anmaßender Playboy inszenierte eine Scharade für Ann, die er in Wirklichkeit nie kennengelernt hatte. Er war im Begriff, eine wunderbar funktionierende Beziehung zu zerstören, indem er eine Dreiecksgeschichte daraus machte, und keine der darin verwickelten Personen war sich wirklich darüber im Klaren, was eigentlich vor sich ging. Und sie, die Außenstehende, war für dieses ganze Dilemma verantwortlich und konnte doch nichts dagegen unternehmen – es sei denn, sie riskierte, als verzweifelte alte Jungfer dazustehen, die vorgab, ihre Schwester zu sein, um sich den Kuss eines Mannes zu erschleichen.

Im Vergleich mit dieser Situation war der Zwiespalt, in dem sich Bette Davis befunden hatte, ein harmloser Scherz.

Natürlich, ich könnte mir unnötigen Ärger einhandeln, dachte sie, als sie das Gebäude betrat, in dem sich ihr Labor befand. Vielleicht würde sie Spencer Raft ja nie mehr wiedersehen. Er war der Typ, der nur zu seiner eigenen perversen Befriedigung einen Kuss von der Verlobten seines besten Freundes rauben und sich dann nach etwas Besserem umsehen würde. Davis hatte ja gesagt, dass er nie lange an einem Ort blieb. Vielleicht war er schon jetzt auf dem Weg zurück nach Hilton Head, wo seine Yacht vor Anker lag, bereit, neuen Horizonten entgegenzusegeln …

Allison runzelte die Stirn; sie musste an seine entschlossene Miene denken, als er letzte Nacht gegangen war. Er sah nicht aus wie ein Mann, der sich von den Launen des Glücks hin- und herreißen ließ. Er sah auch nicht aus wie ein Mann, der seine Zukunft dem Zufall überantwortete. Nein, er sah eher aus wie ein Mann, der sein Schicksal in die Hand nahm. Und wenn er von einer Frau, die für ihn tabu war, Küsse raubte, was würde er dann noch alles zu rauben versuchen?

Dieser Gedanke machte sie so nervös, dass sie sich kaum auf das Experiment konzentrieren konnte, an dem sie schon seit Monaten arbeitete. Es war ein wichtiger Versuch zur Frage des Einflusses von Vererbung und Umwelt auf die Intelligenz.

Allison war von Anfang an von den widersprüchlichen Theorien darüber fasziniert gewesen, was für die Intelligenz maßgeblich sein sollte. Ihrer Überzeugung nach lag die Wahrheit irgendwo in der Mitte zwischen der Ansicht, der IQ beruhe auf genetischen Faktoren, und der Meinung, dass die Umwelt die maßgebliche Rolle spiele. Heute jedoch konnten weder dieses für sie normalerweise interessante Thema noch ihr diesbezügliches Experiment sie von ihren Gedanken an Spencer ablenken. Sie brachte es lediglich fertig, sich am Nachmittag so weit zu konzentrieren, dass sie ihre Versuchsergebnisse ins Labortagebuch eintragen konnte.

»Schlaues Kerlchen.«

Es war spät. Die Sonne warf lange, schräge Schatten auf den Boden. Als sie die Stimme ihres Chefs hörte, blickte Allison über die Schulter. Dr. Hyden stand vor einer Ratte, die von einigen anderen durch einen extra Käfig getrennt war.

»Wirklich, das ist er«, sagte sie stolz. »Das ist Alexander der Große.«

»Schlau geboren«, kommentierte der Wissenschaftler. »Wie du!«

Dr. Hyden kniff ihr freundschaftlich in die Wange. Seit Antritt ihrer Stelle bei Mitchell-Burns arbeitete sie mit Dr. Dirk Hyden zusammen, und sie verehrte ihn. Er hatte etwas herrlich Verstaubtes an sich und verkörperte wie kein zweiter den Typ des geistesabwesenden Genies. Oft suchte er nach seiner Brille, die er auf die Stirn geschoben hatte; auf seiner Krawatte waren meistens jede Menge Flecken, und sein Laborkittel war zwar immer sauber, allerdings kaum je gebügelt. Aber er galt als auf ihrem Gebiet führend; Allison erschien es damals als das reine Glück, in sein Team aufgenommen zu werden. Und er erwiderte die Bewunderung und Zuneigung, die sie für ihn hegte.

Allison betrachtete Alexander den Großen nachdenklich und streichelte ihn mit einem Finger durch die Gitterstäbe des Käfigs hindurch.

»Du findest es anscheinend nicht sehr aufregend, dass deine Experimente deine Hypothesen bestätigen«, bemerkte Dr. Hyden.

»Oh, doch. Es ist nur so, dass ich noch andere Dinge im Kopf habe. Meine Schwester wurde heute operiert.«

Dr. Hydens Miene verdüsterte sich.

»Doch nichts Ernstes, hoffe ich?«

»Nein, nein, nichts Ernstes«, versicherte ihm Allison. »Ich mache mir nur ein bisschen Gedanken.«

Dr. Hyden schätzte Allisons Einsatz für ihr gemeinsames Forschungsprogramm, aber er hätte ihr auch etwas gewünscht, das ihr Privatleben einigermaßen ausfüllte. Zu viel Zielstrebigkeit war gerade für so eine junge Frau nicht gesund. In den Jahren ihrer gemeinsamen Arbeit hatte er gelernt, in ihr mehr zu sehen als nur einen weiteren begabten jungen Wissenschaftler.

»Was nimmst du als Nächstes in Angriff?«

»Noch ein paar andere Tests.«

»Na, dann freue ich mich schon heute darauf, deinen Bericht samt detaillierter Beschreibung zu lesen«, sagte er, am Revers seines Laborkittels zupfend und auf den Zehenspitzen hin und her wippend. »Zu schade, dass wir nicht menschliche Versuchspersonen paaren können, was?«

Sie lachte.

»Das wäre ein Wissenschaftlertraum – ein physisch und geistig perfekt passendes Paar zusammenzubringen und das Wachstum des Fötus zu dokumentieren. Dann nach der Geburt das Kind nach einem sorgfältig ausgearbeiteten System zu fördern. Wer weiß, vielleicht wäre es beim Beginn der ersten Schulklasse schon so weit, dass es Shakespeare lesen könnte.«

Dr. Hyden neigte den Kopf seitwärts.

»Du wärst für ein solches Experiment eine gute Mutter. Hast du schon einen potentiellen Vater im Sinn?«

Allison lachte wieder und zog ihren Laborkittel aus.

»Vom Vater einmal ganz abgesehen, glaube ich kaum, dass ich dafür geeignet wäre.«

»Wieso denn nicht? Du bist hochintelligent und ein perfektes physisches Exemplar der Spezies – ich kenne hier mehr als einen jungen Mann, der mir da zustimmen würde.«

»Die Männer hier im Unternehmen respektieren mich als Wissenschaftlerin. Aber sie werden mich wohl kaum als Sexualobjekt wahrnehmen.«

»Gibst du ihnen dazu denn überhaupt eine Chance?«

Sie schloss die Tür ihres Spinds und drehte sich zu ihm um.

»Wie sieht eigentlich Ihr Sexualleben aus, Doktor?«

Er errötete bis unter die Wurzeln seines spärlichen, ergrauten Haars.

»Entschuldige. Ich wollte dir nicht zu nahe treten.« Er legte die Hände auf ihre Schultern. »Du arbeitest sehr hart. Du solltest dir mehr gönnen. Geh heute Abend aus. Trink ein bisschen Wein. Geh tanzen.«

Sie lachte erneut, doch dieses Mal war es ein freudloses Lachen. Gestern Abend war sie ausgegangen, hatte Wein getrunken und getanzt – und sich in einem schrecklichen Schlamassel wiedergefunden.

»Ich bin keine große Partygängerin. Aber vielen Dank für deine Fürsorge.« Sie tätschelte seine Wange und ging.

Als sie Anns Wohnung aufschloss, klingelte das Telefon.

»Hallo?«

»Ann, hallo, Darling.«

Es war Davis. »Hallo.«

»Wo warst du denn den ganzen Tag?«

Die automatische Antwort »bei der Arbeit« erstarb ihr in der Kehle. Ann hatte Urlaub. Sie hatte Davis erzählt, sie würde Hochzeitseinkäufe machen.

»Ich war einkaufen.«

»Hast du etwas gefunden?«

Würde er ihre Einkäufe sehen wollen?

»Ein paar Überraschungen für dich. Für nach der Hochzeit.« Klang sie wie Ann, wie eine neckisch-verschämte, affektiert lachende angehende Braut?

»Mmmh. Ich kann's nicht erwarten.« Seine Stimme veränderte sich in einem Atemzug von einem lüsternen Flüstern zu einem lebhaften Tonfall. »Ich habe auch eine Überraschung für dich. Spencer und ich werden dich in zirka einer Viertelstunde abholen.«

»Überraschung?« Das war das Letzte, was sie wollte. Spencer war Überraschung genug gewesen. »Spencer kommt mit?«

»Ja. Ich habe ihn eingeladen. Das macht dir doch nichts aus, oder?«

»Nein, natürlich nicht. Ich freue mich, ihn wiederzusehen.«

Zweifellos hätte Ann das gesagt. Aber Ann hätte nie zugelassen, was letzte Nacht passiert war. Ebenso wenig hätte Ann bei der bloßen Erwähnung seines Namens und dem Gedanken, ihn wiederzusehen, sofort schwitzende Hände bekommen.

Sie blickte auf ihren khakifarbenen Rock, die nicht minder langweilige Bluse und die einfachen braunen Schuhe ohne Absätze, die sie bei der Arbeit getragen hatte. »Ist das eine Überraschung, zu der man sich in Schale werfen muss oder eher etwas für Freizeitklamotten?«

»Auf jeden Fall Freizeitklamotten«, meinte Davis. »Spencer und ich spielen danach Rakettball.«

»Gut. Ich mache mich fertig. Eine Viertelstunde?«

»Alles klar, Süße.«

Er küsste sie durch das Telefon und legte auf.

Ihr Spiegelbild war nicht gerade ermutigend. Wenn sie es in fünfzehn Minuten verändern wollte, dann musste sie sich beeilen. Sie zog sich aus und inspizierte den Inhalt von Anns Kleiderschrank, der so farbenfroh war wie der ihre eintönig. Obwohl sie beide eine kräftige Haar- und Hautfarbe hatten, trug Ann sämtliche Schattierungen des Regenbogens und schaffte es irgendwie, trotzdem ansehnliche Resultate zuwege zu bringen.

Allison wählte eine Leinenhose, deren Farbe Ann als Melone beschrieben hatte, die sie aber für Orange hielt, und einen dazu passenden Baumwollpullover.

Dann zog sie Sandalen mit bunten Perlen an, um ihre nackten Füße zu schmücken, nahm die Haarnadeln heraus und bürstete ihr Haar aus, sodass es in glänzenden Wellen über die Schultern fiel. Sie trug etwas Wimperntusche, Rouge und glänzenden, pfirsichfarbenen Lippenstift auf, sprühte sich etwas von Anns Lieblingsparfum auf, und dann klingelte es auch schon an der Tür.

»Hallöchen!«, rief Davis, als sie öffnete.

Er knurrte zärtlich, umfasste ihre Hüften, zog sie an sich und küsste sie mit einer Leidenschaft, die Allison den Atem raubte. Sie musste sich sehr beherrschen, um seiner Umarmung nicht zu entfliehen. Doch wegen des Mannes, der hinter ihm stand, legte sie die Arme um Davis' Hals und ihr Herz und ihre Seele in den Kuss und betete, Gott und ihre Schwester möchten sie verstehen.

Ann hatte ihr nicht genau gesagt, wie sie mit Zungenküssen umgehen sollte. Was konnte sie also schon anderes tun, als sie so zu erwidern, wie ihre Schwester es getan hätte? Zumindest erregten Davis' Küsse sie nicht. Nicht wie ... doch daran wollte sie im Augenblick nicht denken.

Als er endlich den Kopf hob, lachte sie leise und rieb mit einem Finger leicht über seinen Mund, um den Lippenstift zu entfernen, den sie dort hinterlassen hatte.

Er zog sie noch einmal an sich und liebkoste ihr Ohr.

»Ich habe dich heute vermisst.« Seine Hände strichen ihren Rücken auf und ab. »Warum hast du einen BH an?«, flüsterte er.

Als intelligenter Mensch hatte sie sich vorgenommen, heute mit jeder erdenklichen Situation fertig zu werden. Doch nun, noch keine dreißig Sekunden nach Beginn ihres gemeinsamen Abends, suchte sie bereits verzweifelt nach einer Antwort auf seine intime Frage.

Sie presste die Lippen an sein Ohr.

»Weil es dir letztes Mal so schwerfiel, der Versuchung zu widerstehen. Und du weißt ja, dass wir nicht …«

»Kapiert!«, murmelte er an ihrer Wange. »Aber gefallen tut mir das nicht.«

Nach einem weiteren raschen Kuss trat er zur Seite, damit sie Spencer begrüßen konnte.

»Hallo, Ann.«

Es fühlte sich an, als würde seine Stimme in sie hineingreifen, ihr das Herz zerreißen und dessen geheime Botschaft durch ihren ganzen Körper hinausposaunen.

»Hallo, Spencer«, erwiderte sie mit gespielter Heiterkeit.

Als sich ihre Blicke begegneten, wurden Allisons Knie weich wie Pudding. Unter seinen wirren, dichten Brauen glühten seine Augen wie stete blaue Flammen. Sein Gesicht hatte reichlich Bekanntschaft mit salzhaltiger Luft, der See und der Sonne gemacht, aber jedes Fältchen erhöhte noch seine Attraktivität, anstatt sie zu schmälern. Seine Gliedmaßen waren schlank, braun gebrannt und muskulös. Er trug weiße Shorts und ein blaues, eng anliegendes Polohemd. Eine schicke europäische Sonnenbrille steckte über der Stirn in seinen zerzausten dunklen Haaren.

Um sich vor seiner Anziehungskraft zu schützen und ihren zitternden Körper zu stützen, hakte sie sich bei Davis ein.

»Hat Davis Sie heute gut beschäftigt?«

»Er hat mir die Computerfabrik gezeigt«, antwortete Spencer freundlich. »Ein ganz schön großer Betrieb.«

»Ja. Ich finde ihn auch faszinierend.« Sie drückte Davis' Arm und stellte dabei sicher, dass Spencer diese Geste, die ihren Stolz auf Davis ausdrücken sollte, auch sah.

»Davis sagte mir, Sie arbeiten auch mit Computern. Was machen Sie damit?«

Ihr Lächeln verschwand. Warum hatte sie bloß nicht besser aufgepasst, als Ann über ihre Arbeit erzählt hatte? »Ich … äh …«

»Sie ist zu bescheiden, um einfach zu sagen, dass sie die Programmiererin für das ganze Unternehmen ist.«

Allison warf Davis ein liebevolles Lächeln zu. Er hatte sie gerettet.

»Also, ich habe diese Woche Urlaub und möchte eigentlich nicht über meine Arbeit reden. Was ist meine Überraschung?«

Davis grinste Spencer verschwörerisch an.

»Sollen wir sie noch ein wenig auf die Folter spannen?«

»Bloß nicht!«, rief Allison, ganz wie es Ann gemacht hätte, und hielt Davis spielerisch drohend eine Faust vor den Bauch. Er war nicht annähernd so flach und straff wie Spencers, der aussah, als könnte man noch nicht einmal mit einer Axt eine Delle hineinschlagen.

»Ich habe heute ein Haus gefunden, das ich dir zeigen möchte. Und ich glaube, es ist genau das, was wir wollen.«

»Oh Darling, wie wunderbar!« Sie schlang die Arme um seinen Nacken.

Ann und Davis waren seit Monaten auf der Suche nach einem Haus. Allison wusste, dass Ann auf diese Neuigkeit mit größter Begeisterung reagieren würde.

»Wo ist es? Können wir es uns leisten? Wie sieht es aus?«

Davis lachte erfreut.

»Komm, wir zeigen es dir.«

Allison saß neben Davis auf dem Beifahrersitz, war sich jedoch ständig bewusst, dass Spencer hinter ihr kauerte wie ein Bewacher. Sie legte eine Hand auf Davis' Knie.

Vergleiche zwischen beiden Männern waren irrelevant, doch sie konnte nicht anders, als trotzdem welche anzustellen. Davis' Beine hatten nicht so viel Sonne abbekommen wie Spencers. Sie sahen bleich und schwammig aus. Allison berührte ihn nur ungern, aber sie hätte nichts lieber getan, als mit den Fingern durch das krause Haar auf Spencers kupferfarbener Brust zu kämmen und die Härte seiner Muskeln zu testen.

Doch diese Gedanken waren unterbewusst. Sie war darauf konzentriert, Davis mit Aufmerksamkeit und Zuneigung zu überschütten, und gratulierte sich selbst dazu, dass ihr das ganz gut gelang.

Ihre Hochstimmung sank allerdings, als Davis vor dem Haus parkte, das er ihr unbedingt zeigen wollte. Ann hätte es bestens gefallen. Allison fand es schrecklich.

Es hatte nur eine Etage – es war niedrig, modern und formschön. Das Dach fiel nicht steil ab, es hatte keine Giebelfenster und kein Dachgesims. Es war nagelneu, aber völlig charakterlos.

»Oh, Davis«, sagte sie und hoffte, es würde nicht so verzweifelt klingen, wie sie sich fühlte.

Sogar der Hof sah künstlich aus. Ein Strauch glich dem anderen, und alle waren in einer militärisch exakten Reihe gepflanzt. Trotzdem schwärmte Allison von der Anlage, als Davis sie zum Gehsteig führte, um den Makler in seinem Polyesteranzug zu begrüßen, der für sie aufsperrte.

Im Inneren des Hauses roch es nach Tapetenkleister und Farbe, nicht nach gealterten Holzvertäfelungen und frisch gebackenem Brot. Die meisten Zimmer waren einfach rechteckig, ohne interessante Nischen, in die man einen Bücherschrank oder ein antikes englisches Teetischchen stellen konnte.

Der offene Kamin im Wohnzimmer sah zu steril aus, als dass man jemals Lust gehabt hätte, darin ein Feuer zu machen. Er lud nicht dazu ein, es sich davor mit einem riesigen Kissen und einem Spionagethriller gemütlich zu machen. Die Küche wirkte klinischer als Allisons Labor. Sie konnte sich weder vorstellen, diese makellosen Arbeitsflächen mit Mehl einzustauben, noch auf dem unberührten Herd ein köstliches Gericht zu zaubern.

»Warte ab, bis du das große Badezimmer siehst«, meinte Davis begeistert und schleppte sie den engen weißen Flur entlang, der sie an eine psychiatrische Anstalt erinnerte.

Das Bad hatte eine versenkte Marmorwanne und eingebaute Waschbecken. Sie hatte sich immer eine Wanne mit Klauenfüßen und ein Becken mit Standfuß und Messinghähnen gewünscht.

»Du bist so schweigsam«, meinte Davis besorgt.

Allison wirbelte herum, blickte ihm in die Augen und legte beruhigend eine Hand auf seinen Arm.

»Ich bin überwältigt.«

Auch wenn sie das Haus abscheulich fand, sie wusste, dass es Ann sehr gefallen würde. Ihre Schwester hatte bei zahllosen Gelegenheiten beschrieben, was sie sich vorstellte, und dieses Haus passte ausgezeichnet zu ihrer Beschreibung.

»Ich weiß nicht, was ich sagen soll. Es ist … es ist …«

»Ich will deine Entscheidung nicht beeinflussen. Magst du es wirklich?«, fragte Davis mit einem ängstlichen Blick in ihre Augen.

»Natürlich. Ich liebe es! Das wusstest du doch!«

Sie umarmte ihn, damit er ihr nicht weiter in die Augen schauen konnte. Am Ende hätte er ihre Kontaktlinsen bemerkt, oder, schlimmer noch, die Lügen, die sie ihm auftischte.

»Mr Lundstrum, ich würde Ihnen gerne noch die Werkbank in der Garage zeigen«, erklärte der Makler.

Davis gab ihr einen leichten Klaps unters Kinn und folgte dem Mann aufgeregt hinaus. Sie blieb mit Spencer allein im großen Badezimmer zurück. Seit sie das Haus betreten hatten, war er ihnen von Zimmer zu Zimmer gefolgt, hatte aber nur etwas gesagt, wenn er direkt gefragt worden war.

»Es gefällt dir nicht, habe ich recht?«

Sie drehte sich zu ihm um, irritiert und entsetzt darüber, dass er sie so gut verstand.

»Ich liebe es. Du hast doch gehört, was ich zu Davis gesagt habe.«

»Ja.« Er trat zu ihr. »Ich habe gehört, dass du das zu Davis gesagt hast, aber du lügst.«

»Nein!«

»Ich wusste sofort, dass dieses Haus nichts für dich ist. Du magst etwas Warmes und Gemütliches, mit Fensterläden und mindestens einem Buntglasfenster. Eine Treppe mit Endpfosten. Ungewöhnliche Räume, die Charakter haben. Knarzende Bodendielen.«

»Das klingt ja wie ein Geisterhaus.«

Er kam einen Schritt näher, sodass sie den Kopf heben musste, um ihm in die Augen schauen zu können.

»Du bist mir letzte Nacht im Kopf herumgegeistert. Ich konnte nicht schlafen. Und du?«

»Wie ein Murmeltier.«

Er fuhr mit dem Zeigefinger den Schatten unter einem ihrer Augen entlang.

»Nein, du hast nicht gut geschlafen. Du lagst im Bett und dachtest an unseren Kuss, genau wie ich. Und heute Morgen, als du aufwachtest, dachtest du immer noch daran. Den ganzen Tag hast du daran gedacht. Stimmt's?«

»Nein«, flüsterte sie. Doch in ihrer Stimme schwang eine Verzweiflung mit, die sogar ihr selbst auffiel.

»Du hast darüber nachgedacht, wie spontan die Anziehung zwischen uns war.«

»Nein. Ich habe nicht daran gedacht, wie …«

«Und wie der Kuss uns verbunden hat.«

»Sag nicht …«

»Und wie perfekt deine Brust in meine Hand passt. Wie perfekt wir überhaupt körperlich zusammenpassen.«

»Hör auf! Wenn Davis hört …«

«Warum tust du das, Ann?«

»Was?«

»Vorgeben, dass du Davis liebst.«

»Ich gebe nichts vor. Ich liebe ihn!«

»Vielleicht, aber nicht genug, um ihn zu heiraten.«

»Ich werde ihn heiraten!«

»Aus Pflichtgefühl? Oder warum? Fühlst du dich schuldig, weil er mehr in dich verliebt ist als du in ihn? Weshalb entschließt du dich zu einer unglücklichen Ehe? Damit tust du auch Davis keinen Gefallen. Früher oder später kommt er darauf, wie du wirklich fühlst.«

»Ich höre mir das nicht länger an!« Sie wollte an ihm vorbeigehen, doch er hielt sie am Arm fest.

»Ich weiß, was du von mir denkst, und ich weiß auch, warum. Davis hat mein Leben in unzutreffender Weise glorifiziert. Er hat mich dargestellt als reichen Playboy, der nur seinen Launen folgend um die Welt segelt und jede Nacht eine andere Frau im Bett hat.«

»Und, stimmt das etwa nicht?«

Er setzte sein herzerweichendstes Lächeln auf. »Kaum. Ich arbeite sehr fleißig.«

«Und zwar was?«

»Das tut nichts zur Sache. Ich gebe zu, damals, als ich das Boot kaufte und begann, damit zu reisen, hat mir das sehr viel Spaß gemacht. Abenteuer in fremden Ländern, mit unterschiedlichen Kulturen, verschiedenen Frauen.«

»Erspare mir die schmutzigen Details.«

»Natürlich. Was ich sagen will ist, dass ich inzwischen ein bisschen weiter bin. Ich bin es müde, für mich allein zu leben. Ich war auf der Suche nach etwas. Aber erst letzte Nacht, als ich dich in den Armen hielt, erkannte ich, wonach ich suchte.«

»Sag jetzt nicht …«

»Hör mir zu!«, befahl er ihr und schüttelte sie leicht. »Mit diesem Donnerschlag habe ich auch nicht gerechnet. Ich weiß, dass du davon genauso schockiert bist wie ich. Ich bedauere es zutiefst, dass du zu Davis gehörst. Er ist mein bester Freund. Wir sind wie Brüder füreinander. Aber ich werde nicht tatenlos zusehen, wie sich drei Menschen in Elend und Unglück stürzen!«

Ein Bild von Anns Gesicht tauchte vor ihrem inneren Auge auf. Ihre Miene war anklagend. Sollte sie sich hier weiter verführerische Worte anhören und das Leben ihrer Schwester ruinieren? Sie kämpfte gegen die romantische Vorstellung an, die er vor ihr ausbreitete.

»Ich bin nicht unglücklich. Ich liebe Davis.«

»Du tust so, als würdest du ihn lieben«, entgegnete er leise, fast mitfühlend, als würde er verstehen, welch ungeheueres Opfer sie brachte. »Du küsst ihn und berührst ihn. Aber ich spüre deine Zurückhaltung dabei.«

Er ergriff sie an den Schultern und drehte sie zu sich.

»Aber wie sich dein Körper letzte Nacht an meinen schmiegte, das hatte nichts von Zurückhaltung, nicht wahr? Und du weißt genauso gut wie ich, dass das nicht nur irgendein Kuss war letzte Nacht, sondern Liebe – echte, wahre Liebe.«

Um es zu beweisen, wiederholte er es.

Zärtlich besitzergreifend senkte sich sein Mund auf ihre Lippen. Er flüsterte ihr Liebesworte zu und machte Versprechungen, die seine Zunge erfüllte, als sie sich tief in ihren willigen, warmen Mund senkte, nach ihrer Zunge suchend und ein Begehren erweckend, das Allison schließlich überwältigte. Sie drückte sich an seinen Körper und umarmte ihn innig.

Nie hatte Allison Leamon gedacht, dass sie sich eine derartige Liebesaffäre wünschte. Dafür war in ihrem Leben kein Raum. So etwas war oberflächlich und vergänglich; nur Dummköpfe glaubten, dass so etwas Tiefe und Dauer haben könne.

Wusste sie nicht besser als irgendjemand sonst, dass Sex etwas rein Instinktives war? Er war ausschließlich biologisch und physisch bedingt und hatte wenig bis nichts mit Emotionen zu tun. Zwei x-beliebige Kreaturen einer Spezies konnten sich paaren; dazu war nichts weiter notwendig als einwandfrei funktionierende Geschlechtsorgane.

Und dennoch – im Augenblick war sie nicht mehr die pragmatische Wissenschaftlerin, sondern eine Frau in den Armen dieses Mannes, der das Adrenalin durch den Körper schoss und deren Herz wie wild im Brustkorb hämmerte. Ihr Körper sehnte sich danach, ihm noch näherzukommen, mehr von ihm zu bekommen. All ihre Sinne verlangten heftig danach, jeden erregenden Anreiz aufzunehmen, den er aussandte.

Es gab ihr ein berauschendes Gefühl von Macht zu

wissen, dass nicht nur sie erregt war. Seine Lippen und seine Zunge gierten nach ihr. Sein Körper war vor Verlangen hart und angespannt.

Nach ihr?

Er küsste nicht sie. Er küsste Ann. Sollte sich die Ann in seinen Armen durch einen Zauber ähnlich wie bei Aschenputtel in Allison verwandeln, dann würde sich sein Verlangen sofort in Luft auflösen. Er küsste eine Rothaarige, die verrückt genug war, eine orangefarbene Hose zu tragen und Sandalen mit koketten, bunten Perlen an den bloßen Füßen. Die zwei Cocktails trinken konnte, ohne danach beschwipst zu sein. Die feine Gerichte wie Pâté de foie gras liebte und Häuser mit Rollrasen davor.

Und die ganz gewiss genug Verstand hatte, sich nicht vom besten Freund ihres Verlobten mit derart provozierender Intimität küssen zu lassen.

Sie schob ihn von sich. Ihr Atem ging schwer, ihre Lippen waren rot und nass von seinem Kuss, ihre Augen tränenfeucht.

»Wir können das nicht mehr machen, Spencer.«

»Ich weiß.«

Er trat zur Seite und blickte über die Schulter, denn soeben war zu hören, dass Davis und der Makler zurückkamen.

»Solange du den da hast«, sagte er und zeigte auf den Diamantring an ihrem Finger, »kann ich dich nicht mehr berühren. Meinen Freund weiter so zu hintergehen, verstößt gegen alle meine Prinzipien. Davis muss einfach erfahren, was ich fühle. Ich werde mich darum kümmern.«

Entsetzt packte sie ihn an seinem steinharten Bizeps.

»Du wirst dich um gar nichts kümmern! Du wirst

Davis nichts sagen! Hast du verstanden?«, flüsterte sie. »Ich heirate Davis Lundstrum und damit basta!«

Sie sah, wie er entschlossen die Zähne zusammenbiss, und wusste sofort, dass sie nichts erreicht hatte. Anns Zukunft schwebte am Rande des Abgrunds, und sie war schuld daran.

Trotz der Demütigung, die es für sie mit sich bringen würde, musste sie ihm die Wahrheit sagen, sie hatte keine andere Wahl.

»Hör zu, Spencer, ich muss dir etwas sagen. Ich bin nicht ...«

»Hey ihr beiden, diese Garage müsstet ihr sehen!«, rief Davis, als er hereinkam. »Süße, da können wir unsere beiden Wagen parken, und es bleibt immer noch Platz übrig.«

Sie hatte ihre Chance vertan. Die ganze Farce musste weitergehen.

Allison eilte in Davis' Arme.

»Ich liebe dieses Haus, Darling. Aber dich liebe ich noch viel mehr.«

Sobald sie sicher in Anns Wohnung angelangt war, griff sie zum Telefon. Davis und Spencer spielten Rakettball, danach wollten sie mit einigen seiner Freunde zum Essen gehen.

»Es macht dir doch nichts aus, wenn ich einen Abend mit den Jungs verbringe, oder?«

»Natürlich nicht, Darling.«

Hätte er nur gewusst, wie erleichtert sie gewesen war. Aber sie schmollte auf eine Art, wie sie es bei Ann gesehen hatte, und legte eine Hand auf seine Brust.

»Solange es nicht zu oft vorkommt.«

Er gab ihr einen heftigen Kuss, der, gemessen an seiner Wirkung auf sie, allerdings ebenso gut ein Händeschütteln hätte sein können. Die Verabschiedung schien sich endlos hinzuziehen. Allison konnte es nicht erwarten, die Tür hinter ihm zu schließen.

Nach dem zweiten Läuten hob Ann in ihrem Klinikzimmer ab.

»Annie, ich muss mit dir reden, und ich will, dass du mir genau zuhörst.«

»Hallo, Allison.« Ihre Stimme klang noch immer etwas benommen von der Narkose.

»Wie geht es dir?«, fragte Allison sofort zerknirscht, um nicht den Eindruck zu erwecken, als habe sie kein Mitgefühl.

»Es ist nur ein wenig unangenehm wegen der Verbände. Und von der Narkose ist mir ein bisschen schlecht.«

»Das tut mir leid, aber ...«

»Wie geht's dir? Wie ist es bei der Arbeit?«

»Arbeit?« Arbeit? Sie wollte nicht über ihre Arbeit reden, wenn sie das Gefühl hatte, gleich werde die Welt über ihr zusammenbrechen. »Bei der Arbeit ist alles okay. Annie ...«

»Was hast du heute gemacht?«

Allison seufzte und rieb sich eine schmerzende Schläfe. »Ich arbeite an der Relation zwischen Vererbung und Intelligenz.«

Ann lachte abgehackt. »Du solltest ein Baby haben. Stell dir bloß vor, was das für ein kleines Genie wäre!«

Jetzt spürte sie diesen pochenden Schmerz in beiden Schläfen.

»Ja, das hat Dr. Hyden auch gesagt. Das Problem ist, einen ebenso intelligenten Vater zu finden. Hör zu, Ann, ich habe dich nicht angerufen, um mit dir über meine Arbeit zu reden. Wir haben ein echtes Problem. Davis hat mir heute ein Haus gezeigt. Es gefällt ihm, und ich glaube, dir gefällt es auch. Aber wir müssen auf Nummer sicher gehen. Ich kann nicht eine derartige Entscheidung für dich treffen.«

»Reg dich nicht auf, Allison. Ich werde mir das Haus ansehen, sobald ich aus der Klinik heraus bin.«

»Du kapierst nicht, wie dringend die Sache ist. Der Makler drängte Davis, einen Vertrag zu unterschreiben. Ich äußerte Bedenken und sagte, ich müsse es mir erst noch überlegen. Zu Davis sagte ich, ich würde hoffen, mit meiner Verzögerungstaktik den Preis drücken zu können, aber … Annie, hörst du mir zu? Bist du noch wach?«

»Ja«, antwortete sie abgespannt. »Wie sieht es aus?«

Allison beschrieb das Haus.

»Ich glaube, es ist genau, was du willst.«

»Ich vertraue auf deine Meinung. Du kannst dem Vertrag zustimmen.«

»Nein. Auf gar keinen Fall. Wenn dir das Haus nicht gefällt, dann hast du es am Bein, und ich bin schuld daran.«

»Also gut«, meinte Ann müde, »dann halte sie hin.«

»Das geht nicht!«, schrie Allison.

Davis konnte sie hinhalten. Nicht aber Spencer. In der kurzen Zeit, die sie ihn nun kannte, war ein Aspekt seiner Persönlichkeit sonnenklar geworden: Wenn er sich zu etwas entschlossen hatte, dann konnten ihn keine zehn Pferde mehr davon abbringen. Er würde womöglich etwas Schreckliches tun, noch bevor die Wahrheit ans Licht kam.

»Morgen bringe ich Davis in die Klinik«, sagte Allison.

Dann würden Davis und Ann sich aussprechen. Spencer würde sehen, wie wahnsinnig verliebt die beiden waren, und abreisen, oder er würde bleiben und um sie kämpfen. Aber auf jeden Fall wäre Allison dann aus dem Schneider.

»Oh, nein, das tust du bitte nicht!«, widersprach Ann. Plötzlich schien sie voll geballter Energie zu sein. »Allison, du hast es mir versprochen!«

»Ich werde noch verrückt dabei, immer dich zu spielen. Versetz dich doch mal in meine Lage! Würdest du gern so tun, als wärst du ich, auch nur für eine kleine Weile?«

Anns langes Schweigen sagte alles.

»Nein, das möchte ich nicht. Aber ich möchte nicht, dass Davis es jetzt schon erfährt. Nur noch einen oder zwei Tage. Bitte!«

Allison knirschte frustriert mit den Zähnen und startete dann noch einen Versuch. Mit gesenkter Stimme und in vertraulichem Tonfall sagte sie: »Ann, du weißt, wie liebevoll Davis ist. Er küsst mich die ganze Zeit. Genau so, wie er dich küsst.« Sie ließ den Satz wirken und fragte dann: »Weißt du, was ich meine?«

»Ich weiß, was du versuchst, aber damit kommst du bei mir nicht durch. Ich bin nicht eifersüchtig auf dich, Allison. Ich weiß, wie du über Männer denkst, und so sehr du Davis als Schwager magst, gib nicht vor, dass dich seine Küsse auf eine Weise erregen, für die du dich schämen müsstest. Bei dir wäre mehr nötig als ein paar Küsse, um dich in Fahrt zu bringen.«

Willst du darauf wirklich wetten? Hätte Ann sie bloß in Spencers Armen sehen können – sie hätte ihre »altjüngferliche« Schwester nicht wiedererkannt! Nicht einmal ein Kuss war notwendig. Ein Blick von ihm, und sie ging ab wie eine Rakete.

»Ich habe dich doch nicht beleidigt, oder?«, fragte Ann.

»Nein.«

»Du weißt, dass ich dich für sehr attraktiv halte. Ich wollte lediglich sagen, du kannst mich nicht erpressen, damit du Davis von meiner Operation erzählen darfst.« Sie lachte leise. »Küss ihn, so viel du willst. Die Übung wird dir gut tun.«

Allison ignorierte die letzte Bemerkung und seufzte resigniert. Sie hatte es zumindest versucht. Sie hatte versucht, es Spencer zu sagen, und war unterbrochen worden. Sie hatte versucht, Ann zu überzeugen, und war gescheitert.

»Also gut, Ann. Ich spiele deine Rolle noch für einen Tag, aber das könnte Folgen haben. Ich hoffe, du bist darauf gefasst, ihnen ins Auge zu sehen.«

»Es wird schon keine Konsequenzen geben. Wenn Davis draufkommt, werden wir alle schallend lachen, und er wird von dem, was ich getan habe, begeistert sein.«

Ja, aber was war mit Spencer? Sie wollte seinen Namen nicht ins Spiel bringen. Es war besser, wenn Ann nie erfuhr, was sie für Davis' besten Freund empfunden hatte.

»Gute Nacht. Schlaf gut. Ich versuche, morgen Mittag vorbeizukommen.«

»Gute Nacht, Allison. Und vielen Dank. Ich weiß, das ist sicher nicht leicht für dich.«

Das war die Untertreibung des Jahrhunderts.

Sie war über ein Mikroskop gebeugt und studierte einen Objektträger. Ihre Augen waren von einer weiteren schlaflosen Nacht so müde gewesen, dass die Kontaktlinsen auf der Netzhaut brannten, als würde jemand mit einem heißen Schürhaken im Auge herumfahren. Schließlich hatte sie sie herausgenommen und die Brille aufgesetzt. Ihr Haar war zu dem üblichen praktischen Knoten zusammengebunden, und unter ihrem Laborkittel trug sie ein olivgrünes Kleid. Ihre Schuhe waren leider ebenso hässlich wie sie bequem waren. Sie trug im Labor keinen Schmuck, aber hinter einem Ohr steckte ein Bleistift.

Eine Aufmachung, die von der orangefarbenen Hose und den etwas ordinären Sandalen mit den bunten Perlen wirklich himmelweit entfernt war.

»Ms Leamon? Allison Leamon?«

Der aufwühlend vertraute Klang seiner Stimme ließ ihren Kopf abrupt hochschnellen. Allison erstarrte, als er in ihre Welt eintrat, sie erfüllte, sie veränderte, sie aufblähte und gleichzeitig schrumpfen ließ.

»Ja?«, fragte sie heiser.

»Mein Name ist Spencer Raft.«

4

Allison trat unwillkürlich einen Schritt zurück. Sie stieß mit dem Rücken an die Marmorplatte des Tisches und blieb dort wie festgenagelt stehen – so fassungslos, dass sie keinen Ton herausbrachte und sich nicht vom Fleck rühren konnte.

Mit einem offenen, freundlichen Lächeln trat er in die Mitte des Zimmers, blieb knapp vor ihr stehen und betrachtete sie genau.

»Es ist unglaublich«, murmelte er. »Ihr seid wirklich identisch.« Schließlich schüttelte er leicht den Kopf, sein Grinsen wurde noch breiter, und er sagte: »Entschuldigen Sie, dass ich Sie so unhöflich anstarre. Wie ich schon sagte, mein Name ist Spencer Raft.«

Sicher erwartete er, dass sie ihm zur Begrüßung die Hand reichte, doch sie war unfähig, sich zu bewegen, ganz zu schweigen davon, ihn zu berühren. Und noch weniger mit Händen, deren Innenflächen noch Kratzer aufwiesen! Und nach den Küssen, die sie ausgetauscht hatten, war da ein Händeschütteln nicht überhaupt ein wenig albern?

»Allison Leamon.« Beim Aussprechen ihres Namens sprang ihre Stimme von der niedrigen Tonlage in die hohe wie bei einem Jungen im Stimmbruch.

»Ich habe kürzlich Ihre Schwester kennengelernt. Die Ähnlichkeit ist wirklich bemerkenswert. Bis auf die Brille sehen Sie exakt aus wie sie.«

Sie konnte nicht wie zur Salzsäule erstarrt stehen bleiben. Sie musste mit ihm reden.

»Ann hat Ihren Namen erwähnt. Sie sind Davis' Freund, nicht wahr?«

»Ja.« Er studierte ihr Gesicht noch einmal, dann sah er sich im Labor um. Gemütlich schlenderte er auf die Käfige zu, in denen Ratten und Mäuse, eine Familie von Rhesusaffen sowie mehrere Generationen Kaninchen untergebracht waren. »Ann hat mir von Ihrer Arbeit erzählt. Das klang wirklich faszinierend.«

War das eine etwas herablassende Höflichkeit, oder meinte er es ernst?

»Ich denke, das ist sie, ja.«

Verblüfft durch ihren gespreizten, fast feindseligen Ton wandte er sich zu ihr um.

»Ich komme doch nicht etwa ungelegen, oder?«

»Nein.« Sie schämte sich für ihre Unhöflichkeit und zwang sich, die scheinbare Sicherheit des Tisches aufzugeben. »Ich war nur mit einigen vorbereitenden Arbeiten für ein Experiment beschäftigt, das ich bald beginnen werde.«

Sie befeuchtete ihre Lippen und versuchte, sich zu entspannen, doch das war nicht einfach. Nie im Leben hätte sie damit gerechnet, ihn durch die Tür ihres Labors kommen zu sehen. Und jetzt, wo er hier war, hatte sie wegen seines plötzlichen Erscheinens sehr gemischte Gefühle.

Einerseits befürchtete sie, er werde die Täuschung erkennen. Andererseits war sie etwas traurig darüber, dass er sie beim Hereinkommen nicht genau angesehen und sofort erkannt hatte.

In dem melodramatischen Szenario, das in ihrer Fantasie ablief, sah sie ihn auf sie zustürzen und sagen: »Oh, Liebling, glaubst du denn, ich würde dich nicht überall erkennen?«

Dann zog er ihr die Nadeln aus dem Haar, es wallte

über seine liebkosenden Hände, er beugte sie über seinen Arm nach hinten und presste ihr einen glühenden Kuss auf den Mund. Seine begierigen Hände öffneten die Knöpfe ihres Kleids, und er vergrub seine Lippen in dem Tal zwischen ihren Brüsten und schwor ihr mit inbrünstigem Murmeln seine Liebe und Leidenschaft.

Was bin ich nur für eine Idiotin!, schimpfte sie sich selbst. Niemals würde sie einem Mann eine derart undisziplinierte Annäherung erlauben.

»Worum geht es bei Ihrem nächsten Experiment?«, fragte Spencer.

Eine einfache, höfliche Frage; er war also wohl kaum in Leidenschaft entbrannt. Und mit Sicherheit hatte er sie nicht wiedererkannt.

Sie schob die Brille weiter nach oben.

»Ich messe die Auswirkung, die eine ausgewogene Ernährung auf die Intelligenz ausüben kann.«

»Kann sie das?«

»Kann was was?«

»Kann eine ausgewogene Ernährung Einfluss auf die Intelligenz ausüben?«

»Andere Experimente haben das bereits bewiesen. Ich teste, wie weit der Einfluss reicht.«

»Ich verstehe. Erzählen Sie weiter.«

Das war das erste Gespräch, das sie führten, in dem es nicht direkt um sie beide ging. Wenn er einfach nur Anstand demonstrieren wollte, dann war er ein guter Schauspieler, denn er schien wirklich interessiert zu sein.

Sie ging zu den Käfigen, vor denen er stand, und erklärte kurz die Versuchsprotokolle ihrer einführenden Arbeit mit Mäusen. Dann blickte sie zu ihm auf, um festzustellen, ob er noch immer interessiert war. Tatsächlich. Sein Blick war fest auf sie gerichtet.

»Und was dann?«, fragte er. – »Dann wiederhole ich das Ganze mit den Primaten.«

Sie steckte einen Finger in den Affenkäfig. Das jüngste Tier kam auf sie zu und griff verspielt danach.

»Das ist Oscar. Er ist schrecklich verzogen.«

Sie holte eine Erdnuss aus der Tasche und gab sie dem Affenbaby, das begierig daran zu knabbern begann.

Als Spencer lachte, bekam sie sofort ein Kribbeln im Bauch, und sie blickte erneut zu ihm auf.

»Ihre Arbeit klingt aufregend«, wiederholte er.

»Manchmal ist sie das wirklich. Aber meistens ist es Routine, alles wiederholt sich ständig, und man braucht viel Geduld. Die Natur arbeitet nicht immer schnell.« Manchmal kann sie einen allerdings auch innerhalb von Minuten voll umhauen.

Oscar hatte seine Erdnuss aufgegessen und zog jetzt an dem Finger, den Spencer ihm entgegenstreckte.

»Sind die Versuchstiere teuer?«, fragte er.

»Ja. Aber da wir keine medizinische Forschung betreiben, haben unsere eine längere Lebenserwartung. Wir züchten sie zu experimentellen Zwecken. Das dient also letztlich einem zweifachen Ziel.«

»Sie verkuppeln sie.«

Bei dieser scherzhaften Wendung wagte sie einen weiteren Blick auf ihn. Gott hätte wirklich die Gussform zerbrechen sollen, sobald er Spencer erschaffen hatte. Ein besseres Exemplar von einem Mann konnte er einfach nicht hinkriegen.

»Normalerweise geschieht die Paarung auf klinischem Weg.«

»Künstliche Befruchtung?«

»Ja.«

Er warf einen raschen Blick auf Oscars Eltern und

grinste dem Männchen mitfühlend zu. »Das kann man aber kaum als fair bezeichnen.« Seine Augen blitzten schelmisch, als er Allison ansah.

Sie schluckte schwer und vermied es, seinen Blick zu erwidern. »Möchten Sie eine Tasse Kaffee, Mr Raft?«

»Danke, gern. Schwarz«, antwortete er und folgte ihr. »Und nennen Sie mich bitte Spencer.«

Ohne ihre Aufforderung abzuwarten, setzte er sich auf einen hohen Hocker und hängte den Absatz des einen Schuhs an der oberen Sprosse ein. Bei dieser Sitzposition spannte sich der graue Stoff seiner Hose fest über seine Schenkel. Und seinen Schoß.

Wieder musste Allison schwer schlucken. Ihre Hände zitterten so stark, dass sie kaum den Kaffee einschenken konnte.

In einem verzweifelten Versuch, ihre Nervosität zu verbergen, sagte sie: »Ich freue mich ja immer, wenn ich jemandem das Labor zeigen kann, aber ich glaube kaum, dass Sie mich deshalb besuchen kommen.«

Als sie ihm seine Tasse reichte, trafen sich ihre Blicke.

»Sie haben Recht, Allison. Ich bin hergekommen, um über Ann zu sprechen.«

Sie setzte ihre Tasse an die Lippen und lehnte sich an einen der hohen Tische. »Ann? Was ist mit ihr?«

»Ich will mit ihr ins Bett gehen.«

Allison schüttete heißen Kaffee über ihren Laborkittel und sein hundert Dollar teures Sporthemd, und sie musste so lange husten und spucken, dass sie meinte, es wären Stunden gewesen. Ihre Augen trieften, und sie versuchte, nicht zu ersticken.

Spencer legte eine Hand auf ihre Schulter, mit der anderen klopfte er ihr leicht auf den Rücken.

»Aber, aber. Besser?«, fragte er, nachdem sie ein paar Sekunden lang nicht mehr gehustet hatte.

Er füllte eine Tasse am Waschbecken und brachte sie ihr. Allison nippte zuerst vorsichtig, trank dann die ganze Tasse aus und tupfte sich anschließend mit dem Saum ihres Kittels die Augen trocken.

Spencer reichte ihr ein Taschentuch, schon das zweite innerhalb von achtundvierzig Stunden – aber das wusste er ja nicht.

»Danke«, sagte sie und gab es ihm zurück. »Entschuldigen Sie, dass ich einen Fleck in Ihr Hemd gemacht habe.«

Er sah ihn sich an. »Das kann man waschen. Sind Sie auch sicher wieder in Ordnung?«

»Ja. Es ist nur ... Was Sie sagten ... Sie ...«

»Ich sollte mich entschuldigen. Ich wollte nicht so ungehobelt sein. Aber ich dachte, da ihr Zwillinge seid, hättet ihr euch gegenseitig ins Vertrauen gezogen.«

»Oh, wir sind uns sehr nahe. Ich hatte nur nicht erwartet, dass Sie so geradeheraus sagen würden ... was Sie eben gesagt haben.«

Er lächelte gewinnend.

»Ich fürchte, unverblümt zu sein ist eine meiner Schwächen. Ich rede nicht gern um den heißen Brei herum.«

»Ja, ich weiß«, murmelte sie.

»Bitte?«, fragte er und beugte sich nach vorn.

Sie fasste sich rasch wieder.

»Nichts. Ich habe nur gesagt, dass Sie sich auf eine Enttäuschung gefasst machen müssen. Ann heiratet Davis in ein paar Wochen. Sie ist schrecklich in ihn verliebt.«

»Wirklich?«

»Ja.«

»Wissen Sie das ganz genau?«

Sie wusste es ganz genau. Ann liebte Davis.

»Ja. Sie redet nur noch über ihn.«

Allison versuchte ein zuversichtliches Lächeln, aber es wurde ein schiefes Grinsen. Sie spürte, wie schief es war.

Er glitt mit einer leichten Bewegung von seinem Hocker und begann, auf und ab zu gehen, die Hände in den Hosentaschen vergraben und ihr den Rücken zugewandt.

Dieses Mal spannte sich der Stoff über seinen Po. Allisons Blick fiel auf seine schlanken Hüften.

War sie im Begriff, langsam verrückt zu werden? Sie konnte sich nicht erinnern, jemals einem Mann auf den Hintern geblickt zu haben. Was war bloß seit Kurzem in sie gefahren?

Wenn es nicht sein Gesicht war, was ihr Schmetterlinge im Bauch verursachte, dann war es die Vorderansicht seiner Hose oder, wie eben, die Rückansicht!

»Ich stimme Ihnen nicht zu, Allison«, sagte er und wandte sich abrupt zu ihr um.

Ihr Blick wechselte zu seinem Gesicht.

»Ich glaube nicht, dass Ann Davis so liebt, wie sie es vorgibt.«

»W-warum sagen Sie das?«

»Weil ich sie geküsst habe, und weil ich nicht glaube, dass eine Frau, die einen Mann so sehr liebt, dass sie ihn heiraten will, auf die Küsse eines anderen Mannes so reagieren würde wie sie auf die meinen.«

»Oh, Sie haben sie also geküsst«, bemerkte sie kleinlaut.

»Bitte, glauben Sie mir, dass ich nie zu denen gehört habe, die so etwas einfach ausplaudern. Ich spreche nie mit anderen Männern oder sonst irgendjemandem über mein Sexualleben. Das ist eine einmalige Ausnahme.« Er fuhr sich durch das Haar. »Ann ist eine Ausnahme.«

Als sie sich verschluckte, hatte sie die Brille abgenommen. Jetzt setzte sie sie wieder auf, um ihre Verwirrung zu verbergen. Sie wusste, dass man in ihr lesen konnte wie in einem Buch, und dass ihm nichts verborgen blieb.

»Eine Ausnahme? Inwiefern ist Ann eine Ausnahme?«

Er blickte ihr tief in die Augen, und in diesem Moment glaubte sie, ihre Knie würden nachgeben.

»Ich weiß nicht, wie ich es ausdrücken soll. Ich begehre sie auf eine Art, wie ich noch nie eine Frau begehrt habe. Es ist nicht nur Lust. Meine Lust könnte ich so ziemlich mit jeder Frau befriedigen. Es ist ... ich weiß es einfach nicht. Ich komme mir vor wie ein Idiot, wie ich hier so stehe und mit Ihnen rede. Sie wissen doch, was für eine hinreißende Frau Ihre Schwester ist!«

Hinreißend? Sie? Wusste er am Ende, wer sie war? Erlaubte er sich einen Scherz mit ihr?

»Ann hat mir von Ihnen erzählt. Sie sagte, sie habe sich blamiert.«

Er lachte leise und setzte sich wieder auf den Hocker. Seine Anspannung war verflogen. Er beugte sich locker etwas nach vorn, die langen Beine von sich gestreckt und die Hände zwischen den Schenkeln gefaltet.

»Na ja, der Beginn war etwas verunglückt.«

Allison nahm eine Papierserviette und machte sich an den Kaffeeflecken auf ihrem Labormantel zu schaffen, doch eigentlich war diese Geste nur ein Versuch, unbekümmert zu wirken.

»Wenn sie sich so ungeschickt und linkisch benahm, wie sie es beschrieben hat, wie konnten dann Sie, ein weltgewandter, attraktiver und kultivierter Mann, der mit Frauen aus der ganzen Welt verkehrt, wie konnten Sie dann m... – äh, Ann attraktiv finden?«

Er zog eine Braue nach oben und blickte Allison durch einen Wald von schwarzen Wimpern an. Einer seiner Mundwinkel verzog sich zu einem trägen Grinsen.

»Wer sagt denn, dass ich weltgewandt, attraktiv und kultiviert bin? Ann? Hat sie mit Ihnen über mich gesprochen?«

»Ein bisschen«, antwortete sie ausweichend und legte die Serviette beiseite, die sich in ihrer schwitzigen Hand allmählich auflöste.

»Ich vermute, es wäre etwas unhöflich, Sie zu fragen, was Ann sagte«, bemerkte er versuchshalber.

»Ich kann Ihnen sicher nicht wiederholen, was mir meine Schwester unter dem Siegel der Vertraulichkeit mitgeteilt hat.«

Er legte seufzend den Kopf zurück. »Nun, das muss ich wohl respektieren. Aber um Ihre Frage zu beantworten – ich fühlte mich zuerst zu Ann hingezogen, weil sie wunderschön ist.« Er lächelte liebevoll. »Sie war so tapfer nach diesem peinlichen Sturz – die meisten Frauen hätten sich dadurch zu Tränen gedemütigt gefühlt. Ich habe noch nie eine Frau mit einem solchen Charakter erlebt. Sie hat sich Davis zuliebe so sehr bemüht, dass der Abend angenehm wurde. Ich habe gemerkt, wie wichtig es ihr war, ihm zu gefallen und auf mich einen guten Eindruck zu machen. Sie hat sich ganz edelmütig beherrscht und für den Rest des Abends eine gute Miene gemacht. Eine Frau mit einer solchen Beherztheit musste ich einfach näher kennenlernen.«

Am liebsten hätte sie sich in seinen Komplimenten über ihren Charakter gesonnt, doch sie konnte sich dieser Freude nicht hingeben. Schließlich war er von Anns Aussehen hingerissen, nicht von Allisons. Sie griff eine seiner Bemerkungen auf, um ihn davon zu überzeugen, wie sehr Ann an Davis hing.

»Sie sagten, sie habe sich für Davis so sehr bemüht, dass der Abend angenehm wurde. Das zeigt doch, wie sehr sie ihn liebt.«

Er stand auf, zog frustriert die Schultern hoch und steckte wieder die Hände in die Hosentaschen. Verdammt! Sie wünschte, er würde das nicht tun.

»Sie tut so, als sei sie in ihn verliebt. Und ich glaube auch, dass sie ihn liebt – wie einen Freund.«

»Sie liebt ihn in jeder Hinsicht«, erklärte Allison.

Er musterte sie streitlustig.

»Warum scheut sie dann vor seiner Umarmung zurück?«

»Das tut sie nicht.«

»Und ob! Beobachten Sie sie das nächste Mal, wenn Sie mit den beiden zusammen sind. Es ist spontan und unbewusst. Ihr Körper fühlt sich nicht zu seinem hingezogen, so wie es bei einem Liebespaar üblich ist; er zieht sich zurück. Ist das normal? Nein. Ich glaube, sie fühlt sich ihm irgendwie verpflichtet. Er hat ihr Essen bestellt, aber sie mochte es nicht. Sie hat nur so getan, seinetwegen. Sie gab vor, dass ihr das Haus sehr gefiel, das er ihr zeigte, aber sie fand es unmöglich.«

»Das Haus gefiel Ann sehr gut«, warf Allison ein. »Das hat sie mir erzählt.«

»Dann hat sie Sie und sich selbst belogen! Wenn Sie dabei gewesen wären, hätten Sie gesehen, was ich meine.«

Allison verdrehte die Hände ineinander und biss sich auf die Unterlippe. Dies war ihre Chance, ihn davon zu überzeugen, dass Ann heftig in Davis verliebt war, doch er machte jedes ihrer Argumente zunichte. Und da er in den letzten Tagen sie beobachtet hatte und eben nicht Ann, hatte sie auch nicht viel Pulver zu verschießen. Alle seine Beobachtungen stimmten.

»Sie lässt ihn ihr Essen bestellen, um sein Selbstwertgefühl zu steigern – Sie wissen schon, damit er denkt, er sei ihr wichtig«, sagte sie.

Er starrte sie ungläubig an, der Mund blieb ihm offen stehen.

»Um sein Selbstwertgefühl zu steigern? Sie meinen, so ein altmodisches Geschlechter-Rollenspiel? Der dominante Mann und die unterwürfige Frau, die nie eine eigene Entscheidung trifft?«

Sie zuckte nervös mit den Schultern.

»So etwas in der Art.«

Er schlug sich mit der flachen Hand auf die Stirn.

»Das glaube ich nicht! So naiv ist Ann einfach nicht. Sie meinen, sie würde sich dafür hergeben, in einem Haus zu leben, das ihr gar nicht gefällt, nur um ihm nicht wehzutun, um sein Ego nicht zu beschädigen?«

»Das ist deren Angelegenheit, nicht die meine oder Ihre.«

»Ich habe es aber zu meiner gemacht!«, erwiderte er fast schreiend. »Ich glaube einfach nicht an eine solche Heuchelei – Sie vielleicht?«

Ihre Blicke trafen sich. Der seine verlangte nach der Wahrheit, und sie antwortete ihm – nicht wie Ann es getan hätte, sondern wie sie, Allison sich fühlte.

»Nein, ich auch nicht.«

»Und ich bin sicher, dass Ann auch nicht daran glaubt. Nicht wirklich. Sie ist irgendwie auf diese Schiene geraten, und jetzt weiß sie nicht, wie sie davon wieder herunterkommt.«

»Vielleicht gefällt ihr diese Schiene. Haben Sie das schon einmal überlegt?«

»Vielleicht war das bis vor ein paar Tagen so.«

»Bis sie Sie kennenlernte?«, fragte Allison herausfordernd.

»Na ja, ist ja gut. So selbstgefällig das klingt, ich glaube, sie beginnt zu begreifen, dass sie keine chauvinistische Beziehung mit einem Mann haben muss.«

»Und Sie halten das nicht für chauvinistisch, wenn Sie sagen, Sie wollen mit ihr ins Bett gehen?«, hakte Allison verärgert nach.

Er hatte genug Anstand, um über sich selbst zu lachen.

»Schuldig im Sinne der Anklage! Aber«, fügte er hinzu und erhob eine Hand, »sie will ebenso sehr mit mir ins Bett wie ich mit ihr.«

Allisons Ärger verschwand unter einer Woge von Verlegenheit. Ihr wurde überall heiß.

»Warum sagen Sie das?«

»Wegen der Art, wie sie jedes Mal reagierte, wenn ich sie in den Armen hielt. Ich brauche Ihnen, einer Biologin, doch nicht die physischen Symptome einer Erregung zu erklären. Als Mann erkenne ich sie bei einer Frau.«

Sie versuchte, sich zu räuspern und wieder Atem zu schöpfen.

»Nein, Sie müssen mir gar nichts erklären.« Sie nahm ihre Kaffeetasse, rührte darin herum und starrte auf den Inhalt. »Falls Ann ihre Verlobung mit Davis auflösen und ... zu Ihnen gehen sollte, was würden Sie dann tun?«

»Was ich dann tun würde?«

Es war das Schwierigste, was sie je getan hatte, aber sie hob den Blick und sah ihm in die Augen. Doch sie wandte ihn rasch wieder ab, damit er nicht am Ende merkte, dass es nicht bloße Neugier war, was sie zu dieser Frage trieb. »Nachdem ... nachdem ...«

»Nachdem wir ein Paar geworden sind?«

Ihr Blick traf erneut seinen. Er scherzte wieder und

freute sich über ihr Erröten, das ihn so sehr an das von Ann erinnerte, doch dann wurde er ernst. Die buschigen Brauen zogen sich ratlos zusammen.

»Ich weiß es ehrlich gesagt nicht, Allison. Ich würde niemals einer Frau Versprechungen machen, die ich nicht gewillt wäre zu halten, aber ich glaube nicht, dass dies eine vorübergehende Liebelei ist. Sie geht mir nicht aus dem Sinn. Ich glaube, es würde lange dauern, bis ich an ihr alles entdeckt hätte, was ich wissen will.« Mit einem Seufzer hob er kurz die Hände hoch. »Ehrlicher kann ich es nicht sagen.«

»Ich schätze Ihre Ehrlichkeit«, sagte sie schroff, den Blick auf den Boden gerichtet. »Als Anns Schwester«, beeilte sie sich hinzuzufügen.

In den letzten Momenten hatte sie fast vergessen, dass sie über Ann sprachen und nicht über sie. Als sie sich wieder gefasst hatte, erklärte sie: »Wenn Sie wirklich etwas für Ann empfinden, dann werden Sie von ihr nicht verlangen, dass sie die Sicherheit einer Ehe und eines Zuhauses einer ungewissen Affäre mit Ihnen opfert.«

»Ich würde ihr niemals wehtun.«

»Das würden Sie schon! Wenn sie Davis Ihretwegen den Laufpass geben würde, könnte sie das später sehr bereuen.«

»Wann?«

»Wenn Sie mit Ihrer Yacht davonsegeln und sie einfach sitzen lassen natürlich.«

»Aber sie wäre nicht in einer unglücklichen Ehe mit einem Mann gefangen, den sie nicht liebt.«

»Sie liebt Davis. Das haben Sie selbst gesagt.« Sie unterbrach sich und atmete tief durch. »Darf ich Ihnen einen Vorschlag machen?«

Er nickte.

»Sie sind anders als alle Männer, die Ann je getroffen

hat. Vielleicht haben Sie sie einfach umgehauen, und sie ist vorübergehend verwirrt.«

Sie fuhr sich rasch mit der Zunge über die Lippen. »Aber ich schwöre Ihnen, sie würde niemals ihr Glück mit Davis wegen einer Affäre mit Ihnen opfern.«

Er ergriff ihre Hände, zum Glück nur an den Fingern. »Sie sind eine vernünftige junge Frau, Allison.«

Vernünftig. Ja. Sie trug vernünftige Schuhe und vernünftige Kleidung und hatte eine vernünftige Frisur. Sie konnte sich vernünftig über eine ganze Menge Themen unterhalten. Sie hatte einen kühlen Kopf. Aber ohne den femininen Zierat ihrer identisch aussehenden Schwester war sie eben nicht mehr als nur das. Vernünftig.

Aber nichts war vernünftig an den heißen Wellen, die bei jeder seiner Berührungen ihre Arme hinauf- und hinunterjagten. Ihr Blick war alles andere als vernünftig, wenn sie in seine tiefblauen Augen schaute. Und mit seiner leisen und leicht heiseren Stimme hätte er ihr befehlen können, vom Rand der Welt hinunterzuspringen, und sie hätte es getan.

Aber er sah die vernünftige Allison. Er erkannte in ihr nicht die Frau, die seine Leidenschaft entfachte. Sie war erstaunt, wie sehr sie das verletzte.

»Sagen Sie mir die Wahrheit«, fuhr er fort. »Nach allem, was ich Ihnen erzählt habe – glauben Sie, dass das, was ich für Ann empfinde, ‚flüchtig' ist? Glauben Sie, ich würde meine Freundschaft mit Davis für eine vorübergehende Affäre aufs Spiel setzen? Anscheinend sind Sie mir gegenüber voreingenommen. Ich gebe ja zu, dass ich viele Frauen gehabt habe, aber deswegen bin ich nicht gleich einer, der aus selbstsüchtigen Gründen eine Liebesbeziehung zwischen zwei Leuten ruiniert und dann munter weiter seiner Wege zieht.«

Seine Daumen rieben über ihre Fingerkuppen. Er war sogar dann bezaubernd, wenn er es gar nicht darauf anlegte. Allison hasste sich dafür, dass sie so empfänglich war.

»Glauben Sie wirklich, dass Ann bis über beide Ohren in Davis verliebt ist?«, fragte er leise.

»Ja«, antwortete sie aufrichtig. »Ich weiß, dass sie das ist.«

Mit einem Seufzer ließ er ihre Hände los, trat zurück und blickte lange aus den hohen, breiten Fenstern auf den penibel gepflegten Rasen draußen.

»Es tut mir leid, Allison. Ich weiß, dass Sie Ann wahrscheinlich näherstehen als sonst irgendjemand. Aber ich teile Ihre Ansicht nicht. Ich denke, Sie müssten ein Mann sein, um mich zu verstehen. Sie müssten sie im Arm gehabt und geküsst haben, um zu verstehen, was ich meine. Ich verlasse mich auf meinen Instinkt. Er hat mich noch nie getrogen. Und er ist auch dieses Mal richtig.«

Er lächelte zu ihr herab.

»Auf Wiedersehen. Ich bin sicher, dass wir uns wiedersehen. Und ich würde es begrüßen, wenn Sie Ann von diesem Besuch nichts erzählen würden.«

Er wandte sich zum Gehen, doch sie stolperte ihm nach.

»Was machen Sie denn jetzt?«

An der Tür hielt er inne.

»Ich weiß nicht. Aber ich hasse Ausflüchte. Ich lege meine Karten immer auf den Tisch, sowohl in privaten als auch in geschäftlichen Beziehungen.« Als er ihre gequälte Miene bemerkte, lächelte er ihr vertrauenerweckend zu. »Machen Sie sich keine Sorgen, Allison. Alles wird sich zum Besten wenden.«

Dann ging er. Sie rang noch immer mit den Händen und biss sich auf die Unterlippe, als er längst weg war.

Auf dem Weg zu seinem Wagen war Spencer sehr deprimiert, und dieses Gefühl war ihm fremd; er wusste nicht, wie er damit umgehen sollte.

Er stieg ein, öffnete das Fenster und lehnte sich erst einmal zurück, um nachzudenken.

Was nun? Er hatte Anns Zwillingsschwester aufgesucht in der Hoffnung, von ihr etwas in Erfahrung zu bringen. Stattdessen hatte sie ihm lediglich wiederholt versichert, Ann liebe Davis.

Er war enttäuscht. Er war verärgert. Und er war verzweifelt.

Am meisten verdross ihn sein schwindendes Selbstvertrauen. Frauen waren für ihn noch nie ein Problem gewesen. Wenn er eine wollte, dann hatte er sie genommen. Waren Komplikationen zu erwarten, die einen Einsatz oder ein Risiko nicht wert waren, dann hatte er bildlich gesprochen den Hut gezogen und sich ohne einen bedauernden Blick über die Schulter und ohne ein großes Gefühl von Verlust getrollt.

Aber diesmal war es anders. Wenn er Ann nicht bekam, würde er für eine lange Zeit mit einem Verlustgefühl leben müssen. Er wusste das ebenso instinktiv wie er trotz Allisons gegenteiliger Behauptung wusste, dass Ann ihn ebenfalls wollte.

Dieses zwischen dem Wunsch, sie zu besitzen, und dem daraus resultierenden Schuldbewusstsein hin und her springende Gefühl machte ihn schier verrückt. Wenn sie Davis liebte, welche Wahl hatte er dann, als aufzugeben und sie ihm zu lassen? Davis hatte sie als Erster kennen und lieben gelernt. Andererseits, wenn sie sich zu ihm ebenso hingezogen fühlte wie er sich zu ihr, dann verletzten sie Davis schon jetzt.

Spencer war immer dafür eingetreten, sich an die Spielregeln zu halten. Warum konnten sie nicht einfach alle drei offen und ehrlich zueinander sein, sich dem Problem stellen und es wie reife, erwachsene Menschen besprechen?

Wenn er diesen Kampf ausgefochten hatte, würde er sich dem Resultat beugen.

Er stieg aus, ging zu der Telefonzelle vor dem Gebäude, schlug in den Gelben Seiten nach und wählte.

»Mr Lundstrum, bitte … Spencer Raft. Ja, ich warte.« Er trommelte mit den Fingern auf die metallene Ablage unterhalb des Hörers und dachte an den Geschmack von Anns Mund.

»Hallo Davis, wollen wir uns heute Nachmittag nicht auf ein Glas oder so treffen? … Ja, ich weiß, dass du heute Abend zu Ann gehen willst, aber ich würde vorher gern mit dir reden. Sobald du aus der Arbeit herauskommst. Es dauert nicht lange, aber es ist wichtig … Fünf? Gib mir noch mal die Adresse. Okay. Bis dann!«

Er hängte ein und ließ die Hand lange in Gedanken versonnen auf dem Hörer liegen. Dann ging er mit gebeugtem Kopf zu seinem Wagen zurück.

Allison kam in Anns Wohnung und zog Sachen ihrer Schwester an, um wieder deren Rolle zu übernehmen. Davis rief an und teilte mit, er werde später zu ihrer Essensverabredung kommen. Sie wollte in die Klinik fahren und nach Ann sehen, doch als sie dort anrief, sagte ihr Ann, sie brauche sich keine Mühe zu machen.

»Mir geht es gut. Das heißt eigentlich prima. Der Doktor hat mich heute Nachmittag untersucht und gesagt, morgen können die Verbände abgenommen werden. Allison, du solltest mich sehen. Meine neuen Titten sind einfach super!«

»Gratuliere«, sagte Allison leichthin. »Heißt das, ich kann ab morgen wieder ich selbst sein?«

»Ja. Morgen Nachmittag kann ich die Klinik verlassen. Die offizielle Enthüllung findet morgen Abend statt.«

Allison seufzte erleichtert.

»Gut. Und du brauchst heute Abend sicher nichts mehr?«

»Nein. Nur, dass du Davis einen Kuss von mir gibst.«

»Sehr witzig.«

Sie legte auf, ohne sich besser zu fühlen, was die ganze Situation anbetraf. Sie musste also noch vierundzwanzig Stunden durchhalten und konnte dieses Gefühl der Angst nicht abschütteln, das sich seit Spencers Besuch im Labor bei ihr eingestellt hatte. In vierundzwanzig Stunden konnte vieles schiefgehen.

Um neun Uhr war Davis noch immer nicht aufgetaucht. Sie schritt nervös zwischen Sofa und Fenster auf und ab, bis sie endlich seinen Wagen sah. Als sie ihm öffnete, verflog ihre Erleichterung jedoch schlagartig: Er kam betrunken auf die Tür zugewankt und flennte wie ein Baby.

Sobald er sie auf der Terrasse sah, stürzte er auf sie zu und ließ sich mit dem vollen Gewicht gegen sie fallen, sodass sie beinahe in die Knie gegangen wäre. Er warf die Arme um ihren Hals, und sein Kopf sank schwer an ihre Brust.

»Annie, Annie!«, schluchzte er. »Wie konntest du bloß? Wie konntest du unsere Liebe einfach wegwerfen – bloß wegen eines Weiberhelden wie Spencer?«

5

»Oh mein Gott!«, stöhnte Allison. Wie war diese Sache nur so aus dem Ruder gelaufen? Unter den Augen mehrerer neugieriger Nachbarn hielt sie den Verlobten ihrer Schwester im Arm, der wie ein kleines Kind schluchzte. Vor einer Woche hätte sie eine derartige Szene nicht für möglich gehalten.

Da ihre Knie unter Davis' Gewicht einzuknicken drohten und weil sie Annies Ruf nicht schädigen wollte, schleifte sie ihn ins Haus und ließ sich mit ihm auf die Couch fallen.

»Davis, Davis«, jammerte sie, »sie …«

Allison verkniff sich, was sie sagen wollte. Sie hatte in Anns Beziehung mit Davis schon genug Unheil gebracht. Das ganze Täuschungsmanöver musste ja nur noch einen Tag überdauern. Warum es also nicht bis zum bitteren Ende durchstehen? Vielleicht konnte sie in dieser Zeit den Schaden wiedergutmachen, den sie angerichtet hatte.

»Davis, hör mir zu!«, befahl sie ihm und versuchte, seinen Kopf von ihrem Busen zu nehmen.

Doch er presste sich nur noch fester an sie.

»Annie, ich liebe dich«, murmelte er betrunken. »Wie konntest du mir das antun? Uns? Ich dachte, du liebst mich!«

»Das tue ich doch!«

Dieses Mal schaffte sie es, seinen Kopf hochzuziehen. Sie strich die feuchte Strähne zurück, die an seiner Stirn klebte, und flüsterte: »Ich liebe dich, Darling.«

Sie küsste ihn sanft auf den Mund und rieb die Nase an seiner schweißfeuchten Wange.

»Sag mir, was das alles soll.«

Er setzte sich mühsam auf und wischte sich mit geballten Fäusten die Tränen aus den Augen. Allison war ergriffen. Er liebte Ann wirklich sehr.

»Du sagst, du liebst mich? Und du willst mich noch immer heiraten?«

»Natürlich.«

Davis fuhr sich mit der Zunge über die Lippen und blinzelte, als würde er nicht verstehen.

»Aber er hat gesagt …«

»Wer?«

»Spencer.«

Sie presste wütend die Lippen zusammen. Dieser verdammte Kerl! »Was hat er gesagt?«

»Wir haben uns getroffen und was getrunken. Ich bin sturzbesoffen, nicht wahr?«, fragte er zerknirscht.

Sie streichelte ihn sachte vom Schädel bis zum Nacken.

»Dieses eine Mal verzeihe ich dir. Erzähl weiter. Was hat Spencer gesagt?«

Seine Lippen begannen wieder zu zittern.

»Dass ihr beide … du weißt schon, dass ihr euch beide von Anfang an ineinander verliebt habt. Das konnte ich ihm ja noch abnehmen. Spencer ist schließlich ein Typ, der verdammt gut aussieht. Um den sind die Mädels schon in der Highschool nur so herumgeschwirrt.«

»Also, dann siehst du doch, dass an dem Ganzen nichts dran ist. Ich war freundlich zu ihm, und er hat das wie jeder Egomane gleich als eine Art Einladung verstanden.«

»Aber er sagte, ihr habt euch geküsst.«

Spencer Raft hatte kein Herz, keine Seele und kein Gewissen. Wie konnte er seinem Freund nur so wehtun?

Sie wollte nicht, dass zwischen Ann und Davis eine Lüge stand, deshalb blickte sie ihm in die trüben Augen und sagte: »Ja. Aber das hat überhaupt nichts zu bedeuten.«

»Er hat gesagt, du hast auf ihn leidenschaftlicher reagiert als jede andere Frau, die er in seinem Leben geküsst hat! Und dass er dich mehr begehrt als jede andere Frau, die er je getroffen hat.«

Davis vergrub das Gesicht in den Händen und schüttelte kläglich den Kopf.

»Ich konnte es nicht glauben. Ich habe sogar noch weitergetrunken, als er schon weg war. Aber ich musste dich sehen. Ich musste von dir hören, dass du mir sagst, du liebst mich nicht mehr, und dass du Spencer lieber magst.«

Ihre Brust war so angespannt und voll, dass sie kaum Luft bekam. Ein heißes Erröten erfasste ihr Gesicht und ihren gesamten Körper. Sie war die leidenschaftlichste Frau, die Spencer je geküsst hatte? Er begehrte sie mehr als jede andere Frau? Sie hätte sich gern in diesen Worten gesonnt und wäre gern länger bei diesem Gedanken verweilt, doch Davis war in einem so elenden Zustand, dass sie noch nicht einmal daran denken konnte, was Spencers Worte für sie bedeuteten. Zuerst musste sie das Chaos beseitigen, das sie auf Kosten Anns angerichtet hatte.

Sie packte ihn an den Schultern und drückte so lange, bis er die Hände vom Gesicht nahm und sie anblickte.

»Spencer ist charmant und attraktiv. Ich habe ihn geküsst. Aber das hatte für mich nicht mehr Bedeutung als der Kuss auf ein attraktives Foto. Dieser Mann ist oberflächlich und ohne jede Substanz. Ich könnte nie jemand anderen lieben als dich, Davis. Verzeih mir diesen einen kleinen Fehltritt.«

Sobald er über den Rollentausch Bescheid wusste, würde Ann natürlich sofort und absolut ohne Tadel dastehen.

»Ich will dich heiraten und mit dir in dem Haus wohnen, das du für uns ausgesucht hast.«

»Warum belügst du ihn so, Ann?«

Beide fuhren erschreckt zusammen, als sie die Stimme hörten. Sie war leise, rau und kehlig, aber gemessen an der Wirkung hätte es ein Kanonenschlag sein können. Allison fuhr von der Couch hoch. Davis, noch immer nicht nüchtern, rutschte rückwärts auf den Boden. Er rappelte sich mit so viel Würde auf, wie ihm möglich war, und stellte sich schwankend neben Allison.

»Verschwinde!«, fuhr sie Spencer an. »Du hättest beinahe unser gemeinsames Leben ruiniert!«

Spencer stand in der Tür, die sie vergessen hatte zu schließen, als sie den betrunkenen Davis ins Zimmer bugsierte. Er wirkte groß und bedrohlich, abgesehen von dem Rosenstrauß, den er in der Hand hielt. Von »Anns« Bekenntnis ihrer Liebe und Ergebenheit für Davis nicht gerade angetan, blickte er düster unter seinen dunklen Brauen hervor.

»Ich gehe nicht, bis diese Sache geklärt ist.«

»Sie ist geklärt!«, erwiderte sie unnachgiebig und versuchte gleichzeitig, Davis aufrecht zu halten. Das Stehen bereitete ihm noch immer ziemliche Probleme. »Ich liebe Davis, ich heirate ihn, und ich möchte, dass du dich nicht mehr in unser Privatleben einmischst. Wie konntest du ihm nur so wehtun!«

»Wie konnte ich?«, gab er unwirsch zurück. »Wie konntest du! War nicht ich es, der zu ihm gegangen ist, ihn von Mann zu Mann angesprochen und ihm die Situation erklärt hat, anstatt so zu tun, als ob die Küsse von gestern und vom ersten Abend hier in diesem Haus nie geschehen wären?«

Davis schwankte auf Allison zu.

»Wie, hier hast du ihn auch geküsst? Schon am ersten Abend, an dem ihr euch getroffen habt?« Er sank stöhnend auf die Couch und verbarg erneut das Gesicht in den Händen.

Sie kniete vor ihm nieder.

»Davis, Darling, hör bitte auf. Ich ertrage es nicht, dich so zu sehen. Bitte weine nicht mehr!«

Spencer stellte sich hinter sie und legte ihr tröstend eine Hand auf die Schulter.

»Ann, lass ihn sich ausheulen. Das ist letzten Endes besser für ihn.«

Sie sprang wutentbrannt auf.

»Halt den Mund! Du bist ein herzloser Schuft! Sieh dir doch an, was du angestellt hast!«

Er reckte kampflustig das Kinn vor.

»Vielleicht hat mein Erscheinen dieses Chaos ausgelöst, aber du erhältst es aufrecht! Mach dir nichts vor, Ann. Du musst dich zwischen uns beiden entscheiden!«

»Oh, Annie, Annie!«, jammerte Davis. »Wie konntest du bloß! Er ist nichts für dich.«

Allison wurde stocksteif und brüllte aus voller Kehle. Ihre Arme hingen unbeweglich herunter, als seien sie an den Seiten festgebunden. Dann wirbelte sie herum und schritt hölzern von den beiden Männern weg. Augen, Fäuste und Zähne hielt so fest zusammengepresst, wie sie nur konnte – in dem Versuch, ihr feuriges Temperament zu zügeln, das nur selten ausbrach – aber wenn, dann war Gefahr im Verzug.

Ihre Anstrengung war umsonst. Sie explodierte. Mit einem einzigen Satz war sie bei Davis, der zu einem jämmerlichen Haufen auf der Couch zusammengesunken war, und zog ihn am Hemd in die Höhe. Dass er an die dreißig Kilo schwerer war als sie, schien ihr nichts auszumachen. Sie schlug ihm heftig auf beide Wangen.

»Jetzt werde gefälligst wieder nüchtern!«, schrie sie ihn an, »und hör um Gottes willen mit diesem Geheule auf!«

»Und du!« Sie wandte sich dem entgeisterten Spencer zu und bohrte ihren Zeigefinger in seine Brust. »Du kommst jetzt mit!«

Sie nahm ihre Handtasche und die Schlüssel vom Couchtisch.

»Wohin?«

»Vorwärts!« Sie trieb ihn auf die Wohnungstür zu und zog den völlig verdutzten Davis hinter sich her. »Steig in mein Auto!«, befahl sie Spencer und schlug die Tür hinter sich zu. Zum Teufel mit den neugierigen Nachbarn, dachte sie. Das Ganze war sowieso von Anfang an Anns Fehler!

Sie setzte Davis auf den Beifahrersitz und warf einen wütenden Blick auf Spencer, der gehorsam auf die Rückbank kletterte. Dann startete sie, rammte den ersten Gang hinein und raste so schnell sie konnte zur Klinik. Ihre Passagiere waren klug genug, den Mund zu halten.

Die Klinik war nicht weit von Anns Wohnung entfernt; sie waren bereits nach zehn Minuten da. Allison hatte die Fahrzeit durch die Missachtung der Geschwindigkeitsbegrenzung und das Ignorieren jeglicher Vorstellungen von einer sicheren Fahrweise um fünf Minuten verkürzt.

»Was machen wir denn hier?«, murrte Davis.

»Steigt aus. Wir gehen dort hinein.« Als sie alle drei den Wagen verlassen hatten, schleppte sie Davis zu dem dezent beleuchteten Eingang. Spencer überließ sie sich selbst.

Die abgesperrte Eingangstür machte sie noch wütender.

»Aufmachen!«, brüllte sie und trommelte mit beiden Fäusten an die Glasscheibe.

»Ann ...«, wagte Spencer einzuwenden.

»Ich sagte, halt die Klappe!«, schnauzte sie ihn über die Schulter an.

Eine beunruhigte Pflegerin kam den Flur herangeeilt, um nach zu sehen, was los war. Sie sperrte auf und öffnete die Tür einen Spalt.

»Tut mir leid, aber die Besuchszeit ist vorbei. Unsere Patienten schlafen. Kommen Sie ...«

»Ich will genau jetzt da hinein«, erklärte Allison unnachgiebig, zwängte sich mit Davis im Schlepptau durch die Tür und schob die Frau einfach beiseite. »Und diese beiden Männer kommen mit mir!«

»Entschuldigung«, sagte Spencer höflich, als er an der Pflegerin vorbeischlüpfte, die mit offenem Mund dastand. »Sie ist verärgert«, fügte er hinzu, als würde das irgendetwas erklären.

Allison ging geradewegs zu Anns Zimmer, stieß die Tür auf und schaltete das Licht an. Dann gab sie Davis einen heftigen Stoß, sodass er in den Raum stolperte, gerade als Ann aufwachte und zu blinzeln begann.

»Was ist los?«, fragte sie. »Davis? Was machst du hier? Allison?«

»Allison?«, wiederholten die beiden Männer einstimmig.

Davis richtete seine blutunterlaufenen Augen auf die Patientin und erkannte Anns Nachthemd.

»Annie?«, fragte er mit dünner, hoher Stimme. Ann blickte vorwurfsvoll auf Allison.

»Allison, ich könnte dich umbringen! Ich sehe entsetzlich aus. Du hast versprochen, dass du ...«

»Halt den Mund! Du bist an dem ganzen Mist schuld!«, fuhr Allison sie an.

Zum ersten Mal in ihrem Leben gab Ann ihrer Schwester nach anstatt umgekehrt. Ihr offen stehender Mund schloss sich mit einem hörbaren Zusammenklacken der Zähne. Sie hatte Allisons Augen noch nie so grün leuchten gesehen und ihre Schwester noch nie so außer sich erlebt.

Allison zeigte auf ihr Ebenbild, das in dem Klinikbett lag.

»Davis, das ist Ann. Sie hat sich die Brust vergrößern lassen. Es sollte eine Überraschung für dich sein. Sie wollte, dass du es erst erfährst, wenn alles vorbei ist, deshalb hat sie mich gebeten, für ein paar Tage in ihre Rolle zu schlüpfen.«

Davis gaffte fassungslos auf Ann.

»Eine Brustvergrößerung? Du meinst ...«

»Ja. Freust du dich?«, fragte Ann schüchtern.

Sein zerzauster Kopf bewegte sich auf und ab.

»Ja, sicher, ich bin nur ...«

»Ich kann es gar nicht erwarten, bis du ...«

»Bitte, Ann, warte, bis ihr allein seid!«, unterbrach Allison. »Es sei denn, du willst, dass Spenc ...«

Sie trat zur Seite, damit Ann den Mann sehen konnte, der hinter ihr stand.

»Ann, das ist Spencer Raft, Davis' bester Freund«, erklärte sie feixend. Sie riss ihm die Rosen – sie waren inzwischen schon etwas welk – aus der Hand und schmiss sie unfein auf das Bett. »Die sind für dich. Übrigens, er will mit dir schlafen!«

»Was?«, rief Ann verdattert, fuhr hoch und stützte sich mit den Händen hinter dem Körper ab.

Davis glotzte mit offenem Mund auf ihre Brüste, die merklich größer waren, das konnte man selbst trotz des locker sitzenden Nachthemds erkennen.

»Nur weil er dich ein paar Mal geküsst hat, meint er, du würdest gleich deine Verlobung mit Davis auflösen und mit ihm durchbrennen. Ach ja, hier hast du auch deinen Ring wieder.«

»Aber ich habe doch nie ...«, begann Ann, beendete ihren Satz jedoch nicht.

»Hallo Ann, wie geht's?«, sagte Spencer.

In einer plötzlichen Anwandlung von Sittsamkeit zog sie das Betttuch höher.

»Hallo. Nett, Sie kennenzulernen.«

»Danke, gleichfalls.«

Allison seufzte wütend.

»Kann ich bitte ausreden, damit ich dann gehen kann?« Sie wandte sich Spencer zu. »Ich bin diejenige, die auf den Gehsteig fiel und dich mit Blut besudelt und Wein auf dich geschüttet hat. Bei meinem Sturz verlor ich eine Kontaktlinse, deshalb war ich nicht nur unbeholfen, sondern auch halbblind, und deswegen trank ich aus zwei Gläsern und so weiter. Und ich bin auch die, die du heute im Labor besucht hast und die dort Kaffee auf dich spuckte!«

»Du bist hingefallen? Wo? Wann?«, fragte Ann verstört. »Allison, was ist eigentlich los?«

»Das versuche ich gerade zu erklären! Spencer will dich. Er glaubt, du liebst Davis nicht, weil er die ganze Zeit mich mit ihm zusammen beobachtet hat, und ich bin ganz offensichtlich eine miese Schauspielerin!«

»Du meinst, ich habe dich geküsst ...« Davis schien

aus seiner Benommenheit zu erwachen; er warf einen schuldbewussten Blick auf Allison. »Allison, ich, äh …«

Seine Wangen wurden glühend rot.

»Annie, ich habe sie geküsst, aber ich dachte …«

»Schon gut, Darling«, unterbrach ihn Ann und tätschelte seine Hand. »Das war meine Idee. Komm, setz dich zu mir. Ich habe dich vermisst.«

Sie streckte die Hand nach ihm aus, und er setzte sich neben sie und küsste ihre Fingerspitzen.

»Wie gesagt«, fuhr Allison über das Liebesgeflüster der beiden hinweg fort, »Spencer war heute Abend bei Davis und sagte ihm, du würdest ihn ebenso sehr begehren wie er dich. Daraufhin hat sich Davis sinnlos betrunken, weil er dachte, du würdest ihm den Laufpass geben und eine Affäre mit diesem Schürzenjäger beginnen. Davis platzte heulend bei mir herein, das heißt eigentlich bei dir, und bat dich, eure Liebe nicht einfach über Bord zu werfen. Dann kam Spencer angerauscht; er war verärgert, dass Davis bei dir war. Du musst dich zwischen den beiden entscheiden.«

Sie atmete tief durch.

»Also. Ich denke, ich habe alles Wichtige gesagt und dich auf den neuesten Stand der Dinge gebracht. Und damit bin ich ab sofort aus dieser Sache draußen. Den Rest könnt ihr drei allein unter euch ausmachen.«

Mit einem heftigen Ruck schleuderte sie die roten Haare nach hinten und stolzierte hoch erhobenen Hauptes aus dem Zimmer.

Ihr Trotz hielt an, bis sie in ihre kleine Wohnung kam, die nach tagelangem Leerstehen muffig und stickig war. Erst dann brach die Ungeheuerlichkeit des Geschehenen wie eine Lawine über sie herein, und sie sank tränenüberströmt auf ihr Bett.

Sie weinte mehrere Minuten lang heftig, bis die Tränen nachließen und das Schluchzen aus schierer Erschöpfung aufhörte.

Aber warum weinte sie eigentlich? War sie denn nicht froh, dass alles vorbei war?

Sie rollte sich auf den Rücken und ließ ihren verzweifelten Blick im Zimmer umherschweifen. Dieses Apartment hatte ihr gefallen, weil es klein und kompakt war. Doch nach den Tagen in Anns Wohnung schien es sie nun zu erdrücken; sie fühlte sich fast wie in einer Gefängniszelle.

Es war geradezu übertrieben ordentlich. Nichts stand am falschen Platz. Es war so makellos aufgeräumt wie ihr Gefühlsleben. Nie hing der Pullover eines Mannes über einer Stuhllehne, nie lag der Sportteil der Zeitung auf dem Boden. Im Spülbecken stand immer nur ein Glas, niemals zwei. Anns Behausung sah bewohnt aus, Allisons war so steril wie ihr Labor. So steril wie ihr Leben.

»Hör auf, dich selbst zu bemitleiden«, murrte sie, stand auf und ging ins Bad.

Sie hatte sich dafür entschieden, sich ihr Leben exakt so einzurichten, wie es war. Ann war während ihrer Schulzeit zu Partys und zum Tanzen gegangen. Allison war zu Hause geblieben und hatte gelernt. Ann hatte sich immer mit begehrenswerten Männern umgeben. Allison mied gesellschaftliche Ereignisse. Ann war nicht weniger intelligent als Allison, doch sie ging unterschiedlichen Interessen nach, während Allison sich ausschließlich auf ihre Arbeit konzentrierte und sich über Anns Vergeudung ihrer geistigen Fähigkeiten häufig ärgerte.

Aber waren sie wirklich vergeudet? Ann war glücklich. Allison war … was? Resigniert? Glücklich war jedenfalls nicht das Wort, das einem für eine Beschreibung ihrer Person in den Sinn kam.

Bis vor ein paar Tagen war sie mit ihrem Leben zufrieden gewesen. Jetzt fühlte sie eine Ruhelosigkeit, die sie irritierte. Was wollte sie?

Allison schaltete das Licht aus und stieg in ihr schmales Bett. Sie hatte sich an Anns großes Doppelbett gewöhnt, das natürlich zwei Personen Platz bot und nicht nur einer.

Auch an hübschen Kleidern und Make-up hatte sie Gefallen gefunden. Und daran, wie ihre langen Haare über die Schultern wogten, und am Duft von Parfum auf ihrer Haut.

Es beunruhigte sie irgendwie, wie sehr sie all diese für eine Frau typischen Dinge vermissen würde. Und noch mehr, wie sehr sie die Gegenwart eines Mannes vermissen würde. Seine Berührung. Seine Küsse. Wieder sammelten sich in ihren Augen Tränen.

Oh Gott! Konnte sie wirklich eines Mannes wegen weinen? Dieses Mannes wegen?

Er hatte Ann geküsst und erklärt, dass er sie begehrte, nicht Allison. Er erkannte in ihr nicht einmal die Frau wieder, mit der er Zärtlichkeiten ausgetauscht hatte. Er war ein Playboy, ein Jetsetter – heute hier, morgen dort –, der an nichts und niemanden dachte als an sich selbst. Er wäre besser nie nach Atlanta gekommen. Er war nichts für Ann. Und für Allison schon gar nicht. Es war ein Segen, dass sie ihn nie mehr sehen würde.

Aber wieso fühlte sie sich dann einsamer und trostloser als je zuvor in ihrem Leben?

»Komm schon, Rasputin. Sei ein braver Junge. Du bist so ein schönes Kerlchen. Ich weiß ja, dass ich nicht deine große Liebe bin, aber du musst nun einmal mit mir vorlieb nehmen. Na, fühlt sich das nicht gut an, hm?« – »Zumindest klingt es so.«

Die Hände im Kaninchenkäfig und in einer höchst undamenhaften Position vornübergebeugt, drehte Allison abrupt den Kopf und sah Spencer dicht hinter sich stehen.

»Was machst du hier?«

»Was machst du hier?« Er deutete mit einem Kopfnicken auf den Käfig.

Sie streichelte Rasputin noch einmal und schloss dann den Käfig. Sie trug einen Handschuh aus Kaninchenpelz, den Spencer neugierig betrachtete. In seinen Augen lauerte ein schelmisches Funkeln, und seine Lippen waren zu einem leichten Lächeln verzogen. Es ärgerte sie, dass er absolut beherrscht und ruhig war, vor allem, weil sie seinetwegen eine höllische Nacht verbracht und viel geweint hatte.

Sie schob das Kinn nach vorn.

»Ich reibe seinen Bauch mit diesem Pelzhandschuh.«

»Und aus welchem Grund?«

»Weil ich eine Samenprobe brauche. Das erregt ihn.«

Das Funkeln in seinen Augen veränderte sich vollständig.

»Du willst Erregung spüren? Dann reibe meinen Bauch damit.«

Es war diese Stimme, diese verdammt raue, männliche Stimme, die sie ebenso sehr schwach werden ließ wie das, was er sagte. Aber sie wollte keinen Zentimeter nachgeben, denn sie wusste nur zu gut, dass er daraus leicht einen Kilometer machen konnte, und so schüttelte sie den Handschuh zornig ab.

»Tut mir leid, Rasputin. Ich komme später noch einmal zu dir«, murrte sie und bemühte sich, Raum zwischen sich und Spencer zu bringen. Als sie sich in sicherer Entfernung von ihm wähnte, drehte sie sich um. »Ich habe genug von Ihnen, Mr Raft. Ich habe keine Lust, Sie noch länger zu ertragen.«

Er betrachtete sie mit einem arroganten, reuelosen Grinsen.

»Nein, das hast du nicht. Du wirst noch eine ganze Menge mehr von mir abbekommen.«

Sie schwankte heftig zwischen Wut und Begehren. Ihr Körper reagierte sogar dann auf seine einschmeichelnden, vieldeutigen Worte, wenn sie sich ihnen verschloss.

»Ich habe genug von Ihren groben Andeutungen. Solange ich meine Schwester spielte, musste ich sie mir anhören, um mit Davis Frieden zu halten. Aber jetzt spreche ich für mich selbst, und ich finde sie widerlich.«

»Ich finde dich hinreißend.«

Sie stieß einen Seufzer aus und drehte sich schnell um, damit er nichts merkte.

»Hören Sie auf, sich über mich lustig zu machen.«

Sie hatte ihn von Anfang an für eingebildet und selbstsüchtig gehalten. Aber sie hatte nicht erwartet, dass er vorsätzlich grausam sein würde.

»Lustig zu machen?« Er trat mit einem raschen Schritt hinter sie, legte die Hände auf ihre Schultern und versuchte, sie zu sich zu drehen. Sie wehrte sich und schüttelte seine Hände ab.

»Ich bin sicher, ihr habt gestern Abend in der Klinik nach meinem Abgang alle herzhaft gelacht.«

Liebkosten seine Finger leicht ihren Rücken oder war das nur ihre Einbildung?

»Ich kann mich an kein ausgelassenes Gelächter erinnern. Davis und ich haben noch ein paar Lücken in deiner Geschichte geschlossen. Ann war über alles, was passiert ist, entsetzt und hatte Mitleid mit dir. Sie versuchte, dich anzurufen, um sich zu entschuldigen.«

»Ich hatte das Telefon ausgeschaltet.« Endlich entwand sie sich seinen Händen und ging ans Fenster, wo sie, ihm den Rücken zugewandt, mit den Schnüren der Jalousetten zu spielen begann. »Ich wollte mit niemandem reden, nicht einmal mit Ann. Ich hoffe nur, sie hat für das viele Geld bekommen, was sie sich von dieser Operation versprochen hat – nach dieser Hölle, durch die sie mich geschickt hat.«

»Waren ihre Brüste so wie deine?«

Sie blickte ihn durchdringend an. Er kam ihr schon wieder nahe. Zu nahe. Und er sah sie an, als hätte er es bereits geschafft, sie ins Bett zu bekommen, und kenne ihren Körper bestens. Sie konnte seine Frage ebenso wenig unbeantwortet lassen, wie sie das Schlagen ihres Herzens anhalten konnte.

»Identisch.«

Sein Blick wanderte zu ihren Brüsten, verweilte dort unverfroren lange und traf schließlich wieder den ihren.

»Warum war sie nicht damit zufrieden?«

Mehrere Augenblicke lang starrten sie einander stumm an.

Allison verlor sich in seinen blauen Augen. Dieser heiße Blick schien um sie herumzuwirbeln, sie zu wärmen, ihren Körper geschmeidig zu machen und mit Sehnsucht zu erfüllen. Sie mochte seine ledergegerbte Haut und seine dicken, buschigen Brauen, sogar die Falten in seinem Gesicht, die ein wenig heller waren als die stärker von der Sonne gebräunten Stellen. Am liebsten wäre sie jede einzeln mit den Fingerspitzen nachgefahren.

Doch sie riss sich aus ihrer kleinen Träumerei heraus und trat zurück. Er redete als Erster.

»Ann hat Davis geneckt, weil er dich küsste, ohne es zu merken. Er war verärgert, weil er dich für seine Verlobte hielt. Ich schätze, er wird eine ganze Weile brauchen, bis er dir wieder in die Augen schauen kann.«

Sie war zu einem der hohen Tische mit Steinplatte gegangen, auf denen Mikroskope, Bunsenbrenner und Bechergläser bereitstanden, und schaute in eines der Mikroskope, obwohl sie wusste, dass kein Objektträger darin war. Aus dem Augenwinkel sah sie, dass sich Spencer auf den Hocker neben ihr setzte. Als er seinen Fuß auf die obere Sprosse stellte, stieß er mit dem Knie an ihren Oberschenkel. Sie wich zurück.

»Was haben Sie die ganze Zeit gemacht, während Davis verlegen war und Ann ihn neckte?«

»Ich? Ich war riesig erleichtert, dass ich meine Freundschaft mit Davis nicht für die Frau, die ich haben will, opfern muss.«

Sie wurde plötzlich hellhörig und drehte sich zu ihm um, und dabei geriet sie irgendwie in die Gefahrenzone zwischen seinen weit geöffneten Beinen.

»Was sagen Sie da? Verstehen Sie denn nicht? Ann liebt Davis. Sie heiratet ihn. Sie hat Sie erst letzte Nacht kennengelernt.«

»Ich verstehe schon. Aber du offenbar immer noch nicht.« Irgendwie schaffte er es, ihre Arme zu fassen und sie zu sich zu ziehen. Ehe sie es merkte, stand sie dicht vor ihm. »Ich bin die ganzen letzten Tage schon hinter dir her, Allison, nicht hinter deiner Schwester. Mich ärgert euer Rollentausch nicht, sondern ich bin darüber hocherfreut. Denn das bedeutet, wir beide sind frei, mit dem weiterzumachen, was neulich begann, als ich dich zum ersten Mal im Arm hielt.«

Sie beugte sich so weit von ihm weg, wie seine um sie gelegten Arme es zuließen, und musterte ihn.

»Sie sind nicht annähernd so klug, wie ich dachte, Mr Raft. Haben Sie es noch immer nicht kapiert? Schauen Sie mich an. Sie haben mit Ann getanzt. Sie haben Ann geküsst. Sie haben Ann berührt. Nicht mich!« Sie breitete die Arme aus. »Das bin ich!«

Sein Blick wanderte über ihren Pferdeschwanz, den Bleistift hinter ihrem Ohr, die Brille, die sie trug, weil sie so viel geweint und zu wenig geschlafen hatte. Er betrachtete ihren Laborkittel, ihren altmodischen Rock, die hässlichen Schuhe.

»Du bist entzückend. Ich mag dich besonders dann, wenn du Feuer spuckst, so wie gestern Abend bei Davis und mir. Wenn du in Wut gerätst, wirst du zu einer regelrechten Furie – faszinierend und sexy. Am liebsten hätte ich dich umarmt, auf den Boden geworfen und an Ort und Stelle genommen, Davis hin oder her.«

Entgeistert, brachte sie es dennoch fertig, sich aus seiner Umarmung zu befreien und zurückzutreten.

»Sie kamen gestern hierher, verbrachten eine halbe Stunde mit mir und erkannten mich nicht als die Frau, die Sie nur einen Tag zuvor geküsst hatten!«

»Weil ich nicht dich gesucht habe, Allison.« Er kam auf sie zu. »Hätte ich das getan, dann wäre mir sofort alles klar gewesen.«

Sie wusste nicht, dass sich ein Mann so schnell und so mühelos bewegen konnte. Sein Mund presste sich heiß auf ihren, und seine Arme schlangen sich eng um sie, noch bevor sie überhaupt mitbekam, was passierte. Ohne Zeit zu vergeuden, befahl er ihrem Mund mit einem ungeduldigen Stoß seiner Zunge, sich zu öffnen. Von seiner Männlichkeit überwältigt, lud sie ihn mit einem leisen Stöhnen und bereitwilligen Lippen zu sich ein.

Seine Zunge schob sich durch ihre weichen Lippen,

erforschte, schmeckte, wirbelte, streichelte ihren Mund. Ihre Arme hingen schlaff herunter, doch ihr Körper entflammte wie trockener Zunder. Spencer rieb seinen Bauch an ihrem und zerstreute damit bei ihr jeden Zweifel daran, dass sie es war, die er wollte, und sie reagierte darauf, indem sie unwillkürlich den Unterleib an seine männliche Härte presste.

Ein derart sich aufbäumendes Begehren zu unterdrücken war keine leichte Aufgabe, doch sie kämpfte heftig dagegen an.

Noch nie hatte sie einem Mann die Macht an die Hand gegeben, sie zu verletzen.

Noch nie war ihr einer so nahegekommen. Sie hatte eine Mauer um sich errichtet. Und Spencer schlug mit jedem Kuss ein kleines Loch in diese Wand und kam ihrem inneren Selbst viel zu nahe. Wenn sie ihn einließ, dann konnte und würde er ihr das Herz brechen, ihr jetziges Leben zerstören.

Die Handballen auf seine Schultern gestemmt, drückte sie sich von ihm weg. Sie atmete heftig und hoffte, er würde das für Wut halten und nicht für Leidenschaft.

»Sie vergessen, dass ich mich von Ihnen nur küssen ließ, um Davis Peinlichkeiten zu ersparen. Jetzt muss ich Ihre niederträchtigen Umarmungen nicht mehr erdulden!«

»Niederträchtig?«

»Jawohl, niederträchtig! Bitte gehen Sie. Ich weiß nicht, weshalb Sie sich die Mühe gemacht haben, heute hierherzukommen, denn Sie sind nicht willkommen. Und versuchen Sie nicht, mich wiederzusehen!«

Den Blick fest auf sie geheftet, gab er nach und wich zurück. Doch sie schaute als Erste weg, und das war so gut wie ein Geständnis, dass sie gelogen hatte. Spencer wusste das. »Nun, Allison, du magst mich also überhaupt nicht, ja?«

»Nein – ich meine ja, genau. Ich mag Sie nicht!«

»Nicht einmal ein bisschen?«

Dieser stichelnde, aufreizende Spott in seiner Stimme. Sie knirschte ärgerlich mit den Zähnen. »Nein!«

»Ach, das ist wirklich zu schade.«

Sie blickte zu ihm auf, vorsichtig, aber auch voller Neugier. »Wieso?«

»Weil ich hierherkam, um mich als Freiwilliger zur Verfügung zu stellen.«

»Als Freiwilliger? Wofür?«

»Um Vater des Kindes zu werden, das du haben willst.«

»Was für eine hervorragende Idee!«

6

Verblüfft starrte sie zuerst auf Spencer, der diesen ausgefallenen Vorschlag gemacht, und dann auf Dr. Hyden, der ihn von der Türschwelle aus gutgeheißen hatte. Spencer wandte den Blick nicht von Allison ab. Dr. Hyden bewegte sich als Erster; er trat mit höchst interessierter Miene ins Zimmer.

»Du hast mir ja gar nicht gesagt, dass du auf Kandidatensuche bist!«, neckte er Allison vergnügt.

Ihre Kehle war wie zugeschnürt, sie musste sich zum Sprechen zwingen.

»Ich suche keinen Kandidaten! Ich weiß nicht, woher er diese verrückte Idee hat!«

»Na ja, von dir, würde ich meinen«, erwiderte Dr. Hyden. »Du hast doch erst vor ein paar Tagen mit mir darüber gesprochen. Freut mich, Sie kennenzulernen, junger Mann«, fuhr er an Spencer gewandt fort und reichte ihm die Hand. »Dr. Hyden.«

Spencer schüttelte sie herzlich. »Spencer Raft. Freut mich sehr, Sie zu treffen, Dr. Hyden.«

Allison war kurz davor, wieder einmal zu explodieren. »Würden die beiden Herren sich bitte woanders miteinander bekannt machen. Ich habe zu arbeiten!«

Sie wirbelte herum und wollte zu den Käfigen gehen. Doch Spencer erwischte den Zipfel ihres Laborkittels und zog sie zu sich.

»Nicht doch. Wir besprechen ein wissenschaftliches Experiment. Romeo kann warten.«

»Rasputin!«, korrigierte sie ihn heftig und versuchte

vergebens, sich aus seinem stählernen Griff zu befreien.

»Ich weiß nichts von einem wissenschaftlichen Experiment, das in irgendeiner Weise Sie beträfe!«

»Aber natürlich«, fuhr Spencer unbeirrt fort. »Ann hat mir letzte Nacht alles darüber erzählt, und zwar um einiges ausführlicher, als du und Davis neulich beim Abendessen. Sie sagte, du würdest Experimente zur Beziehung zwischen Vererbung und Intelligenz durchführen. Erst diese Woche hast du zu ihr gesagt, wenn du einen passenden Erzeuger finden würdest, hättest du gern ein Baby, um deine Theorie zu testen.«

Wie konnte eine so arglos gemachte Bemerkung eine derartige Reaktion nach sich ziehen?

»Ann war nach ihrer Operation noch unter der Wirkung der Narkose!«, rief sie. »Als Antwort auf ihre Frage sagte ich im Scherz, es sei schade, dass ich nicht mit einem menschlichen Baby experimentieren könne! Das war alles! Ich habe das nicht ernst gemeint. Ich meinte doch nicht wörtlich, dass ich für einen solchen Zweck ein Baby haben wollte!«

»Warum denn nicht, wenn du einen Mann hast, der sich freiwillig als Vater zur Verfügung stellt?«

»Ja, warum eigentlich nicht?«, warf Dr. Hyden ein.

»Warum nicht?« Allison schnappte nach Luft. War sie die einzige Person auf der Welt, die nicht verrückt geworden war?

»Ich wiederhole, dass ich das für eine ausgezeichnete Idee halte«, erklärte Dr. Hyden noch einmal. »Ich habe dir gesagt, du würdest eine perfekte Mutter abgeben. Alles, was du bräuchtest, wäre ein ebenso qualifizierter Vater.«

Er ignorierte Allisons entsetzten Blick und wandte sich an Spencer.

»Bitte fühlen Sie sich durch meine detaillierten Fragen nicht beleidigt.«

»Schießen Sie los!«, sagte Spencer freundlich und setzte sich wieder auf den Hocker. Er wirkte locker und entspannt und amüsierte sich ganz offenbar hervorragend.

»Wissen Sie, welchen IQ Sie haben?«

»So um die hundertsiebzig, glaube ich.«

Dr. Hyden zog beeindruckt die Augenbrauen nach oben. Dann schob er die Brille auf die Nase herunter und inspizierte Spencer gründlich.

»Sie sind jedenfalls ein physisch beeindruckendes Exemplar unserer Spezies. Leben Ihre beiden Eltern noch?«

»Ja.«

»Bei guter Gesundheit?«

»Hervorragend.«

»Geschwister?«

»Leider ein Einzelkind.«

»Keine erblichen Krankheiten, hoffe ich.«

»Nicht dass ich wüsste.«

»Ein gutaussehender Mann sind Sie zudem.« Dr. Hyden drehte sich zu Allison um, die mit verschränkten Armen und schäumend vor Wut dastand. »Gratuliere. Du hast dir ein perfektes Exemplar ausgesucht.«

»Ich habe ihn für gar nichts ausgesucht! Seine Qualifikation mag ja beeindruckend sein, aber ich werde nicht von jedem Hengst, der zufällig Phi-Beta-Kappa-Mitglied ist, ein Baby haben wollen!«

Dr. Hyden dachte über ihre Worte nach und wandte sich dann mit einem etwas düsteren Blick wieder an Spencer.

»Sind Sie so ein ›Hengst‹, der nur auf ein kurzes Abenteuer aus ist?«

»Nein.« Spencer stand wieder auf und trat, Dr. Hydens abwägenden Blick außer Acht lassend, vor Allison. »Ich mag Allison sehr. Und ich denke, sie mag mich auch. Ich will eine Beziehung mit ihr aufbauen.«

»Ah, das ist ja wunderbar!«, schwärmte Dr. Hyden und rieb sich freudestrahlend die Hände.

»Aber sie ist so ein Dickkopf«, fuhr Spencer fort. »Sie widersetzt sich jedem Gedanken daran, mit mir zusammen zu sein.«

Dr. Hyden betrachtete seinen Schützling stirnrunzelnd. »Ja, ich weiß, sie kann sehr stur sein.«

Allison blieb störrisch und stumm. Doch das heiße Funkeln in Spencers Blick, als er sie betrachtete, stellte Dr. Hydens Optimismus wieder her. Er schlug Spencer aufmunternd auf die Schulter.

»Ich habe volles Vertrauen in Ihre Fähigkeit, sie zu überzeugen, junger Mann. Allison, ich erwarte periodische Berichte über das Projekt. Euch beiden einen guten Tag.« Beschwingt verließ er das Labor, sein Kittel flatterte hinter ihm her wie ein Segel.

Fuchsteufelswilde grüne Augen blickten zu triumphierenden blauen auf. »Du hältst dich für äußerst klug, nicht wahr?«

»Dr. Hyden scheint das zu denken.«

»Na gut – ich aber nicht! Ich denke, du bist manipulativ und arrogant und unerträglich eitel!«

»Siehst du? Der perfekte Ausgleich, weil du viel zu zurückhaltend und bescheiden bist.«

Kochend vor Wut wandte sie sich von ihm ab und gab vor, an ihre Arbeit zu gehen. Doch er ließ sich von ihrer scheinbaren Geschäftigkeit nicht abschrecken. Er drehte sie an den Schultern zu sich herum und keilte sie zwischen sich und dem hohen Tisch ein. Dann nahm er ihr die Brille ab und legte sie beiseite.

»Das ist der Beweis!« – »Wofür?«, fragte er und nahm den Gummi aus ihrem Haar.

»Dass du mich nur attraktiv findest, wenn ich wie Ann aussehe. Warum hörst du nicht endlich auf mit diesem perversen Spiel?«

Sie versuchte, unnachgiebig zu klingen, aber ihre Stimme zitterte und wurde geradezu fiebrig, als er mit der Hand durch ihr offenes Haar kämmte. Sie sollte sich wehren, gegen ihn ankämpfen. Aber stattdessen ließ sie zu, dass er seinen Körper mit atemberaubender Genauigkeit ihrem anpasste.

»Dies ist kein Spiel, und ich habe nur am Anfang vor, ein bisschen pervers zu sein.«

Seine Daumen massierten zart die Rückseite ihrer Ohren.

»Lass mich in Ruhe!«, stöhnte sie.

»Ich kann dich nicht in Ruhe lassen, Allison«, flüsterte er und drückte ihr einen Kuss in den Nacken. Sie bewegten sich beide hin und her.

»Ich gebe zu, dass mir deine Haare besser gefallen, wenn sie offen sind, sodass ich mit den Fingern durchfahren kann. Aber ich finde, mit deiner Brille siehst du einfach süß aus. Ich habe sie dir nur abgenommen, damit sie nicht zerbricht.«

»Zerbricht?«, fragte sie atemlos. »Was hast du vor?«

»Versuchen, dich dazu zu bringen, dass du zugibst, was du ohnehin schon längst weißt.«

Dann küsste er sie. Zuerst liebkosten seine Lippen leicht die ihren, berührten sie vorsichtig, zogen sich zurück, berührten erneut. Seine Zunge fuhr über ihre Lippen, befeuchteten sie und erregte ihren Appetit nach ihm.

»Jetzt pass auf, ich zeige dir, wie es mit uns wird«, murmelte er, den Mund an ihrem.

Seine Zunge sank tief in sie hinein, und sie wollte noch tiefer, noch mehr. Er legte den Kopf von einer Seite auf die andere, langsam, genießerisch, ließ seine Zunge hin und her über die ihre gleiten.

Ihre Brüste waren an seinen Oberkörper gepresst, doch an den Seiten traten sie heraus, und er streichelte und massierte diese Rundungen mit den Fingerkuppen. Sie spürte es durch den Laborkittel, ihre Bluse und den BH hindurch. Dann glitt eine Hand an ihr Kreuz und drückte sie noch fester an ihn, sodass seine erregte Männlichkeit sanft gegen die Innenseite ihrer Schenkel rieb.

Als er seine Lippen von den ihren nahm, war sie so warm und geschmeidig wie Wachs.

»Wir würden ein wunderbares Baby hinkriegen«, murmelte er. »Denk darüber nach. Heute Abend um acht hole ich dich ab. Ich erwarte deine Antwort beim Essen.«

Warum nicht? Warum nicht? Warum nicht?

»Warum nicht?«, fragte sie ihr Spiegelbild an der Schranktür. »Eine Million Gründe warum nicht, darum nicht!«

Ihr einziges passendes Kleid war längst nicht so elegant wie irgendetwas von Anns Sachen, aber es musste einfach reichen. In dem blauen Georgettekleid mit dem ordentlich gebügelten Oberteil sah sie genau wie das aus, was sie war – eine alte Jungfer.

Was macht es dir schon, wie du für ihn aussiehst?

Also gut, es macht dir etwas aus. Aber nur ein bisschen. Du willst nur nicht, dass er dich für eine verzweifelte alte Jungfer hält.

Zurück zu dem Baby. Baby? Denkst du wirklich darüber nach? Ja, denn er erwartet eine Antwort, und du solltest besser zehn Millionen Gründe parat haben, warum es nicht infrage kommt. Er ist so verdammt klug und schlagfertig.

Erstens, du magst ihn gar nicht.

Aber er wird danach sowieso nicht mehr da sein. Du wirst nur ... er wird nur seine «Saat« ausbringen. (Was für ein alttestamentarischer Ausdruck für eine Wissenschaftlerin!) Es macht also überhaupt keinen Unterschied, ob du ihn magst oder nicht. Du musst Dr. Hyden Recht geben – wenn du dir einen Vater für dein Kind wählen solltest, dann wäre Spencer Raft auf jeden Fall eine gute Wahl.

Zweitens, ein Kind zu haben ohne einen Mann. Das ist heutzutage kaum mehr ein stichhaltiges Argument. Tausende Singles ziehen Kinder auf, Männer ebenso wie Frauen.

Aber was ist mit deinen Eltern? Sie wären schockiert, dass ihre vernünftige Allison, die sich doch anscheinend für kein Lebewesen außerhalb ihres Labors interessierte, auf einmal eine «Frucht der Sünde« gebären würde. Wieder eine biblische Anspielung.

Was kümmert es dich, was andere denken, selbst wenn es deine Eltern sind? Du würdest das schließlich für dich tun, nicht wahr?

Sie wandte sich vom Spiegel ab und ließ den Blick durch ihre leere Wohnung wandern. Ja, für mich. Es wäre mein Baby. Mein Kind. Jemand, der mich liebt, und den ich lieben kann.

Grund Nummer drei ...

In einer Schublade fand sie etwas Wimperntusche. Sie war eingetrocknet, aber mit ein bisschen Wasser vermischt reichte es, um die Spitzen ihrer Wimpern zu färben. Sie legte zum ersten Mal die Perlenohrringe an, die ihre Mutter ihr letzte Weihnachten geschenkt hatte. Die Haare steckte sie zu einem Knoten hoch, der aber lockerer war als jener, den sie normalerweise trug. Um Gesicht und Nacken ließ sie sich einige offene Strähnen ringeln. Sie betrachtete sich ein letztes Mal im Spiegel und war auf das Resultat einigermaßen stolz.

Doch als es an der Tür klingelte, zuckte sie zusammen, und ihre Handflächen begannen schlagartig zu schwitzen. Ihre Gründe gegen ein Kind hatten nicht einmal ihren eigenen Argumenten standgehalten. Spencer würde sie bestimmt mühelos zerpflücken.

»Dieser verdammte Kerl, dass er mir das antut!«, murrte sie, drehte das Licht im Schlafzimmer aus und ging an die Tür.

Lange Sekunden, nachdem sie geöffnet hatte, war das Einzige, was sich an ihm bewegte, seine Augen. Sie taxierten sie, ließen vom Scheitel bis zur Sohle ganze Schauer an Empfindungen über sie ergehen.

»Du siehst wunderschön aus, Allison.«

Er trat ein, ergriff ihre Hand und führte sie an seinen Mund. Dann drehte er sie um und presste seine Lippen auf die Innenseite ihres Handgelenks, auf die Stelle, an der sich ihr Puls gerade zusehends beschleunigte. Zuletzt küsste er sie zärtlich auf den Mund.

»Du siehst auch gut aus«, sagte sie zitternd, als er sie losließ.

Er trug einen zweireihigen blauen Blazer, eine graue Hose und ein cremefarbenes Hemd. Der offene Kragen zeigte seine gebräunte Brust und lockige, dunkle Haare. In der Brusttasche des Blazers steckte ein rotes Seidentuch.

»Du siehst aus, als wärst du bereit, den Anker zu lichten und loszusegeln.«

Seine Finger glitten über ihre Wange und ihren Hals.

»Nein, so weit bin ich noch nicht.«

Tief in ihrem Körper tanzten Schmetterlinge. Einer flatterte zu ihrer Kehle hoch, gerade als sie sprechen wollte. »Bist du fertig, können wir gehen?«

»Ich würde gern deine Wohnung sehen.«

»Da gibt es nichts zu sehen.« Sie machte eine ausholende Geste durch das Wohnzimmer und die daran anschließende, durch eine Theke abgetrennte Küche. »Das ist alles.«

Er schaute sich um, ohne einen Kommentar abzugeben. Dann sah er ihr mit ausdruckslosem Blick wieder in die Augen. »Also, gehen wir. Hast du einen Mantel?«

»Nein.«

Sie gingen die Außentreppe hinunter. Allison zuckte nervös zusammen, als er eine Hand in ihren Nacken legte. Seine Finger waren hart und schwielig, aber sie lagen sanft auf ihrer Haut. Am Wagen angekommen, hielt er ihr die Tür auf. Er stieg ein, startete dann jedoch nicht den Motor. Nach einigen Sekunden blickte Allison, die stocksteif dasaß, zu ihm hinüber.

»Was ist los?«, fragte sie.

»Das würde ich gern wissen.«

»Ich weiß nicht, was du meinst.«

»Jedes Mal, wenn ich dich berühre, zuckst du zusammen, als hättest du Angst vor mir. Das macht mich schier verrückt, und ich möchte, dass du damit sofort aufhörst. Ich werde dich nicht vergewaltigen, Allison. Ich habe mich noch nie einer Frau aufgedrängt. Also würdest du bitte aufhören, dich zu benehmen, als ob du mein erstes Opfer wärst?«

Sie wandte scheu den Blick ab. »Ich wusste nicht, dass ich das tue.«

»Okay, jetzt weißt du es. Glaub mir, wenn ich bereit bin, dich zu lieben, dann bist du die Erste, die es mitbekommt.« Ihr Blick wanderte wieder zu ihm zurück.

»Wenn ich mit dir vor dem Essen hätte ins Bett gehen wollen, dann wären wir jetzt in deinem Schlafzimmer. Ich hätte dir dein Kleid, den Unterrock, die Strumpfhose und den BH schon ausgezogen und du würdest unter mir liegen, nackt. Ich würde dich küssen und deine Brüste und Schenkel streicheln, und du würdest nach mir greifen, und ich wäre bereit.«

Während er sie mit einem hypnotisierenden Blick betrachtete, ließ er seine Worte wirken.

»Aber könntest du dich, bis es so weit ist, bitte entspannen?«

Entspannen? Wo er gerade jedes Kleidungsstück aufgezählt hatte, das sie am Leib trug, als hätte er einen Röntgenblick? Nachdem er detailliert das Vorspiel beschrieben hatte? Doch sie nickte trotzdem, nur damit er endlich losfuhr und sie nicht mehr mit diesem spürbar durchdringenden Blick anstarrte.

Seltsamerweise begann er, sobald sie unterwegs waren, eine ganz ungezwungene Unterhaltung über alles Mögliche. Unter anderem fragte er sie, ob sie heute schon mit Ann gesprochen habe.

»Ja, als ich nach Hause kam, rief ich sie an. Sie war schon in ihrer Wohnung zurück und bereitete gerade ein großes Essen vor, um mit Davis zu feiern. Es schien ihr gut zu gehen.«

»Ganz schön verrückt, was sie da gemacht hat«, meinte Spencer lachend. »Ich hoffe, dass Davis seine Freude hat.«

»Da bin ich mir ganz sicher.« Sie lächelten sich an, und Allison bemerkte, dass sie tatsächlich entspannt war.

Auf dem Weg vom Wagen zum Restaurant legte er eine Hand an ihre Taille und lächelte, weil sie nicht zusammenzuckte. Während des Essens schien er sich zu bemühen, ihr jegliche Befangenheit zu nehmen. Ein paar Mal musste sie sogar spontan lachen. Erst als das Dessert serviert wurde, sprach er das Thema an, das den ganzen Abend über diskret im Hintergrund geblieben war.

Er nippte an seinem Kaffee und stellte dann bedächtig die Tasse ab. »Hast du über unser Projekt nachgedacht?«, fragte er.

Allison steckte den Löffel in die auf dem Teller verbliebene *Mousse au Chocolat,* damit sie ihn nicht fallen ließ. Zuvor war das Dessert köstlich cremig und kühl gewesen. Jetzt erschien es ihr plötzlich geschmacklos.

»Ja.«

»Und?«

»Es bringt alle möglichen Komplikationen mit sich, zusätzlich zu den auf der Hand liegenden.«

»Lass mich versuchen, einige Missverständlichkeiten aufzuklären.« Er schob seine Tasse beiseite und beugte sich näher zu ihr. »Zunächst möchte ich, dass du dir über die finanziellen Aspekte keine Gedanken machst. Ich werde auf jeden Fall für den Unterhalt des Kindes aufkommen, sowohl vor als auch nach der Geburt.«

»Darum würde ich dich nicht bitten.«

»Ja ja, ich weiß schon, du stolze, sture Rothaarige«, bemerkte er mit einem vernichtenden Blick. »Deshalb bestehe ich ja darauf. Aber jetzt lässt du mich erst einmal ausreden. Zweitens, wie möchtest du entbinden?«

Sie konnte es nicht glauben, dass sie sich tatsächlich an diesem Gespräch beteiligte, aber sie antwortete trotzdem.

»Natürliche Geburt, falls es nicht zu Komplikationen kommt.«

»Gut. Ich möchte dabei sein.«

Sie bekam große Augen. »Wirklich?«

Sie hatte nicht damit gerechnet, die Erfahrung der Geburt mit ihm zu teilen. Es erschien ihr gefährlich intim, wie etwas, das nur zwei zusammen erleben sollten, die sich wirklich liebten.

»Ja.« Er lächelte, sodass die weißen Zähne in seinem dunklen Gesicht blitzten. »Du glaubst wohl nicht, dass ich mich für die Geburt meines Kindes interessiere?«

»Na ja, offenbar schon.« Sie betrachtete eine Weile die Gravur des Bestecks und fragte dann leise: »Spencer, warum ...«

»Sag das noch mal.«

»Bitte?«

»Sag meinen Namen noch mal. Das war das erste Mal, dass du ihn ausgesprochen hast.«

»Ich habe ihn schon oft gesagt.«

»Nein, nicht als Allison.«

Er beobachtete ihren Mund so genau, dass sie die Lippen befeuchtete, um sie zu kühlen. Sie schienen unter seinem heißen Blick zu brennen. »Spencer, ich finde diese ganze Sache reichlich bizarr. Warum willst du das tun?«

»Würdest du mir glauben, wenn ich sagte, um dein Herz zu gewinnen?«

»Nein.«

»Das dachte ich mir. Also, dann sagen wir, ich tue es, um die Wissenschaft zu fördern.«

Bei ihrer nächsten Frage konnte sie ihn nicht ansehen. »Bist du ... Hast du ... Wäre das dein erstes Kind?«

Er nahm ihre Hand zwischen die seinen und wartete, bis sie ihn ansah.

»Ja. Mein erstes und einziges. Und ich möchte es oft sehen. Ich möchte das von vornherein klarstellen, damit es zu keinen gerichtlichen Auseinandersetzungen kommt, die mir das verwehren.«

»Natürlich nicht. Für mich wäre das Beste für das Kind immer mein größtes Anliegen. Es sollte seinen Vater kennen.«

Sie glaubte nicht daran, dass ein Mann mit Spencers Reiselust zu Hause bleiben und sich an der Erziehung eines Kindes beteiligen würde. Die Sensation des Neuen würde sich bald erschöpft haben. Wenn das Kind ihn überhaupt zu sehen bekam, dann nur selten. Eine Bedingung also, der sie leicht zustimmen konnte.

»Du hättest wahrscheinlich gern einen Jungen«, bemerkte sie. »Wäre ein Mädchen ein Problem für dich?«

»Überhaupt nicht. Eine rothaarige Tochter wäre mir sogar lieber.« Sie lächelte scheu, doch schon seine nächste Frage verschlug ihr die Sprache: »Hast du vor zu stillen?«

Sie hatte nie gewusst, dass die Ansätze ihrer Finger erotisch waren. Doch Spencers Daumen strich über diese wellige Linie, und die Bewegung ging ihr durch und durch. Oder war es sein Blick, der ihre Brüste abtastete, was sie innerlich dahinschmelzen ließ? Oder die Vorstellung, sie würde ein Kind stillen – ein dunkelhaariges, blauäugiges Kind -, und Spencer schaute dabei bewundernd zu und berührte ihre mit Milch schwere Brust, was ein wollüstiges Prickeln in ihr auslöste?

»Ich würde auf jeden Fall versuchen zu stillen«, sagte sie mit belegter Stimme.

»Gut. Einverstanden.« Spencer kniff die Augen zusammen. Er wirkte in sich gekehrt und innig, und er sah aus wie in ihrer Vorstellung – eine Miene, die besagte, er wolle der Nächste sein, der ihre Brust bekam und an ihr saugen durfte. »Wann bist du wieder fruchtbar?«

Eine absolut wissenschaftliche und notwendige Frage. Aber so unmittelbar nach ihrer Träumerei jagte sie von den Schenkeln bis zur Kehle eine heiße Empfindung durch ihren Körper, die sie nervös den Blick senken ließ. Sie, die sich tagein, tagaus mit Fruchtbarkeit und Fortpflanzung beschäftigte, fühlte sich so gehemmt wie ein altjüngferliches Mädchen.

»Ende dieser Woche«, murmelte sie heiser. »Aber es besteht ja keine Eile.«

»Ich denke, je eher, desto besser, meinst du nicht auch?«

»Vermutlich schon. Aber es kann natürlich jederzeit erfolgen, sobald ich ... äh ... die Samenprobe von dir habe.«

»Die Samenprobe?«

»Ja. Man kann sie einfrieren.«

Er drückte ein Auge zu und legte den Kopf schief.

»Ich glaube, ich verstehe nicht ganz. Was kann man einfrieren?«

Sie sah ihn an, senkte den Blick aber sofort wieder.

»Die, äh, du weißt schon. Den Samen.«

»Einfrieren!« Er lachte so laut, dass die anderen Gäste um sie herum aufmerksam wurden. Allison rutschte nervös auf ihrem Stuhl herum.

»Die schauen alle!«, flüsterte sie erregt.

Er beugte sich zu ihr und versuchte, sein Lachen zu unterdrücken. »Du redest von künstlicher Befruchtung?«

»Ja, und sprich bitte nicht so laut!«

Stattdessen lachte er wieder, laut und ungestüm.

Als sein Heiterkeitsanfall endlich nachließ, sagte er mit leisem, vertraulichem Ton: »Miss Leamon, eines müssen Sie wissen: von mir wird nichts eingefroren. Rumpelstilzchen mag sich mit einem Pelzhandschuh zufrieden geben, aber ich sicher nicht.«

Sie lief puterrot an.

»Das Kaninchen heißt Rasputin, und ich hoffe, du willst nicht, was ich denke, dass du willst!«

»Deine Theorie überprüfen.«

Nun beugte sie sich zu ihm und zischte: »Und du hattest an eine andere Art der Befruchtung gedacht?«

Er grinste breit. »Die ganz konventionelle Art, ja.«

»A-aber auf die konventionelle Art kann ich nicht!«

»Kein Problem. Wir machen es in der Position, die dir am meisten zusagt. Ich bin flexibel, ich bin bereit ...«

»Hör auf! Was ich meine, ist« – sie machte eine schneidende Handbewegung – »dass es unmöglich ist, dass wir zusammen sind!«

»Wieso?«

»Weil der einzige Grund, weshalb wir dies überhaupt besprechen, der ist, ein menschliches Wesen zu produzieren. Alles, was ich brauche, ist eine Samenprobe von dir, und dann kann ich die Befruchtung so oft probieren, bis ich schwanger bin.«

Er betrachtete sie mit einem verführerischen Blick.

»Das schließt meine Methode nicht aus. Und der Gedanke möglichst vieler Versuche kommt mir sowieso entgegen.«

Sie wollte von ihrem Stuhl aufspringen, doch er ergriff fest ihre Hand.

»Warum bist du denn so überrascht? Ich habe dir doch gestern gesagt, was ich will. Ich sagte ganz offen, dass ich mit dir ins Bett will.«

»Das hast du über Ann gesagt!«

»Verdammt, als ich das sagte, hatte ich Ann noch nicht einmal getroffen!« Jetzt war er wirklich ärgerlich. Er drückte ihre Finger zusammen, und sein Mund war zu einer dünnen, harten Linie geworden.

»Ich will aber nicht mit dir ins Bett – aus keinem Grund.«

»Es wird dich überraschen, wie weit ich gehe, um zu bekommen, was ich will«, entgegnete er und bedeutete dem Kellner, die Rechnung zu bringen. »Denk darüber nach. Nimm dir Zeit. Ich lasse dich in Ruhe, bis wir bei deiner Wohnung sind.«

Sie fuhren schweigend nach Hause.

Nur einmal fragte er: »Denkst du darüber nach?«

»Ja. Sei still.«

An ihrer Tür angekommen, seufzte sie schwer und blickte ihm in die Augen.

»Also gut. Ich will dieses Baby. Es wird für meine Arbeit und für mein Leben von großer Bedeutung sein. Da keine anderen Männer mit deiner Qualifikation zur Verfügung stehen, du aber bereit bist, erkläre ich mich einverstanden, dich als Vater zu akzeptieren.«

»Zu meinen Bedingungen?« Seine Stimme liebkoste sie so vielsagend wie seine Lippen ihr Ohrläppchen.

Sie schluckte. »Ja. Zu deinen Bedingungen. Auch wenn ich denke, dass du ein skrupelloser Erpresser bist.« Er nahm ihr Ohrläppchen zwischen die Zähne, zog vorsichtig daran und kicherte. »So sprichst du über den Vater deines Kindes?«

»Ich rufe dich gegen Ende der Woche an, wenn es an der Zeit ist«, sagte sie irritiert. Seine Zunge spielte warm und feucht an ihrem Nacken.

»Niemals.«

Sie wand sich aus seiner Umarmung heraus.

»Was soll das heißen, niemals?«

»Wir sind menschliche Wesen, und wir schaffen ein weiteres menschliches Wesen. Wir sind keine Versuchstiere, die darauf gedrillt sind, Leistung zu bringen, wenn die Zeit dazu gekommen ist. Obwohl ich nichts dagegen hätte, wenn du diesen Pelzhandschuh mitbringen würdest.«

»Wohin mitbringen?« – »Wir fahren nach Hilton Head und gehen zusammen auf mein Boot, allein.«

Einmal mehr hatte er ihr den Boden unter den Füßen weggezogen. »Aber ich kann nicht einfach zusammenpacken und mit dir wegfahren!«

»Ich bin sicher, ein Anruf bei Dr. Hyden wird alles regeln. Überlass das mir. Du bist einfach morgen Mittag fertig. Die Fahrt dauert einige Stunden, und die beste Ankunftszeit ist der Sonnenuntergang.«

»Aber …«

»Nimm keine Tabellen oder Thermometer oder sonst etwas Klinisches mit. Wir ziehen uns einfach auf die Yacht zurück und tun, was uns gefällt, wenn naturgemäß die Zeit dafür kommt.«

»Wer ist hier der Wissenschaftler, ich oder du?«

»Du brauchst auch nicht eine Menge Klamotten einzupacken. Die sind überflüssig. Und jetzt machen wir mal eine erste Übung.«

»Eine erste Übung?«

Er nahm ihr Gesicht zwischen die Hände und küsste sie. Zuerst auf eine Schläfe, dann arbeiteten sich seine Lippen sanft über ihre Stirn voran, erreichten ihre Lider, ihre Wangenknochen. Sogar auf ihrer Nase platzierte er lustige, rasche Küsse. Er küsste ihr Kinn. Und schließlich ihren Mund.

Besitzergreifend öffneten sich seine Lippen über den ihren, und sie dachte nicht daran, sie geschlossen zu lassen. Seine Zunge strich ihre Unterlippe entlang, testend und schmeckend.

»Spencer!«, rief sie leise.

»Hm?«

»Das kitzelt!«

Er lachte leichte Atemstöße an ihren Mund. »Tatsächlich?«

Er leckte über die glatte Innenseite ihrer Lippen. Fuhr mit der Zunge an ihren Zähnen entlang, schob sie endlich tief in ihren Mund.

Seine Arme umschlossen sie fest. Er schmiegte sich an sie, konnte ihr nicht nahe genug kommen. Sie wusste nicht, was sie mit ihren Händen anfangen sollte, deshalb legte sie sie vorsichtig auf seine Schultern.

»Ich möchte dich heute Abend berühren«, murmelte er mit belegter Stimme, während eine Hand zwischen ihre Körper drängte und begann, ihr Kleid aufzuknöpfen.

Ich sollte das beenden!, schrie ihre innere Stimme, doch ihr Körper wollte nicht darauf hören.

Ihre Brüste sehnten sich nach seiner Berührung. Es war verrückt – aber sie war es leid, immer vernünftig zu sein.

Als er alle Knöpfe geöffnet hatte, schlüpfte seine Hand in ihr Oberteil, legte sich auf eine Brust und massierte sie sanft.

»Oh, du fühlst dich so gut an!«, flüsterte er. »Weich und voll, perfekt. Ich kann es nicht erwarten, dich zu sehen, dich hier zu küssen.«

Er nahm sich wieder ihren Mund vor, liebkoste ihn mit der Zunge, streichelte dabei mit dem Daumen zuerst die eine, dann die andere Brustwarze, bis sie aufgerichtet waren.

Ein fast schmerzliches Begehren loderte in ihr, das sie nie gekannt hatte. Warum hatte sie sich das so lange versagt? Warum hatte sie sich vorgegaukelt, Sexualität sei etwas rein Instinktives und Physisches? Nein, das war es nicht. Ihre Seele sehnte sich ebenso sehr nach Erfüllung wie ihr Körper sie verlangte.

Als Spencers Hand über ihr Unterkleid und an ihren Rippen nach unten über ihren Bauch und zwischen ihre Beine glitt, stieß sei einen erstickten Schrei aus und klammerte sich verschämt an ihn.

»Ich weiß, ich weiß«, flüsterte er ihr leidenschaftlich, mit heißem Atem, ins Ohr, nahm seine Hand weg und legte sie unter ihr Kinn. »Ich möchte so sehr mit dir schlafen, dass ich es kaum aushalte, aber ich möchte auch, dass beim ersten Mal alles perfekt ist.«

Langsam ließ er von ihr ab. Ihre Wangen waren fiebrig heiß vor Erregung und Scham. Schon beim ersten Mal, als sie ihn sah, hatte dieser Mann eine seltsame Macht über sie ausgeübt. Wenn sie mit ihm zusammen war, erkannte sie sich selbst nicht wieder.

Er knöpfte ihr Kleid wieder zu und schob ihr Kinn mit dem Finger nach oben. »Alles in Ordnung?«

»Ich glaube schon«, sagte sie mit einem zittrigen Lächeln.

»Bist du morgen Mittag bereit zur Abfahrt?«

»Ja.«

Allison betrat ihre Wohnung, schaltete das Licht an, ließ die Handtasche auf das Bett fallen und ging zum Spiegel am Kleiderschrank. Sie betrachtete sich minutenlang. Ihre Augen waren hell und leuchtend, ihr Blick klar und unverwandt, und er sagte ihr etwas, das sie nicht mehr ignorieren konnte.

Morgen würde sie mit ihm wegfahren. Und zwar nicht deshalb, weil es an der Zeit war, alle Vorsicht hinter sich zu lassen und eine Affäre zu haben. Auch nicht für die Wissenschaft. Und nicht einmal, um ein Kind zu bekommen, das ihrem Leben einen Sinn geben sollte.

Sondern weil sie Spencer Raft liebte.

7

Sich ihre Liebe zu ihm einzugestehen, war nichts, das sie auf die leichte Schulter nahm. Wie viele andere Frauen waren seinem Charme schon erlegen? Ohne Zweifel hatte er eine ganze Reihe gebrochener Herzen hinterlassen, die sich um die ganze Welt zog. Allison würde nur ein weiteres Glied davon sein.

Er liebte sie sicherlich nicht, aber er begehrte sie. Aus irgendeinem unerfindlichen Grund fand er sie attraktiv und bemühte sich um sie. Lag es an der Welterfahrenheit, die ihr fehlte? Vielleicht hatte das für ihn tatsächlich den Reiz von etwas Neuem und Begehrenswertem.

Sie wollte sich mit offenen Augen in diese Affäre begeben und sich über seine Gefühle für sie nichts vormachen. Er war ein Abenteurer und Schürzenjäger und würde bald aus ihrem Leben verschwinden. Falls sie schwanger wurde, würde sie ihn in Abständen wiedersehen, wenn er das Kind besuchte. Niemals würde sie sich zum Klotz an seinem Bein machen. Aber sie besäße immer einen lebendigen Teil von ihm – das Kind.

Und wenn sie keines bekam, dann würde sie wenigstens eine Erinnerung haben, mit der sie die Einsamkeit ihres Lebens ausfüllen und die trüben Stunden etwas aufhellen konnte. Allison Leamon brauchte Erinnerungen an eine Zeit ihres Lebens, in der sie die Liebe und Zuneigung eines Mannes erfahren hatte. Sie brauchte sie sehr dringend.

Deshalb fuhr sie nach Hilton Head, ohne zu zaudern.

Falls sie es später bedauerte, würde sie damit schon irgendwie fertig werden.

Das Telefon weckte sie früh. »Hallo.«

»Ich kann es nicht glauben! Ich kann es einfach nicht glauben!«

Sie schüttelte erst einmal den Kopf, um klarer zu werden, und setzte sich auf. »Hallo Ann. Was kannst du nicht glauben?«

»Dass du mit Spencer nach Hilton Head fährst.«

»Er hat wohl nicht lange damit gewartet, mit seiner Eroberung anzugeben, was?«

»Nun werde nicht gleich so abwehrend. Er hat angerufen, um Davis zu sagen, dass er heute abreist. Davis wollte unbedingt wissen, warum, und als er es uns sagte, konnten wir es einfach nicht glauben.«

»Das hast du bereits gesagt. Du tust meinem überaus nervösen Ego schrecklich gut, Ann.«

War es denn so unerhört, dass Spencer sie einlud, mit ihm ein paar Tage auf seiner Yacht zu verbringen? Von dem Baby hatte er ihnen doch sicher nichts erzählt.

»Interpretierst du schon wieder etwas in eine harmlose Bemerkung hinein. Ich kann glauben, dass Spencer dich gefragt hat, aber nicht, dass du zugesagt hast.«

Sie seufzte dankbar und erleichtert. Er war also Gentleman genug gewesen, ihnen den wahren Grund, weshalb sie mitfuhr, zu verschweigen.

»Ich denke, es wird schön, einmal ein paar Tage wegzukommen. Ich war noch nie in Hilton Head, und ...«

»Allison, das interessiert mich nicht sonderlich. Mich interessieren die ganzen unanständigen Details deiner stürmischen Romanze.«

»Es gibt keine stürmische Romanze.«

»So wie Spencer davon redet, sehr wohl. Als er endlich seine Zurückhaltung aufgab und Davis erzählte, dass du mit ihm fährst, konnte er gar nicht mehr aufhören, davon zu schwärmen, wie schön du bist und wie es ihn gleich bei eurer ersten Begegnung umgehauen hat. Übrigens, erinnere mich daran, dass ich später noch richtig sauer auf dich werde, weil du mir von all dem nichts erzählt hast, als es passierte. Ich habe die ganze Aufregung verpasst. Jedenfalls ...« – sie atmete tief durch – »ich muss mich jetzt beeilen ...«

»Ich auch, Annie. Ich muss heute Morgen noch tausend Dinge erledigen. Wie spät ist es? Oh Gott, schon nach neun! Tschüss, Ann. Ich rufe dich ...«

»Einen Moment noch. Du duschst dich und ziehst dich an. Gegen zehn komme ich und gehe mit dir einkaufen. Dann kommen wir gerade rechtzeitig in die Geschäfte, wenn sie aufmachen.«

»Einkaufen? Was denn?«

»Klamotten, die für eine Romanze geeignet sind. Keine Widerrede. Tschüss!«

Die nächsten Stunden waren angefüllt mit hektischen Aktivitäten und Chaos. Während sie ihren Kaffee trank, schrieb Allison auf, was sie noch tun musste, damit die Wohnung während ihrer Abwesenheit sicher war. Sie duschte, wusch sich rasch die Haare und sah dann fieberhaft ihre spärliche Garderobe nach Sachen durch, die man auf einer Yacht tragen konnte. Sie fand jedoch nichts, und so kam ihr Anns Idee mit dem Einkaufen allmählich in der Tat wie eine göttliche Eingebung vor.

Sie suchten die schicksten Boutiquen der Stadt auf. Anderthalb Stunden lang trieb Ann Verkäuferinnen fast in den Wahnsinn, doch am Ende hatte Allison drei neue Hosen mit passenden Oberteilen, zwei tolle Sommerkleider, drei luftige Nachthemden, vier neue Badeanzüge und ein halbes Dutzend Shorts und Tops. Was

Allison aus Zeitmangel nicht anprobieren konnte, zog Ann für sie an, wobei sie allerdings ihren neuen vergrößerten Busen berücksichtigen musste.

In der Kosmetikabteilung eines Kaufhauses ließen sie sich einen Schnellkurs im Schminken geben; die geplagte Kosmetikerin brach wahrscheinlich mit nervöser Erschöpfung zusammen, sobald sie weg waren. Sie kauften Parfum – eine leichte, blumige, junge Duftnote, die nach Aussage der Verkäuferin »hundertprozentig passte«.

Sie kamen nur Minuten vor Spencer in Allisons Apartment an. Ann entfernte rasch die Preisschilder und packte die Einkäufe dann in einen Koffer. Allison zog etwas von den neuen Sachen an, eine weite, beige Baumwollhose und dazu ein bauschiges Oberteil, das über Schultern und Schenkel fiel und nur durch einen grünen Netzgürtel in der Taille Form bekam.

»Dieses scheußliche alte Hemd von Daddy nimmst du doch nicht mit, oder?«

»Nein. Nur die sündigen dünnen Fummel, die du als Negligés bezeichnest.«

»Gut. Hast du das ganze neue Make-up eingepackt, Allison?«

»Ja.«

»Schwörst du es? Wenn du nach Hilton Head kommst und aussiehst wie eine Vogelscheuche, werde ich nie wieder mit dir reden.«

»Ich hab's eingepackt, ich hab's eingepackt, und – oh Gott!«, stieß sie hervor und verschränkte die Hände vor der Brust, als es klingelte. »Das ist er!«

»Geh an die Tür. Ich mache den Koffer zu«, erbot sich Ann.

Bevor sie öffnete, schöpfte Allison erst noch einen Moment lang Atem. Gegen ihr pochendes Herz konnte sie nichts tun. Es war erstaunlich, wie sie als pragmatische Frau sich von Anns romantischem Enthusiasmus hatte anstecken lassen. Sie glaubte fast schon selbst, dass dieser Ausflug einem Durchbrennen oder dem Start in die Flitterwochen gleichkam. Und Spencer zerstreute diese Stimmung nicht, als sie ihm öffnete. Seine blauen Augen rissen ihr das neue Outfit quasi herunter und verschlangen sie bei lebendigem Leib.

Er ging hinein, blieb jedoch unsicher stehen, als Ann durch die Schlafzimmertür kam. Mit offenem Haar und Make-up war Allison von ihrer Zwillingsschwester nicht zu unterscheiden. Spencers Blick sprang mehrmals zwischen den beiden Frauen hin und her, ehe er Allison lächelnd umarmte und leidenschaftlich küsste.

»Fertig?«, fragte er, als er sie endlich losließ.

Ann stemmte mit kämpferischem Blick die Fäuste in die Hüften.

»Wie kannst du uns unterscheiden, obwohl Davis voll auf den Rollentausch hereingefallen ist?«

Ihre Schwester und Spencer lachten über sie, Allison allerdings nur halbherzig. Sein Kuss hatte sie schon wieder überwältigt. Sie hatte nicht gewusst, dass eine Zunge so beweglich sein konnte.

»Ich habe Dr. Hyden angerufen.«

Sie hoffte, dass ihre Stimme nicht so aufgewühlt klang, wie sie sich durch seinen Kuss fühlte.

»Ich weiß. Er hat mir gesagt, dass ihr miteinander gesprochen habt.«

»Du hast ihn auch angerufen?«

»Ich wollte dir keine Chance lassen, noch einen Rückzieher zu machen.«

»Das hätte ich sowieso nicht zugelassen«, schaltete sich Ann ein. »Ihr Gepäck ist fertig.«

Sie nickte Richtung Schlafzimmer.

Wenige Minuten später winkte Ann ihnen nach einer kurzen Umarmung und einem in Allisons Ohr geflüsterten »Sag zu nichts nein!« Lebwohl.

Allison saß nervös in einem Wagen neben einem Mann, den sie erst ein paar Tage zuvor kennengelernt hatte, auf dem Weg zu seiner hochseetauglichen Yacht, in der sie beide allein sein und nur eines im Sinn haben würden ... sich zu lieben.

»Mir gefällt, was du anhast«, sagte er leichthin.

»Danke.«

»Ist es neu?«

»Ja.«

»Deine Haare sind schön heute.«

»Danke.«

»Ist die Klimaanlage zu kalt eingestellt?«

»Nein.«

»Bekomme ich während unseres gesamten Aufenthalts nur einsilbige Antworten?«

Sie bemerkte seine sarkastische Miene und lachte befangen. »Tut mir leid.«

»Toll. Wir machen Fortschritte. Das waren schon drei Worte.« Er legte eine Hand auf ihren Schenkel. »Willst du die ganze Fahrt über da drüben sitzen bleiben?«

»Wo soll ich denn sonst sitzen?«

Er zog sie leicht an ihrem Schenkel in seine Richtung, um ihr zu bedeuten, was er meinte – sie hatte es jedoch ohnehin schon begriffen. Sie rutschte so dicht an ihn heran, dass sich ihre Schenkel berührten. Dann legte er einen Arm um sie, ließ die Hand in ihren weiten Ausschnitt gleiten und liebkoste ihre Schulter.

»Tu mir einen Gefallen«, sagte er.

»Welchen?«

»Leg deine Hand auf meinen Schenkel.«

Sie hatte etwas erwartet wie »Schau auf die Landkarte«, »Schalte das Radio ein« oder »Verriegle deine Tür«. Sie hatte so ziemlich alles erwartet, nur nicht »Leg deine Hand auf meinen Schenkel«! Und da sie keine kluge Erwiderung parat hatte, fügte sie sich einfach.

Er trug eine teure Sommerhose in einem blaugrauen Farbton. Der Stoff fühlte sich weich an, doch die Muskeln darunter waren stahlhart. Sie war versucht, seinen Schenkel zu drücken, zu streicheln oder an seine Innenseite zu fassen. Aber sobald ihre Hand eine bequeme Stelle gefunden hatte, blieb sie dort regungslos liegen.

»Danke«, brummte er und drückte kurz die Nase an ihr Ohr.

Er begann, ihr von seiner Kindheit, seinen Eltern, seiner Freundschaft mit Davis und seiner Schulzeit zu erzählen und welche Sportarten er betrieben hatte. Seine Stimme lullte sie ein, und sie hatte sich schon fast an die harten Fingerspitzen gewöhnt, die mit ihrem Schlüsselbein spielten und ab und zu über ihre Brust glitten.

Dann fragte er plötzlich: »Weißt du eigentlich, wie das für mich ist, wenn zwischen meinen Fingerspitzen und der Spitze deiner Brust gerade mal zwanzig Zentimeter liegen?«

Sie hielt unwillkürlich den Atem an.

»Ann wollte nicht, dass ich heute einen BH anziehe.«

»Ich weiß nicht, ob ich ihr dafür danken oder sie verfluchen soll. Das ist Folter – herrliche Folter, aber eben trotzdem Folter.«

Er nahm die Hand weg. Allison registrierte es mit gemischten Gefühlen; einerseits hatte seine Liebkosung ihr gefallen, andererseits hatte sie Angst davor, dass ihr Körper davon offenbar nie genug bekommen konnte.

Noch beängstigender war, dass sie solche Zärtlichkeiten anscheinend schon jetzt als selbstverständlich hinnahm. Dies war eine vorübergehende Affäre, das durfte sie nicht einen Augenblick lang vergessen.

Mit seiner nun freien Hand ergriff er die ihre und drückte sie an seine Lippen. Er küsste ihren Handteller und malte mit der Zunge nasse Schnörkel darauf, die sie bis in die Magengrube spürte. Dann legte er die Hand – ein Stück höher – wieder auf seinen Schenkel und seine darauf.

Sie reisten unbeschwert und hielten an, wenn ihnen danach war. Einmal teilten sie eine Cola und eine Tüte Erdnüsse, ein andermal aßen sie ein Eis. Sie leckten an der Tüte, küssten sich, leckten und küssten sich wieder, bis alles durcheinander geriet. Lachend tupfte er ihr Kinn mit einer Papierserviette ab, als ein Schokoladenstückchen daran kleben geblieben war.

Sie erzählte ihm Geschichten aus Anns und ihrer Kindheit und wie sie häufig für Verwirrung gesorgt hatten, und versuchte, ihm die tiefe, beständige Beziehung zwischen ihnen zu erklären. Und sie gestand auch einige der Nachteile ein, die man als Zwilling hatte.

»Es ist, als ob man allein nicht vollständig wäre – als ob Ann einen wesentlichen Teil von mir hätte, den ich nie bekommen kann.« Sie blickte ihn scheu von der Seite an und fragte: »Klingt das verrückt?«

»Nein. Aber ich sehe bei dir keine Unzulänglichkeiten. Du bist eine unabhängige Frau; ich kann mir nichts vorstellen, das Ann hat und das dir fehlen würde.«

Um die Stimmung zu heben, flocht er Geschichten von Leuten ein, die er im Ausland kennengelernt hatte.

Aber was immer sie auch taten, er berührte sie dabei. Irgendwo, irgendwie lag immer eine Hand auf ihr. Allison dachte, dass jeder, der sie sah, sie für ein sehr verliebtes Paar hielt. Es war leicht zu erkennen, weshalb Spencer kein Problem damit hatte, überall auf der Welt Frauen zu verführen. Darin war er Experte. Er behandelte eine Frau instinktiv so, wie es ihr gefiel. Er vermittelte Allison das Gefühl, sexy, verführerisch, schön, geistreich und bezaubernd zu sein, doch in Wirklichkeit war sie es, die verzaubert wurde.

Je näher sie dem Meer kamen, desto flacher wurde das Land und desto höher die Luftfeuchtigkeit. Krauses graues Moos hing von den Ästen riesiger, alter Eichen, Blumen blühten in üppiger Pracht, Pinien reckten sich himmelwärts. Sie überquerten die Staatsgrenze von Georgia nach South Carolina, und ein paar Meilen dahinter erreichten sie die Straße, die die Insel mit dem Festland verband.

Hilton Head war nicht dem Kommerz geopfert worden. Die Bebauung entsprach strengen Bestimmungen des Landschaftsschutzes. In dieser Ferienlandschaft verband sich die Geschichte des alten Südens harmonisch mit der Küstenlage. Dichte Pinienwälder, moosbewachsene Eichen und Myrten wechselten sich mit Buchen ab.

»Es ist wunderschön«, sagte Allison aufgeregt, die von Spencer weggerutscht war, um aus dem Fenster sehen zu können. »Ich kann gar nicht glauben, dass ich hier noch nie hergekommen bin. Legst du mit deiner Yacht immer in dieser Gegend an?«

»Kommt darauf an. Wenn mich mein Geschäft in diesen Teil des Landes bringt, liege ich gern hier im Hafen.«

»Was sind das für Geschäfte?«

»Ich habe den Kühlschrank geleert, bevor ich weggefahren bin«, sagte er und bog auf den Parkplatz eines

Supermarkts ein. »Wir sollten besser einkaufen gehen.« Verstimmt, weil er ihre Frage ignoriert hatte, blieb sie im Wagen sitzen, obwohl er ihr die Tür aufhielt.

»Warum sind deine Geschäfte ein Geheimnis? Sind sie illegal?«

»Nein.«

»Also, was machst du?«

»Ich handle mit einem Produkt.«

»Mit welchem?«

»Das geht dich nichts an.«

»Was machst du mit diesem Produkt? Herstellen? Vermarkten? Was?«

»Ich hole es aus einem Land und bringe es in ein anderes«, entgegnete er geheimnisvoll.

Sie erbleichte. »Schmuggel? Du bist ein Schmuggler?«

»Hilfst du mir nun beim Einkaufen oder willst du mit dem vorlieb nehmen, was da ist?«, fragte er mit gespielter Strenge. Mit Fantasien über Schwarzmarkt-Diamanten, Drogen und Atomwaffen im Kopf stieg sie aus.

Wie versprochen erreichten sie den Yachthafen gerade, als die Sonne im Calibogue Sound am westlichen Ende der Insel versank. Es war ein traumhaft schöner Anblick. Der riesige orangefarbene Feuerball verwandelte das Wasser in eine goldene Fläche und tauchte den Himmel in Tausende von Rot- und Violetttönen.

»Habe ich dir nicht gesagt, dass der Sonnenuntergang fabelhaft ist?«, flüsterte ihr Spencer ins Ohr, als er, den Arm um ihre Schultern gelegt, mit ihr am Pier stand.

»Ja, aber es ist noch schöner, als ich dachte.«

Stumm und verzückt genossen sie den Anblick, bis die Sonne vollständig verschwunden war und der Tag in blauem Dämmerlicht versank.

»Komm«, sagte er dann, »jetzt möchte ich dir die *Double Dealer* zeigen.«

»Ist das der Name deines Boots?«

»Genau.«

»Hat er eine Bedeutung?«

»Keine, von der du etwas wissen möchtest.«

»Das habe ich befürchtet.«

Er lachte nur und rief »Ahoi!«, als sie ihr Ziel erreicht hatten.

Ein junger, vielleicht sechzehnjähriger Mann blickte von einem Deckstuhl auf. »Hallo, Mr Raft. Ich dachte nicht, dass Sie heute schon kommen würden.«

»Ja, ich bin ein paar Tage früher dran. Alles okay?«, fragte er den Jungen und half Allison an Deck.

»Alles bestens. Hallo«, begrüßte er Allison.

»Guten Abend«, erwiderte sie zurückhaltend. Der junge Mann wusste sicher, weshalb sie gekommen war, und das verursachte ihr ein ungutes Gefühl.

Spencer stellte ihn vor als Mitglied der Familie, der das neben seinem ankernde Boot gehörte.

»Ich habe Gary angeheuert, ein wenig die Augen offen zu halten, solange ich weg bin.«

»Wir können später alles regeln«, sagte der junge Mann. »Bis dann!«

Er sprang auf den Pier und ging zum Boot seiner Familie.

»Sag deinen Leuten vielen Dank dafür, dass sie dich an mich ausgeliehen haben!«

»Klar!«

Er winkte noch einmal und verschwand, und sie waren in der anbrechenden Dunkelheit allein.

Die *Double Dealer* bestand aus etwa zwanzig Metern Luxus und Komfort. Allison wusste nichts über Boote, doch dieses schien keine Annehmlichkeit eines gemütlichen Zuhauses vermissen zu lassen. Die Decks waren makellos sauber. Die weiße Farbe wies nicht einen Kratzer auf, das Holz war gut lackiert, und die Messinginstrumente glänzten.

Das Ruderhaus war mit allen erdenklichen Navigationsinstrumenten ausgestattet und sah komplizierter aus als das Cockpit eines Jumbojets. Die Kombüse stand einer modernen Küche in nichts nach. Die meerblau gestrichene Kajüte wurde auf drei Seiten von einem weißen Ledersofa umrahmt, und sie enthielt eine Stereo- und eine Videoanlage sowie eine Bar. Die Schlafkoje war riesig und extravagant möbliert mit weißen Wildledersesseln, schwarz lackierten Kommoden und einem Doppelbett unter dem breiten Bugfenster. Das daran anschließende Bad hatte zwar keine Wanne, aber die Dusche und die restliche Ausstattung machten das mehr als wett.

»Gefällt es dir?«, fragte er mit dem Mund dicht an ihrem Ohr, als sie in das Schlafzimmer blickte. Es erinnerte an einen orientalischen Freudentempel.

»Ja«, murmelte sie mit belegter Stimme. Dann raffte sie sich auf und wandte sich ihm mit einem nervösen Lächeln zu. »Sehr.«

»Gut. Mach es dir bequem. Ich brauche ein Weilchen, bis ich den Wagen entladen habe.«

»Soll ich dir helfen?«

Er gab ihr einen raschen, aber deftigen Kuss. »Nein. Du ruhst dich besser aus. Das wird dir später guttun.«

Mit dieser vielsagenden Warnung und einem Klaps auf ihren Hintern ließ er sie allein. Als Erstes brachte er die Tüten mit den Lebensmitteln an Bord. Allison verstaute sie, während er die Koffer holte.

Nachdem er ihr Gepäck im Schlafzimmer abgestellt hatte, streifte er flüchtig ihre Lippen mit seinen.

Sie verstaute ihre Sachen in den leeren Schubladen, die er ihr gezeigt hatte, und er kam inzwischen mit zwei Gläsern Weißwein zurück.

»Ich dachte, wir trinken erst einmal auf einen guten Start.«

Allison lachte. »Ich muss gerade an unseren letzten Toast denken. Da konnte ich mein Glas kaum erkennen, und dich überhaupt nicht.«

»Als du mich das erste Mal klar gesehen hast, warst du enttäuscht?«

»Scharf auf ein Kompliment?«

»Ja.«

Ihr Lächeln verschwand langsam, und sie begann, ernst seine von Wind und Wetter gegerbten Gesichtszüge zu studieren. Diese geheimnisvollen, von den kräftigen Brauen überschatteten und von Lachfalten umrahmten Augen faszinierten sie jedes Mal. Ihr tiefes Blau war einfach atemberaubend, aber noch aufregender war die Kraft und Vitalität, die aus ihnen strahlte. Diese Augen zeugten von der lebenssprühenden Persönlichkeit dieses Mannes.

Um den schön geformten Kopf lag das Haar in wüster Unordnung, vom Seewind zerzaust. Das halb offene Hemd zeigte seine braun gebrannte, muskelbepackte und von dunklen, geringelten Haaren bedeckte Brust.

»Nein, ich war nicht enttäuscht«, gestand sie leise.

Ein kurzes Grinsen erschien auf seinem Gesicht, dann stieß er mit ihr an.

»Auf uns. Und den Erfolg dieser Reise.«

Sie nippte und betrachtete ihn über den Rand ihrer Brille hinweg. Nach einem Schluck von dem kalten, erfrischenden Wein stellte er beide Gläser ab.

Er streichelte sie unter ihrem Haar am Nacken.

»Ich sehne mich schon den ganzen Tag nach dir.«

Zentimeter für Zentimeter zog er sie langsam zu sich. »Ich kann einfach nicht mehr länger warten.«

Er beugte sich zu ihr und fand ihre Lippen geöffnet, seinen Kuss erwartend. Während ein Daumen zärtlich ihr Kinn streichelte, erforschte seine Zunge langsam ihren Mund, bog und wand sich wundersam, löste in jedem ihrer Körperteile herrliche Reaktionen aus und entlockte ihrer Kehle ein leises Stöhnen.

Für einen Moment zog er sich zurück und knabberte an ihren Lippen. Dann schweifte seine Zunge wieder aus; ihre wachsende Wildheit erregte Allison zusehends. Er legte die Arme um sie; stählernen Bändern gleich drückten sie Allison an ihn, pressten ihre Körper aneinander wie zwei Teile eines Puzzles, drängten seine Männlichkeit in die Wölbung ihrer Weiblichkeit. Seine Hände glitten auf ihren Po, drückten ihn, hoben ihn an, massierten.

Dann legte er die Hände an ihre Hüften und erforschte sie mit langsamen, drehenden Bewegungen der Daumen. Seine Berührung durchflutete ihren Unterleib mit einer Wärme, die sich wie süßer Honig in ihrem ganzen Körper ausbreitete.

»Spencer«, keuchte sie leise.

Einen Herzschlag später hatte er sie von ihrem Gürtel befreit und legte sie auf das Bett. Er riss sein Hemd auf. Sie erhaschte nur einen kurzen Blick auf seine Brust, dann senkte er sich zu einem glühenden Kuss auf sie, der ihre ganze Aufmerksamkeit beanspruchte.

Er ließ eine Hand unter ihr Oberteil gleiten, und seine Finger stahlen sich mit peinigender Muße über die Rippen hoch bis zur Unterseite ihres Busens. Sie bäumte sich auf und rief mit einem hilflosen Stöhnen leise seinen Namen. Erst dann legte sich seine Hand über ihre Brust. Er bewegte sie in enger werdenden

Kreisen, bis er spürte, dass die Spitze steif wurde, dann ergriff er die winzige Knospe mit den Fingerspitzen und erregte sie noch mehr.

»Oh mein Gott«, stöhnte Allison, als seine rauen Finger ihre Lust weiter anfachten.

Spencer setzte sich auf, schob den Saum ihres Oberteils über ihre Brüste und hielt kurz den Atem an.

»Du bist wunderschön«, sagte er.

Er streifte ihr das Oberteil über den Kopf. Dann ergriff er mit einer Faust ihre Handgelenke und hielt ihr die Arme hinter den Kopf, um einen uneingeschränkten Blick auf sie zu genießen.

Ihre Brüste waren voll und rund und von einem zarten Rosa gekrönt. Durch seine Zärtlichkeiten waren die Brustwarzen aufgerichtet, als würden sie sich nach seiner Berührung sehnen. Sie zitterten vor Begehren.

»So lange will ich dich schon schmecken.«

Er senkte den Kopf über sie. Allison konnte nicht glauben, wie ihr geschah; sie hatte das Kinn an die Brust gezogen und hob den Kopf gerade rechtzeitig, um zu sehen, wie sich seine Lippen um ihre Brustwarze legten. Die erste Berührung seiner Zunge war wie ein elektrischer Schock, der durch sie fuhr. Mit einem durchdringenden Schrei warf sie den Kopf auf das Bett zurück und biss sich auf die Unterlippe, um nicht noch einmal zu schreien. Ihre Hüften hoben und senkten sich von selbst, während Spencers Mund sein Wunder vollbrachte.

Sie hob den Kopf wieder an und beobachtete, wie seine Zunge im Wechsel um die straffen Spitzen ihrer Brüste tanzte, rasch vorstieß, sich langsam um sie rollte, heftig leckte. Dann, als sie feucht glänzten, zog er an ihnen mit knabbernden Lippenbewegungen.

»Liebling«, flüsterte er, als er bemerkte, wie sie ihn beobachtete. »Du bist wundervoll.«

Er legte sich wieder auf sie, presste die nackte Brust an ihre. Seine Lippen waren heiß, seine Zunge drang wollüstig in ihren Mund ein.

Er rollte mit ihr auf die Seite und zwängte ein Knie zwischen ihre Schenkel, küsste sie ausgelassen wieder und wieder, bis sie beide außer Atem waren. Dann legte er ihre eine Hand auf sein Herz. Seine Brustbehaarung fühlte sich weich wie Seide an. Wie schön es war, jeden Schlag seines Herzens in ihrer Hand zu spüren ...

»Mein Herz hämmert«, murmelte er mit belegter Stimme. »Da siehst du, was du hier mit mir machst, und« – er bewegte ihre Hand zum Reißverschluss seiner Hose – »hier.«

Plötzlich war es nicht mehr Verlangen, was sie durchströmte, sondern Panik. Panik, die sie ebenso leidenschaftlich fühlte wie zuvor das Verlangen. Eisig jagte dieses Gefühl durch ihren Körper, erzeugte einen unangenehmen Geschmack in ihrer Kehle.

Er war riesig, hart und so gefährlich, erschreckend männlich, dass sie ihre Hand abrupt zurückzog und von ihm abrückte. Sie rollte auf die andere Seite des Betts, setzte sich auf die Kante und versuchte vergeblich, ihre Fassung wiederzugewinnen, griff nach ihrer Bluse, um ihre Brust zu bedecken.

Lange, stille Augenblicke füllte nur ihr und Spencers heftiges Atmen den dunklen Raum. Sie bewegten sich nicht. Allison hielt den Kopf gesenkt, die Augen geschlossen.

Schließlich fragte er: »Allison, würde es dir etwas ausmachen, mir zu sagen, was nicht stimmt?«

Nicht stimmt, nicht stimmt, nicht stimmt, hallte es in ihrem Kopf wider. Immer wenn eine Frau Nein sagte, wurde gleich angenommen, dass mit ihr etwas nicht stimmte! Aber nun, in diesem Fall, war es nicht so?

»Ich habe versucht, dir zu sagen, dass ich in diesen Dingen nicht bewandert bin!«, brauste sie auf, ihm den Rücken zukehrend, der unbedeckt war, nackt, schutzlos seinem Blick ausgeliefert, der sie durchdrang. »Aber du wolltest ja nicht zuhören!«

»Ich dachte, du wärst sehr gut in dieser Beziehung«, bemerkte er mit einer Kühle, die ihre Qual noch verstärkte, anstatt sie zu lindern. »War ich zu schnell? Habe ich dich verletzt?«

»Ich will darüber nicht reden!«

»Aber ich schon, verdammt!«, rief er.

Sie warf ihm über die Schulter einen giftigen Blick zu. »Falls dein Ego angeknackst ist, kann ich dich beruhigen. Ich habe nicht deinetwegen unterbrochen, sondern meinetwegen.«

»Was ist mit dir? Wolltest du mich nicht anfassen?«

Sie schluckte. »Nein.«

Nach einem kurzen Schweigen sagte er: »Ich verstehe. Kannst du mir sagen warum?«

»Nein.«

»Empfindest du eine Abneigung gegen mich?«

Angst ja, Abneigung nein. »Nein.«

»Meine Erregung war doch sicher offenkundig. Mich zu berühren, kann dich eigentlich nicht schockiert haben.«

»Hat es aber!« Die Worte waren herausgeplatzt, ehe sie es verhindern konnte.

»Das verstehe ich nicht. Du weißt doch, wie sich ein sexuell erregter Mann anfühlt.«

Sie sprang auf wie von einer Tarantel gestochen und fixierte ihn.

»In der Theorie weiß ich Bescheid. Ich weiß alles über die Technik. Aber über die Ausführung weiß ich nichts!«

Sie hatte es gesagt! Allison sah seine verblüffte Miene nur eine Sekunde lang, dann wandte sie sich wieder von ihm ab und streifte ihr Oberteil über.

Sie hörte, wie er sich auf dem Bett bewegte. »Du bist noch Jungfrau?«

»Du brauchst es nicht gleich so zu sagen, als ob es eine Krankheit wäre! Ich kann dir versichern, dass es nichts Ansteckendes ist.«

Sie trat ans Fenster, atmete tief die frische Seeluft ein und versuchte, einen klaren Kopf zu bekommen. Warum war sie bloß nicht in ihrem Labor geblieben, wo sie alles unter Kontrolle hatte! Warum hatte sie sich auf etwas eingelassen, womit sie keine Erfahrung hatte, wo sie sich notgedrungen zur Idiotin machen musste?

Sie blickte starr auf den Horizont. Spencer stand auf und trat dicht hinter sie. Als er die Hände auf ihre Schultern legte, zuckte sie zusammen.

»Hey, hey, nicht schon wieder. Ich habe dir doch schon einmal gesagt, dass ich mich dir nicht aufzwingen werde.«

Er sprach leise, wie jemand, der ein verängstigtes Kind trösten wollte. Dann drehte er sie zu sich um, aber er war einfühlsam genug, ihr Gesicht an seinen Hals zu halten und sie nicht zu zwingen, ihn anzusehen.

»Es tut mir leid, Allison. Wirklich. Ich hätte einfach nie gedacht, dass du Jungfrau bist. Ich bin wie selbstverständlich davon ausgegangen, dass du schon mit einem Mann zusammen warst.«

Seine Finger kämmten sacht durch ihr Haar, und sie meinte einen zärtlichen Kuss auf ihrem Kopf zu spüren.

»Du Arme. Und ich habe mit Volldampf voraus losgelegt. Kein Wunder, dass du mich immer als aufdringlich empfunden hast und ausgewichen bist. Ab jetzt gehen wir alles langsam und gelassen an. Nach deinem Zeitplan. Okay?«

Ihre Nase schmiegte sich an die wohlige Wärme seiner behaarten Brust. Ihr Kopf war erfüllt vom Geruch seiner Haut. Sie schmeckte ihn noch auf ihren Lippen. Seine Rücksichtnahme und Zärtlichkeit empfand sie als ebenso verführerisch wie vorhin seine wilde Leidenschaft.

Tapfer begegnete sie dem Blick seiner blauen Augen.

»Ich habe Verständnis dafür, wenn du mich nach Atlanta zurückschicken willst.«

Er betrachtete ihre wirren roten Haare, ihre klaren, grünen Augen, ihren Mund, der noch von seinen Küssen geschwollen war.

»Keine Chance, Lady«, flüsterte er. »Du bleibst hier, bei mir.« Er wollte sie unbedingt küssen, doch stattdessen seufzte er tief und trat zurück. »Ich glaube, wir haben heute Abend beide keine Lust, zu kochen. Warum gehen wir nicht zum Essen aus?«

Sein Einfühlungsvermögen berührte sie. Allein auf dem Boot zu bleiben hätte womöglich zu weiteren Verlegenheiten geführt. Sie brauchten Menschen um sich, Lichter, Zerstreuung.

»Das klingt wunderbar. Ich würde gern duschen und mich umziehen.«

»Sicher. Du gehst zuerst ins Bad. Ich warte oben an Deck, bis du so weit bist.«

Nach dem Duschen zog sie einen Frotteebademantel an und rief Spencer. Als er sie sah, blieb er am Fuß der Treppe stehen.

»Ich ziehe mich in der Koje an, dann kannst du das Bad benutzen«, schlug sie rasch vor.

»Gut.« Seine Stimme klang, als ob man eine stumpfe Klinge über einen Schleifstein zog.

Sie zog eines ihrer neuen Kleider an, mit Spaghettiträgern, einem gerafften, wadenlangen Rock und in einer Farbe, die sie noch nie getragen hatte – ein helles Fuchsienrot. Ann hatte darauf bestanden, dass sie darin mit einem dazu passenden Lippenstift und Rouge blendend aussehen würde. Als sie sich im Spiegel betrachtete, war die Farbe in der Tat ihre kleinste Sorge.

Auch Spencer fiel die Farbe nicht weiter auf, als sie sich fünfzehn Minuten später an Deck trafen. Seine Haare waren noch feucht vom Duschen, und er roch nach Seife und Parfum. Sie blickte ihn besorgt an und rang unwillkürlich die Hände.

Als wären seine Augen mit einem Radar ausgestattet, fiel sein Blick sofort dahin, wo Allison es vermutet hatte.

Das Kleid war geschnitten wie ein Tanztrikot mit einem angenähten Rock. Oben saß es wie eine zweite Haut – und das war das Problem.

»Ann hat alle meine BHs wieder ausgepackt. Wahrscheinlich, als ich heute Morgen die Tür für dich geöffnet habe.«

Mit großer Anstrengung wandte er den Blick von ihren Brüsten ab und bot ihr seinen Arm. Während er ihr auf den Pier half, flüsterte er ihr ins Ohr: »Ich hoffe nur, dass du heute Abend nicht frierst.«

»Frieren?«

»Ja. Wenn sich deine Brustwarzen noch deutlicher bemerkbar machen als jetzt, dann sind alle meine guten Vorsätze, es langsam und entspannt anzugehen, zum Teufel.«

8

Während des gesamten Abendessens benahm er sich wie ein perfekter Gentleman. Allison merkte allerdings, wie schwer es ihm fiel. Sie hätte nie gedacht, dass ein so weltgewandter Mann wie Spencer nervös werden könnte, doch er war gereizt und unruhig, seine Miene gequält, und sein Blick streifte häufig ihre Brust. Wäre sie nicht von weiblichem Stolz darüber erfüllt gewesen, dass sie die Ursache für seine Pein war, er hätte Allison leid getan.

»Wie ich sehe, bist du auf Schalentiere nicht allergisch«, bemerkte er, als sie genüsslich eine Portion Shrimps und Scampi verzehrte.

Sie lachte.

»Nein. Aber rotes Fleisch mag ich nicht besonders; du kannst dir also vorstellen, wie es mir ging, als ich neulich dieses noch halbrohe Rippensteak essen musste. Und erst die *Pâté!*« Sie schauderte.

»Deshalb habe ich dich sofort gemocht. Du hast es alles mit Fassung getragen.« Er ergriff ihre Hand. »Das Einzige, was ich nicht verstanden habe, war, warum du dir solche Mühe gabst, einem Verlobten zu gefallen, den du nicht liebtest. Zumindest für mich war offensichtlich, dass du Davis nicht liebst.«

»Du bist ein intuitiver Mann.«

»Ich glaube schon. Wenn du alle meine intuitiven Gedanken über dich wüsstest, würdest du rot werden.«

Sie errötete sogar, ohne sie zu wissen.

Hand in Hand schlenderten sie durch Harbor Town,

das nach Sonnenuntergang das Amüsierzentrum der Insel war. Zahllose Restaurants und Boutiquen warteten auf zahlungskräftige Kunden; Kinder und ältere Leute, Familien und Pärchen aßen, tranken, sangen und tanzten in der milden Nachtluft.

Spencer fand zwei Sitzplätze auf der niedrigen Steinmauer am Rand des Piers. Sie genossen eine musikalische Darbietung unter der berühmten *Liberty Oak*, einer alten, ausladenden Eiche. Die Stimme des jungen Sängers war klar, und er verstand es, eine wunderbar lockere Atmosphäre zu schaffen. Sie klatschten im Takt der der Musik und amüsierten sich über altbekannte Witze.

Spencer saß dicht neben Allison, und seine Aufmerksamkeit galt ihr ebenso wie dem Konzert. Als es zu Ende war, tauchten sie in die Menge ein. Um Allison nicht zu verlieren, ließ er sie vor sich gehen und legte die Hände an ihre Hüften.

Seine Daumen drückten kraftvoll an ihre Rippen. Seine Handflächen schienen sich der Form ihrer Hüften angepasst zu haben. Allisons Kleid war am Rücken tief ausgeschnitten; sie konnte sein Hemd an ihrem Rücken spüren. Bei einer Engstelle, an der es kurzzeitig nicht mehr weiterging, wurde sie an ihn gedrückt. Ihre Wirbelsäule berührte seine Brust, weil die ersten drei Knöpfe seines Hemds offen standen.

Zum Glück konnte er ihr Gesicht nicht sehen, denn sie schloss die Augen und genoss diese zufällige Zärtlichkeit. Doch auch er blieb davon nicht unberührt. Seine Hände griffen fester um ihre Taille, und sie spürte, wie sich seine Lippen in ihrem Haar bewegten. Und dann, als hätten sie beide intensiv daran gedacht, passierte es – ihr Po schmiegte sich dicht an seinen Unterleib. Als es schließlich wieder weiterging, atmeten sie beide heftig, obwohl sie versuchten zu tun, als sei nichts gewesen.

Zurück an Bord der *Double Dealer* wurde Allison wieder scheu und verlegen.

»Möchtest du einen Schluck Wein?«, fragte er.

Sie hatte zum Essen zwei Gläser getrunken, ohne Folgen.

»Nein, ich habe für heute genug.« Sie lächelte etwas reumütig. »Ich bin bei nichts wirklich gut, nicht einmal beim Trinken.«

Er stemmte die Hände in die Hüften und blickte sie ärgerlich an.

»Du bist verdammt gut darin, dich selbst herunterzumachen.« Er drehte sich um, ging zum Bug, der auf das Meer hinaus zeigte, und kam dann wieder zu ihr zurück. »Wenn ich dich nicht bei mir haben wollte, dann wärst du nicht hier, kapiert? So, und das ist das letzte Mal, dass ich das sage. Hör auf damit, dir alles gefallen zu lassen und kleinlaut zu sein, und sag mir, was du mit dem restlichen Abend anfangen möchtest – fernsehen, ein bisschen Musik hören, Karten spielen, oder was?«

Sein Missmut steckte sie an. Wer glaubte er zu sein, dass er meinte, sie so anfahren zu können?

»Ich will ins Bett«, sagte sie abweisend. »Es war ein langer Tag.«

Sie ging an ihm vorbei, ihr leichter Rock spielte um ihre nackten Beine. Als sie die Treppe hinuntersteigen wollte, drückte er sie mit einer schnellen Bewegung fest an sich und zog ihren Kopf leicht an den Haaren nach hinten.

Der Mond spiegelte sich im tiefen Blau seiner Augen. Ein Schatten fiel auf sein Gesicht, auf dem sich langsam ein teuflisches Grinsen ausbreitete.

»Eines kannst du wirklich gut – zornig werden. Du bist aufbrausender als jede andere Frau, die ich bisher kennengelernt habe. Du bist wie ein Streichholz – jeden Augenblick bereit, Feuer zu fangen. Das müssen die roten Haare sein«, meinte er scherzhaft und befühlte eine dicke Strähne mit den Fingern.

»Aber das gefällt mir«, fuhr er fort. »Ich finde dein Temperament höllisch aufregend.«

Sein Blick wanderte gierig über ihr Gesicht, das hochmütig vorgeschobene Kinn, die trotzigen grünen Augen, ihr geschmeidiges, rotes Haar. Genüsslich streifte er weiter zu ihren Brüsten, die bei dieser Körperhaltung besonders effektvoll hervortraten.

Sein ganzer Körper ächzte vor Verlangen. Doch er vergaß sein Versprechen nicht. Wenn sie so aussah wie jetzt und er sie küsste, dann würde er sich nicht mehr bremsen können, bis er sich tief in sie vergraben hatte. Und dann würde sie ihm nicht mehr vertrauen. Er musste ihr Vertrauen gewinnen, bevor er sie körperlich besitzen konnte.

Vorsichtig ließ er sie los. Er sah etwas in ihren Augen flackern und hoffte, dass es vielleicht Enttäuschung war.

»Wenn du etwas brauchst und nicht findest, ruf mich. Ich bleibe noch eine Weile an Deck. Gute Nacht, Allison.«

»Gute Nacht.«

Am Eingang zur Kabine drehte sie sich um. Er hatte sich nicht bewegt, blickte ihr aber immer noch nach. Sie fuhr sich mit der Zunge über die Lippen, weil sie sich für ihr Verhalten schämte.

»Ich hatte einen schönen Abend, Spencer. Vielen Dank.«

Er lächelte und nickte ihr anerkennend zu. Allison

ging in die ihrer Meinung nach fast zu luxuriös ausgestattete Schlafkoje hinunter und staunte, unter der Tagesdecke Betttücher aus Satin vorzufinden. Bisher hatte sie immer nur auf Baumwolllaken geschlafen. Sie zog etwas von der Nachtwäsche an, die sie auf Anns Drängen hin gekauft hatte – ein zweiteiliges Set aus schwarzer Seide. Das Top hatte einen tiefen V-Ausschnitt und wurde von zwei dünnen Trägern gehalten, und das Höschen war so knapp, dass sie sich fragte, wozu es überhaupt nütze war.

Die Kombination aus Seide, ihrer nackten Haut und den Satin-Betttüchern war ein sinnliches Erlebnis, das sie sich nicht hätte vorstellen können. So musste sich Rasputin fühlen, wenn sie mit dem Pelzhandschuh auf ihn losging! Sie schnurrte geradezu, als sie sich träge streckte und die Empfindungen genoss, die jeden Teil ihres Wesens zu berühren schienen.

Als sie hörte, wie Spencer nach unten kam, um ins Bad zu gehen, drehte sie ihm den Rücken zu und gab vor zu schlafen. Sie hörte die Spülung und das Rinnen von Wasser im Waschbecken, und sie hörte, wie er das Licht ausschaltete, bevor er aus dem Bad kam. Sie lag völlig reglos da.

Erst als sie mitbekam, wie er sein Hemd auszog, den Reißverschluss öffnete und die Schuhe auf den Boden plumpsen ließ, öffnete sie die Augen. Und als die andere Seite des Betts sich wegen seines Gewichts senkte, drehte sie sich um und setzte sich auf.

»Was machst du?«

Er zog gerade die Decke über sich. Der Mond schien durch die Fenster, tauchte den Raum in silbriges Licht und ließ Spencers Körper wie einem erotischen Traum entstiegen erscheinen. Der mit seiner dunklen Haut kontrastierende weiße, bedrohlich knappe Slip lenkte ihre Aufmerksamkeit automatisch auf seine stattliche Männlichkeit. Seine Körperbehaarung war schon für sich ein sexuelles Stimulans. Dicht und kraus hier, fein und seidig dort, an anderen Stellen kaum mehr als eine Andeutung. Eine Frau konnte Stunden damit verbringen, diesen Körper in all seinen fesselnden Details zu studieren.

»Ich gehe ins Bett«, sagte er ruhig.

Diese Wendung der Ereignisse beunruhigte sie so sehr, dass sie nicht mehr an den tiefen Ausschnitt ihres Nachtgewandes und ihre sich frei unter der hauchdünnen Seide bewegenden Brüste dachte. Erst als Spencer die zusammengekniffenen Augen darauf lenkte, bedeckte sie sich mit einem Zipfel des als Decke dienenden Bettlakens.

»Du kannst hier nicht schlafen«, erklärte sie brüsk.

»Na dann, sieh mal her.«

Er schob seine langen Beine zwischen die Tücher, legte den Kopf auf das Kissen und seufzte zufrieden. Dann streckte er sich wie ein fauler Panther und gähnte ausgiebig.

Schließlich zog er keck eine Augenbraue hoch und fragte ganz unschuldig: »Willst du etwa im Sitzen schlafen?«

Sein Körper bewegte sich wie eine gut geölte Maschine. Allison beobachtete sprachlos und wie in Trance das Spiel seiner Muskeln, seine Spannkraft, die Anmut seiner Bewegungen. Als sie endlich wieder sprechen konnte, tat sie es mit allem Nachdruck, zu dem sie fähig war.

»Ich habe vor, gar nicht zu schlafen, zumindest nicht hier!«

Sie schleuderte das Betttuch von sich, als würde sie gerade noch rechtzeitig etwas Verführerischem und Dekadentem entfliehen, rollte sich auf die Seite des Betts und wollte aufstehen.

»Oh doch, das wirst du!« Er versuchte, sie zu fassen zu bekommen, und seine Finger krallten sich in ihrem Höschen fest.

Allison erstarrte. Sich jetzt noch zu bewegen, würde bedeuten, ihr Höschen seinem Griff zu überlassen und …

»Lass los!«, zischte sie atemlos.

Er begann zu lachen. Am Anfang war es nicht mehr als ein tiefes Poltern in seiner Brust, doch es wurde ein richtiges, dröhnendes Lachen daraus.

»Eher friert die Hölle zu, Süße. Aber du kannst natürlich jederzeit gehen. Na los, beweg dich. Aber du traust dich ja doch nicht.«

»Du bist entsetzlich!«

»Na, na, keine Beschimpfungen.« Er zupfte verspielt an dem Höschen, und sie hielt erneut den Atem an. »Hm, sehr hübsch. Rund, glatt, weich. Wenn du nicht willst, dass ich ganze Arbeit leiste, dann schwingst du deinen süßen Hintern besser wieder in dieses Bett.«

Langsam, gedemütigt und ihren Stolz hinunterschluckend, sank sie auf das Bett zurück. Er ließ ihr Höschen los, doch noch ehe sie wieder aufspringen konnte, schlang er einen Arm um sie und zog sie so kräftig auf seine Seite des Betts, dass sie mit einem dumpfen Geräusch gegen ihn klatschte. Ihr Oberteil verdrehte sich bei dem Handgemenge, und sie landete mit ihrem nackten Bauch auf seinem behaarten. In dieser Stellung drückte er sie mühelos auf sich, auch wenn sie sich mit beiden Armen von ihm abstemmte. Wutentbrannt blickte Allison in sein triumphierendes Gesicht.

»Der Blick von hier ist auch nicht schlecht«, meinte er amüsiert und schaute unverfroren in ihren weit vom Körper abstehenden Ausschnitt.

Sie versuchte, sich freizukämpfen.

»Du bist ein perverser Lustmolch, ein …«

»Dein Temperament wird dir noch einmal jede Menge Ärger einbringen, Rotschöpfchen«, tadelte er sie leise und schnalzte mit der Zunge.

»Lass mich aufstehen!«

Er grinste wie ein genusssüchtiger Despot.

»Hier gebe ich den Ton an. Und wenn du nicht für die Folgen deines Tuns einstehen willst, dann hörst du jetzt besser auf.«

Sie stellte sofort jede Bewegung ein und starrte mit großen, ängstlichen Augen auf ihn herab.

»Bist du jetzt bereit, dir anzuhören, was ich sagen will und was ich schon längst gesagt hätte, wenn du nicht so aufgebraust wärst?«

»Ja«, antwortete sie niedergeschlagen.

Er bluffte nicht. Sie spürte seine Männlichkeit, die gegen ihren Bauch drückte. Und auch ihr Körper war gegen diese Position nicht immun. Nackte Haut auf nackter Haut musste der größte menschliche Genuss sein. Sie spürte den lächerlichen Wunsch, sich an seine lange Gestalt zu kuscheln, seinen Körper mit ihrem zu berühren – überall, wo es möglich war.

»Also gut.«

Langsam lockerte er den Griff um ihren Rücken und ließ zu, dass sie sich von ihm herunterrollte, umschlang sie jedoch sanft mit den Armen. Allison rutschte wohlweislich mit den Beinen von ihm weg, doch darüber lächelte er nur. Ihr Atem war so unstet wie der seine. Wenn er etwas über Frauen wusste, und er wusste zweifellos einiges, dann erkannte er, dass sie nicht weniger erregt war als er. »Das ist das einzige Bett auf dem Boot«, begann er.

»Du könntest auf einem der Sofas schlafen.«

»Das könnte ich, aber ich habe dazu keine Lust.«

»Dann werde ich es tun.«

»Nein, Allison.« Er legte seine Hand an ihre Wange und sagte mit leiser, vertraulicher Stimme: »Wir sind doch hier, um eine Mission zu erfüllen, nicht wahr?«

Sie konnte den Blick nicht von seiner nackten Brust abwenden. Unter der Vortäuschung äußerster Zurückhaltung gestatteten sie beide ihren Augen, auf Wanderschaft zu gehen.

»Ja. Aber unter den gegebenen Umständen würde ich dich nicht darauf festlegen.«

»Ich will noch immer ein Baby machen. Und der einzige Weg zum Erfolg besteht darin, deine Hemmungen und Ängste zu überwinden.«

»Ich weiß nicht, ob wir das je schaffen werden.«

»Überlass das mir«, sagte er und küsste sie sanft auf die Stirn.

Allmählich ließ ihre Anspannung nach. Sie drängte nicht mehr von ihm weg. Natürlich berührten die Spitzen ihrer Brüste seinen Brustkorb und trieben ihn halb in den Wahnsinn. Er spürte auch ihren leichten Atem durch seine Brustbehaarung streichen. Doch er zügelte seine Leidenschaft.

»Das Erste, woran du dich gewöhnen musst, ist, einen Mann neben dir im Bett zu haben. Du musst dich damit vertraut machen, seinen Körper an deinem zu fühlen. Einverstanden?«

Sie schluckte. »Ich denke schon.«

»Also gut. Gib mir einen Gute-Nacht-Kuss, und dann schlafen wir.«

Sie küsste flüchtig seinen Mund. »Gute Nacht.«

»Allison«, sagte er belustigt und drehte sich auf die andere Seite.

»Hm?«

»Nennst du das einen Kuss? Küsse ich dich vielleicht so?«

Sie blickte ihn wieder an und drückte ihre heiße Wange in das Kissen. «Nein.«

»Küss mich so, wie ich dich küssen würde. Das hast du schon oft gemacht.«

»Ich weiß, aber da war es anders.«

»Wieso?«

»Weil ich nur auf dich reagiert und nicht die Initiative ergriffen habe.«

»Glaubst du nicht, dass ein Mann es gern hat, ab und zu der passive Teil zu sein?«

»Wirklich?«

»Ich jedenfalls schon.« Er legte ihre Hand auf sein Herz und kratzte leicht über den Handrücken.

»Küss mich, Allison.«

Sie blickte in sein Gesicht. Die Brauen warfen dunkle Schatten über seine Augen, doch sie glühten dennoch wie Saphire. Sie liebte die Form seiner Nase und seinen sinnlichen Mund. Das kantige, entschlossene Kinn hatte sie von Anfang an attraktiv gefunden; es wirkte unglaublich charakterstark. Die von seinen Augen ausgehenden Linien seiner Falten ließen vermuten, dass er ein geistreicher und charmanter Mensch war.

Sie betrachtete ihn lange im Gedanken daran, wie gut ihr dieses wettergegerbte Gesicht gefiel und der zerzauste, wirre Schopf dunklen Haars. Wie sehr sie diesen Mann liebte, sogar seine Arroganz und Anmaßung. Das machte es ihr leicht, ihren Mund auf den seinen zu pressen.

Er lag gefügig und reglos da. Seine Lippen blieben geschlossen. Zuerst presste sie die Lippen nur noch fester auf die seinen. Aber das war es nicht, wie er sie geküsst hatte, nicht einmal beim ersten Mal.

Wagemutig berührte sie seine Lippen mit der Zunge, zog sie jedoch rasch wieder zurück.

»Ja, Allison, ja«, stöhnte er und spreizte eine Hand über ihren Rücken.

Sobald ihre Zunge wieder vordrängte, öffnete er die Lippen, und sie glitt in die feuchte Wärme seines Mundes. Allison stöhnte leise, als ihre Zungenspitze die seine berührte. Ohne darüber nachzudenken, legte sie sich langsam, Zentimeter für Zentimeter, auf ihn, den Kopf über seinen gebeugt. Ihre Haare bildeten einen Vorhang, hinter dem ihre Gesichter verschwanden. Seine freie Hand ergriff ein paar ihrer seidigen Strähnen.

Sie vergrub die Finger in seinen Haaren und hielt seinen Kopf fest, während ihr Mund einen lange ertragenen Hunger stillte. Ihre Zunge drückte gegen die seine, und er antwortete. Mit jeder Sekunde wurde ihr Kuss ungestümer, sie verloren sich in einem Strudel der Leidenschaft.

Ihre Schenkel öffneten sich über den seinen. Als er seine Zunge tief in ihren Mund schickte, schob sie im Reflex die Hüften nach vorn.

Mit einem heftigen Fluch drückte Spencer sie plötzlich weg und setzte sich in derselben panischen Art auf, wie sie es getan hatte, als er ins Bett gekommen war. Er zog die Knie an, stützte die Ellbogen darauf und ließ den Kopf in die Hände sinken. Sein Brustkorb hob und senkte sich wie ein Blasebalg, so schwer musste er atmen.

Allison kauerte sich in die Kissen, nicht weniger außer Atem als er. Wie lange hatten sie sich geküsst?

Minuten? Stunden? Zeit, Raum, nichts war mehr von Bedeutung gewesen außer dem Geschmack seines Mundes, dem Gefühl seiner Hände und seinem warmen, starken Körper, der ihren so anzog.

Ein gemeinsamer Akkord war angeschlagen worden, und Allison war drauf und dran gewesen, die Kontrolle zu verlieren.

Schließlich seufzte Spencer und ließ sich auf den Rücken fallen. Er blickte zu ihr auf, ein zärtlicher Blick, und streifte eine Strähne hinter ihr Ohr.

»Habe ich etwas falsch gemacht?«, fragte sie zweifelnd.

Er lächelte traurig.

»Du warst perfekt. Zu perfekt. Verstehst du?«

Als ihr dämmerte, was er meinte, legte sie sich rasch zu ihm, wahrte jedoch ihre Distanz. »Ja, ich glaube schon.«

Er ergriff ihre Hand und drückte einen süßen Kuss darauf. »Gute Nacht, meine Liebe.«

»Gute Nacht.«

Er drehte sich zur Außenseite des Betts, weg von ihr. Sie sprachen nicht mehr und lagen reglos da, doch Allison glaubte nicht, dass er früher einschlief als sie.

Das leichte Schaukeln des Boots und die pulsierende Vibration des kraftvollen Motors weckten sie auf. Allison öffnete die Augen und rollte zur Seite. Sie war allein im Bett. Der Tag war noch jung und die Sonne dunstverhangen.

Sie trat ans Fenster und sah, wie die Küste immer kleiner wurde und in der Ferne entschwand, zog einen Morgenmantel an und ging nach einem kurzen Zwischenstopp im Bad an Deck. Spencer stand am Steuer und schaute auf den Atlantik hinaus, während der Bug der *Double Dealer* die Wellen durchpflügte. Er hatte Allison den Rücken zugewandt, und sie wollte ihn nicht stören.

Einer plötzlichen Eingebung folgend ging sie in die winzige Kombüse. Dort stand eine Kanne Kaffee bereit. Er war zu stark für ihren Geschmack, doch ein Schuss von der gestern gekauften Sahne machte ihn genießbar. Ansonsten war von einem Frühstück nichts weiter zu sehen, deshalb machte sie sich an diese Aufgabe.

Während der Speck in der Pfanne brutzelte, ging sie noch einmal in die Schlafkoje, zog sich Shorts und ein passendes Oberteil an und band die Haare mit einem bunten Tuch zu einem Pferdeschwanz zusammen. Barfuß ging sie dann wieder in die Kombüse zurück, damit der Speck nicht anbrannte.

Eine Viertelstunde später rief sie nach oben: »Hat der Kapitän dieses Potts schon sein Frühstück gehabt?«

Spencer drehte sich zu ihr um, und als er sie sah, leuchteten seine Augen auf, dass ihr Herz einen Purzelbaum schlug. »Nein, Maat!«

»Will er eines?«

Als Antwort drosselte er die Maschine und folgte Allison in die Kombüse. Der Tisch war gedeckt – Rührei, knuspriger Schinken, getoastete süße Brötchen, Marmelade und Stücke einer Honigmelone standen bereit.

»Ist das für mich?«

»Sind Sie der Käpt'n?«

»Ay, ay.«

»Dann ist es für Sie.«

Der Käpt'n bot seinem Ersten Maat einen Stuhl an und machte sich dann mit Begeisterung über das Frühstück her.

»Das ist fantastisch. Wirklich. Warum hast du mir nicht gesagt, dass du kochen kannst?« – »Du hast mich nicht gefragt.« – »Das war mir egal.« – »Du hast mich auch nicht gefragt, ob ich lieben kann.«

Sein Kopf schnellte hoch, er schluckte.

»Das war mir egal.« Er ergriff über den Tisch hinweg ihre Hand. »Auf eine ganz altmodische Art bin ich ehrlich gesagt sogar froh, dass du noch nicht mit einem anderen Mann zusammen warst. Das lässt mir die Ehre, der Erste zu sein.«

Es war ein sehr gefühlvoller Moment. Immerhin sagte er, dass er ihre Unbeholfenheit und ihren Mangel an Erfahrung liebenswert fand. Wieder ein Grund, sich in ihn zu verlieben.

Sie vermehrten sich wirklich alarmierend rasch, diese Gründe.

»Wohin fahren wir?«, fragte sie.

Im Grunde genommen erschien es ihr vollkommen gleichgültig, wenn sie nur bei ihm bleiben konnte.

»Wir fahren nur ein paar Stunden raus. Ich wollte ein wenig mit meinen Seemannskünsten protzen.«

»Kann ich fahren?«

»Steuern«, korrigierte er.

»Steuern. Kann ich?«

»Zuerst musst du abspülen.«

»Okay«, meinte sie und stand auf, um das Geschirr zum Spülbecken zu bringen. »Aber du musst das Bett machen.«

»Das ist Meuterei.«

»Das ist gerecht.«

»Abgemacht.«

Er gab nach, und um den Handel zu besiegeln, tätschelte er ihr mit einem liebevollen Klaps den Po.

Sie sahen kaum andere Boote, und diese auch nur aus der Ferne. Er ließ sie auf seinem Schoß sitzen, während sie steuerte. Solch ein großes Boot zu führen war ein berauschendes Gefühl, aber es kam ihr bedeutungslos vor im Vergleich zu den Empfindungen, die Spencers Hände auf ihre nackten Schenkeln und sein Knabbern an ihrer Schulter auslöste.

»Fahr nicht in etwas hinein, das größer ist als wir«, warnte er sie scherzend.

»Ich bin das nicht gewöhnt.« Sie wusste selbst nicht, ob sie von seinen Zärtlichkeiten sprach oder davon, dass sie das Boot steuerte. »Hilf mir lieber.«

Seine Arme umfassten sie von hinten, und er legte das Kinn auf ihre Schulter.

»Du machst das gut. Du musst einfach nur nett und sanft mit ihr umgehen«, flüsterte er und ließ die Daumen an der Unterseite ihrer Brüste entlanggleiten. Dann aufwärts, in einer kühneren Liebkosung. »Sie reagiert auf die kleinste Berührung.«

Als sich seine Daumen über die Brustwarzen bewegten, wurde er bestätigt.

»Redest du vom Boot?«, fragte Allison.

»Natürlich«, versicherte er ihr und ließ seine Hände abwärts, in neutraleres Terrain, wandern.

Als sie vom Steuern genug hatte, stellte er den Motor ab.

»Die See ist ruhig, und es ist ein wunderschöner Tag. Warum gehen wir nicht vor Anker und genießen den Rest des Nachmittags?«

»Klingt wunderbar.« Sie war noch nie auf einem hochseetauglichen Schiff gewesen, doch die unendliche Weite des Atlantiks brachte sie nicht aus der Fassung. Sie fühlte sich auf der *Double Dealer* absolut sicher und fragte sich, woher diese neue Unerschrockenheit kam. Sie musste ein Nebenprodukt der Liebe sein, die als ein feines Rinnsal begonnen hatte und zu einer überströmenden Quelle geworden war.

Sie zog einen ihrer neuen Bikinis an, und Spencer richtete inzwischen ein Tablett mit Aufschnitt und Käse, einem Baguette, Melonenscheiben, frischen Erdbeeren und einer Schachtel Keksen her. Dazu brachte er eine Kühlbox mit Getränken an Deck.

Als er Allison sah, die sich auf einem der Klubsessel ausstreckte und gerade Sonnenöl auftrug, ließ er die schwere Box beinahe fallen. Den bronzefarbenen Bikini konnte man kaum als solchen bezeichnen. Er bestand aus nicht mehr als ein paar Fleckchen Stoff, die mit Schnüren verbunden waren.

Sogar durch ihre große Sonnenbrille hindurch sah er ihre Befangenheit, als sie zu ihm aufschaute und seine perplexe Miene bemerkte.

»Ann sagte, ich sollte ihn kaufen.«

»Erinnere mich daran, ihr zu danken«, erwiderte er mit belegter Stimme und gaffte auf die Dreiecke, die ihre Brüste kaum verhüllten. Auch das betörende Delta zwischen ihren Schenkeln fesselte seine Aufmerksamkeit; er konnte den Blick kaum abwenden.

»Spencer, hör auf!«, rief sie und verschränkte die Arme vor der Brust. »Wenn du nicht aufhörst, mich anzustarren, als ob du mich gleich auffressen würdest, ziehe ich mich um! Das ist extrem unangenehm für mich.«

Seine Brauen hüpften auf und ab wie bei Groucho Marx, und er winkte dazu mit einer imaginären Zigarre.

»Wenn du meinst, dass dir das unbehaglich ist ...«

»Kann ich bitte etwas zu trinken haben?«, fragte sie steif.

Lachend holte er eine Dose aus der Kühlbox, öffnete sie und hielt sie ihr hin – allerdings so, dass sie sich vornüberbeugen musste, um sie zu erreichen. Natürlich quollen dabei ihre Brüste aus dem winzigen Oberteil.

»Danke!«, sagte sie schroff und nahm die Dose. – »Ganz meinerseits.«

Sie warf ihm einen giftigen Blick zu und lehnte sich möglichst züchtig zurück. Doch als er sein Hemd auszog, verwandelte sich ihre Verstimmung schlagartig in Faszination. An seine nackten Beine hatte sie sich schon fast gewöhnt ... fast. Er trug schon den ganzen Morgen nur ein Hemd und blaue Badeshorts, doch ihn nur noch in dieser zu sehen, war in der Tat ein atemberaubender Anblick. Wie sie sich vorgestellt hatte, war er schlank und sehr muskulös. Die Haut an seinen Oberarmen spannte sich glatt über einen Bizeps, den sie nur zu gern gestreichelt hätte.

Sein Oberkörper war breit, mit dunklen, in der Behaarung fast verborgenen Brustwarzen, der Bauch flach und straff, die Hüften schmal. Sein Po war knackig und sexy, die Oberschenkel fest, seine Waden die eines Rennläufers.

»Möchtest du etwas zu Mittag essen?«, fragte er und ließ sich auf den Stuhl neben ihr sinken.

Damit ihr Mund nicht einfach bloß sabbernd offen stand, sagte sie: »Gern. Das sieht alles so gut aus.«

Während des Essens befragte sie ihn über die Zeit auf dem Boot. »Fühlst du dich nie einsam?«

»Doch.« Er war mit dem Essen fertig und ließ einen Finger langsam an der Innenseite ihres auf seiner Stuhllehne liegenden Arms auf und ab gleiten. »Ich habe dir schon gesagt, dass ich es müde geworden bin, ständig um die Welt zu jagen.«

Er hätte genauso gut auf dieselbe Art und Weise ihren Bauch streicheln können, denn dort spürte sie die Wirkung seines Fingers.

»Hast du auf dem Ozean schon einmal Angst gehabt? Bei einem Sturm, zum Beispiel.«

»Ein paar Mal. Aber ich bin äußerst vorsichtig und versuche immer, schlechtes Wetter zu meiden. In meinem Geschäft gibt es keinen so großen Zeitdruck, dass ich ein Treffen nicht um einige Tage verschieben könnte.«

»Welche Art von Treffen?«

»Du hast wunderschöne Brüste.«

»Du wechselst das Thema.«

»Oh nein. Du wechselst das Thema. Ich denke seit Tagen an nichts anderes.«

Sie war zu entspannt und zu glücklich, um zu protestieren. Stattdessen gähnte sie ausgiebig und streckte sich.

»Ich bin voll und schläfrig. Ich glaube, ich mache ein Nickerchen. Was machst du?«

»Hier liegenbleiben und dir zusehen.«

Sie drehte sich auf den Bauch und bettete den Kopf auf die übereinandergelegten Hände.

»Ah, die Sonne ... das fühlt sich so gut an und – was tust du da?«

»Deinen Bikini aufmachen.«

»Das weiß ich. Aber wieso?«

»Damit du keine hässlichen weißen Streifen bekommst. Das können wir doch nicht zulassen, richtig? Nicht, dass irgendetwas an diesem Rücken unansehnlich sein könnte.« Er drückte ihr einen Kuss auf die Schulter. »Außerdem muss ich etwas von diesem Zeug auftragen, sonst holst du dir einen Sonnenbrand. Und jetzt sei still und schlafe.«

»Ay, ay, Käpt'n«, erwiderte sie und gähnte noch einmal herzhaft.

Seine Hände fühlten sich herrlich an, als er das Öl auf ihrer Haut verteilte. Er wusste einfach, welche Stellen berührt werden wollten und wie viel Druck gerade richtig war. Ihr ganzer Körper wurde von Lust durchflutet, als seine Daumen in ihrem Kreuz langsame Kreisbewegungen ausführten. Während seine Finger ihre Wirbelsäule auf und ab tasteten, schlief sie ein.

Spencer lehnte sich in seinem Stuhl zurück und betrachtete die Frau neben sich. Im grellen Sonnenlicht glänzte ihr Haar strahlend schön. Es war über ihrem Kopf zu einem losen Haufen zusammengeschoben – kein fester Knoten wie im Labor, sondern ein loser, von dem aus neckische Strähnen über Nacken und Schultern fielen. Diese zerzauste, zerwühlte Frisur erschien ihm bedeutungsvoll. Sie zeigte eine Sorglosigkeit, die in schroffem Gegensatz zu Allisons steifem Alltagsleben stand. Sie ließ ihn hoffen.

Ihre Haut hatte die Farbe reifer Aprikosen, und nun war sie glatt und glänzte satt von dem Sonnenöl, das er aufgetragen hatte. Er konnte nicht umhin, sich vorzustellen, wie seine Hände sie berührten, wie sein Mund nach erogenen Stellen suchte.

Im Profil war ihre Rückseite ein Musterbeispiel für Geschmeidigkeit. Sie fiel an der Taille ab und hob sich an den Hüften. In dem flachen Tal dazwischen sammelte sich um zwei Vertiefungen weißer Pfirsichflaum. Ihre Schenkel waren lang und schlank, die Waden zarte Hügel, die, er wusste es, perfekt in seine hohle Hand passten. Er sehnte sich danach, seine Lippen auf den Rist ihres Fußes zu drücken und alle ihre Zehen zu küssen.

Eine seltsame, wunderbare Wärme verbreitete sich um sein Herz. Er begehrte sie, ja. Auf höchst fleischliche Art, ebenfalls ja. Aber er begehrte sie auch auf jede andere erdenkliche Weise. Er begehrte ihren Geist und dieses starke, heftige Temperament, ihre Intelligenz, ihre Unsicherheiten, ihre Unschuld. Er wollte ihr alles beibringen, was man in der Liebe lernen konnte, und er wollte, dass sie ihn alles lehrte, was sie so geheimnisvoll und einzigartig machte.

War er in sie verliebt, richtig verliebt?

Es konnte nicht anders sein. Seit Tagen wusste er bereits, dass es nicht ein Ende, sondern ein Anfang sein würde, wenn sie miteinander schliefen. War das Liebe? War es dies, was er sein ganzes Erwachsenenleben lang entbehrt hatte? Bis jetzt. Bis dieser Schmerz ihn gepackt hatte und nicht mehr loslassen wollte. Und die Hölle daran war, er wollte gar nicht, dass er ihn wieder losließ.

Unter ihrem Arm konnte er die Rundung ihrer Brust sehen. Er sehnte sich danach, sie zu berühren, seine Hand darunterzuschieben und sie davon ausfüllen zu lassen. Er wünschte sich, dass ihre Spitze unter der zärtlichen Berührung seiner Finger hart würde, er wollte sie küssen, daran saugen, den leisen, tiefen Lauten lauschen, die aus ihrer Kehle drangen, wenn er mit der Zunge daran spielte.

Oh Gott! Er brannte vor Sehnsucht. Es war beinahe schmerzvoll, aufzustehen, doch er rappelte sich hoch, holte die Leiter und hängte sie an der Reling ein. Dann warf er einen letzten Blick auf die Frau, die nun seine Gedanken und seinen Körper beherrschte, und sprang über Bord.

9

Später wusste sie nicht mehr, was sie aufweckte, weshalb ihr das Herz bis zum Hals schlug und das Blut in den Adern dröhnen ließ. Sie setzte sich plötzlich auf. Ihr offenes Bikinioberteil fiel auf das Deck.

Spencer lag nicht mehr neben ihr.

»Spencer?« Sie blinzelte in die blendende Sonne, stand auf und drehte sich mit suchendem Blick um die eigene Achse.

»Spencer?«, rief sie noch einmal, lauter diesmal.

Sie lief zur anderen Seite des Boots, rief mit wachsender Panik seinen Namen. Wo war er? Sie sah im Ruderhaus und in der Kombüse nach, in der Kajüte und in der Schlafkoje. Er war nicht mehr auf dem Boot!

»Spencer!«, schrie sie, als sie wieder nach oben ging, verzweifelt nach links und rechts blickend. »Spencer!«

»Hier, Allison.«

Ihr Herz raste, doch sie hörte seine Stimme über den Tumult in ihrem Kopf hinweg.

»Spencer«, flüsterte sie unendlich erleichtert, bevor sie rief: »Wo bist du?«

»Auf der Steuerbordseite. Was ist denn los?«

Sie rannte auf die rechte Seite der Yacht, sah ihn jedoch nicht. Dann wiederholte er ihren Namen, inzwischen klang er selbst besorgt.

»Allison, ist alles in Ordnung?«

Sie folgte dem Klang seiner Stimme und bemerkte jetzt erst die an der Reling befestigte Leiter, stürzte darauf zu und sah ihn die Sprossen heraufsteigen, tropfnass.

»Du warst schwimmen!«, rief sie außer sich. »Schwimmen?«

»Was dachtest du denn? Stimmt irgendetwas nicht?«

Er hatte das Deck erreicht.

»Ob etwas nicht stimmt? Du hast mich zu Tode erschreckt! Ich wachte auf und wusste nicht, wo du warst. Ich war allein hier draußen, mitten auf dem Atlantischen Ozean, und ich habe keine Ahnung, wie man dieses gottverdammte Ding manövriert, nicht einmal, wie man den Motor startet! Und um Himmels willen, in diesem Wasser sind Haie und was weiß ich noch alles! Und ...«

Ihr Gesicht legte sich in Falten; sie begann zu weinen. Er schlang die kühlen, nassen Arme um sie und zog sie an sich. Sie umklammerte seine Hüften.

»Tut mir leid, dass ich dir Angst gemacht habe. Aber ich schwimme sehr oft im offenen Meer. Ich dachte nicht, dass ich dir das extra sagen muss. Ich war nie mehr als zehn Meter vom Boot entfernt. Na, geht es dir wieder besser?«

Er hob zärtlich ihren Kopf an. Wasser tropfte von seinen Haaren und fiel ihr ins Gesicht wie Regen.

»Ich komme mir vor wie ein Idiot. Ich weiß nicht, warum ich so panisch geworden bin. Ich fühlte mich einfach nur verlassen und ...« – die liebevolle und ernste Miene, mit der er sie betrachtete, verblüffte sie kurz – »verlassen und allein ohne dich«, endete sie flüsternd.

Gleichzeitig bemerkten sie, dass sie sich in den Armen lagen, nackte Brust an nackten Brüsten, bloße Schenkel, die ineinander griffen. Kleine Tropfen hafteten an seinen Brusthaaren, fielen auf die Rundungen ihres Busens und bildeten kleine Rinnsale. Sie atmeten in Übereinstimmung; Männlichkeit und Weiblichkeit ergänzten sich.

Ihre Haut hatte stundenlang die Sonne aufgenommen, die seine war eben vom Ozean gekühlt worden. Nun strömte die Wärme von ihr zu ihm; der Kontrast war köstlich.

Ihre Blicke übermittelten tausend stumme Botschaften; sie kommunizierten auf einer Ebene, die das gesprochene Wort nicht erreichen konnte. Sie befanden sich in völligem Einklang.

Wie auf ein gemeinsames Stichwort neigten sie beide den Kopf. Sie schlang die Arme um seinen Nacken, er umfasste ihre Taille. Sie stellte sich auf die Zehenspitzen, er zog sie dichter an sich.

Als ihre Lippen aufeinandertrafen, vermischten sich ihre aus Lust und Schmerz rührenden Seufzer zu einem leidenschaftlichen Laut gegenseitigen Begehrens. Seine Lippen waren kalt, doch seine Zunge war heiß, als sie mit einem raschen Vorstoß ihren Mund eroberte. Der Kuss war lang und inbrünstig, er schmolz sie beide zusammen, verdrängte Zwänge und Zurückhaltung.

Sie leckte den salzigen Geschmack von seinen Lippen. Spencer stöhnte ihren Namen und presste sie an sich. Seine Behaarung rieb leicht über ihre Brustwarzen wie seidige Borsten. Als sie sich vor Verlangen aufrichteten, flüsterte sie seinen Namen.

Spencer spürte, wie sie steif wurden, und wusste, was das bedeutete. Er schuf genug Raum zwischen ihnen, dass er ihr Gesicht in seine Hände nehmen konnte, und stellte mit durchdringendem Blick stumm die gewichtige Frage.

Mit zitternden Fingern berührte sie seinen Mund, seine Backenknochen, schließlich seine Brauen. Sie senkte den Blick, schloss die Augen und flüsterte: »Liebe mich, Spencer.«

Ohne ein Wort oder eine Bewegung zu vergeuden,

ergriff er ihre Hand und führte sie nach unten in die Schlafkoje. Dort war es kühl und schattig, eine Brise strich durch die Fenster.

»Zuerst hier herein«, murmelte er und führte sie zum Bad. – »Wieso?«

Er drehte den Hahn auf. »Weil du vom Sonnenöl glitschig bist, und wenn ich nach etwas greife, dann möchte ich es auch festhalten können.«

Sein neckischer Hinweis beruhigte sie. Sie lachte sogar, ein kehliges, sexy Lachen, das sie gar nicht von sich kannte.

»Und ich bin voller Salzwasser, das juckt, wenn es trocknet, und ich möchte nicht, dass mich das ablenkt. Hier, rein mit dir.«

Er trat in die Duschkabine und zog sie mit sich. Nur etwas, das so flüssig war wie Wasser konnte sich noch zwischen ihre Körper zwängen, so dicht standen sie aneinandergedrängt. Spencer reichte ihr ein Stück Seife.

»Wenn du mir zuerst die Ehre erweist, revanchiere ich mich.«

Sie schäumte die Hände ein, legte sie an seinen Hals und arbeitete sich dann langsam nach unten, ließ die Finger über seine Schultern gleiten, nahm sich Zeit, eingehend seine Knochen und Muskeln zu betrachten. Sie liebte die Höhlung unter seinem Adamsapfel. Als sie einen sanften Kuss daraufdrückte, legte er einen Finger unter ihr Kinn, brachte ihren Mund an seinen und küsste sie zärtlich, bevor sie fortfuhr.

Ihre Hände glitten über seine Brust, kämmten durch seine Behaarung, massierten seine Muskeln. Mit einem neu gewonnenen Wagemut lächelte sie zu ihm auf und berührte neugierig eine seiner Brustwarzen.

»Denk daran, dass du Revanche bekommst«, brummte er lasziv.

Seine mit belegter Stimme ausgesprochene Drohung hielt ihre Finger nicht davon ab, ihn weiter zu erforschen und nach unten zu wandern, um mit seinem unter Haaren verborgenen Nabel zu spielen.

»Ich ziehe mir die Badehose aus, Allison.«

Sie zog rasch ihre Hände zurück. »Ist gut.«

Er streifte die Hose ab, und sie hielt den Atem an und hoffte, er werde von ihr nicht etwas erwarten, wozu sie noch nicht bereit war. Aber er streckte lediglich die Hand nach der Seife aus.

Sie reichte sie ihm. Der Schaum hob sich weiß gegen seine dunklen Hände ab. Er wusch zuerst ihren Rücken, dann drehte er sie vorsichtig um. Als sich seine Hände über ihre Brüste legten, schloss sie die Augen.

»Ein schönes Gefühl?«, fragte er.

»Ja.«

»Für mich auch.«

Er bedeckte ihre Vorderseite mit Seifenschaum, wusch sie gründlich, sorgfältig, sinnlich. Seine Finger wanderten an den Seiten ihrer Brüste hinab, wieder hinauf und noch einmal hinunter, bis sich ihr ganzer Körper in einem erotischen Rhythmus wiegte. Er umfasste die weichen Kugeln von unten, hob sie an und verformte sie mit leichtem Druck, ließ die Daumen über die von der Seife glatten Spitzen gleiten und steigerte ihre Erregung fast ins Unerträgliche.

Sie stützte sich an seinen Schultern ab und ließ den Kopf nach vorn sinken.

»Ich halte das bald nicht mehr aus, Spencer.«

»Wir haben doch gerade erst angefangen, Liebes.«

Er küsste sie. Das Wasser rieselte weiter über sie, während ihre Münder taten, was sie noch nicht wagten – sie paarten sich, vereinigten sich, verschmolzen ineinander.

Er ließ die Hände unter ihr Bikinihöschen gleiten und drückte die Finger in ihre üppigen Kurven.

»Ist es okay?«

Sie nickte, und er streifte es ab.

Allison und Spencer standen nackt voreinander.

Er umarmte sie zärtlich, fasste sie an den Armen und beugte sich zu ihr. Allison keuchte leise, als sie spürte, wie sich seine harte Männlichkeit gegen ihre Weichheit schmiegte.

»Ich bin ein Mann, Allison. Das ist alles. Du brauchst vor mir keine Angst zu haben.«

»Ich weiß.«

Er drehte den Wasserhahn zu. Allison trat aus der Dusche und griff rasch nach einem Handtuch. Doch Spencer war sofort hinter ihr und nahm es ihr aus der Hand.

»Ich trockne dich ab.«

Das Handtuch war kuschelig weich, seine Hände die eines bewundernden Dieners. Er tupfte das Wasser von ihrer Haut, von den Schultern über ihre Brüste und ihren Bauch bis zu den Schenkeln. Dann stand er auf.

»Dreh dich um.«

In derselben liebevollen Weise trocknete er auch ihren Rücken. Dann legte er das Tuch beiseite und fasste sie von hinten um die Taille. Seine Finger drückten auf ihren Bauch. Allison legte ihre Hände auf seine und atmete heftig ein, als sie seinen Mund an ihrem unteren Rücken spürte und seine Zunge die Vertiefungen zu beiden Seiten ihrer Wirbelsäule umkreiste.

»Diese Stelle wollte ich schon heute Nachmittag versuchen«, sagte er und stand auf. »Das ist ein höchst faszinierender Ort.«

»Mich haben von Anfang an deine Arme magisch angezogen.« Sie wandte sich ihm zu.

Er lachte. »Meine Arme?« Sie legte ihre Hände auf seinen Bizeps. »Sie sind schlank, aber stark. Die Muskeln treten so klar hervor, und die Haut ist fest. Schau dir die Adern an.«

Ihr Finger verfolgte eine deutlich sichtbare blaue Linie. Sie küsste den harten Muskel und biss zärtlich hinein.

»Als ob man in einen Apfel hineinbeißt.«

Er zog sie zu sich. »Lass uns ins Bett gehen.«

Sie ging in die Schlafkoje. Spencer trocknete sich noch kurz ab; als er zu ihr kam, lag sie bereits zwischen den Satin-Bettlaken. Ihr Haar ergoss sich über das Kissen wie flüssiges Feuer, ihre sonnenverwöhnte Haut bildete einen starken Kontrast zu den weißen Tüchern, ihre grünen Augen strahlten.

Als er auf das Bett zuging, schaute sie ihm resolut in die Augen, wagte jedoch keinen Blick auf den unteren Teil seines Körpers. Er legte sich neben sie. Sie hatte das Laken züchtig über ihre Brüste gezogen. Doch er kümmerte sich überhaupt nicht um irgendeine Bedeckung, als er sie in die Arme schloss.

Sie kam ihm willig entgegen, aber er spürte ihre Scheu. Er strich ihr ein paar widerspenstige Strähnen roten Haars aus dem Gesicht und küsste sie leicht auf den Mund.

»Sag mir, wenn ich etwas tue, das dich verletzt oder das du nicht magst. Verstanden?«

»Ja.«

Er setzte dieses schiefe, träge Grinsen auf, das sie so liebte.

»Weißt du eigentlich, dass ich dich schon seit wir das erste Mal miteinander tanzten, genau so haben wollte – nackt mit mir in meinem Bett?«

»Du bist schamlos. Du hast mir schon an dem Tag,

als du ins Labor kamst, erzählt, dass du ›Ann‹ in deinem Bett haben wolltest.«

»Und du hast Kaffee auf mich geschüttet.«

Sie lachte und vergrub die Nase in die gekringelten Haare auf seiner Brust.

»Das hätte dein erster Hinweis darauf sein sollen, dass etwas nicht stimmte.«

»Ah, Allison, du bist einfach hinreißend.« Er seufzte, und sein Blick glitt über ihr Gesicht.

»Ich bin ein Trampel.«

»Nicht wenn es um's Küssen geht, da bestimmt nicht.«

Sie wusste, solches Bettgeflüster sollte ihr nur schmeicheln, ihr ihre Befangenheit nehmen, ihre Stimmung beeinflussen, damit sie für die Liebe bereit sein würde.

Und es funktionierte. Wenn sie sich noch mehr entspannte, würde sie dahinschmelzen, bis nichts mehr von ihr übrig war.

»Ich küsse gut?«, fragte sie und fuhr mit dem Finger um sein trotziges Kinn.

»Mmm«, stimmte er zu und küsste sie flüchtig auf den Mund. Dann presste er die Lippen an ihr Ohr und flüsterte: »Schon allein deine Küsse erregen mich sehr.«

»Du bist schon erregt«, flüsterte sie zurück.

»Das heißt aber nicht, dass ich mit dem Küssen aufhöre.«

Und damit öffneten sich seine Lippen über den ihren, er senkte seine Zunge in ihren empfänglichen Mund und rückte langsam näher an sie heran. Als sein Körper in intimen Kontakt mit ihrem kam, bestätigte sich, was sie ohnehin schon wusste.

Er war hart und warm und erregend. Aber anstatt von seiner unverhüllten Männlichkeit abzurücken, fühlte sie sich nun dazu hingezogen.

Ihre Münder spielten lustvoll miteinander, bis Küsse einfach nicht mehr genug waren. Er streifte das obere Betttuch ab und fand ihre Brüste warm und gerötet, seine Liebkosung erwartend.

Er genoss ihre seidige Haut, ihre vollen Brüste, die zarten, korallenfarbenen Spitzen. Bei seiner ersten Berührung stöhnte sie leise auf; ihre bloßen Beine rieben ruhelos gegen die seinen, ihre Hüften bewegten sich vor und zurück.

»Ich möchte dich schmecken.« Er nahm eine Brustwarze in den Mund und saugte zärtlich daran.

Allison spürte jede seiner Saugbewegungen tief in ihrem Schoß, und in diesem Moment wusste sie, dass sie von diesem Mann schwanger werden würde. Ihr Körper konnte nicht derart erwartungsvoll aufblühen, solch tiefe Sehnsucht empfinden, so drastisch reagieren, wenn er sich nicht auf ihn vorbereitete. Ihr Körper würde seinen Samen in sich aufnehmen und zu einem Kind reifen lassen. Und es würde für sie ein Kind der Liebe sein.

Er wechselte zu ihrer anderen Brust. Seine Liebkosungen waren so leicht und so geschickt, sie musste die Augen öffnen, um sich zu versichern, dass diese herrlichen Empfindungen nicht Produkte ihrer Fantasie waren. Doch es war seine Zunge, die mit der rosafarbenen Spitze spielte, sie schmeckte, leckte, neckte, saugte. Sie spürte sich in eine Selbstvergessenheit abdriften, die sie ebenso sehr fürchtete wie herbeisehnte.

»Spencer, bitte«, keuchte sie, unsicher, was sie von ihm eigentlich wollte. Erfüllung oder Befreiung? Oder war das beides dasselbe?

Er blickte die ganze Länge ihres Körpers hinab. Er wollte sich Zeit lassen, jedes kostbare Detail genießen, jede Rundung, jede verlockende Vertiefung.

»Du bist so schön, Liebes.« Er küsste sie auf die Stelle, an der sich die Rippenbögen trafen, und ließ die Zunge dann hinuntergleiten bis zum Nabel.

Allison stockte der Atem.

»Oh Gott!«

Sie hatte sich nie für eine erotische Person gehalten, doch seine Leidenschaft entfachte die volle Sinnlichkeit ihres Körpers. Spencer öffnete eine verborgene Tür nach der anderen, und sie fühlte sich in einem Meer verzehrender Leidenschaft versinken.

Ihren Nabel umgarnte er mit seiner Zunge. Während er eintauchte und erforschte, krallte sie sich in seinem Haar fest und drehte einzelne Strähnen zwischen den Fingern.

Dann hob er ihr Knie an, streichelte die Unterseite ihres Schenkels bis zur Hüfte, zog langsam ihre Beine auseinander und liebkoste die empfindlichen Innenseiten, und seine Berührung war dabei so leicht wie der Flügelschlag eines Schmetterlings.

»Deine Haut ist wie Seide. Warme Seide.«

Sein Atem strich durch die Locken ihres Schamhaars, und er versenkte das Gesicht darin. Sie sprach mit einem leisen Stöhnen seinen Namen aus.

»Tut es weh?«, fragte er.

»Nein, nein, mach weiter ... Spencer ... Spencer ...«

»Schhh, schhh, du bist wundervoll. Hörst du, Allison? Du bist herrlich.« Er manövrierte sich vorsichtig zwischen ihre Schenkel und ließ seine Lippen sprechen.

Die ganze Welt begann um sie herum zu zerfallen. Zuerst nur kleine Stücke, doch dann brachen große Teile der Welt, so wie sie sie kannte, einfach weg. Sie griff nach einem Halt und fand Spencers dichtes, seidiges Haar. Er war unerbittlich ... bis ... bis das, was von

Allison übrig war, in Fragmente blendenden Lichts zersplitterte und sich in einem neuen Universum zerstreute.

Als das letzte Nachbeben abgeklungen war und sie die Augen öffnete, lag Spencer auf ihr und lächelte ihr zu mit einer Zärtlichkeit, die an unverfälschte Liebe grenzte. Sie wollte etwas sagen, doch stattdessen wurde sie von einer weiteren Serie glückseliger Empfindungen erfasst.

Sie schloss die Augen und schmiegte sich um die harte Fülle.

Er stöhnte und ließ das Gesicht auf ihren duftenden, warmen Hals sinken. »Allison, ich möchte ... dich noch weiter lieben.«

Ihre Hände breiteten sich über seinen muskulösen Rücken. »Ich will alles erleben, Spencer. Halte nichts zurück.«

Sein Mund suchte den ihren, und gleichzeitig begann er, sich zu bewegen, zuerst zögernd, vorsichtig, dann schneller.

In den Tiefen ihrer Weiblichkeit begann sich die Feder, die erst vor so kurzer Zeit entspannt worden war, wieder aufzuwinden. Ungläubig blickte sie zu ihm auf, als er sich mit einem Arm über ihr abstützte und lächelnd mit der anderen Hand ihre Brustwarze liebkoste. Seine Fingerspitzen streiften über sie, bis sie den Kopf auf dem Kissen hin und her warf, weil sie es nicht mehr aushalten konnte.

»Spencer!«, schrie sie, als die Wogen der Lust erneut über ihr zusammenschlugen.

Erschöpft blieben sie ineinander verschlungen liegen, ihr Kopf ruhte in seiner Armbeuge. Ihre Blicke trafen sich in einer Entfernung von wenigen Zentimetern.

»Du bist zu weit weg«, klagte er. – »Aber wenn ich näher zu dir rutsche, kann ich dich nicht sehen.«

»Ein harter Kompromiss«, meinte er, ließ den Blick ihren Körper entlangwandern und gluckste leise.

»Ist es so lustig, mich anzusehen?«

»Nein«, antwortete er und drückte ihr einen Kuss auf die Hand. »Ich habe mich nur eben an den geschmacklosen Witz darüber erinnert, wie man eine echte Rothaarige von einer unechten unterscheiden kann.«

Sie wurde über und über rot, und er musste laut lachen.

»Du kennst ihn also auch.«

»Ja, und er ist wirklich geschmacklos.«

Ein träger Finger wanderte ihren Körper abwärts und steuerte die verletzliche Stelle an.

»Aber wir wissen, dass du eine echte bist, nicht wahr?« Er küsste sie. Als der Kuss intensiver wurde, passte er seine Hand ihrer Gestalt an und deckte zärtlich ihren Venushügel ab. »Es fühlt sich so gut an, bei dir zu sein.«

»Wie ist das überhaupt gegangen? Mein Leben lang habe ich mich davor gefürchtet, meine Jungfräulichkeit aufzugeben aus Angst vor dem Schmerz. Aber ich habe nicht einmal gespürt, als du … äh …«

»Du warst beschäftigt«, meinte er blasiert.

Sie wollte eigentlich beleidigt reagieren, musste jedoch lachen und schmiegte sich dichter an ihn.

»War ich das, tatsächlich?

»Mmm. Ich glaube, ich weiß jetzt, woher der Spruch ›das Boot schaukeln‹ kommt.«

»Oh!« Sie setzte sich auf und verpasste ihm einen Schlag auf den Schenkel.

»Aua!« Er erfreute sich an den wiegenden Bewegungen ihrer Brüste und dem in ihren Augen aufblitzenden

Temperament. »Und ich habe auch schon einige Gefechtswunden.«

»Was? Wo?«

»Zehn halbmondförmige Abdrücke auf meinem Hintern. Du solltest wirklich deine Fingernägel schneiden.«

»Was für eine unfeine, eines Gentleman unwürdige Bemerkung!«, tadelte sie gespielt und stemmte die Fäuste in die Hüften.

Er warf einen bewundernden Blick auf ihre entrüstete Pose, zog sie dann auf die Matratze und legte sich über sie.

»Werde bloß nicht zu frech«, warnte er scherzend, bevor er ihr einen saftigen Kuss aufdrückte. »Außerdem weiß ich, dass das sowieso nur alles Show ist. Du versteckst dich hinter dieser zimperlichen, gezierten Fassade, aber in Wirklichkeit bist du im Bett eine rothaarige Wildkatze.«

Sie ergab sich einem weiteren Kuss und blickte sittsam zu ihm auf. »Bin ich das?«

»Das bist du.« Er zog das Betttuch über sie beide und schmiegte sie an sich. »Das wollte ich dich ohnehin schon fragen.«

»Was denn?« Sie hatte genügend Vertrauen gewonnen, um an einem seiner Brusthaare zu ziehen.

»Da du und Ann gleich ausseht und du anscheinend glaubtest, ich würde sie attraktiv finden, warum dachtest du eigentlich nicht, ich würde mich zu dir hingezogen fühlen?«

»Weißt du, dass Ann und ich an unterschiedlichen Tagen Geburtstag haben?«

»Ich nehme an, diese Frage hat etwas mit dem zu tun, worüber wir gerade reden.«

»Genau. Sie ist eine Minute vor Mitternacht an

einem Mittwoch geboren und ich dreißig Sekunden nach Mitternacht an einem Donnerstag.«

»Das erklärt alles«, kommentierte er trocken.

»Tut es auch, gewissermaßen zumindest. Du kennst doch dieses Gedichtchen über Montagskinder und so weiter?«

»Ja.«

»Okay, das Mittwochskind, Ann, weiß alles. Und das Donnerstagskind, ich, hat noch vieles vor sich.«

Er lehnte den Kopf zurück und betrachtete sie.

»Also, ich verstehe das so, dass es ein Donnerstagskind weit bringt im Leben. Nicht, dass ich an derart alberne Sprüche glaube, du verstehst schon. Ich führe nur die Konversation fort, lasse dir deinen Willen und versuche, uns die Zeit zu vertreiben und unterdessen wieder zu Kräften zu kommen.«

Sie spürte, wie sie errötete, und entschied, dass es wohl ein Fluch war, der ihr bis ins Grab bleiben würde. Wer hätte gedacht, dass sie noch immer rot werden konnte?

»Ich interpretiere das anders«, sagte sie und kehrte wieder zum Thema zurück. »Ich glaube, es bedeutet, dass Donnerstagskinder länger brauchen, um so weit zu kommen wie die anderen. Diese Interpretation hat sich zumindest durch mein Leben bestätigt.«

»Ausführlicher, bitte.«

»Ann und ich sahen gleich aus, das stimmt, aber ihr ist immer alles leichtgefallen. Sie konnte tanzen, ich nicht. Sie hat virtuos Klavier spielen gelernt; ich kann kaum Noten lesen. Sie ist immer gut mit Menschen zurechtgekommen – ich habe mich nie sonderlich um Gesellschaft gekümmert. Unsere Mutter wollte perfekte Ladies aus uns machen. Ann konnte zwanzig Leuten Tee einschenken, ohne einen Tropfen zu verschütten.

Ich war eine Katastrophe, die nur darauf wartete, über die Unglücklichen hereinzubrechen. Ann konnte lügen und sich alles erlauben. Ich konnte nie schwindeln und bekam sechs Ohrfeigen, wo sie mit einer davonkam. Verstehst du jetzt, was ich meine?«

»Aber du bist doppelt so gescheit wie Ann«, hielt er dagegen.

»Die Menschen fragen nicht, wie gescheit eine Frau ist, solange sie charmant und fröhlich und hübsch ist. Außerdem haben wir denselben IQ. Wenn Ann sich für meinen Job entschieden hätte, wäre ihr wahrscheinlich schon der Nobelpreis verliehen worden.«

Er lachte. »Das glaube ich kaum.«

Sie schwiegen eine Weile nachdenklich, dann sagte er: »Ich vermute, du hast dieses Versagen auch auf dein Liebesleben übertragen.«

Sie stützte sich auf und blickte ihm in die Augen.

»Genau, Spencer. Ich wusste, dass Ann höchstwahrscheinlich eine perfekte und wunderbare Ehe eingehen und vorbildliche Kinder haben würde. Bei mir dagegen wäre die Wahrscheinlichkeit sehr groß, dass ich am Altar stehen gelassen werde oder etwas ähnlich Demütigendes. Anstatt mich auf etwas einzulassen, das sowieso zum Scheitern verdammt war, versuchte ich es also gar nicht erst. Ich hielt mich von Männern völlig fern, bis …«

Sie unterbrach sich und wandte den Blick ab.

»Bis ich daherkam«, endete er leise.

»Ja.«

»Und ich ließ dich nicht in dein Schneckenhaus zurückkriechen und hinter diesen furchtbaren Klamotten verstecken.«

Sie reckte trotzig das Kinn vor.

»Nein! Du hast einfach nicht lockergelassen. Und

jetzt sieh dir an, in welchen Schlamassel du dich hineinmanövriert hast.«

Er rollte sich wieder auf sie und sah ihr in die Augen. »Ja, sieh nur. Mann, ich bin in einem solchen Schlamassel, ich kann es kaum aushalten. Siehst du nicht, wie hundsgemein ich leide?«

Er brachte sich über ihr in Position, damit sie verstand, was er meinte. Sie sah ihn aus großen Augen an, in denen neu erwachtes Begehren leuchtete, und er küsste sie auf den Hals.

»Glaubst du, ich hätte dich so genervt und wäre so verdammt entschlossen gewesen, dich haben zu wollen, wenn ich dich nicht für die schönste, begehrenswerteste Frau hielte, die ich je in meinem Leben getroffen habe?«

Ohne unnötige Vorbereitungen machte er dort weiter, wo sie gerade vorhin aufgehört hatten.

»Vielleicht solltest du das besser ... ah, Spencer, ja, genau da ... das besser wiederholen, damit ich ... oh Gott ... damit ich es nicht vergesse.«

»Das werde ich dir so oft sagen, dass du es irgendwann nicht mehr hören kannst.«

Sie schlang Arme und Beine um ihn und zog ihn noch näher an sich. »Das bezweifle ich, Spencer Raft. Das bezweifle ich sehr.«

Die nächsten fünf Tage an Bord der *Double Dealer* waren sonnenverwöhnt und mondverliebt und liebestoll.

Jeden Morgen steuerte Spencer die Yacht auf den Ozean hinaus.

»Damit wir nackend herumhüpfen können«, sagte er mit einem anzüglichen Seitenblick und kniff sie mit gespielter Lüsternheit in den Hintern.

Wann war die Nacktheit ein solch wunderbarer Zustand geworden?, fragte sich Allison.

Sie wurde mit diesem Zustand jedenfalls rasch vertraut. Alle ihre Sinne waren erwacht. Sie liebte es, von salziger Seeluft umweht zu werden oder ihre schweißglänzenden Körper nach einem ausgiebigen Schäferstündchen davon trocknen zu lassen. Das Essen schmeckte köstlich. Sie liebte den funkelnden, auf der Zunge prickelnden Wein, die unterschiedlichen Gerüche des Meeres und Spencers Aftershave.

Manchmal gingen sie nach Harbor Town zum Essen, oder sie machten ein Picknick an Deck oder aßen in Muße bei Kerzenlicht in der kleinen Kombüse.

An einem Abend machten sie einen kleinen Ausflug mit dem Wagen, nur um einmal etwas anderes zu sehen. Spencer wollte die Szenerie der Insel nutzen und sich daran erfreuen, so gut es ging. Er fand ein privates Anwesen mit einem ausgedehnten Rasen, der zum Strand hin abfiel. Die Eigentümer waren allem Anschein nach schon länger abwesend.

Sie stiegen aus dem Wagen, schlenderten Hand in Hand zum Strand und beobachteten, wie der Mond aufging. Die großen, alten Bäume auf dem Grundstück überspannten den Rasen wie ein einziger, riesiger Schirm. Auf dem Rückweg zum Auto zog Spencer sie in den Schatten einer verwitterten, von Moos überwachsenen Eiche.

Er lehnte sie an einen niedrigen Ast und küsste sie mit jener Leidenschaft, die sie inzwischen gut kannte und die nie zu versiegen schien. Seine Hand schlüpfte unter ihren Rock und spielte mit der Spitzenborte ihres Höschens. Als er begann, es nach unten zu ziehen, unterbrach Allison ihren Kuss.

»Was machst du denn?«, fragte sie verwundert.

»Ich denke, das ist offensichtlich.« Er ging in die Knie und nahm eine ihrer Brüste in den Mund, liebkoste die Spitze mit der Zunge durch die Bluse hindurch. »Hmmm, Spencer, hör auf! Bitte, Liebling. Wir können doch nicht … nicht hier.«

Aber als er ihr Höschen nach unten streifte, trat sie heraus. Und als er sie über den Ast beugte, war es so bequem, als würde ein Arm sich um ihren Rücken legen. Und dann war er auch schon da, glatt und warm und hart … erfüllend … lebendig … liebevoll …

Danach war sie so matt, dass er sie auf den Armen zum Wagen trug.

»Du hast einen solchen Einfluss auf mich«, murmelte sie an seinem Hals.

»Gut oder schlecht?«, fragte er mit einem leisen Lachen.

»Habe ich noch nicht entschieden«, erwiderte sie seufzend. »Aber wie auch immer, ich liebe es.«

10

Bevor sie Hilton Head verließen, ging Spencer zum Postamt und nahm an der Ausgabestelle einen Stoß Briefe in Empfang. Auf dem Rückweg nach Atlanta packte Allison die Neugier, und sie begann, die verschiedenen Poststempel genauer anzuschauen. Dänemark. Großbritannien. Italien. Peru.

Er beobachtete sie aus dem Augenwinkel.

»Ist ja wirklich gut, dass du nicht naseweis bist.«

»Ich habe nichts gefragt.« Sie warf die Post über die Schulter auf den Rücksitz.

»Nein, aber du hättest es gern getan.« Er lachte und tätschelte ihren Schenkel.

In Allisons Wohnung angekommen, riefen sie Ann an. Sie teilte die Nachricht von ihrer Ankunft aufgeregt Davis mit, der vorschlug, sie sollten sich heute Abend alle zum Essen treffen.

Allison und Spencer erwarteten die beiden in dem vereinbarten italienischen Restaurant. Ann musterte ihre Schwester genau, und die Zufriedenheit, die Allison ausstrahlte, blieb ihr nicht verborgen.

Sie umarmte sie herzlich und flüsterte ihr ins Ohr: »Es war wunderbar, nicht wahr?«

»Ja, es war wunderbar«, erwiderte Allison flüsternd.

Davis' Begrüßung war weniger überschwänglich. Er schüttelte zwar enthusiastisch Spencers Hand, doch seine Umarmung Allisons war steif und zurückhaltend. Es war das erste Mal seit dem Rollentausch der Schwestern, dass sie sich trafen.

»Äh, Allison, wegen, äh, wegen der Art, wie ich, äh, du weißt schon ...«

Ann zog an seinem Sakko, und er ließ sich auf seinen Stuhl fallen.

»Mein Gott, Davis. Es waren doch bloß ein paar Küsse und Grabscher.«

Er schluckte und lief rot an. Sie lachten alle, doch Spencer legte besitzergreifend einen Arm um Allison.

»Er sollte es besser nicht noch einmal versuchen!«

Sobald Davis seine Verlegenheit überwunden hatte, wurde der Abend angenehm und unterhaltsam. Sie aßen Pasta und Kalbfleisch, tranken dazu Wein und staunten, dass Allison ebenfalls Alkohol zu sich nahm.

»Spencer hat mich gescholten, dass ich einen ganzen Abend lang nur zwei Gläser getrunken habe.«

»Ich wette, das ist nicht das Einzige, was er dir beigebracht hat«, meinte Ann zweideutig.

Allison bekam heiße Wangen. Spencer küsste sie auf die Finger. »Sie hat mir auch einiges beigebracht.«

Ann und Davis hatten einen Vertrag für das Haus unterschrieben. Allisons Intuition hatte sich als richtig erwiesen, Ann war begeistert gewesen. Sie lachten über den Makler, der völlig verwirrt war, als Ann durch das Haus lief und zu allem eine Bemerkung abgab, als hätte sie es noch nie gesehen.

»Ich möchte das große Schlafzimmer in Pfirsich und Minze streichen. Was hältst du davon, Allison?«

»Ich glaube, das würde gut aussehen.« Unter dem Tisch drückte Spencer ihr Knie.

»Stell dir bloß vor, Darling«, sagte Ann und legte eine Hand auf Davis' Schulter, »es dauert nicht mehr lange, und dann wohnen wir dort!«

Allison machte mit bei dem heimlichen Liebesspiel, das unter der Tischdecke vor sich ging. Sie legte Spencers Serviette auf seinem Schoß zurecht, strich imaginäre Falten aus, rückte sie wieder zurecht und klopfte sie glatt.

»Könnt ihr glauben, dass es nur noch vier Wochen bis zur Hochzeit …«

Plötzlich sprang Spencer so hastig auf, dass er an den Tisch stieß.

»Ich kann nicht glauben, dass es schon nach Mitternacht ist und ich Allison noch nicht ins Bett gesteckt habe. Gute Nacht, ihr beiden!«

Sie eilten hinaus, Ann und Davis blieben verwirrt zurück.

Sie verbrachten zwei Nächte in Allisons Apartment. Allison lud ihn nicht ausdrücklich ein, bei ihr zu bleiben; es schien irgendwie vorherbestimmt.

Am Sonntag gingen die Zwillinge mit ihren Eltern, Davis und Spencer zur Kirche. Danach lud Mr Leamon sie alle zum Brunch ein. Die überschäumende Aufgeschlossenheit ihrer Eltern für Spencer machte Allison verlegen.

»Man könnte meinen, ich sei eine vierzigjährige Jungfer, die sie seit Jahren vergeblich verheiraten wollen«, beschwerte sie sich auf dem Weg zum Wagen. »Ich glaube, wenn du versuchst hättest, wegzulaufen, hätte Dad dich zur Rede gestellt.«

»Das Einzige, was ich versuchen will, ist das hier.« Er presste sie an sich und gab ihr einen Kuss, dass ihr Hören und Sehen verging.

Den restlichen Nachmittag liebten sie sich gemütlich, dösten und liebten sich erneut.

Erst viel später, als die Sonne bereits untergegangen war, platzte die Seifenblase. Sie kam aus der Küche, wo sie etwas zu trinken geholt hatte, ins Schlafzimmer zurück. Zuerst fragte sie sich, was sein Koffer auf dem

Bett sollte. Dann schoss ihr der Grund durch den Kopf wie ein Fanfarenstoß. Das Tablett in ihren Händen begann zu zittern; sie musste es auf dem Nachtkästchen abstellen.

Spencer faltete seine Kleidung und verpackte sie ordentlich.

»Wohin fährst du?«, fragte sie gedankenleer.

Was machte sein Ziel schon für einen Unterschied? Er verließ sie. Sie hatte gedacht, sie würde diesen Augenblick willkommen heißen, damit sie ihn nicht mehr fürchten musste. Aber nun, da er da war, konnte sie nicht begreifen, wie sie ihn sich jemals hatte wünschen können. Sie dachte, sie müsse vor Schmerz umkommen.

»Ich muss heute Nacht noch nach Hilton Head zurück.«

»Ich verstehe.«

Er ließ ein Hemd in den Koffer fallen und wandte sich ihr zu.

»Nein, du verstehst nicht.«

Seine Stimme war so zart wie die Hände, die auf ihre Schultern drückten, bis sie auf die Bettkante sank. Er kniete vor ihr nieder, ergriff ihre Hände, betrachtete sie, rieb ihre Knöchel, verfolgte den Lauf der Adern mit der Fingerspitze.

Sie wollte ihre Hände seinem Griff entreißen, seiner Zärtlichkeit entfliehen. Warum verfuhr er so glimpflich mit ihr? Glaubte er, es würde weniger weh tun, wenn er nett war anstatt grob?

»Allison, ich habe wichtige geschäftliche Verpflichtungen. Du hast diesen Stapel Post gesehen. Ich muss zurückfahren, die *Double Dealer* sichern und morgen nach New York fliegen.«

Nun, sie würde nicht in Tränen ausbrechen. Wenn er

das erwartete, würde er enttäuscht werden. Wenn sie etwas von ihm gelernt hatte, dann, dass sie eine Frau war, die die liebevolle Zuwendung eines Mannes verdiente. Niemals würde sie vor ihm zu Kreuze kriechen oder ihn bitten. Er hatte ihr geholfen, diese Befangenheit abzuschütteln, hinter der sie sich jahrelang versteckt hatte. Sie wollte sie nicht zurück. Das Leben ohne war zu schön gewesen.

»Du schuldest mir keine Erklärung, Spencer.«

Er hörte die Schärfe in ihrer Stimme und reagierte gereizt. »Doch. Oder dachtest du, ich würde einfach gehen, ohne ein Wort?«

Sie blickte ihn herausfordernd an.

»Ich weiß es nicht. Wolltest du das?«

»Verdammt!«, platzte er heraus und stand auf. Er schritt am Bett auf und ab, fuhr sich frustriert durch die Haare. Männer hassten solche Szenen. Sie wollten saubere Brüche, ohne Beschuldigungen oder Tränen. »Warum machst du es so schwer?«

»Das tue ich nicht!«, erwiderte sie und sprang auf. »Du musst gehen, also geh!«

»Ich muss gehen, ja. Aber ich will nicht. Nicht so. Nicht, ohne dass die Dinge zwischen uns geklärt sind.«

»Soweit es mich betrifft, sind sie geklärt. Du hast deinen Teil des Handels erfüllt.«

»Was soll das heißen?«

»Du hast deinen Teil des Befruchtungsprozesses abgeleistet. Vielen Dank für deine Gewissenhaftigkeit und Gründlichkeit!«

Er murrte Worte, die sie bislang nur als Kritzeleien an den Wänden öffentlicher Toiletten gesehen, aber nie gehört hatte.

»Ist das alles, was dir die letzte Woche bedeutet hat?«

Nein, nein, brüllte ihr Herz.

Sah er denn nicht, dass sie innerlich bereits zerbrach? Wusste er nicht, dass sie kaum an die Schwangerschaft gedacht hatte, dass jeder Liebesakt genau das gewesen war, nämlich Liebe? War er mit so vielen Frauen zusammen gewesen, hatte er so viele idyllische Wochen wie diese verbracht, dass er nicht mehr erkannte, was wirklich zählte?

»Du weißt doch, weshalb ich mit dir nach Hilton Head gefahren bin.« Sie sagte diese unaufrichtigen Worte leise, weil sie wegen des Kloßes in ihrer Kehle kaum sprechen konnte.

Er stieß halblaut eine Reihe vernichtender Flüche aus, drehte sich dann zu dem Koffer um und schloss ihn mit einem lauten Knacken. Die Endgültigkeit dieses Geräuschs traf sie wie eine Kugel.

»Ich werde für einige Zeit nicht in der Lage sein, dich zu kontaktieren. Ich werde in New York sein, dann möglicherweise in der Türkei.«

Türkei? Oh Gott. So weit weg. Eine andere Welt. Sie bewegten sich tatsächlich in verschiedenen Wirklichkeiten, nicht wahr? Wie hatte sie nur jemals denken können, er würde mit ihr zufrieden sein?

Er ging steif zur Tür, hielt inne und schaute zu ihr zurück. Es schien, als wolle er vieles sagen. Doch er sagte nur: »Auf Wiedersehen, Allison.«

»Auf Wiedersehen.« Mein Geliebter, fügte sie stumm hinzu, als sich die Tür hinter ihm schloss.

Dr. Hyden brachte seine Überraschung und Freude über ihre Veränderung zum Ausdruck. Sobald sie das Labor betrat, rief er: »Na, sieh mal einer an! Ist das ein neues Kleid?«

»Ja«, antwortete sie knapp und verstaute ihre Handtasche in der Garderobe. Am besten gewöhnte sie sich gleich daran, denn wahrscheinlich würde jeder wissen wollen, wie es um ihre angehende Romanze stand.

»Und wie geht es unserem Mr Raft nach einer Woche Urlaub?«, fragte Dr. Hyden. Er wippte auf Fersen und Zehen hin und her und blinzelte ihr zu.

»Das letzte Mal, als ich ihn gesehen habe, ging es ihm gut«, erklärte sie mit vorsätzlicher Gleichgültigkeit.

Dr. Hydens Überschwänglichkeit fiel so plötzlich in sich zusammen, dass Allison gelacht hätte, wenn die Umstände nicht so hart gewesen wären.

»Er ist mit unbekanntem Ziel verschwunden. Ich werde ihn wahrscheinlich nicht mehr wiedersehen.«

»Aber ich dachte ...«

»Was? Dass wir zusammenbleiben? Du lieber Himmel!«, erwiderte sie leichthin. »Das war doch nur ein Spaß. Wie geht es Rasputin? Hat er mich vermisst?«

Sie ließ das Thema Spencer Raft auf sich beruhen, und Dr. Hyden verließ fassungslos und kopfschüttelnd das Labor.

Mit Anns Bestürzung fertig zu werden war noch schwerer. Sie rief an, sobald Allison nach Hause kam.

»Davis sagte, Spencer hat ihn gestern Abend angerufen, als er im Begriff war, die Stadt zu verlassen.«

»Tatsächlich«, meinte Allison kühl.

»Du lieber Gott, Allison, was ist denn los?«

»Nichts. Er musste wegfahren. Du weißt ja, er ist ein Weltenbummler. Du hast doch wohl nicht erwartet, dass er längere Zeit hierbleiben würde.«

»Aber ... er ... du ... ich dachte, Davis und ich dachten, dass ihr beide ...«

»Nein, natürlich nicht. Es war nichts Dauerhaftes. Nur eine von diesen kurzen Romanzen. Ann, ich muss auflegen. Mein Wasserkessel kocht über.«

Wochenlang vermied sie geschickt Gespräche über Spencer, ignorierte forschende Blicke und wich Fragen aus. Doch das hielt sie nicht davon ab, an ihn zu denken. Tagsüber lauerte er ihr in ihren Gedanken auf, und nachts verfolgte er sie bis in ihre Träume. Sie sehnte sich nach seiner Zärtlichkeit, aber noch mehr wünschte sie sich, wieder die Frau zu sein, die sie mit ihm war – fröhlich, originell, beredt, schön. Der große Dichter Tennyson hatte Unrecht, als er sagte, es sei besser, zu lieben und diese Liebe zu verlieren als die Liebe überhaupt nicht zu kennen. Jetzt wusste sie, was sie vermisste, und die Qual, ohne ihn auskommen zu müssen, war fast nicht zu ertragen.

Sie war zornig auf ihn, weil er sie verlassen hatte, und zornig auf sich selbst, weil sie sich Gedanken um ihn machte. Wo war er? War er in Sicherheit? War er in Gefahr? Welche Geschäfte konnte er in der Türkei haben? In der *Türkei*, um Himmels willen!

Die Woche, in der sie ihre Periode haben sollte, kam und ging, und nichts geschah. Sie wagte nicht zu hoffen. Es konnte eine Menge Gründe dafür geben, dass die Regel später eintrat, allen voran ihre emotionale Labilität. Aber auch die zweite Woche verstrich und ebenso die dritte.

Am Freitag vor Anns Hochzeit, nachdem alle das Labor verlassen hatten, führte sie an sich selbst einen Schwangerschaftstest durch. Das Ergebnis war überzeugend positiv.

Erst jetzt weinte sie. Sie hatte nicht eine Träne wegen Spencer vergossen, nicht eine wegen ihres gebrochenen Herzens, ihrer verlorenen Liebe, ihres leeren Lebens. Aber nun begrub sie das Gesicht in der Armbeuge und weinte über eine Stunde lang.

Die Tränen reinigten ihren Kopf und ihren Körper.

Als sie endlich aufschaute und sich die Augen trocknete, empfand sie einen nie gekannten Frieden.

Sie hatte etwas richtig gemacht! Sie würde ein Baby bekommen, ein wunderbares, intelligentes, wunderschönes Baby. Und sie würde ihm all die Liebe geben, die Spencer ihr gegeben hatte – in einer Woche genug für ein ganzes Leben.

Als sie die Kirchentreppe hinaufrannte, trat sie auf die Plastiktüte, in der ihr Brautjungfernkleid steckte. Sie war spät dran; Ann würde sie umbringen. Gott sei Dank sah sie noch keinen der anderen Gäste.

Sie hatte den Wecker nicht gehört und sich beim Duschen, Haarewaschen und Maniküren schrecklich beeilen müssen. Ihr rechter Daumennagel war verschmiert, hoffentlich würde es niemandem auffallen.

Im Vorraum der Kirche war es halbdunkel; ihre Augen brauchten einige Zeit, um sich daran zu gewöhnen. Dann ging sie den leeren Korridor entlang und suchte den Umkleideraum der Braut.

Eine Seitentür öffnete sich, und die Silhouette eines Mannes erschien in der Öffnung.

»Entschuldigen Sie, Miss, ich suche …«

Sie blieben beide abrupt stehen und starrten einander an. Sie hatte nicht gewusst, ob sie ihn erwarten sollte oder nicht. Er war gestern Abend nicht bei der Probe dabei gewesen, und als ob er vor Kurzem gestorben wäre, hatte niemand seinen Namen auch nur erwähnt.

Er trug seinen Koffer unter einem Arm und einen Smoking über der Schulter. Er sah unordentlich aus und so, als sei er in großer Eile. Seine Jeans und die Turnschuhe wirkten in der gesetzten Atmosphäre der Kirche deplatziert. Die Haare waren windzerzaust, und die Sonnenbrille, die er gewöhnlich trug, saß über seiner Stirn. Er sah müde und hager aus. Die Falten in seinem Gesicht wirkten tiefer.

Doch für die Frau, die zu ihm nach oben blickte, war er der schönste Anblick der Welt.

Und ihr wurde demütigend bewusst, dass sie schrecklich aussah. Bevor sie zu Hause aufgebrochen war, hatte sie sich rasch noch die Haare auf Lockenwickler gedreht; die Nadeln standen vom Kopf ab wie Antennen. Sie hatte sich die Augen noch nicht geschminkt und trug noch ihre Brille. Und sie trug uralte Jeans und ein ausgeleiertes T-Shirt; Klamotten, die sie aus der Schachtel gestohlen hatte, die ihre Mutter bei der nächsten Kleidersammlung spenden wollte.

»Hallo, Allison.«

»Hallo«, erwiderte sie mit einer Stimme, die eigentlich zehnmal selbstbewusster hätte klingen sollen.

»Ich bin spät dran.«

»Ich auch.«

»Ich komme gerade eben aus New York.«

»Oh. Wie war dein Flug?«

»Lang und ermüdend.«

Sein Blick ruhte auf ihr, durchdringend und scharf.

»Äh, also, ich muss mich umziehen. Ich bin sicher, Ann ist …«

»Warte einen Augenblick.« Er schaffte es, sie zwischen sich und die Wand zu drängen. »Ich will es wissen.«

Sie fuhr sich mit der Zunge über die Lippen. »Was denn?«

»Erwartest du ein Kind von mir?«

Was hatte sie erwartet? Takt? Feingefühl? Von diesem Mann? Niemals. Sie warf verstohlen einen Blick den Korridor entlang in der Hoffnung, dass niemand sie belauschte. Dann fand sie nichts mehr, was sie noch ansehen konnte; es blieb ihr keine Wahl, als seinem Blick wieder zu begegnen.

Er war so ... so *alles*, was eine Frau sich wünschen konnte. Sie fühlte sich genauso wie das erste Mal, als sie ihn klar gesehen hatte – schwerelos, verloren, machtlos, unvollkommen. Doch nun kam zu diesen Gefühlen noch eine unendliche Trauer hinzu, denn sie wusste, dass er jedes Gefühl, das er auslöste, auch befriedigte.

Vielleicht war ihm das Kind doch nicht gleichgültig. Vielleicht hatte er auch für sie Gefühle. Aber er war, was er war, und sie war, was sie war, und jede Beziehung von Dauer war von Anfang an zum Scheitern verurteilt gewesen. Das hatte sie immer gewusst. Dass sie sein Leben in sich trug, änderte nicht die Fakten ihres und seines Daseins. Selbst wenn er aus einem Bewusstsein der Verpflichtung heraus bei ihr blieb, wäre das für beide von ihnen fair? Er würde früher oder später beginnen, sie abzulehnen, weil sie ihn festband, und sie würde ihm seine Rastlosigkeit übel nehmen.

Er musste die Wahrheit beizeiten erfahren, doch sie würde niemals das Kind dazu benutzen, ihn festzuhalten.

Ich liebe dich, Spencer. Und deshalb, adieu, mein Geliebter.

»Nein«, sagte sie. »Es gibt kein Kind.«

Ein Stück den Korridor hinunter wurde eine Tür geöffnet. Sie schlug gegen die Mauer, und sie erschraken beide. Davis kam heraus; er sah aus wie der typische hektische Bräutigam wenige Minuten vor der Trauung.

»Spencer, Gott sei Dank, da bist du ja! Ich war schon im Begriff, dich von einer Polizeieskorte vom Flughafen abholen zu lassen. Guter Gott, Allison, du bist noch nicht angezogen?«

»Nein«, antwortete sie und zwängte sich an Spencer vorbei. »Ich sollte mich besser beeilen, sonst spricht Ann kein Wort mehr mit mir.«

Sie hastete den Korridor entlang, doch ihre schnellen Schritte täuschten über ihre Gemütsverfassung hinweg, die auf ihr lastete wie ein Mühlstein.

»Willst du, Davis Harrington Lundstrum, diese Frau zu deiner dir gesetzlich angetrauten Ehefrau nehmen ...«

Der Priester sprach das Ehegelübde, und Davis und Ann antworteten würdevoll, um der Feierlichkeit des Anlasses gerecht zu werden.

Die Kerzen flackerten leicht, und in der Luft lag der Duft von Sommerblumen. Die Strahlen der Nachmittagssonne fielen, einem göttlichen Segen gleich, durch die Buntglasfenster.

Allison aber war sich nur der blauen Augen bewusst, die sie anstarrten und heißer und stetiger brannten als alle Kerzen.

Sie wusste, dass das pfirsichfarbene Kleid gut zu ihrem Typ passte. Sie wusste, dass der Schnitt mit dem runden Dekolleté und der schmalen Taille ihre Figur bestens zur Geltung brachte. Sie wusste, dass ihr Haar unter dem Strohhut wunderbar glänzte.

Aber war das ein Grund für den Freund des Bräutigams, sie ständig anzustarren, auszusehen, als würde er gleich aufgrund eines inneren Aufruhrs explodieren, zu schauen, als könne er jeden Augenblick Priester, Braut und Bräutigam beiseite schieben und nach ihr greifen?

Nicht einmal während der Intonation des »Vater unser« – das das längste Lied sein musste, das je komponiert wurde – wich sein intensiver Blick von ihr ab.

Braut und Bräutigam hielten die Köpfe ehrfürchtig geneigt. Doch jedes Mal, wenn Allison verstohlen zum Freund des Bräutigams hinüberschaute, traf sie der unwiderstehliche Blick dieser blauen Augen, die mit jeder Minute, die verstrich, stärker zu leuchten schienen.

Wenn er es darauf angelegt hatte, Anns Hochzeit für sie zu ruinieren, dann waren seine Bemühungen von Erfolg gekrönt. Sie würde sich nicht an eine Minute davon erinnern können. Als der Priester sagte: »Du darfst deine Braut jetzt küssen«, fuhr sie zusammen, als hätte ein Hypnotiseur sie aus der Trance zurückgeholt.

Sie reichte Ann den Brautstrauß, und wie in der Probe schritten Braut und Bräutigam dann strahlend Arm in Arm das Kirchenschiff entlang und ließen ihre Gäste erkennen, wie glücklich sie sich fühlten. Jemand musste Spencer für seinen Part souffliert haben, denn er bot Allison seinen Arm, und sie hatte gar keine andere Wahl, als sich einzuhängen und von ihm aus der Kirche führen zu lassen.

Als sie die Vorhalle erreichten, drehte er sie zu sich, sodass sie ihn ansehen musste, und sagte: »Ich habe zwei Fragen.«

Der Fotograf bat die Hochzeitsgesellschaft, zu den vor der Kirche bereitstehenden Wagen zu gehen, die alle zum Empfang in den Country Club bringen sollten.

»Wir sind gleich so weit!«, rief Spencer ihm über die Schulter zu, aber weder seine Hände noch sein Blick ließ von Allison ab. »Zwei Fragen.«

»Die Leute kommen schon alle aus der Kirche, Spencer.«

»Zwei Fragen!«, begehrte er auf.

»Also gut, aber leise, bitte.«

Er schraubte seine Lautstärke zurück, nicht aber seine Entschlossenheit.

»Erstens: Bist du schwanger von mir?«

»Ich habe dir schon gesagt, nein.«

»Du bist einfach eine verdammt schlechte Lügnerin, Allison.«

Sie blickte über seine Schulter und bemerkte, dass ihre und Davis' Eltern sowie weitere Gäste neugierig zu ihnen herüberschauten.

»Du solltest in der Kirche nicht fluchen.«

Er schüttelte sie leicht. »Antworte mir, und denk daran, ich weiß es, wenn du mich anlügst.«

Ihr Blick wanderte über seinen Smoking, nach oben zu seinem Gesicht und traf schließlich schuldbewusst den seinen.

»Ja.«

Sie sah eine Gefühlsregung in seinen Augen aufblitzen, war sich jedoch nicht sicher, was es war, und fuhr gehetzt fort: »Ich wollte es dir ja sagen, aber nicht …«

»Zweitens: Liebst du mich?«

Ihr Mund stand bereits offen, um ihm zu erklären, weshalb sie ihn zuvor belogen hatte, aber jedes Wort, das sie womöglich hätte sagen wollen, blieb ihr in der Kehle stecken. »Was hast du gesagt?«

Er trat noch einen Schritt näher. Sein bisher eindringlicher Ton wurde unsicher.

»Liebst du mich, Allison?«

Es war die Ergebenheit hinter dieser Frage, die sie absolut fassungslos machte, dieser liebenswerte, herzzerreißende, hilflose Ton in seiner Stimme, der so untypisch für ihn war. All ihre Kraft und Entschlossenheit verließen sie, und sie sank an seine Brust.

»Du weißt, wenn ich lüge?«

»Du bist eine miserable Lügnerin.«

»Ich liebe dich, Spencer.« Sie fielen einander in die Arme, umklammerten sich, wiegten sich hin und her.

»Das war es, was ich wissen musste. Was ich hören wollte.« Endlich löste er ihre Umarmung und ergriff ihre Hand. »Komm!«

Er führte sie hinaus, ihre verwirrten Eltern folgten ihnen. Die Braut und der Bräutigam standen bei den Autos und beobachteten sie, wie sie überstürzt die Kirchenstufen hinunterhasteten.

»Hey, wo wollt ihr denn hin?«, rief Davis, denn Spencer ignorierte die wartenden Wagen und lief stattdessen auf ein geparktes Auto zu.

Ungeduldig lief er zu Davis zurück und schüttelte ihm herzlich die Hand. »Großartige Hochzeit, mein alter Freund. Ann …« – er küsste sie herzhaft auf den Mund – »… alles Gute.«

»A-aber wo wollt ihr denn hin?«, fragte Davis noch einmal, als Spencer erneut auf das andere Auto zulief.

»Warte«, befahl er Allison, die ihm blind gehorchte, obwohl er sie mitten auf der Straße stehen ließ. Er lief ein zweites Mal zu Davis zurück, flüsterte ihm etwas ins Ohr, rannte zurück zu Allison und verfrachtete sie in das Auto.

Nachdem sie weggefahren waren, richtete Ann die Frage an Davis, die sich jetzt jeder stellte: »Was hat er dir gesagt? Wohin fahren sie?«

Davis zupfte an seiner Fliege und warf den Leamons ein kleinlautes Lächeln zu.

»Er sagte, wir hätten zwar geheiratet, aber sie führen jetzt in die Flitterwochen.«

Als sie an Bord der *Double Dealer* gingen, hatte sie noch ihr Brautjungfernkleid an und er seinen Smoking, allerdings ohne Fliege und mit geöffnetem Hemd. Allison hatte sich während der Fahrt damit die Zeit vertrieben, auch die restlichen Knöpfe seines Hemds zu öffnen und seine nackte Brust zu streicheln, während er am Steuer saß.

»Du bringst uns noch beide ins Grab.«

»Okay, ich höre auf«, hatte sie erwidert.

»Bloß nicht!« Er hatte ihre Hand ergriffen und sie auf sein Herz gelegt.

Nun führte er sie die Stufen zur Kajüte hinab. Unten angekommen, ließen sie das Licht aus und fielen sich begierig in die Arme.

Sie schob die Hände unter sein Jackett und spreizte sie über seinen Rücken.

Sie küssten sich heißhungrig, ohne Geschick oder Geduld.

Sie gierten nach dem Geschmack des anderen, und diese Sehnsucht zu stillen war vordinglicher als alles andere.

Als sie voneinander abließen, um zu atmen, legte er die Lippen an ihr Ohr.

»Willst du mich heiraten?«

»Nachdem du mich vor all diesen Leuten aus der Kirche entführt hast? Da werde ich Ja sagen müssen, wenn ich nicht mehr oder minder als Flittchen gebrandmarkt werden will.«

Seine Zunge spielte mit ihrem Ohrläppchen.

»Würdest du es auch einfach so tun?«

»Ja«, gestand sie, schaudernd von seiner heftigen Liebkosung ihrer Brust, und schob ihn von sich, solange sie noch einen Rest gesunden Verstand hatte. »Unter einer Bedingung.«

»Und die wäre?«, fragte er und schüttelte sein Jackett von den Schultern.

»Du sagst mir, womit du dein Geld verdienst.«

Mit einem schweren Seufzer warf er das Jackett auf einen Stuhl, ließ einen Augenblick den Kopf hängen und blickte sie dann düster an.

»Das wird dir nicht gefallen, Allison.« Er schüttelte resigniert den Kopf. »Aber ich schätze, ich muss dir mein Versteck zeigen.«

Sie stemmte die Hände in die Hüften. »Ein Versteck?«

»Ja. Wo ich die Sachen aufbewahre.«

Er schaltete Licht an, ging an eine Schrankwand und kauerte vor einer der unteren Türen nieder. Er öffnete sie, und Allison sah einen eingebauten Tresor dahinter.

Ihr Herz begann zu hämmern, als er die Kombination einstellte, den Griff niederdrückte und den Safe öffnete. Sie war auf alles gefasst – Zylinder mit Uran, Pläne für Raumschiffe, Kokainpäckchen – und hielt den Atem an, als er einen von mehreren langen, flachen, schwarzen Behältern herauszog, die aussahen wie Schmuckschatullen. Gestohlene Edelsteine?

Er reichte ihn ihr.

»Das ist das Produkt, mit dem ich handle.«

Mit zitternden Händen öffnete sie den Verschluss und blickte dann sekundenlang auf den Inhalt.

»Briefmarken?« Sie sah ihn ungläubig an und wiederholte mit piepsiger Stimme: »Briefmarken?«

»Das sind nicht einfach nur Briefmarken«, erklärte er leicht verstimmt. »Ich möchte klarstellen, dass das …«

»Briefmarken!«, rief sie ungläubig.

Er richtete sich zu voller Größe auf.

»Ich bin Philatelist. Briefmarkensammler.«

Mit der Schachtel, die vier Briefmarken enthielt, in der Hand fiel sie unendlich erleichtert auf das Bett und begann zu lachen. »Wo ist das große Geheimnis? Warum versteckst du, was du tust?«

»Weil jeder so reagieren würde wie du gerade. Du musst zugeben, dass es eigentlich keine richtige Beschäftigung für einen Macho ist.«

»Davis glaubt, dass du ... na ja, du weißt ja, was er denkt.«

»Das denken die meisten meiner Freunde. Warum soll ich ihnen ihre Illusion rauben? Wenn sie glauben wollen, dass ich mich mit zwielichtigen Dingen beschäftige und jenseits der Grenzen des Erlaubten lebe, was macht das schon?«

»Ich kann es nicht glauben.«

»Enttäuscht?«

»Natürlich nicht. Es ist nur ...« Sie sah sich in der Yacht um, in der keine Ausgaben gescheut worden waren. »Kann man denn von so etwas leben?«

Er grinste.

»Ich bin kein Ästhet«, antwortete er leise. »Ich bin nicht von einer großen Leidenschaft besessen, seltene Marken zu besitzen, wie die meisten anderen Sammler.«

»Warum tust du es dann?«

»Wegen des Geldes«, erwiderte er augenzwinkernd. »Mein Geschäft besteht darin herauszufinden, wenn ein Sammler bereit ist zu verkaufen. Ich kaufe die Marke, behalte sie ein paar Jahre, in denen sie an Wert gewinnt, und verkaufe dann an einen anderen Sammler, der seinen Lebenssinn darin sieht, diese Marke zu besitzen, und bereit ist, dafür eine astronomische Summe zu bezahlen. Natürlich muss ein Teil des Gewinns in den Ankauf anderer Ware gehen. Dies ist nicht mein gesamtes Inventar. Die wirklich wertvollen Stücke sind in einem Tresorraum in New York. Die, die du in der Hand hältst, sind nur einige hunderttausend Dollar wert.«

Der Mund blieb ihr offen stehen, als sie wieder auf die Schachtel starrte.

»Einige hunderttausend … für vier Briefmarken?«

»Hörst du bitte auf, das Wort in diesem Tonfall auszusprechen? Die leckst du nicht ab und klebst sie auf ein Kuvert. Sie gelten als Kunstwerke.«

»Aber ich will sie ja gar nicht verunglimpfen. Ich bin nur …« Sie sprang plötzlich auf. »Ich bin wütend auf dich, weil du mich hast glauben lassen, dass du mit ganz schrecklichen Dingen beschäftigt bist!«

Er legte die Schachtel zurück und verschloss den Safe. »Beruhige dich, Allison. Heiratest du mich, ja oder nein?«

Sie packte ihn an den Haaren und schüttelte seinen Kopf hin und her. »Ich denke schon. Du siehst ja immer noch wie ein grausamer Pirat oder Söldner aus.«

»Danke. Aber das Einzige, was mich grausam und unbarmherzig macht, ist meine Liebe zu dir.«

»Wirst du dauernd in Gegenden wie die Türkei reisen und mich monatelang allein lassen?«

»Ich bin dabei, Pläne zu machen. Sehr zur Freude meiner Klienten, die mich jahrelang um den ganzen Globus verfolgen mussten, werde ich ein ständiges Büro eröffnen. Und das könnte auch in Atlanta sein, da deine Arbeitsstelle dort ist, und unsere Familien ebenfalls. Übrigens, du musst bald meine Eltern kennenlernen. Sie werden dich mögen.«

»Bleib bei deinen Plänen.«

»Ach ja, die Pläne. Ich werde einen Kurier einstellen. Aber du und das Baby, ihr könnt mich begleiten, wenn mich ein Geschäft an einen interessanten Ort führt.«

»Das ist wunderbar.«

Ganz nebenbei und wie in einem Spiel hatte er ihr ein Kleidungsstück nach dem anderen ausgezogen.

Nun genossen seine Hände ihre Nacktheit, wanderten über sie, berührten, liebkosten, erzählten ihr davon, wie sehr er sie vermisst hatte.

»Was ist wunderbar?«, murmelte er an ihrem Nacken. »Meine Pläne oder dies?«

Er legte die Hände um ihre Brüste und benetzte die Spitzen mit seiner behänden Zunge.

»Beides.«

Er küsste ihre Brüste, als würde er ihren Geschmack neu entdecken, ließ seinen Mund dann abwärts wandern, bis er vor ihr kniete, und legte die Hände dann über ihren Unterleib.

»Ich kann es nicht erwarten, mein Baby in deinem Bauch zu sehen.« Sein Mund zollte ihrer Weiblichkeit einen süßen Tribut.

»Ich auch nicht.« Sie warf den Kopf zurück, als seine Liebkosung stürmischer wurde. »Ich werde dir ein wundervolles Kind schenken, Spencer.«

»Ich weiß. Und ich werde es fast ebenso sehr lieben wie seine Mutter.« Er stand auf, legte sie auf das Bett und bedeckte sie mit seinem Körper.

»Du bist noch nicht ausgezogen«, hauchte sie zwischen Küssen.

»Ich glaube, ich kann nicht mehr warten.«

»Ich glaube, ich auch nicht.« Sie seufzte vor Lust, als er die feuchte Wärme zwischen ihren Schenkeln streichelte.

Sie öffnete sein Hemd, küsste seine Brust und ließ ihre Zunge mit seinen hart werdenden Brustwarzen spielen.

»Verdammt!«, zischte er, als ihre Hände liebkosend von seinem Bauch abwärts wanderten. »Bist du die Jungfrau, die ich erst vor ein paar Wochen hierher brachte?«

»Genau die.« Sie öffnete seinen Gürtel und knöpfte ihm die Hose auf. Das Geräusch des Reißverschlusses ähnelte seinem Keuchen, als sie in sein dichtes Schamhaar griff.

»Damals wolltest du mich nicht einmal anfassen.«

»Ich war schüchtern, hatte Angst vor dir.«

»Hast du immer noch Angst vor mir, Allison?«

»Nein, nicht mehr. Ich liebe dich.«

»Wirklich?« Er stöhnte.

»Ja.«

»Zeig es mir.«

Das tat sie.

ENDE

SANDRA BROWN

Tauziehen der Liebe

Roman

Aus dem Amerikanischen
von Heinz Tophinke

Weltbild

1

Sie wirkten auf jeden Fall wie echte Banditen. Von den staubigen Rändern ihrer Cowboyhüte bis zu den klimpernden Sporen an den Stiefeln sahen sie für Miranda so wirklichsgetreu aus wie Butch Cassidy und Sundance Kid.

Um nicht in die auf den Schienen errichtete Barrikade hineinzukrachen, hatte die Lokomotive eine Dampfwolke ausgestoßen, und der Zug war mit einem gellenden Kreischen zum Stehen gekommen. Die Schauspieler – sie beherrschten ihre Rollen perfekt – brachen aus dem dichten Wald zu beiden Seiten der Bahnlinie hervor; die donnernden Hufe ihrer Pferde wühlten die Erde auf, und dann hielten sie neben dem Gleis. Während die folgsamen Tiere ganz still standen, bestiegen die maskierten »Räuber« mit gezogenen Pistolen den Zug.

»Ich glaube nicht, dass ich darüber etwas im Werbeprospekt gelesen habe«, bemerkte ein Passagier, eine Frau, leicht beunruhigt.

»Aber natürlich nicht, Schatz. Das hätte doch den ganzen Überraschungseffekt kaputtgemacht!«, meinte ihr Mann kichernd. »Eine tolle Show, findest du nicht?«

Das dachte Miranda Price auch. Eine tolle Show, sie war jeden Cent wert, den dieser Ausflug gekostet hatte. Der inszenierte Überfall schlug sämtliche Passagiere in seinen Bann, und vor allem Scott, ihren sechsjährigen Sohn. Fasziniert saß er neben ihr, vollkommen von der realistischen Darbietung gefesselt. Seine hellen Augen waren auf den Anführer der Banditen fixiert, der langsam den schmalen Gang des Waggons entlangging, während seine Komplizen vorne und hinten Wache standen.

»Bleibt alle schön ruhig sitzen, dann wird niemandem etwas passieren.«

Wahrscheinlich ein vorübergehend arbeitsloser Hollywood-Schauspieler oder vielleicht ein Stuntman, der für den Sommer diesen Job angenommen hatte, um sein unregelmäßiges Einkommen aufzubessern. Was immer sie ihm dafür bezahlten, es war zu wenig, dachte Miranda. Der Mann spielte seine Rolle einfach perfekt.

Ein Halstuch bedeckte den unteren Teil seines Gesichts; es dämpfte seine Stimme, aber sie war dennoch für jeden der Reisenden in dem historischen Zugabteil klar hörbar. Auch seine Kostümierung wirkte überzeugend – ein schwarzer Hut, tief in die Stirn gezogen, ein langer, weißer Staubmantel, um die Hüften ein fein gearbeiteter Pistolengürtel, dessen Halfter mit einem Lederriemen am Oberschenkel festgebunden war. In seiner lederbehandschuhten Rechten hielt er einen Colt und schritt bedächtig, jedes Gesicht genau musternd, die Sitzreihen ab. Seine Sporen klapperten rhythmisch bei jedem Schritt.

»Raubt er uns wirklich aus, Mami?«, flüsterte Scott.

Miranda schüttelte den Kopf, ohne den Blick von dem Zugräuber zu wenden. »Er tut nur so. Du brauchst keine Angst zu haben.«

Aber sie fühlte sich nicht hundertprozentig sicher. In diesem Moment fiel der Blick des Schauspielers auf sie. Miranda atmete heftig ein. Seine Augen, stechend blau und laserscharf, durchbohrten sie geradezu. Doch dieses intensive Blau allein war es nicht, was ihr den Atem raubte. Wenn man die intensive Feindseligkeit in seinem Blick auf sein schauspielerisches Können zurückführen konnte, dann war das Talent des Mannes in diesem Touristenzug eindeutig vergeudet.

Der flammende Blick blieb auf Miranda gerichtet, bis der Mann auf dem Sitz vor ihr plötzlich fragte: »Na, sollen wir unsere Taschen ausleeren, Revolverheld?« Es war derselbe Mensch, der zuvor seine Frau beruhigt hatte.

Der Bewaffnete blickte auf den Passagier hinab und zuckte lakonisch mit den Schultern.

»Klar doch.«

Lachend stand der Tourist auf, grub in den Taschen seiner Bermuda-Shorts und zog eine Kreditkarte heraus. Er schwenkte sie vor dem maskierten Gesicht des Banditen hin und her. »Die soll man wirklich nie zu Hause lassen!«, röhrte er.

Die anderen Touristen im Abteil amüsierten sich mit ihm. Miranda allerdings nicht. Sie beobachtete den Räuber. In seinem Blick lag kein Humor.

»Setzen Sie sich bitte wieder hin«, sagte er halblaut.

»Na, nun werde doch nicht gleich sauer. Ich habe ja noch eine Tasche!« Der Tourist holte eine Hand voll Münzen hervor und warf sie dem Räuber zu. Ohne den Revolver wegzudrehen, fing der das Geld mit der linken Hand auf.

»Na also!«

Mit einem breiten Grinsen blickte der Mann in die Runde und bekam den erwarteten Beifall von den Mitreisenden; einige johlten und pfiffen.

Der Bandit steckte das Geld in die Tasche seines Mantels.

»Danke.«

Der Mann setzte sich wieder neben seine Frau, die einen beunruhigten und peinlich berührten Eindruck machte. Er tätschelte ihre Hand.

»Das ist doch alles nur ein Gag. Mach einfach mit, Schatz!«

Der Räuber wandte sich von ihnen ab und blickte nun auf Scott, der zwischen Miranda und dem Fenster saß und fast ehrfurchtsvoll zu dem Maskierten aufschaute. »Hallo.«

»Hallo«, erwiderte der Junge.

»Möchtest du mir helfen zu entkommen?«

Scotts unschuldige Augen wurden noch größer. Dann grinste er den Räuber erwartungsvoll an.

»Na klar!«

»Liebling«, schaltete sich Miranda vorsichtig ein. »Ich …«

»Es wird ihm nichts passieren.«

Doch der harte Blick über dem Halstuch konnte Mirandas Befürchtung nicht beschwichtigen, er verstärkte ihre Bedenken eher noch. Die eisige Miene des Mannes strafte seine beruhigenden Worte Lügen.

Er streckte eine Hand nach Scott aus, die der Junge sofort begeistert und voller Vertrauen ergriff. Dann kletterte er über die Beine seiner Mutter auf den Gang und ging an der Hand des Banditen in den vorderen Teil des Waggons. Die anderen Jungen im Zug blickten Scott neidvoll nach, die Erwachsenen feuerten ihn mit Rufen an.

»Siehst du?«, sagte der Mann, der vor Miranda saß, zu seiner Frau. »Hab ich dir nicht gesagt, dass das alles ein Spiel ist? Sogar an die Kinder haben sie gedacht!«

Als der Bandit und ihr Sohn in der Mitte des Waggons waren, schoss Miranda plötzlich in die Höhe und lief hinter ihnen her.

»Warten Sie! Wo bringen Sie ihn hin? Mir wäre es lieber, wenn er den Zug nicht verlässt.«

Der Räuber drehte sich um und durchbohrte sie wieder mit seinen blauen Augen.

»Ich habe Ihnen doch gesagt, dass ihm nichts passieren wird.«

»Wohin gehen Sie?«

»Ein bisschen reiten.«

»Nicht ohne meine Erlaubnis, das geht nicht!«

»Bitte, Mami!«

»Nun kommen Sie schon, gönnen Sie ihm den Spaß«, meinte der widerliche Tourist. »Das gehört dazu und wird Ihrem Kleinen sicher gefallen!«

Sie ignorierte ihn und folgte dem maskierten Räuber, der Scott inzwischen durch die Tür an der Vorderseite des Waggons schob. Miranda lief schneller.

»Ich habe gesagt, Sie sollen nicht …«

»Setzen Sie sich, Madam, und verhalten Sie sich ruhig!«

Verblüfft durch seinen schroffen Ton machte sie kehrt. Die beiden anderen Maskierten, die den rückwärtigen Teil des Waggons bewacht hatten, waren plötzlich direkt hinter ihr. Ihre Blicke waren wachsam, nervös, ja, beinahe ängstlich – fast so, als würde sie einen gut durchdachten Plan durchkreuzen. In diesem Moment wurde Miranda klar, dass es sich nicht um ein Spiel handelte. Es war entsetzlicher Ernst.

Sie drehte sich erneut um, rannte bis zum Ende des Gangs und warf sich durch die Tür auf die Plattform zwischen dem Waggon und der Lokomotive. Zwei Männer, die bereits auf ihren Pferden saßen, beobachteten besorgt, was vor sich ging. Der Anführer der Räuber setzte Scott in den Sattel seines Pferdes.

Scott klammerte sich in der Mähne des Tiers fest.

»Hey, was für ein großes Pferd«, rief er aufgeregt. »Wir sind so hoch über dem Boden!«

»Halt dich fest, Scott, nicht loslassen. Das ist ganz wichtig«, wies der Bandit ihn an.

Scott!

Er kannte den Namen ihres Sohnes.

Aus purem Mutterinstinkt heraus, der dem Schutz des Kindes gilt, warf sich Miranda die Stufen hinunter. Bei der Landung auf dem Schotter des Gleisbetts schürfte sie sich Hände und Knie auf. Im nächsten Augenblick waren die beiden Räuber bei ihr, packten sie an den Armen und hielten sie fest, damit sie Scott nicht folgen konnte.

»Lasst sie«, rief der Anführer barsch. »Wir hauen ab!«

Die beiden ließen sie los und rannten zu ihren Pferden. Mit den Zügeln seines Tiers in der einen Hand und dem Revolver in der anderen, befahl der Anführer Miranda: »Steigen Sie wieder in den Zug«, und deutete mit dem Kinn auf den Waggon.

»Lassen Sie meinen Sohn von dem Pferd herunter!«

»Ich habe Ihnen gesagt, es wird ihm nichts geschehen. Aber vielleicht passiert Ihnen gleich etwas, wenn Sie nicht tun, was ich sage, und wieder einsteigen!«

»Gehorchen Sie ihm, Lady.«

Miranda wandte sich der verängstigten Stimme zu. Der Lokomotivführer lag mit dem Gesicht zur Erde neben dem Gleis, die Hände über dem Kopf verschränkt. Ein weiterer der Räuber hielt seine Pistole auf ihn gerichtet.

Miranda schrie vor Angst und Entsetzen auf, rannte mit ausgestreckten Armen auf ihren Sohn zu.

»Scott, steig sofort ab!«

»Warum denn, Mami?«

»Du sollst absteigen, auf der Stelle!«

»Aber ich kann nicht«, jammerte er. Die Angst seiner Mutter hatte ihn angesteckt; plötzlich drang auch in seinen sechsjährigen Verstand durch, dass dies kein Spiel mehr war. Seine kleinen Finger verkrampften sich in der Mähne.

»Mami«, schrie er verzagt.

Der Anführer fluchte, als Miranda sich auf ihn warf.

»Haltet jeden zurück, der den Zug verlassen will!«, rief er seinen Leuten zu.

Die anderen Passagiere, die inzwischen sämtliche Fenster auf dieser Seite des Zuges belagerten, gerieten allmählich in Panik. Manche riefen Miranda Ratschläge zu, andere schrien aus Angst, einige waren so verschreckt und schockiert, dass sie keinen Ton herausbrachten und wie gelähmt erschienen. Eltern drückten ihre Kinder an sich im Versuch, sie zu beschützen.

Miranda kämpfte wie eine Löwin. Ihre sorgfältig gepflegten Fingernägel wurden zu Krallen; sie versuchte, dem Räuber das Gesicht zu zerkratzen, doch sie schaffte es nicht – er hatte sie an den Handgelenken gepackt und hielt sie eisern umklammert. Sie kam gegen seine Kräfte einfach nicht an.

Sie trat gegen seine Schienbeine und versuchte, ihn mit dem Knie zwischen den Beinen zu treffen, doch sie erntete lediglich ein schmerzvolles, überraschtes Aufstöhnen, als sie seinen Oberschenkel rammte.

»Lassen Sie meinen Sohn los!«

Der Maskierte gab ihr einen kräftigen Stoß, so dass sie hintenüber fiel. Sie landete hart auf dem Hintern, sprang sofort wieder auf und attackierte ihn erneut, während er bereits einen Stiefel in den Steigbügel setzte. Er verlor das Gleichgewicht; sie stieß mit der Schulter in seine Seite und versuchte, nach Scott zu greifen. Der warf sich ihr entgegen und prallte so heftig auf sie, dass ihr für einen Augenblick die Luft wegblieb. Doch sie hielt ihn fest, machte kehrt und begann blindlings zu rennen, so schnell sie konnte. Die anderen Banditen waren bereits alle aufgesessen. Ihre Pferde wurden durch die Schreie nervös; sie tänzelten umher und wirbelten Staub auf, der Miranda die Sicht nahm und ihr in Mund und Nase drang.

Es schmerzte wie von tausend Nadelstichen, als der Bandit sie an den Haaren packte und abrupt zum Stehen brachte.

»Verdammter Mist«, fluchte er hinter seiner Maske hervor. »Es hätte alles so einfach gehen können!«

Sie riskierte es, Scott loszulassen, um nach dem Halstuch des Mannes zu greifen. Doch er erwischte ihre Hand auf halbem Weg und rief einen Befehl in einer Sprache, die sie nicht verstand. Einer seiner Männer tauchte daraufhin aus einer Staubwolke auf.

»Nimm den Jungen. Lass ihn mit dir reiten!«

»Nein!«

Obwohl sie alles versuchte, konnte Miranda nicht verhindern, dass ihr Scott entrissen wurde. Als sich der Arm des Banditen wie eine Zange um sie legte und sie nach hinten zog, kämpfte sie wie nie zuvor in ihrem Leben. Sie grub die Fersen in die Erde und versuchte, den Blick nicht von Scott zu wenden, der inzwischen vor Angst weinte.

»Wenn ihr meinem Sohn etwas antut, bringe ich euch um.«

Ihre Drohung schien den Banditen nicht zu beeindrucken; er stieg auf und zog sie einfach mit sich nach oben. Sie hing halb in der Luft, als er seinem Pferd die Sporen gab, es wendete, und er galoppierte in den dichten Wald hinein, gefolgt von den anderen Reitern.

Mit donnernden Hufen jagten sie durch den stillen,

dichten Nadelwald. Sie ritten so schnell, dass Miranda mehr Angst bekam, vom Pferd zu fallen und tot getrampelt zu werden, als sie vor dem Kidnapper hatte. Voller Entsetzen klammerte sie sich an ihm fest und befürchtete, er könne sie einfach fallen lassen, während sie den Hang hinaufpreschten.

Allmählich lichtete sich der Wald, doch sie preschten mit unvermindertem Tempo weiter aufwärts. Die Landschaft wurde felsiger, die Hufe klapperten auf dem steinigen Boden. Hinter sich hörte sie Scott weinen. Wenn sie, eine Erwachsene, schon solche Angst hatte, wie musste es erst ihm ergehen?

Nach etwa einer halben Stunde erreichten sie einen Bergkamm. Für den Abstieg auf der anderen Seite des Höhenzuges mussten die Reiter ihre Geschwindigkeit drosseln. Als sie das erste Pinienwäldchen erreichten, verlangsamte der Anführer das Tempo zum Schritt und blieb schließlich stehen.

»Sagen Sie Ihrem Sohn, er soll aufhören zu weinen.«

»Zum Teufel mit Ihnen!«

»Ich schwöre Ihnen, Lady, ich lasse Sie als Futter für die Coyoten zurück«, fauchte er heiser. »Kein Mensch wird je wieder etwas von Ihnen hören.«

»Ich habe keine Angst vor Ihnen.«

»Sie werden Ihren Sohn nie mehr zu Gesicht bekommen.«

Seine Augen über der Maske blickten eisig. Wutentbrannt riss sie ihm mit einer blitzschnellen Bewegung das Halstuch herunter in der Absicht, ihn bloßzustellen, doch dann stockte ihr selbst der Atem.

Sein Gesicht war so verblüffend wie seine Augen – vollkommen wohlproportionierte, schöne Züge, hohe, sehr markante Backenknochen, eine absolut ebenmäßige, männliche Kinnpartie, kräftige, sinnliche Lippen, die Nase lang und gerade. Er musterte sie mit offener Verachtung.

»Er soll aufhören zu weinen«, wiederholte er.

Die Entschlossenheit in seiner Stimme, seinem Blick, ließ sie schaudern. Sie würde mit ihm kämpfen, wenn sie eine Chance hatte zu siegen. Im Augenblick aber schien ihr jeder Versuch zwecklos. Sie war nicht feige, aber auch nicht dumm, und deshalb schluckte sie ihre Angst und ihren Stolz hinunter.

»Scott«, rief sie mit zitternder Stimme. Als er nicht zu weinen aufhörte, räusperte sie sich und versuchte es noch einmal, dieses Mal lauter: »Scott!«

»Mami?«

Scott nahm seine schmutzigen Hände von den verweinten roten Augen und blickte nach ihr.

»Weine nicht mehr, Liebling, okay? Diese … diese Männer tun uns nichts.«

»Ich will nach Hause.«

»Ich weiß. Ich auch. Und wir gehen – bald. Hör einfach auf zu weinen, ja?«

Mit seinen kleinen Fäusten wischte er sich die Tränen ab, dann schluchzte er noch einmal.

»Okay. Aber kann ich mit dir reiten? Ich habe Angst.«

Sie wandte sich dem Anführer zu.

»Darf er …«

»Nein!«

Die barsche Antwort kam, noch ehe sie die Frage ganz zu Ende gesprochen hatte. Ihren hasserfüllten Blick ignorierend, erteilte er seinen Männern Anweisungen. Anschließend trabte das Pferd, auf dem Scott saß, direkt vor ihr her.

»Können Sie im Herrensitz reiten?«, fragte sie der Anführer zuvor noch.

»Wer sind Sie? Warum haben Sie Scott aus dem Zug herausgeholt?«

»Legen Sie das rechte Bein auf die andere Seite. Das ist sicherer und bequemer für Sie.«

»Sie wissen, wer Scott ist. Ich habe gehört, wie Sie ihn bei seinem Namen nannten. Was haben Sie – oh!«

Er ließ eine Hand zwischen ihre Schenkel gleiten und hob ihr rechtes Bein über den Sattel. Das Leder fühlte sich warm an auf ihrer nackten Haut, doch dieses Gefühl verblasste im Vergleich zu dem, dass seine in einem Lederhandschuh steckende Hand an der Innenseite ihrer Schenkel auslöste. Noch ehe sie sich davon erholen konnte, hatte er sie über den Sattelknauf gehoben und zwischen diesen und seine geöffneten Schenkel gesetzt; dann legte er die flache Hand auf ihren Unterleib und drückte sie noch fester an sich.

»Hören Sie auf, so mit mir umzuspringen!«

»Ich versuche nur, den Ritt sicherer für Sie zu machen.«

»Ich will gar nicht reiten!«

»Sie können gern absteigen und zu Fuß gehen, Madam. Es war nicht meine Absicht, Sie mitzunehmen, und wenn Ihnen die Umstände der Reise nicht behagen, dann haben Sie das sich selbst zuzuschreiben.«

»Sie dachten, ich würde Sie so einfach meinen Sohn entführen lassen, ohne etwas dagegen zu unternehmen?«

Seine stoische Miene verriet keinerlei Gefühlsregung. »Ich habe überhaupt nicht an Sie gedacht, Mrs Price.«

Er gab seinem Tier die Sporen, das sich in Bewegung setzte und den anderen Pferden in kurzem Abstand folgte. Miranda war sprachlos vor Verblüffung – nicht nur, weil er ihren Namen kannte, sondern auch, weil er, während er mit einer Hand locker die Zügel hielt, die andere leicht auf ihre Hüfte legte.

»Sie kennen mich?«, fragte sie und versuchte dabei, sich ihre Angst nicht anmerken zu lassen.

»Ich weiß, wer Sie sind.«

»Dann haben Sie mir etwas voraus.«

»Richtig, so ist es.«

Sie hatte gehofft, ihm seinen Namen zu entlocken, doch während das Pferd sich vorsichtig den abschüssigen Weg hinabtastete, verfiel er wieder in stoisches Schweigen. So gefährlich der anfängliche Ritt den Berg hinauf gewesen war, der Abstieg war noch schwieriger. Miranda rechnete jeden Augenblick damit, dass das Pferd straucheln und sie und den Mann abwerfen könnte. Sie würden den steilen Hang hinunterstürzen und erst nach ein paar Meilen am Fuß des Berges liegen bleiben. Und sie hatte Angst um Scott. Er weinte noch immer, wenn auch nicht mehr so laut wie zuvor.

»Der Mann, mit dem mein Sohn auf dem Pferd sitzt, ist er ein guter Reiter?«

»Ernie ist praktisch auf einem Pferd zur Welt gekommen und passt gut auf Ihren Jungen auf. Er hat selbst mehrere Söhne.«

»Dann muss er doch wissen, wie mir zumute ist«, schrie sie. »Warum tun Sie uns das an?«

»Das werden Sie bald genug erfahren.«

Ein hasserfülltes Schweigen folgte. Sie beschloss, nichts mehr zu sagen, um ihm nicht die Befriedigung zu verschaffen, sich ihren Fragen verweigern zu können.

Plötzlich stolperte das Pferd. Steine rollten. Das erschreckte Tier versuchte, wieder festen Tritt zu fassen, kam aber stattdessen ins Rutschen. Fast hätte Miranda einen Purzelbaum über seinen Hals gemacht, doch sie konnte sich gerade noch rechtzeitig mit der linken

Hand am Sattelknauf festhalten. Ihre rechte Hand klammerte sich an den Oberschenkel ihres Entführers. Sein Arm legte sich hart wie eine Eisenstange über ihren Bauch, während er mit der anderen Hand sanft an den Zügeln zog. Die Muskeln seiner Schenkel spannten sich im Versuch, sie beide im Sattel zu halten, bis das Pferd endlich – Miranda kam es vor wie eine Ewigkeit – wieder in seine normale Gangart fiel.

Sein Arm drückte so fest auf ihr Zwerchfell, dass sie ihren angestauten Atem kaum ausströmen lassen konnte. Und er lockerte seinen Griff erst, als das Tier wirklich wieder sicher ging und er die Kontrolle zurückerlangte. Miranda sackte erleichtert nach vorn, doch alle ihre Sinne waren alarmiert.

Als sie reflexartig die Hand auf seinen Schenkel gelegt hatte, war sie an sein Pistolenhalfter gekommen. Sein Revolver befand sich in ihrer Reichweite! Sie musste es nur geschickt anstellen. Wenn sie ihn in einem unachtsamen Augenblick ertappte, könnte sie eine Chance haben, die Waffe aus dem Halfter zu reißen und auf ihn zu richten. Dann würde sie die anderen so lange hinhalten, bis Scott bei ihr auf dem Pferd saß. Bestimmt fänden sie den Weg zurück zum Zug, wo inzwischen sicher Polizei eingetroffen war und Suchtrupps organisiert wurden. Es wäre bestimmt auch nicht schwierig, ihrer Spur zu folgen, denn niemand hatte etwas unternommen, um sie zu verbergen. Man konnte sie ohne weiteres vor Einbruch der Dunkelheit aufspüren.

In der Zwischenzeit musste sie den Verbrecher glauben machen, dass sie sich in ihr Schicksal ergeben und seinem Willen unterworfen hatte. Langsam, um es nicht zu offensichtlich erscheinen zu lassen, ließ sie sich an seine Brust zurücksinken und hörte auf, zwischen ihren und seinen Schenkeln Distanz zu halten. Sie spannte ihre Muskeln nicht mehr an, sondern ließ sich weich an seinen Schoß sinken, der mit jeder Auf- und-ab-Bewegung des Sattels spürbar fester und härter wurde.

Schließlich lehnte sie den Kopf an seine Schulter, als sei sie eingenickt. Sie versicherte sich, dass er ihre geschlossenen Augen bemerkte. Dass er auf sie hinabblickte, wusste sie, denn sie spürte seinen Atem in ihrem Gesicht und seitlich am Hals. Mit einem tiefen Atemzug hob sie ihre Brüste an, so dass sie gegen die leichte Sommerbluse drückten. Als sie ausatmete, sanken sie schwer auf den Arm, den er noch immer über ihren Bauch gelegt hatte.

Aber sie wagte nicht, ihre Hand zu bewegen; dazu musste sie den richtigen Augenblick abwarten. Ihr Herz schlug inzwischen so heftig, dass sie Angst bekam, er könnte es mit seinem Arm spüren. Ihre Handflächen waren schweißnass; hoffentlich würde ihr der Revolverknauf beim schnellen Zupacken nicht entgleiten. Das musste sie unbedingt vermeiden, also durfte sie nicht länger warten.

Mit einer einzigen Bewegung setzte sie sich auf und griff nach seiner Waffe.

Doch er war schneller.

Seine Finger legten sich um ihr Handgelenk wie ein Schraubstock und bogen ihre Hand von der Waffe weg. Sie stöhnte vor Schmerz und schrie zornig und frustriert auf.

»Mami?«, rief Scott von vorn. »Mami, was ist los?«
Sie musste die Zähne zusammenbeißen, so sehr schmerzte der Druck seiner Hand an ihrem Gelenk, aber sie brachte es dennoch fertig, Scott zu beruhigen: »Nichts, Liebling, gar nichts. Es ist alles in Ordnung.«

Jetzt erst lockerte der Mann seinen Griff, und sie rief Scott zu: »Und wie geht es dir?«

»Ich habe Durst, und ich muss pinkeln.«

»Sagen Sie ihm, es ist nicht mehr weit.«

Sie wiederholte die Botschaft für ihren Sohn. Im Moment schien Scott damit zufrieden zu sein. Der Anführer ließ die anderen vorausreiten, bis das letzte Pferd fast außer Sicht war. Dann legte er eine Hand unter ihr Kinn und drehte ihren Kopf zu sich, so dass sie ihn ansehen musste.

»Wenn Sie mit etwas Hartem und Tödlichem herumhantieren möchten, Mrs Price, dann kann ich Ihnen gern etwas an die Hand geben, das ebenso geladen ist wie der Revolver. Aber Sie haben sicher mitgekriegt, wie hart er ist, nicht wahr? Schließlich haben Sie Ihren süßen kleinen Hintern die letzten zwanzig Minuten ausgiebig daran gerieben.«

Sein Blick verdüsterte sich.

»Unterschätzen Sie mich nicht noch einmal!«

Miranda befreite sich aus seinem Griff, setzte sich wieder so weit wie möglich nach vorn und hielt ihren Rücken kerzengerade. Doch diese militärische Haltung forderte schon bald ihren Tribut. Sie verspürte ein unangenehmes Ziehen zwischen den Schulterblättern, das immer stärker wurde. Bis zur Dämmerung, als sie aus dem Wald herauskamen und eine Lichtung am den Fuß des Berges erreichten, war der Schmerz fast unerträglich geworden.

Zwischen einem Bach und einem Lagerfeuer parkten mehrere Pick-ups. Männer machten sich dort zu schaffen, von denen sie offenbar erwartet wurden. Einer rief ihnen einen Gruß in einer Sprache zu, die Miranda nicht kannte, doch das war nicht weiter überraschend. Sie war nicht in der Lage, sich auf irgendetwas anderes zu konzentrieren als auf ihr körperliches Unbehagen. Zudem war sie sehr erschöpft und angeschlagen. Irgendwie erschien ihr die ganze Situation vollkommen unwirklich.

Dieser Eindruck wurde jedoch zerstreut, als der Mann abstieg, sie aus dem Sattel zog und neben sich stellte. Nach dem langen, ungewohnten Ritt zitterten ihre Schenkel vor Anstrengung, und ihre Füße waren völlig taub. Noch ehe sie wieder ein Gefühl in ihnen spürte, warf sich Scott an sie, umklammerte ihre Schenkel und vergrub das Gesicht in ihrem Schoß.

Sie kniete nieder und umarmte ihn fest; Tränen der Erleichterung rollten ihr über die Wangen. So weit hatten sie es ohne eine ernstliche Verletzung geschafft, dafür war sie erst einmal dankbar. Nach einer langen, ungestümen Umarmung hielt sie Scott von sich und betrachtete ihn genau. Er schien in Ordnung zu sein, bis auf seine Augen, die vom vielen Weinen gerötet und verschwollen waren. Sie zog ihn erneut an ihre Brust und schloss ihn in die Arme.

Nur zu bald fiel ein langer Schatten auf sie. Miranda blickte auf. Ihr Kidnapper hatte den hellen Staubmantel ausgezogen und seine Handschuhe, den Revolvergürtel und seinen Hut abgelegt. Sein glattes Haar war so dunkel wie das Dämmerlicht, das sie umgab. Das Feuer warf flackernde Schatten auf sein Gesicht, die seine scharfen Züge verwischten, aber umso düsterer erscheinen ließen.

Doch Scott ließ sich davon nicht abschrecken. Bevor Miranda merkte, was er vorhatte, warf sich ihr Sohn gegen den Mann, trat gegen seine langen Schienbeine und trommelte mit den kleinen Fäusten auf seine Oberschenkel ein.

»Du hast meiner Mami wehgetan. Dafür bekommst

du es mit mir zu tun. Du bist ein böser Mann. Ich hasse dich! Ich werde dich töten. Lass meine Mami gefälligst in Ruhe!«

Seine hohe, gellende Stimme durchdrang die Stille des Abends. Miranda versuchte, Scott zu sich zu ziehen, doch der Mann hielt sie mit einer Geste davon ab. Er ließ Scotts wirkungslose Attacke über sich ergehen, bis dessen Kraft nachließ und er erneut heftig in Tränen ausbrach.

Der Mann ergriff Scott an den Schultern.

»Du bist sehr tapfer«, sagte er nur.

Seine leise, volltönende Stimme beruhigte Scott augenblicklich. Mit traurigen, tränengefüllten Augen blickte er zu ihm auf.

»Was?«

»Es ist sehr tapfer von dir, gegen einen Gegner zu kämpfen, der so viel größer und stärker ist als du.«

Die anderen Kidnapper hatten sich inzwischen um sie geschart, doch die ganze Aufmerksamkeit des Mannes galt nur dem Jungen. Er kauerte nieder, um mit Scott auf Augenhöhe zu sein.

»Es ist eine gute Sache, wenn ein Mann seine Mutter verteidigt, so wie du es getan hast.«

Er zog ein Messer aus einer Scheide an seinem Gürtel. Die Klinge war nicht lang, aber ausreichend. Miranda atmete heftig ein. Der Mann warf das Messer in die Luft; es drehte sich, er fing es geschickt an der Spitze der Klinge auf und hielt es, den elfenbeinernen Griff voran, Scott hin.

»Nimm dieses Messer. Wenn ich deiner Mutter jemals etwas antue, kannst du mir damit ins Herz stechen.«

Mit ernster Miene nahm Scott das Messer an sich. Normalerweise hätte es einer elterlichen Erlaubnis bedurft, ein Geschenk zu akzeptieren. Doch Scott war vollkommen auf den Mann fixiert; er würdigte Miranda nicht eines Blickes. Bereits zum zweiten Mal an diesem Tag hatte ihr Sohn diesem Mann gehorcht, ohne sie zuvor zu fragen.

Das besorgte sie fast ebenso sehr wie die gefährliche Lage, in der sie sich befanden.

Besaß dieser Pseudo-Zugräuber so etwas wie übernatürliche Kräfte?

Zugegeben, seine Art und seine Stimme mussten jeden beeindrucken. Seine Augen zeigten ein ungewöhnliches Blau, aber blickten sie wirklich so faszinierend? Und die Männer, die mit ihm ritten: Waren sie Gesetzesbrecher, wie er einer war, oder am Ende seine Jünger?

Sie sah sich um. Die Männer hatten ihre Masken abgenommen, und eines trat nun klar zu Tage: Sie gehörten alle zu den amerikanischen Ureinwohnern. Ernie, mit dem Scott geritten war, besaß lange graue, zu zwei Zöpfen geflochtene Haare, die er zuvor unter seinem Hut versteckt hatte.

Seine Augen erschienen klein und dunkel und lagen tief in den Höhlen; das Gesicht war faltig und wie gegerbtes Leder, aber er hatte absolut nichts Bedrohliches an sich.

Ja, Ernie lächelte sogar, als ihr kleiner Sohn sich dem Kidnapper höflich und charmant vorstellte: »Ich bin Scott Price.«

»Freut mich, dich kennenzulernen, Scott.« Der Mann und der Junge schüttelten sich die Hand. »Ich heiße Hawk.«

»Hawk? Den Namen habe ich noch nie gehört. Bist du ein Cowboy?«

Die anderen Männer um sie herum kicherten, doch er beantwortete die Frage ernst.

»Nein, ich bin kein Cowboy.«

»Aber du trägst Cowboysachen. Und du hast einen Revolver.«

»Normalerweise tue ich das nicht. Nur heute. Eigentlich bin ich Ingenieur.«

Scott kratzte sich die schmutzige Wange, auf der Tränen eine Spur hinterlassen hatten.

»So einer wie der von dem Zug?«

»Nein, nicht so ein Ingenieur. Ich bin ein Bergbau-Ingenieur.«

»Ich weiß nicht, was das ist.«

»Das ist ziemlich kompliziert.«

»Hm. Kann ich jetzt auf die Toilette?«

»Hier gibt es keine Toilette. Das Einzige, was wir dir anbieten können, ist der Wald.«

»Das ist schon okay. Mami lässt mich manchmal auch draußen gehen, wenn wir Picknick machen oder so.«

Er schien einverstanden zu sein, blickte jedoch argwöhnisch in das Dunkel jenseits des Feuerscheins.

»Ernie geht mit dir«, beruhigte ihn Hawk und klopfte ihm im Aufstehen auf die Schulter.

»Und wenn ihr wiederkommt, kriegst du etwas zu trinken.«

»Okay. Aber ich habe auch ein bisschen Hunger.«

Ernie trat vor und reichte Scott eine Hand, die der Junge ohne Scheu ergriff. Zusammen mit den anderen Männern gingen sie auf das Lagerfeuer zu. Miranda wollte ihnen folgen, doch der Mann namens Hawk versperrte ihr den Weg.

»Wo wollen Sie hin?«

»Ein Auge auf meinen Sohn haben.«

»Ihrem Sohn geht es auch ohne Sie gut.«

»Aus dem Weg!«

Stattdessen packte er sie an den Armen und schob sie

vor sich her, bis sie mit dem Rücken an die raue Rinde einer Pinie stieß.

Erst als er ihren Körper mit dem seinen fest an den Baum presste, blieb er still stehen. Seine tiefblauen Augen wanderten über ihr Gesicht, an ihrem Hals nach unten, über ihre Brust.

»Ihr Sohn scheint zu glauben, Sie sind es wert, dass man um Sie kämpft.«

Er senkte den Kopf bis unmittelbar vor ihr Gesicht. »Sind Sie das wirklich?«

2

Sein Mund war hart, doch seine Zunge weich. Mit sanften Streichelbewegungen fuhr sie über ihre zusammengepressten Lippen. Als sie sich nicht öffneten, trat er zurück und blickte ihr tief in die Augen. Ihre Widerborstigkeit schien ihn eher zu amüsieren als zu ärgern.

»So leicht werden Sie mich nicht los, Mrs Price. Sie haben mit Vorsatz das Feuer in mir angefacht, also werden Sie es auch wieder löschen.« Er umfasste ihr Kinn mit den Fingern, öffnete mit hartem Druck ihren Mund und schob seine Zunge hinein.

Miranda presste die Fäuste gegen seine muskulöse Brust und stemmte sich mit aller Kraft gegen ihn, aber er rührte sich nicht von der Stelle. Stattdessen gab er ihr den vollendetsten, intimsten, lüsternsten Kuss, den sie je bekommen hatte, und sie war völlig machtlos dagegen – sie konnte es nur geschehen lassen. Sie dachte dabei die meiste Zeit an Scott. Wenn ihr Kidnapper gewalttätig würde, dann sollte er seinen Zorn an ihr auslassen, nicht an ihrem Sohn.

Aber sie kapitulierte nicht vollständig. Sie wand sich und versuchte, etwas Abstand zwischen ihn und sich zu bringen, und wenn es auch noch so wenig war. Doch er schien die weichsten, verletzlichsten Stellen ihres Körpers genau zu kennen und presste sich entsprechend an sie, während seine Zunge weiter ihren Mund und ihre Lippen liebkoste.

Schließlich schaffte es Miranda doch, dass er von ihr abließ.

»Lassen Sie mich in Ruhe!«, fauchte sie leise mit belegter Stimme. Sie wollte nicht, dass Scott sie bemerkte und mit dem Messer in der Hand, das dieser Barbar ihm gegeben hatte, über die Lichtung gerannt kam.

»Oder was?«, spöttelte er, ergriff eine Strähne ihres blonden Haars und rieb sie über seinen schmalen, aber verführerisch feuchten Mund.

»Oder ich nehme das Messer Scotts, und ersteche Sie damit.«

Kein Lächeln erhellte seine strenge Miene, doch er gab ein Brummen von sich, das an ein Lachen erinnern mochte.

»Weil ich Ihnen einen Kuss geraubt habe? Er war ja okay, aber wohl kaum wert, dafür zu sterben.«

»Ich habe Sie nicht um Ihre Meinung gebeten.«

»Wenn Ihnen meine Küsse nicht gefallen, dann würde ich Ihnen raten, mich künftig nicht mehr mit Ihren weiblichen Reizen abzulenken.« Er ließ eine Hand über ihren Busen gleiten, umfasste eine Brust und drückte sie sanft. »Das ist hübsch, aber leider nicht hübsch genug, um mich von meinem Vorsatz abzubringen.«

Sie schlug seine Hand zur Seite. Er trat einen Schritt zurück, aber sie merkte, dass es gewollt war und nicht etwa, um sich gegen sie zur Wehr zu setzen.

»Was haben Sie denn für einen Vorsatz?«

»Die Regierung zu zwingen, die Lone-Puma-Mine wieder zu öffnen.«

Seine Erwiderung war so weit von allem entfernt, was sie erwartet hatte – sie konnte nur blinzeln und sich verständnislos mit der Zunge die Lippen befeuchten. Im hintersten Winkel ihres Verstandes registrierte sie, dass ihr Mund nach einem Kuss schmeckte, nach einem Mann, nach ihm. Doch ihre Verwirrung war so überwältigend, dass sie darüber alle anderen Gedanken sofort vergaß.

»Was wieder zu öffnen?«, fragte sie verstört.

»Das Lone-Puma-Bergwerk. Eine Silbermine. Schon einmal davon gehört?«

Sie schüttelte den Kopf.

»Das überrascht mich nicht. Es scheint für niemanden wichtig zu sein, außer für die Menschen, die für ihren Lebensunterhalt darauf angewiesen sind. Meine Leute nämlich.«

»Ihre Leute? Die Indianer?«

»Richtig erkannt«, entgegnete er sarkastisch. »Wie habe ich mich bloß verraten? War es meine Dummheit oder meine Faulheit?«

Sie hatte nichts gesagt oder getan, woraus man hätte schließen können, dass sie ein intoleranter Mensch war. Sein verdrehter Snobismus war vollkommen ungerechtfertigt, und deshalb schlug ihre Laune schlagartig um.

»Ihre blauen Augen!«, konterte sie giftig.

»Ein genetischer Ausrutscher.«

»Hören Sie, Mr Hawk, ich …«

»Mr O'Toole. Hawk O'Toole.«

Wieder konnte sie nur verwirrt blinzeln.

»Noch so eine Laune des Schicksals«, meinte er achselzuckend.

»Wer sind Sie, Mr O'Toole?«, fragte sie leise. »Was haben Sie mit Scott und mir vor?«

»Meine Leute arbeiten seit Generationen in der Lone-Puma-Mine. Das Reservat ist groß. Wir haben zwar noch andere Einkommensmöglichkeiten, aber in erster Linie hängt unsere wirtschaftliche Lage vom Betrieb der Mine ab. Ich will Sie nicht mit den Machenschaften langweilen, die dazu geführt haben, aber wir wurden durch einen fiesen Betrug um den Besitz der Mine gebracht.«

»Und wem gehört sie jetzt?«

»Einer Investorengruppe. Sie beschlossen, es sei unwirtschaftlich, die Mine weiterzubetreiben, also haben sie sie zugemacht. Einfach so.« Er schnippte vor ihrer Nase mit den Fingern. »Ohne jede Vorwarnung wurden Hunderte von Familien schlagartig mittellos. Und niemand schert sich einen Dreck darum.«

»Und was hat das alles mit mir zu tun?«

»Absolut nichts.«

»Warum bin ich dann hier?«

»Das habe ich Ihnen bereits gesagt – nur, weil Sie so einen Rabatz gemacht haben.«

»Aber Sie haben den Zug überfallen, um Scott zu entführen.«

»Ja.«

»Weshalb?«

»Was glauben Sie?«

»Offenbar, um ihn als Geisel zu nehmen.«

Er nickte brüsk.

»Wir wollen, dass er ausgelöst wird.«

»Gegen Geld?«

»Nicht wirklich.«

»Morton«, flüsterte sie.

»Richtig. Ihr Mann. Wenn ein Haufen wilder Indianer seinen Sohn als Geisel festhält, dann schafft er es vielleicht, dass seine Kollegen – die Herrschaften, die unsere Gesetze machen – auf ihn hören.«

»Aber er ist nicht mehr mein Mann!«

Seine blauen Augen streiften sie sarkastisch.

»Ja, ich habe von Ihrer verfahrenen Scheidung in der Zeitung gelesen. Der Abgeordnete Price hat sich von Ihnen getrennt, weil Sie ihm untreu waren.«

Er beugte sich wieder vor, presste sie an den Baumstamm und stieß sie unzweideutig an.

»So wie Sie sich beim Reiten an meinen Hosenschlitz gedrückt haben, kann ich verstehen, dass er gut daran getan hat, eine Frau wie Sie loszuwerden.«

»Behalten Sie Ihre schmutzige Meinung über mich gefälligst für sich!«

»Wissen Sie«, meinte er und strich mit dem Zeigefinger an ihrem Kinn entlang, »für eine Geisel sind Sie ganz schön hochnäsig.«

Mit einer ruckartigen Bewegung wich sie seiner Berührung aus.

»Und Sie sind ein Trottel. Morton wird keinen Finger krumm machen, um mich zurückzuholen.«

»Ohne Zweifel. Aber wir haben ja seinen Sohn.«

»Morton weiß, dass Scott nichts passiert, so lange er bei mir ist.«

»Dann müssen wir euch beide vielleicht trennen. Oder Sie zurückschicken und den Jungen behalten.« Er erwog sorgfältig ihre Reaktion. »Sogar bei dem wenigen Licht des Feuers sehe ich, welch einen Schrecken Ihnen dieser Gedanke einjagt. Also, wenn Sie nicht wollen, dass es so weit kommt, dann wäre es klug von Ihnen, das zu machen, was man Ihnen sagt.«

»Bitte, tun Sie Scott nichts.« Ihre Stimme zitterte. »Und trennen Sie uns nicht. Er ist doch noch ein kleiner Junge. Er bekommt Angst, wenn ich nicht in seiner Nähe bin.«

»Ich habe nicht vor, Ihnen oder Scott irgendetwas anzutun. Aber«, sein Ton wurde drohend, »Sie machen gefälligst, was ich sage! Haben wir uns verstanden, Mrs Price?«

So sehr sie es auch hasste, sich zu fügen, es war für den Augenblick das Sicherste. Sie nickte.

Hawk trat zur Seite und gab ihr mit einer Bewegung des Kopfes zu verstehen, dass sie ihm voran zum Lagerfeuer gehen solle. Über die Schulter fragte sie ihn: »Haben Sie keine Angst, dass man das Feuer sieht? Sie müssen doch schon längst nach uns suchen.«

»Das ist sehr wahrscheinlich, ja, und deshalb haben wir entsprechende Vorkehrungen getroffen.«

Sie folgte seinem Blick. Alle Pferde waren bereits abgesattelt und wurden gerade in einen langen Anhänger verladen.

»Wir werden alle Huf- und Reifenspuren verwischen. Wenn heute Nacht irgendwelche Leute kommen, dann werden sie eine Gruppe besoffener indianischer Fischer vorfinden, die noch nicht einmal ihre Hosen hochhalten können, ganz zu schweigen davon, dass sie in der Lage wären, einen Zug voller Touristen aufzuhalten.«

»Nur, dass ich mir die Seele aus dem Leib brüllen werde«, sagte sie selbstgefällig.

»Wir haben auch dafür Vorkehrungen getroffen.«

»Welche denn?«

»Chloroform.«

»Sie würden uns mit Chloroform betäuben?«

»Wenn es sein muss«, erklärte er leichthin; dann ließ er sie einfach stehen und rief den Männern zu, sich mit dem Verladen zu beeilen, damit der Anhänger losfahren könne.

Miranda kochte vor Wut darüber, wie achtlos er sie behandelte. Offenbar war sie für ihn nichts weiter als ein Ärgernis, mit Sicherheit aber keine Bedrohung. Gereizt von seiner Gleichgültigkeit, machte sie sich auf die Suche nach Scott. Als sie ihn fand, verschlang er gerade einen Teller Bohnen mit Frühstücksfleisch.

»Das ist prima, Mami!«

»Freut mich, dass es dir schmeckt.«

Nervös warf sie einen Blick auf Ernie, der mit gekreuzten Beinen neben ihrem Sohn saß. Zögernd setzte sie sich auf einen dicken Ast daneben.

»Möchten Sie etwas essen?«, fragte sie der Indianer.

»Nein, danke, ich habe keinen Hunger.«

Er zuckte nur mit den Schultern und aß weiter.

»Weißt du was, Mami? Ernie hat gesagt, morgen kann ich wieder auf dem Pferd reiten, sogar allein, ich muss mich nur gut festhalten. Er sagte, sein jüngster Sohn bringt es mir bei. Ich werde sie in ihrem Haus besuchen. Sie haben keinen Videorekorder, aber ich sagte, das sei in Ordnung, weil da ja Pferde sind. Und eine Ziege auch. Vor Ziegen brauche ich keine Angst zu haben, nicht wahr? Ernie sagt, sie tun einem nichts, sie knabbern nur manchmal an den Kleidern.«

Sie wollte ihn anschreien, ihn an die Gefahr erinnern, in der sie sich befanden, aber sie beherrschte sich. Scott war schließlich noch ein Kind. Seine Arglosigkeit bezüglich des Ernstes ihrer Lage schützte ihn zugleich. Hawk O'Toole hatte weder Scott noch sie selbst mit Gewalt oder gar dem Tod bedroht. Er schien sicher, dass Morton seinen Forderungen zugänglich sein würde. Sie wagte nicht daran zu denken, was geschehen könnte, wenn dem nicht so wäre.

Wenig später verließ der Anhänger mit den Pferden die Lichtung und fuhr auf einem besseren Feldweg davon. Die Männer gingen daran, mit Decken die Spuren zu verwischen, bis nur jene der parkenden Pick-ups zu sehen waren.

Dann trank jeder ein paar Schlucke von einem billigen Whiskey, und den Rest versprenkelten sie auf ihrer Kleidung. Die ganze Lichtung begann zu riechen wie eine üble Spelunke. Spaßend und herumalbernd übten sie, wie Betrunkene zu gehen und zu reden. Nach dem

Essen saßen sie um das Lagerfeuer, erzählten, rauchten und richteten ihre Nachtlager her.

Sie wirkten absolut nicht wie brutale Kriminelle, die am Nachmittag ein schweres Verbrechen begangen hatten.

Als Hawk sich dazu bequemte, Scott und sie wieder zu bemerken, lag das Kind unendlich schwer auf ihrem Arm.

»Er ist erschöpft«, sagte sie in einem hochmütigen Tonfall. Sie verabscheute es, an Hawks langem, schlankem Körper hochzusehen, um mit ihm reden zu können. »Wo schlafen wir?«

»Hinten auf diesem Pick-up.«

Er zeigte auf einen der Wagen und griff nach ihrer Hand, um ihr hinaufzuhelfen, doch sie wies seine Hilfe ab. Er bückte sich, um Scott auf die Arme zu nehmen.

»Ich trage ihn«, fuhr Miranda rasch dazwischen.

»Ich trage ihn.«

Mit seinen langen Schritten war er viel schneller als sie.

Er hatte den Jungen bereits in einen Schlafsack gesteckt und auf die Ladefläche des Pick-ups gelegt, bis sie ihn erreichte.

»Kann ich jetzt mein Abendgebet sprechen?«, fragte Scott mit einem lang gezogenen Gähnen.

»Ich glaube, mein lieber Schatz, dazu bist du heute viel zu müde. Aber du kannst ja einfach in deinem Herzen beten.«

»Okay«, murmelte er. »Oh, Mami, sieh doch, wie viele Sterne da sind.«

Sie schaute nach oben und war verblüfft über den samtschwarzen Himmel, der mit leuchtenden Sternen überzogen war.

Sie sahen ungeheuer groß aus und schienen so unglaublich nah, dass man meinte, sie berühren zu können.

»Sie sind wunderschön, nicht wahr?«

»Mhm. Ich glaube, das ist, wo Gott wohnt. 'Nacht, Mami. 'Nacht, Hawk.«

Scott rollte sich auf die Seite, zog die Knie an und war sofort eingeschlafen. Gefährlich den Tränen nahe, zog ihm Miranda den Schlafsack über die Schultern und stopfte ihn unter sein Kinn.

Als sie sich zu Hawk umdrehte, blitzten ihre Augen voller Entschlossenheit.

»Wenn Sie ihm etwas antun, bringe ich Sie um.«

»Das sagten Sie bereits. Und ich deutete an, dass ich nichts dergleichen vorhabe.«

»Wozu dann all das?«, schrie sie und breitete die Arme aus. »Was soll Ihnen das für Ihre Verhandlungen nützen?«

»Ich tue ihm nichts«, sagte er leise, »aber es könnte sein, dass er nie mehr nach Hause kommt. Wenn Ihr Ex-Mann uns nicht entgegenkommt, dann behalten wir Scott vielleicht für immer bei uns.«

Mit einem hasserfüllten Knurren warf sich Miranda auf ihn und zerkratzte sein Gesicht. Das Blut lief ihm über die Wangen. Doch ihr Triumph war nur von kurzer Dauer. Hawk packte sie am Arm und drehte ihn auf ihren Rücken.

Es tat entsetzlich weh, aber sie biss heftig die Zähne zusammen und blieb mucksmäuschenstill. Das Handgemenge hatte die anderen auf sie aufmerksam gemacht; sie tauchten aus der Dunkelheit auf und warteten auf einen Befehl ihres Anführers.

»Alles in Ordnung«, sagte Hawk und ließ sie abrupt los. »Mrs Price mag mich nicht besonders.«

»Bist du da wirklich sicher?«, fragte Ernie mit einem

verschmitzten Lachen und fügte etwas in seiner Muttersprache hinzu, woraufhin die Männer alle in brüllendes Gelächter ausbrachen. Hawk musterte Miranda von oben bis unten.

Dann hob er eine Decke vom Boden auf und warf sie ihr unfreundlich hin.

»Steigen Sie auf den Lastwagen, und decken Sie sich damit zu!«

Ihr Stolz war verletzt. Das schmerzte ebenso sehr wie ihr Arm ... und die Beine und ihre Kehrseite vom Reiten.

Sie wickelte die Decke um sich und kroch unbeholfen auf die Ladefläche. Währenddessen machte Ernie eine weitere Bemerkung, die die Männer noch lauter lachen ließ.

Miranda zweifelte nicht im Geringsten daran, dass das Gesagte geschmacklos und sie der Gegenstand des Gelächters war. Sie legte sich neben Scott, schloss die Augen und lauschte, als die Männer zu ihren Schlafsäcken am Feuer zurückschlenderten. Wahrscheinlich, so dachte sie, sollte sie dankbar sein, dass Scott und sie auf dem Pick-up schlafen durften und so geschützt vor den wilden Tieren waren, die womöglich nachts umherstreiften. Andererseits erwies sich die geriffelte metallene Ladefläche als sehr unbequem. Sie wälzte sich mit ihrer Decke herum und versuchte vergeblich, eine angenehmere Liegeposition zu finden.

»Wir haben leider nur Schlafsäcke für die Männer.«

Sie schlug die Augen auf und stellte entsetzt fest, dass Hawk neben dem Lastwagen stand und sie beobachtete. Er hatte sich das Blut aus dem Gesicht gewischt, doch ihre Kratzer waren deutlich sichtbar.

»Nicht für die Squaws also.«

»Nicht genügend für eine zusätzliche Geisel, mit der wir nicht gerechnet haben.«

»Was hat er gesagt?«

»Wer – ach, Ernie?« Sein Blick wanderte zu ihren Brüsten. »Na ja, so in etwa – entweder mögen Sie mich sehr, oder Sie sind total abgebrüht.«

Die Shorts und die Bluse, die sie am Morgen angezogen hatte, waren passend für einen Ausflug an einem Sommernachmittag, aber nicht für einen kühlen Abend im Gebirge. Sie fror und hatte überall eine Gänsehaut. Doch das war es nicht, worauf sich seine Aufmerksamkeit richtete, sondern ihre unter der Bluse deutlich sichtbaren Brustwarzen. Ein heißer Schauer lief durch ihren Körper, der sie zwar für einen Moment wärmte, doch ihre Brustwarzen blieben dennoch steif. Hawk wandte den Blick nicht von ihnen ab.

»Ich glaube, dass eher das Letztere stimmt.« Er streckte eine Hand aus und strich mit den Fingerknöcheln über eine der empfindsamen Stellen. »Aber falls meine Vermutung falsch sein sollte, würde es mich freuen, Ihnen noch mehr davon zukommen zu lassen.«

Seine Stimme war so rau wie die Rinde, an die er sie vorher gepresst hatte, und so sanft wie der Wind, der durch die Bäume rauschte.

Miranda zuckte vor seiner erotischen Berührung zurück.

»Was hat er sonst noch gesagt?«, fragte sie hölzern.

Hawk zog seine Hand zurück, doch seine intensiven blauen Augen blieben auf ihre Brüste fixiert.

»Er sagte, ich würde es unter meiner Decke wesentlich wärmer haben. Andererseits«, fügte er hinzu und berührte seine zerkratzte Wange, »meinte er auch, ich käme dann vielleicht überhaupt nicht zum Schlafen.«

Miranda warf ihm einen giftigen Blick zu, zog die

Decke bis zu den Ohren hoch und schloss die Augen, um nicht in seine hämische Miene blicken zu müssen. Sie wartete lange, bis sie die Augen wieder öffnete, und stellte dann fest, dass er gegangen war. Sie hatte davon überhaupt nichts gehört oder gespürt und fragte sich, wie lange er wohl noch dort gestanden hatte, bevor er verschwand.

Die einzigen Geräusche, die an ihr Ohr drangen, waren das Knistern und Krachen des Feuers und Scotts leise, regelmäßige Atemzüge. Mit diesem vertrauten, Trost und Zuversicht spendenden Geräusch schlief sie wunderbar ein.

3

Für kurze Zeit versank sie in einem einsamen Schlaf, aber schon im nächsten Augenblick erwachte sie, und er war bei ihr. Wie flüssiges Quecksilber legte er sich geräuschlos und schwer über ihren Körper und bedeckte sie vollständig. Eine Hand legte sich auf ihren Mund, die andere hielt die Spitze eines Messers an ihre Kehle. Er flüsterte ihr ins Ohr: »Wenn du auch nur laut atmest, töte ich dich!«

Sie glaubte ihm.

Seine Augen wirkten in der Dunkelheit eiskalt und gefühllos. Sie nickte ein wenig, um anzudeuten, dass sie ihn verstanden hatte. Doch seine Hand auf ihrem Mund lockerte sich nicht; eher griff er noch härter und fester zu.

Der Grund wurde ihr nur Sekunden später klar, als sie auf der Straße ein Auto näher kommen hörte. Scheinwerfer schwenkten über die Bäume, die die Lichtung umstanden, Staub wirbelte auf, der Fahrer bremste, Türen wurden geöffnet.

»Aufstehen und die Hände über den Kopf!«

Der militärisch scharfe Ton verblüffte Miranda. Mit weit aufgerissenen Augen starrte sie zu Hawk auf. Seine Lippen formten lautlos Flüche – er befürchtete dasselbe wie sie: dass die Stimmen Scott aufwecken könnten.

Sie betete inbrünstig, er möge weiterschlafen. Wenn er jetzt aufwachte und zu weinen anfing, war nicht abzusehen, was passieren würde. Er konnte im Verlauf einer Schießerei zwischen seinen Kidnappern und den

Rettern von einer verirrten Kugel getroffen werden. Oder Hawk erkannte, dass seine Mission gescheitert war und würde, da er nichts mehr zu verlieren hatte, alle mit sich in den Tod reißen.

Sie betrachtete den Mann, der auf ihr lag. Konnte er kaltblütig ein Kind ermorden? Sie studierte seine ernste, unnachgiebige Miene, die harte Linie um seinen Mund, und kam zu dem erschreckenden Entschluss, dass er dazu sehr wohl in der Lage war.

»Bitte, Scott, bitte wach nicht auf.«

»Wer seid ihr, und was habt ihr hier zu suchen?«

Offenbar hatte Hawk seine Leute entsprechend ihrer schauspielerischen Fähigkeiten ausgewählt. Sie gaben vor, sinnlos betrunken zu sein und gerade aus dem Schlaf gerissen zu werden. Miranda war jedoch eines klar: Wenn Hawk durch ein sich näherndes Fahrzeug geweckt wurde, dann musste es den anderen ebenso ergangen sein. Aber sie taten, als würden die harschen Fragen der Polizeibeamten sie komplett verwirren, und stammelten nur sinnlose Antworten. Schließlich verloren die beiden Männer die Geduld mit ihnen.

»Verflucht noch mal, das ist doch bloß ein Haufen besoffener Rothäute«, meinte der eine. »Wir vergeuden nur unsere Zeit!«

Miranda merkte, dass jeder von Hawks Muskeln vor Wut zitterte. Dicht vor ihren Augen pulsierte an seiner Schläfe zornig eine Ader.

»Habt ihr heute Reiter gesehen? Sechs oder sieben Mann?«, fragte einer der Beamten die Gruppe. »Sie hätten aus dieser Richtung da kommen müssen.«

Die Indianer unterhielten sich kurz in ihrer Muttersprache, und dann erklärten einige den Polizisten, niemand habe auch nur einen Reiter gesehen.

Einer der beiden atmete hörbar aus.

»Na dann, vielen Dank. Aber ihr haltet die Augen auf, ja? Und meldet uns alles, was euch irgendwie verdächtig vorkommt.«

»Wen suchen Sie denn?«

Miranda erkannte Ernies Stimme, obwohl er sich Mühe gab, naiv und unterwürfig zu klingen.

»Eine Frau und ein Kind. Sie wurden heute bei der Silverado-Exkursion von einer großen Gruppe Reiter entführt.«

»Wie haben die ausgesehen?«, fragte Ernie. »Worauf sollen wir achten?«

»Sie hatten Halstücher vor den Gesichtern, aber den Beschreibungen der Reisenden nach war es ein gerissener, niederträchtiger Haufen. Der Anführer hat einem der Passagiere auch noch Geld gestohlen – hat es ihm direkt aus der Hand gerissen. Die Frau soll richtig gekämpft haben, als die Kerle das Kind aus dem Zug zerrten. Aber der große, also der Boss, hat sie einfach gepackt und mitgenommen. Kann nicht unbedingt sagen, dass ich ihm das verübeln würde«, fügte er mit einem obszönen Lachen hinzu.

»Sie haben ihr Foto rausgegeben. Klasse Figur. Blond, grüne Augen.«

Hawk blickte auf Miranda hinunter. Sie wendete den Blick ab. Die Polizisten verabschiedeten sich, Türen schlugen. Noch einmal wanderten die Scheinwerfer über die Lichtung, Staub wirbelte auf, und dann breitete sich wieder eine lastende Stille aus. Schließlich hörte man nicht einmal mehr den Motor des Polizeiautos.

»Hawk, sie sind weg.«

Er nahm die Hand von ihrem Mund, blieb aber liegen und blickte auf ihre Lippen. Sie waren weiß und regungslos. Er strich mit dem Daumen darüber, als wollte er ihnen mit dieser reibenden Bewegung wieder Farbe verleihen.

»Hawk?«

»Was ist denn?«, rief er ungeduldig.

Für Sekunden herrschte um die glimmenden Reste des Lagerfeuers eine angespannte Ruhe. Nacheinander legten sich alle wieder schlafen. Es war ruhig, doch Hawk machte keine Anstalten aufzustehen.

Wenigstens nahm er nun endlich die Waffe von ihrer Kehle. Als sie die rasiermesserscharfe Klinge sah, blitzten ihre Augen vor Zorn.

»Sie häten mich umbringen können«, zischte sie.

»Wenn Sie uns verraten hätten, hätte ich es getan.«

»Und Scott? Was, wenn er angefangen hätte zu weinen? Hätten Sie ihn dann umgebracht?«

»Nein. Er ist unschuldig.« Er richtete sich auf, zwängte die Knie zwischen ihre Beine und öffnete ihre Schenkel. »Aber dass Sie nicht unschuldig sind, das weiß jeder. Sie haben ja gehört, was der Mann sagte – eine klasse Figur. Wie viele Männer haben Sie verführt, bis Ihr Herr Gemahl endlich die Schnauze voll von Ihrer Untreue hatte und Sie hinauswarf?«

»Gehen Sie von mir herunter!«

Er musterte sie aus zusammengekniffenen Augen.

»Ich dachte, das gefällt Ihnen.«

»Nein, es gefällt mir nicht! Ich mag Sie nicht. Sie sind ein Dieb und ein Kidnapper und …«

»Kein Dieb.«

»Sie haben im Zug einen Mann mit der Pistole bedroht und ihm Geld abgenommen!«

»Er hat es mir angeboten, wissen Sie das nicht mehr? Ich habe es nicht gestohlen.«

»Aber Sie werden es ausgeben.«

»Na, und ob ich das werde«, erwiderte er. »Das betrachte ich als Geschenk der Besitzenden an die Habenichtse.«

»Oh, verschonen Sie mich! Für wen halten Sie sich eigentlich – einen Robin Hood des zwanzigsten Jahrhunderts? Da liegen Sie falsch. Sie sind ein Krimineller, weiter nichts!«

Im Versuch, ihn zur Seite zu schieben, packte sie ihn an den Schultern, doch das erwies sich als Fehler. Sie waren nackt und glatt, wie seine ganze Brust – eine samtweiche, geschmeidige Fläche aus bronzefarbener Haut, von der sich die dunklen, großen Brustwarzen verführerisch abhoben.

Sie unterdrückte das unwillkürliche Verlangen, mit ihren Hände darüber zu streichen, und versuchte, ihn beiseite zu schieben. Doch er schmiegte den Kopf zwischen ihren Hals und ihre Schulter, vergrub die Finger in ihrem Haar und hielt sie fest. Dann packte er mit den Zähnen ihr Ohrläppchen und liebkoste es mit der Zunge.

»Nicht!«, keuchte sie atemlos.

»Warum nicht? Nervös? Das erste Mal, dass Sie es mit einem Indianer machen, Mrs Price?«

Ihr fiel keine Beleidigung ein, die verletzend genug gewesen wäre.

»Wenn Scott nicht wäre, würde ich ...«

»Was? Nachgeben? Es mir zeigen? Macht es Ihnen etwas aus, dass Ihr Sohn gleich nebenan schläft? Ist das der Grund, weshalb Sie nicht wollen?«

»Nein! Hören Sie doch auf«, jammerte sie leise.

»Oh, jetzt hab ich's! Das gehört mit zu der Fantasie ›Ich treibe es mit einem Wilden‹ – Sie leisten Widerstand, und ich muss Sie überwältigen. Läuft es so, das Spielchen?«

»Bitte – hören Sie auf. Bitte.«

»Gut. Das ist gut. Sie können Ihren Freundinnen sagen, ich hätte mich Ihnen aufgedrängt. Das macht die Partykonversation noch viel aufregender.«

Er leckte mit seiner Zunge über ihre Lippen. Ihre Hände pressten unwillkürlich seine Schultern zusammen. Ihr Rücken schmerzte so sehr, dass sie sich gegen ihn stemmen musste.

»Gut, Sie sind heiß«, sagte er mit einem Stöhnen und drückte seinen Unterleib gegen den ihren. »Ich möchte wetten, dass Sie auch feucht sind.«

Er küsste sie und steckte seine Zunge tief in ihren Mund, während er mit den Hüften rhythmisch ihren Bauch massierte.

»Hawk?«

Er riss den Kopf hoch und fluchte grässlich.

»Was ist denn!«

»Du hast gesagt, wir sollen dich beim Morgengrauen wecken.« Ernies Stimme kam aus der Dunkelheit, doch erste Anzeichen der Dämmerung waren bereits sichtbar. Er klang etwas betreten.

Hawk musterte Miranda eingehend, bevor er sich aufrichtete. Über sie gebeugt, betrachtete er ihre zerzausten Haare, die vom Küssen kräftig geröteten Lippen, ihre gespreizten Beine.

»Es ist genau so, wie es die Geschichten in der Zeitung nahe legten, Mrs Price – Sie sind eine Schlampe. Nur gut, dass wir Scott gekidnappt haben. Für Sie würden wir keinen Pfifferling bekommen.«

Er sprang über die Bordwand des Pick-ups. Im Davongehen zog er hastig seine Jeans hoch, die er rasch angezogen, aber noch nicht zugeknöpft hatte. Mirandas Augen schmerzten; Tränen der Verärgerung und Wut rannen ihr über die Wangen. Mit einer Ecke der kratzigen Wolldecke versuchte sie, den Geschmack von

Hawk O'Tooles Küssen von ihren Lippen zu wischen. Aber es wollte ihr nicht recht gelingen.

»Wach auf, Randy. Wir sind da.«

Jemand schüttelte Miranda kräftig. Sie hob den Kopf, der an das Seitenfenster des Pick-ups gelehnt war. Durch die unbequeme Position war ihr Hals steif geworden; sie rollte den Kopf von Schulter zu Schulter, um wieder beweglich zu werden.

Dann blinzelte sie und schaute zu dem Mann hinter dem Steuerrad. Plötzlich bemerkte sie, dass nur er und sie im Wagen saßen.

»Scott!«, schrie sie entsetzt auf und suchte nach dem Türgriff, doch Hawk packte sie am Handgelenk, bevor sie öffnen konnte.

»Ruhig Blut. Er ist bei Ernie. Da.«

Er deutete durch die von toten Insekten verschmutzte Windschutzscheibe. Scott trottete vertrauensvoll wie ein Hündchen hinter Ernie her. Sie gingen einen Pfad entlang, der zu einem transportablen Fertighaus führte.

»Scott sagte, er muss aufs Klo, deshalb habe ich gesagt, sie sollen schon vorgehen.« Hawk schlug eine Zeitung auf und deutete auf die Titelseite. »Du machst Schlagzeilen, Randy.«

»Warum nennen Sie mich so?«

»So nennen sie dich in der Zeitung. Warum hast du mir nicht gesagt, dass das dein Rufname ist?«

»Sie haben mich nicht danach gefragt.«

»War das der Spitzname, den dein Mann dir gegeben hat?«

»Nein, ich bin damit aufgewachsen.«

»Ich dachte schon, dein Ruf als eine, die leicht zu haben ist, hat ihn dir vielleicht eingebracht.«

Sie sparte sich eine weitere Erwiderung und überflog stattdessen die Schlagzeilen. Die Geschichten über die Entführung waren anhand von Augenzeugenberichten verfasst worden. Nach der Beseitigung der Hindernisse auf dem Gleis mit Hilfe einiger Passagiere war der Zug zum Bahnhof zurückgefahren. Der Lokführer hatte die Entführung vorab per Funk gemeldet, so dass bei seiner Ankunft bereits das FBI und die örtliche Polizei auf sie warteten. Offenbar waren auch alle Medienvertreter verständigt worden.

»Dein Ex hat am Bahnhof gewartet. Er ist erschüttert.«

Auf der Titelseite befand sich ein Foto des Abgeordneten Morton Price, ein Schnappschuss, in dem er, ein ansonsten gut aussehender Mann, das Gesicht zu einer schmerzlichen Grimasse verzogen hatte. Darunter stand ein Zitat: »Ich werde alles, wirklich alles, tun, um meinen Sohn Scott wiederzubekommen. Und natürlich auch Randy.«

Sie lachte bitter.

»Er ist ganz der Alte.«

»Das heißt?«

»Er benutzt die Öffentlichkeit, wie er nur kann. Und ich bin wie gewöhnlich nicht mehr als ein Anhängsel.«

»Erwartest du Mitgefühl von mir?«

Sie blickte ihm fest in die Augen.

»Von Ihnen erwarte ich nichts anderes, als dass Sie sich benehmen wie ein Berserker. Und bisher haben Sie mich diesbezüglich nicht enttäuscht, Mr O'Toole.«

»Das ist nicht meine Absicht.« Er verließ den Wagen. Als Randy ebenfalls ausgestiegen war, machte er eine ausladende Handbewegung. »Willkommen.«

Sie ließ ihren Blick über die Ansiedlung schweifen. Sie bestand zum größten Teil aus transportablen Fertighäusern, doch es gab auch Häuser aus Holz oder in der traditionellen Bauweise aus getrocknetem Lehm. Die einzige Straße lag verlassen da. Ein Gebäude diente gleichzeitig als Tankstelle, Kramladen und Postamt, aber auch dort war niemand. Ein weiterer Bau sah aus wie eine Schule, seine Türen waren ebenfalls verschlossen. Ansonsten gab es nicht viel zu sehen. Am interessantesten erschien noch die Schotterstraße, die sich den Berg hinaufschlängelte und dann hinter dem Grat verschwand.

»Der Weg zur Mine?«, fragte Randy mit einem Kopfnicken in diese Richtung.

»Ja.« Er blickte zynisch an ihr hinab. »Der Ort ist nicht ganz das, was Sie gewöhnt sind, nicht wahr?«

Sie entschied sich dafür, den Fehdehandschuh nicht aufzunehmen.

»Meine Einschätzung Ihres Heimatortes wird sich beträchtlich steigern, wenn Sie mir erst einmal den Weg zu einer Toilette zeigen.«

»Ich denke, dazu können Sie zu Leta gehen.«

»Leta?«

Miranda ging neben ihm her.

»Ernies Frau. Und vergessen Sie es gleich, falls Sie versuchen wollen, zu telefonieren. Sie haben kein Telefon.«

Telefonmasten waren das Erste, wonach Randy Ausschau gehalten hatte, aber sie hatte keine gesehen. Fast ebenso verdrießlich war, dass Hawk ihre Gedanken erraten konnte.

Eine an einem Pfosten festgebundene Ziege betrachtete sie neugierig, als sie den staubigen Hof überquerten und die Betonstufen zur Eingangstür hinaufgingen. Hawk klopfte einmal und ging gleich hinein. Ein Duft nach Gekochtem ließ Randys Magen knurren. Ihre Augen gewöhnten sich an das Halbdunkel, und sie sah ihren Sohn am Tisch sitzen. Ohne sich groß um Manieren zu bemühen, schaufelte er sich von dem Teller, der vor ihm stand, mit einem Löffel den Mund voll.

»Hey Mami, hast du Geronimo gesehen? So heißt die Ziege! Und das ist Donny, mein neuer Freund. Er ist sieben. Das ist Leta.«

Randy erwiderte die Begrüßung. Donny blickte schüchtern weg. Leta betrachtete zuerst die Kratzer in Hawks Gesicht und musterte dann Randy mit unverhüllter Neugier. Randy war entsetzt, dass Ernies Frau nicht nur viel jünger war als dieser, sondern auch jünger als sie.

»Möchten Sie etwas essen?«, fragte Leta. »Es ist nur Hackfleischhaschee, aber …«

»Ja, gern.«

Randy lächelte ihr freundlich zu. Leta hörte auf, nervös die Hände zu wringen, und erwiderte das Lächeln.

»Ich bin sicher, dass Mrs Price ordentlich Hunger hat«, meinte Hawk und setzte sich verkehrt herum auf einen Stuhl. »Sie hat offenbar erwartet, zum Frühstück getrocknetes Bisonfleisch und in heißem Fett herausgebackenes Brot zu bekommen. Als wir anboten, ihr einen Egg McMuffin zu kaufen, hat sie abgelehnt.«

Ernie kicherte. Leta blickte verwirrt. Randy ignorierte ihn. An Leta gewandt, fragte sie: »Kann ich bitte Ihre Toilette benutzen?«

»Ja, natürlich. Am Ende des Flurs.«

Hawk stand blitzschnell auf.

»Ich zeige es ihr.«

Randy durchquerte die Küche und ging den schmalen Gang entlang zum hinteren Teil des Hauses. Hawk öffnete ihr die Tür zum Badezimmer und warf einen flüchtigen Blick hinein.

»Was erwarteten Sie vorzufinden?«

»Ein Fenster, durch das Sie sich womöglich zwängen könnten.«

Sie machte ein ungeduldiges Geräusch und versuchte, ihn zu umgehen. Er blieb stehen.

»Wollen Sie mit hineingehen?«, fragte sie übertrieben freundlich.

»Ich denke, das ist nicht nötig, aber ich warte auf der anderen Seite dieser Tür.«

Sie stemmte die Hände in die Hüften.

»Vielleicht sollten Sie mich durchsuchen.«

Seine klaren Augen wanderten ihren Körper auf und ab.

»Vielleicht sollte ich das.«

Er stieß sie plötzlich gegen die Schultern, so dass sie mit dem Rücken zur Wand stand. Noch ehe sie seine Hände abwehren konnte, verschwanden sie unter dem Saum ihrer Bluse. Sie glitten über ihren Büstenhalter, drückten kurz ihre Brüste zusammen, strichen über ihren Rücken und bewegten sich wieder nach vorn. Mit einer raschen Bewegung öffnete er den Knopf ihrer Shorts und ließ die flache Hand über ihren Bauch nach unten gleiten, dann umfasste er ihre Hüften und ihren zarten Po.

»Alles da, wo es sein sollte«, sagte er leise und zog seine Hände zurück.

Randy war zu schockiert, um irgendetwas zu sagen. Sie gaffte ihn nur atemlos an. Ihr Gesicht war kreidebleich geworden, obwohl das Blut heiß durch ihre Adern jagte.

»Fordern Sie mich nie heraus«, warnte er sie leise. »Noch nicht einmal indirekt. Ich lasse es immer darauf ankommen.«

Damit schob er sie sanft in das Badezimmer und schloss die Tür.

Randy musste sich erst einmal an der Wand abstützen, bis sie die Fassung wiedergewonnen hatte. Sie zitterte. Dann drehte sie beide Wasserhähne auf, wusch sich das Gesicht und rieb sich trocken, um sich anschließend im Spiegel zu betrachten.

Ein trauriger Anblick. Ihre Frisur sah katastrophal aus. Von dem halsbrecherischen Ritt durch den Wald hatte sie noch immer Zweige und Blätter in den Haaren. Ihre Kleidung war verschmutzt, ihr Make-up mehr als vierundzwanzig Stunden alt.

»Entzückend«, bemerkte sie trocken.

Dann fiel ihr ein, dass sie fast vergewaltigt worden wäre, und sie runzelte die Stirn.

Mit Seife und Wasser rubbelte sie energisch ihr altes Make-up ab. Zum Zähneputzen benutzte sie einfach einen Finger. Dann zupfte sie sorgfältig den Unrat aus den Haaren und versuchte mit bloßen Fingern, sich halbwegs zu frisieren. Schließlich benutzte sie die Toilette, bürstete sich, so gut es ging, die Kleidung sauber und verließ den Raum.

Hawk wartete nicht vor der Tür. Er saß am Küchentisch, trank ein Bier und unterhielt sich leise mit Ernie. Er hatte sie nur »durchsucht«, um sie zu demütigen, nicht, weil er befürchtet hatte, dass sie weglaufen könnte. Als die Männer sie bemerkten, unterbrachen sie ihr Gespräch.

»Wo ist Scott?«

»Draußen.«

Sie blickte zum Fenster hinaus. Scott streichelte vorsichtig Geronimo, Donny stand daneben und ermutigte ihn. Zufrieden, dass er in keiner unmittelbaren Gefahr schwebte, wandte sie sich wieder den am Tisch Sitzenden zu und nahm auf einem Stuhl Platz, den Leta ihr mit einer Geste anbot. Es war früher Nachmittag, eine ungewöhnliche Zeit, um zu essen. Als sie am frühen Morgen das Lager verlassen hatten, war ihr ein Frühstück angeboten worden, das sie jedoch ablehnte. Mittags hatten sie nicht zum Essen angehalten, und deshalb aß sie jetzt den ganzen Teller leer, den Leta ihr servierte. Danach gab es noch eine Tasse starken, heißen, bekömmlichen Kaffee.

Sie nahm einen Schluck und fragte Hawk dann unumwunden: »Was haben Sie mit uns vor?«

»Euch festhalten, bis Ihr Mann – Ihr Ex-Mann – vom Gouverneur eine Garantie bekommt, dass die Mine wieder geöffnet wird.«

»Aber das kann monatelange Verhandlungen bedeuten!«, schrie sie entgeistert.

Hawk zuckte die Achseln.

»Mag sein.«

»Scott soll in ein paar Wochen zur Schule gehen!«

»Vielleicht muss die Schule einfach ohne ihn anfangen. Vertrauen Sie den Überredungskünsten Ihres Mannes nicht?«

»Warum verlangen Sie nicht einfach Geld wie jeder andere Kidnapper?«

Seine Züge wurden hart. Ernie räusperte sich und starrte auf seine Hände. Leta zappelte auf ihrem Stuhl.

»Wenn wir Almosen haben wollten, Mrs Price«, erklärte Hawk mit eisiger Stimme, »könnten wir alle von Sozialhilfe leben.«

Am liebsten hätte sie sich für ihre unbedachte Bemerkung selbst geohrfeigt. Sie hatte Hawk sehr verletzt. Seine blauen Augen mochten seine indianische Herkunft Lügen strafen, doch sein grimmiger Stolz war umso typischer.

Sie versuchte sich mit ein paar tiefen Atemzügen zu beruhigen.

»Ich weiß nicht, wie Sie das schaffen wollen, Mr O'Toole. Zu Verhandlungen mit einer Regierung, egal welcher, gehört jede Menge Bürokratie. Es wird wahrscheinlich Wochen dauern, bis Morton überhaupt einen Termin bekommt, um mit dem Gouverneur zu sprechen.«

Hawk knallte die Zeitung auf den Tisch.

»Das wird uns helfen – genau, wie wir es geplant haben. Ihr Mann kandidiert für seine Wiederwahl. Er steht schon jetzt im Fokus der Presse. Durch die Entführung seines Kindes steht er im öffentlichen Bewusstsein an vorderster Stelle. Nur der Druck der Öffentlichkeit wird Gouverneur Adams zwingen, unsere Forderungen zu erfüllen.«

»Offenbar haben Sie die ganze Sache gut durchdacht. Woher wussten Sie, dass Scott und ich im Silverado-Zug sitzen würden?«

Sie merkte sofort, dass sie mit dieser arglosen Frage einen Nerv traf.

Ernie und Leta blickten beunruhigt zu Hawk, der sich rasch wieder gefasst hatte.

»Es gehört zum Geschäft eines Entführers, über solche Dinge Bescheid zu wissen«, erwiderte er lakonisch.

Seine schlagfertige Antwort sagte ihr nichts, doch Randy erkannte, dass sie im Augenblick nicht mehr erwarten konnte.

»Wie wollen Sie Morton kontaktieren?«

»Wir fangen mit diesem Brief an.«

Hawk nahm einen gefalteten Papierbogen aus seiner Hemdtasche. »Er wird morgen im Briefkasten seines Büros liegen.«

Sie las das Schreiben. Es war ein Erpresserbrief wie aus einer Krimiserie.

Der Text war mit Buchstaben verfasst, die aus einer Zeitschrift ausgeschnitten worden waren. Darin wurde Morton mitgeteilt, dass Scott ihre Geisel sei und Morton bald die Bedingungen der Freilassung erfahren werde.

»Wie werden ihm die Bedingungen übermittelt? Telefonisch?«, fragte Randy.

»Über seinen Büroanschluss.«

»Die Leitung wird angezapft sein. Sie verfolgen den Anrufer in kürzester Zeit zurück.«

»Die Anrufer. Jeder Anruf wird nur einen Satz lang sein, nur einen. Zu kurz, um ihn zurückzuverfolgen. Sie werden von mehreren westlichen Bundesstaaten ausgehen.«

Sie zog erstaunt die Augenbrauen hoch.

»Mein Kompliment.«

»Die anderen Vereinigungen indianischer Ureinwohner stehen unserer schwierigen Lage wohlwollend gegenüber. Als ich um Hilfe bat, habe ich sie bereitwillig bekommen.«

»Haben Sie sich überlegt, was passiert, wenn Sie erwischt werden?«

»Nein. Die erwischen mich nicht.«

»Sie sind bereits früher mit dem Gesetz einige Male in Konflikt gekommen, nicht wahr? Als ich ein wenig Zeit zum Nachdenken hatte, fiel mir wieder ein, wo ich Ihren Namen schon einmal gehört habe. Ich habe über Sie gelesen. Sie sorgen seit Jahren immer wieder für Unruhe.«

Hawk richtete sich langsam von seinem Stuhl auf und lehnte sich über den Tisch, bis sein Gesicht nur mehr Zentimeter von ihrem entfernt war.

»Und ich werde immer wieder für Unruhe sorgen, so lange mein Volk leidet!«

»Ihr Volk? Was sind Sie denn eigentlich – ein Häuptling oder so etwas?«

»Ja.«

Das Wort zischte wie ein Tropfen Wasser auf einer heißen Bratpfanne. Randy verstummte augenblicklich. Sie starrte in sein scharf geschnittenes Gesicht und erkannte zum ersten Mal, dass sie es nicht mit einem dahergelaufenen Ganoven zu tun hatte. Nein, Hawk O'Toole war nicht mehr und nicht weniger als ein Staatsoberhaupt, ein erhabener, würdevoller Herrscher.

»Dann haben Sie als Häuptling aber etwas Schwerwiegendes übersehen«, sagte sie. »Sobald Sie die Lone-Puma-Mine ins Gespräch bringen, wird es überall von FBI und Staatspolizei nur so wimmeln.«

»Zweifellos.«

Sie breitete die Arme aus und lachte hell.

»Was wollen Sie tun, wenn die alle herkommen – sich unter dem Bett verkriechen?«

»Dann werden wir nicht mehr hier sein.«

Damit stand er auf und schlenderte zur Tür. Er riss sie mit solcher Wucht auf, dass sie fast aus den Scharnieren sprang.

»Wir brechen in zehn Minuten auf!«

Sobald er die Tür hinter sich zugeknallt hatte, legte Randy die Hände auf den Tisch und wandte sich an Ernie und Leta.

»Sie müssen mir helfen. Mr O'Toole mag das Herz am rechten Fleck haben; was er versucht, ist edel und schön, aber er hat ein schweres Verbrechen begangen. Eines, das die Bundesbehörden beschäftigen wird. Er wird ins Gefängnis gehen, und Sie alle mit ihm.« Sie befeuchtete sich die Lippen.

»Aber ich werde mich dafür einsetzen, dass Sie einen

fairen Prozess bekommen, wenn Sie mir zur Flucht verhelfen. Abgesehen davon, muss ich als Erstes telefonieren.«

Ernie stand auf und wandte sich an seine junge Frau. »Leta, ist alles fertig?«

»Ja.«

»Dann stell die Sachen, die du gepackt hast, an die Tür. Ich lade sie in den Pick-up.«

Randy sackte in sich zusammen. Sie hatten sich nicht nur geweigert, ihr zu helfen, vor Hawk O'Toole zu fliehen. Nein – sie waren noch nicht einmal bereit, darüber zu reden.

4

»Wohin fahren wir?«

»Das möchten Sie zu gern wissen, nicht wahr?«

Hawks Sarkasmus hob ihre Stimmung nicht gerade.

»Hören Sie, ich würde den Weg zurück in die Zivilisation nicht einmal mit einem Kompass und einer Landkarte finden. Für mich ist das einzig Bemerkenswerte an dieser Gegend, dass sie absolut eintönig ist. Im Augenblick erkenne ich nicht einmal, in welche Himmelsrichtung wir fahren.«

»Nur aus diesem Grund habe ich Ihnen nicht die Augen verbunden.«

Randy stieß einen wütenden Seufzer aus und drehte sich zum offenen Fenster des Pick-ups. Ein kühler Wind strich ihr durch das Haar. Die dünne, Mondsichel verbreitete ein fahles Licht. Am Horizont zeichnete sich die dunkle Silhouette ferner Berge ab.

Sie hatte ziemlich schnell durchschaut, weshalb das Dorf in der Nähe der Lone-Puma-Mine verlassen gewesen war. Alle anderen Bewohner waren bereits ins »Versteck« umgezogen; nur die tatsächlich an der Entführung Beteiligten und ihre Familien waren geblieben. Kurz nachdem Hawk aus Ernies Haus stürmte, hatte sich die Karawane zu einem Ziel aufgemacht, das Randy noch immer nicht kannte. Hawks Wagen bildete wie schon den ganzen Nachmittag über die Nachhut, aber er ließ nie zu viel Abstand zwischen sich und dem Pick-up vor ihnen entstehen.

»Wie sind Sie eigentlich Häuptling geworden?«

»Ich bin nicht der Einzige. Es gibt einen Stammesrat aus sieben Häuptlingen.«

»Haben Sie diese Position von Ihrem Vater geerbt?«

Seine Gesichtsmuskeln traten hart hervor, als würde er die Zähne zusammenbeißen.

»Mein Vater starb in einem Sanatorium für Alkoholkranke. Er war bei seinem Tod nur wenig älter als ich jetzt.«

Nach einem kurzen Schweigen fragte Randy weiter.

»Und er hieß wirklich O'Toole?«

»Ja. Sein Ururgroßvater war Avery O'Toole. Er siedelte sich nach dem Bürgerkrieg im Indianerterritorium an und heiratete eine indianische Frau.«

»Also haben Sie den Häuptlingstitel von der Familie Ihrer Mutter geerbt.«

»Mein Großvater mütterlicherseits war ein Häuptling.«

»Ihre Mutter muss sehr stolz auf Sie sein.«

»Sie starb bei der Geburt meines Bruders, der bereits tot war, als er auf die Welt kam.«

Randys bestürzte Reaktion schien ihn zu amüsieren.

»Wissen Sie, der Arzt kam nur zweimal im Monat ins Reservat. Als ihre Wehen einsetzten, war er gerade nicht greifbar. Sie bekam Blutungen, die nicht mehr aufhörten.«

Randy starrte ihn betroffen an, von Mitgefühl überwältigt. Kein Wunder, dass er so gefühllos war, nach einer solch tragischen, leidvollen Kindheit. Doch ein einziger Blick auf sein versteinertes Profil sagte ihr, dass er für Mitgefühl nicht empfänglich war, ja, nicht einmal für ein freundliches Wort.

Sie blickte zu Scott. Er schlief tief und fest, auf dem Platz zwischen ihnen ausgestreckt; sein Kopf lag auf ihrem Schoß, die Knie hatte er angezogen. Sie wickelte eine Strähne seines blonden Haars um ihren Finger.

»Keine Brüder oder Schwestern?«

»Nein.«

»Hat es schon einmal eine Mrs O'Toole gegeben?«

Er warf ihr einen kurzen Blick zu.

»Nein.«

»Warum nicht?«

»Wenn Sie wissen möchten, ob ich sexuell ausgelastet bin – da ist alles in Ordnung. Aber Ihr Sexualleben ist wesentlich interessanter als meines, wenn Sie also über Sex reden möchten, dann reden wir besser über Sie.«

»Das ist es nicht, worüber ich reden möchte.«

»Was sollen dann all diese persönlichen Fragen?«

»Ich versuche zu verstehen, warum ein Mann, der so gescheit ist, wie Sie es offensichtlich sind, so etwas Dummes macht, wie eine Frau und ein Kind aus einem Zug voller Touristen zu kidnappen. Sie versuchen, Ihren Leuten zu helfen, na schön. Ihre Motive sind bewundernswert. Die kann ich anerkennen. Ich hoffe, dass Ihnen Erfolg beschieden ist. Aber auf legalem Weg.«

»Das funktioniert nicht.«

»Aber Verbrechen? Was können Sie für irgendjemanden Gutes tun, wenn man Sie für den Rest Ihres Lebens in einem Bundesgefängnis einlocht?«

»Das passiert nicht.«

»Das könnte durchaus passieren!«, konterte sie bitter. »Und das soll es auch, wenn Sie uns nicht freilassen.«

»Vergessen Sie's.«

»Hören Sie, Mr O'Toole, geht diese Farce nicht schon lange genug? Die Männer, die Ihnen geholfen haben, Ernie zum Beispiel, das sind keine Verbrecher. Sie haben Scott mehr wie einen Lieblingsneffen als eine Geisel behandelt. Sogar Sie waren auf Ihre Art nett zu ihm.«

Nach einer Pause setzte sie ihren Versuch fort, ihn zu überzeugen.

»Wenn Sie Scott und mich im nächsten Ort laufen lassen, werde ich sagen, dass ich zu keinem Zeitpunkt wusste, wer unsere Kidnapper waren. Ich werde sagen, ihr hättet die ganze Zeit Masken getragen, es euch aus mir unbekannten Gründen anders überlegt und euch entschlossen, uns freizulassen.«

»Wie gütig von Ihnen!«

»Bitte, überlegen Sie es sich.«

Seine Finger umklammerten das Steuerrad fester.

»Die Antwort ist nein.«

»Ich schwöre, ich werde nichts sagen!«

»Und Scott?«

Randy hätte gern etwas erwidert, doch diesen Einwand konnte sie nicht entkräften.

»Sehen Sie«, sagte Hawk, der ihre Gedankengänge wieder genau erfasste. »Selbst wenn ich Ihnen vertrauen würde – was ich nicht tue –, hätte ich sofort die Bundespolizei am Hals, wenn Scott auch nur einen Ton über einen Hawk äußern würde.«

»Das kommt von Ihrem Vorstrafenregister!«, schoss sie zurück.

»Ich bin nicht vorbestraft und noch nie angeklagt worden.«

»Aber Sie waren nahe dran.«

»Das zählt nicht. Wenn Nähe allein etwas bewirken könnte, dann wäre ich nicht noch immer scharf auf Sie, und Sie würden wissen, wie es ist, Sex mit einem Indianer zu haben.«

Sie atmete heftig ein.

Hawk nutzte ihre Sprachlosigkeit sofort aus und fügte hinzu: »Ich weiß nicht, was ich mir letzte Nacht mehr gewünscht habe – Sie gedemütigt zu sehen oder einfach nur so richtig heiß.«

»Sie sind widerwärtig!«

Er lachte rau.

»Spielen Sie mir nicht die Unschuldige vor. Es wurde genügend schmutzige Wäsche gewaschen, als Ihr Mann sich wegen Ehebruchs scheiden ließ.«

»In der Scheidungsurkunde steht ›unüberwindliche Abneigung‹!«

»Das mag die offizielle Begründung sein, aber Sie hatten schließlich nicht nur eine außereheliche Affäre.«

»Glauben Sie alles, was Sie lesen, Mr O'Toole?«

»Ich glaube fast nichts von dem, was ich lese.«

»Warum sind die Berichte über meine in der Presse breitgetretene Scheidung dann eine Ausnahme?«

Seine Augen wanderten zu ihr, er blickte auf ihr vom Wind zerzaustes Haar, ihr ungeschminktes Gesicht, ihre Kleidung, die so zerknittert aussah, als hätte sie darin geschlafen … was ja auch der Fall gewesen war.

»Ich weiß, wie leicht Sie zu überreden sind. Wissen Sie noch, letzte Nacht?«

»Ich wurde nicht überredet.«

»Doch, das wurden Sie. Sie wollten es nur nicht zugeben.«

Mit geröteten Wangen wandte sich Randy von ihm ab und schaute wieder zum Fenster hinaus. Sie wollte nicht, dass er ihre Verlegenheit sah, und er sollte auch nicht wissen, dass er mit seiner Äußerung richtig lag. Die Erinnerung an ihr kurzfristiges Entzücken über seinen Kuss widerte sie an.

Sie hatte ihre launenhafte Reaktion damit entschuldigt, dass ihr letzter richtiger Kuss von einem Mann schon so lange zurücklag. Ihr Verstand wehrte sich zwar, ihr Körper jedoch nicht – er fühlte sich von Hawks Männlichkeit geradezu angezogen; sie genoss den Geruch seiner Haut und die Berührung seines Haars. Der Druck seines Geschlechts gegen ihren Unterleib ließ in ihr ein Feuer auflodern, das durch die bloße Erinnerung wieder angefacht wurde.

Sie hatte gehofft, ihre Reaktionen wären so schwach gewesen, dass er sie nicht bemerkte. Aber das war offenbar nicht der Fall – er wusste Bescheid. Und er freute sich hämisch über ihr augenblickliches Nachgeben –, nicht nur, weil ihre Niederlage diesem unausstehlichen Kerl gut tat, sondern auch, weil sie die Behauptungen bezüglich ihrer Person und ihrer gescheiterten Ehe bestätigte. Aber so sehr sie am liebsten alles widerlegt hätte, tat sie es dennoch nicht. Sie hatte es bisher nicht getan, und sie würde es auch jetzt nicht tun.

Sie verschloss vor ihren unliebsamen Erinnerungen die Augen und ließ den Kopf an die Lehne sinken. Trotz ihres inneren Aufruhrs musste sie eingenickt sein. Denn als nächstes Ereignis drang in ihr Bewusstsein, dass der Wagen stand und ihre Tür geöffnet wurde.

»Aussteigen«, sagte Hawk.

Drei Dinge fielen ihr sofort auf. Es war deutlich kühler geworden, die Luft schien dünner zu sein, und Scott lag schlafend an Hawks Brust, die Arme um seinen Hals geschlungen. Mit einer Hand stützte Hawk ihn an seinem Hinterteil ab, mit der anderen hielt er ihr die Tür auf.

Sie stieg aus. Irgendwo in der Nähe war ein Bach zu hören, das Geräusch des rasch fließenden Wassers war nicht zu verkennen. Rechteckige Lichter überzogen die Berghänge um sie herum; nach einem Augenblick bemerkte sie, dass es die Fenster zahlloser Gebäude waren. Doch im spärlichen Licht des Mondes konnte sie nur ein paare vage Umrisse ausmachen.

»Sind alle an ihrem Platz?«, fragte Hawk Ernie, der lautlos aus der Dunkelheit auftauchte.

»Ja. Leta hat Donny zu Bett gebracht. Sie wünscht dir eine gute Nacht. Die Hütte für Mrs Price ist da oben.« Er zeigte auf einen holprigen Pfad, der sich einen Hang hinaufschlängelte.

Hawk nickte brüsk.

»Wir sehen uns gleich morgen Früh in meiner Hütte.«

Ernie machte kehrt und verschwand in der entgegengesetzten Richtung. Hawk ging den Pfad hinauf, auf den Ernie gedeutet hatte; so weit Randy sehen konnte, endete er vor einer kleinen Blockhütte. Ein paar Stufen führten zu einer schmalen Veranda; dort angekommen, öffnete Hawk mit einem Fußtritt die Tür.

»Zünden Sie die Laterne an.«

»Laterne?«, fragte sie zaghaft.

Mit einem kräftigen Fluch auf ihre für Stadtbewohner typische Unbeholfenheit übergab er ihr Scott. Dann entzündete er mit einem Streichholz eine Kerosinlampe, stellte die Flammengröße ein und setzte das Glas wieder darauf. Die Lampe erhellte das einzige Zimmer, das an Annehmlichkeiten nichts zu bieten hatte außer zwei schmalen Betten, zwei Hockern und einen quadratischen Tisch.

»Schauen Sie nicht so entsetzt. Das ist die Luxussuite.«

Verächtlich drehte sie Hawk den Rücken zu und legte Scott auf eine der Schlafstellen. Er murmelte schlaftrunken, als sie ihm die Schuhe auszog, ihn mit einer handgefertigten Wolldecke zudeckte und ihm einen Kuss auf die Wange drückte.

Als sie sich wieder Hawk zuwandte, warf er einen raschen, abschätzigen Blick auf sie. Sie wusste, dass man ihr ihre Müdigkeit ansah. Eigentlich hätte sie sich ihm gegenüber gern als die Unbesiegbare präsentiert, doch die Niederlage machte ihrem Stolz schwer zu schaffen, und entsprechend düster war ihre Miene.

»Vor der Hütte werden die ganze Nacht über Wachen stehen.«

»Wo sollte ich denn hinlaufen?«, fragte sie frustriert.

»Genau.«

Sie richtete sich auf und blickte ihn arrogant an.

»Würden Sie mir bitte etwas Privatsphäre zugestehen, Mr O'Toole?«

»Sie zittern.«

»Mir ist kalt.«

»Soll ich einen jungen, kräftigen Krieger hereinschicken, der Ihnen das Bett wärmt?«

Ihr Kopf fiel nach vorn, bis ihr Kinn fast die Brust berührte. Sie war zu müde und zu niedergeschlagen, um auch nur mit Worten mit ihm zu kämpfen.

»Lassen Sie mich einfach in Ruhe. Ich bin hier. Mein Sohn und ich sind in Ihrer Gewalt. Was wollen Sie denn noch von mir?« Fast flehentlich blickte sie zu ihm auf.

Ein Muskel in seiner Wange zuckte.

»Eine verwegene Frage einer Frau an einen verzweifelten Mann. Ich habe nicht viel zu verlieren. Es macht keinen wirklichen Unterschied, ob ich Sie freundlich behandle oder nicht, meinen Sie nicht auch? Gehängt werden könnte ich so oder so.«

Er schien sich sehr zu bemühen, Distanz zwischen ihnen zu wahren.

»Ich verachte, was Sie sind«, sagte er gereizt. »Schön. Blond. Eine waschechte Weiße, mit aller Überheblichkeit, die dazugehört. Aber jedes Mal, wenn ich Sie anschaue, will ich Sie haben. Ich weiß nicht recht, auf wen von uns beiden das ein schlechteres Licht wirft.«

Damit schritt er hinaus und ließ sie zitternd stehen.

Die Sonne stieg gerade über dem Kamm des nächstgelegenen Berges empor. Hawk stand am Fenster und schaute zu, wie sie höher und höher kletterte. Er trank schon den dritten Kaffee; dann wusch er den metallenen Becher aus und stellte ihn auf den einfachen Tisch am Fenster.

Er hatte schlecht geschlafen.

Vor Jahren hatte er sich antrainiert, nicht viel Schlaf zu brauchen, höchstens vier oder fünf Stunden pro Nacht.

Normalerweise schaffte er es, nach dem Hinlegen sofort einzuschlafen und die wenigen Stunden auf diese Weise optimal zu nutzen. Aber letzte Nacht war er wach gelegen, hatte in die Dunkelheit gestarrt und sich gewünscht, es würde ihm mit dieser ganzen Situation besser gehen.

So weit, so gut. Eigentlich gab es nichts, worüber er sich hätte beschweren können. Die Entführung war reibungslos und nach Plan abgelaufen … bis auf Mrs Price als zusätzlicher Geißel. Er wusste nicht, weshalb er sich nicht darüber freuen konnte, warum ihn deswegen ganz einfach ein schlechtes Gefühl beschlich.

Er hörte den anderen Mann nicht kommen, bis dieser ihn fast erreicht hatte.

Reflexartig wirbelte Hawk herum und war sofort kampfbereit.

Ernie trat einen Schritt zurück und hielt verteidigend die Hände hoch.

»Was ist denn mit dir los? Du hättest doch eigentlich hören müssen, dass ich komme.«

Hawk kam sich idiotisch vor. Er schüttelte seine Nervosität ab und bot Ernie einen Kaffee an, den der ältere Mann bereitwillig annahm.

»Das ging alles fast zu leicht, nicht wahr? Ich frage mich andauernd, was noch schief gehen kann«, bemerkte Ernie, während er darauf wartete, dass der heiße Kaffee abkühlte.

»Nichts. Nichts kann schief gehen.« Hawk legte mehr Überzeugung in seine Stimme, als er fühlte. »Der Brief wird heute Morgen zugestellt. Eine Stunde später bekommt Price unseren Anruf, und darauf in kurzer Folge die anderen, bis er über unsere Bedingungen Bescheid weiß.«

»Ich frage mich, wann er mit Gouverneur Adams Kontakt aufnimmt.«

»Ich schätze sofort. Aber darüber halten uns die Zeitungen auf dem Laufenden.«

Ernie kicherte.

»So verschaffen die Medien flüchtigen Verbrechern wie uns noch einen Vorteil.«

Seine Bemerkung erinnerte Hawk an das, was die Frau am Abend zuvor gesagt hatte. Er zog sich ein Hemd an.

»Kommst du dir vor wie ein Verbrecher?«

Er hatte nicht beabsichtigt, dass Ernie diese Frage ernst nehmen sollte, doch das tat er.

»Im Augenblick nicht«, erwiderte er und blickte seinen jüngeren Freund aus tief liegenden Augen an. »Aber wenn dem Jungen etwas zustößt – oder der Frau –, dann schon.«

Die strategische Pause entlockte Hawk eine Reaktion. Er hörte auf, die Enden seines Hemds in die Hose zu stopfen, und warf Ernie einen kalten, unerschütterlichen Blick zu.

»Was könnte ihr denn zustoßen?«

»Vielleicht solltest du das mir sagen.«

Hawk zog sich fertig an und schloss den Reißverschluss seiner weichen, verwaschenen Jeans.

»Wenn sie auf mich hört, kommt sie ungeschoren davon.«

Ernie schaute Hawk zu, wie er sich auf das Bett setzte, um Socken und Stiefel anzuziehen.

»Leta sagt, Dawn January hat ein Auge auf dich geworfen.«

»Dawn January? Die ist noch ein Kind.«

»Achtzehn.«

»Sag ich doch, ein Kind.«

»Leta war sechzehn, als ich sie heiratete.«

»Und, was soll das beweisen? Dass du ein alter Bock bist? Gratuliere!«

Ernie lachte nicht über Hawks Scherz; seine Miene blieb unverändert verschlossen. Hawk stand auf und begann, die Ärmel seines Hemds aufzurollen.

»Aaron Turnbow liebt Dawn. Und sie ist rastlos und launisch, seit er wieder auf dem College weg ist. Ich schätze, wenn er in den Weihnachtsferien nach Hause kommt, werden sie sich verloben.«

»Dann bleiben dir noch vier Monate, um deinen Spaß mit ihr zu haben.«

Hawk wirbelte herum, als wäre er von einer MG-Salve getroffen worden; seine Augen waren hart.

»Das würde ich Aaron niemals antun!«

»Du könntest es.«

»Aber ich würde es nicht.«

Für einige Augenblicke herrschte zwischen den beiden Freunden eine gespannte Atmosphäre, bis sich

Hawks Züge wieder lockerten und er beinahe lächelte. Er steckte ein Messer in die Scheide an seinem Gürtel.

»Reicht dir Leta etwa nicht, um deine Wünsche zu befriedigen?«

»Und ob!«, erwiderte Ernie mit einem Kichern.

»Wieso hältst du es dann für nötig, dich mit meinen zu beschäftigen?«

»Weil ich gesehen habe, wie du sie anschaust.«

»Wen?«

Die Antwort war so offensichtlich, dass Ernie sich nicht einmal dazu herabließ, den Namen auszusprechen. Stattdessen stellte er einfach kategorisch fest: »Du brauchst eine Frau in deinem Bett. Und zwar bald. Du bist nervös. Das macht dich leichtsinnig.«

»Leichtsinnig?«

»Vor ein paar Minuten hätte ich dich ohne weiteres töten können. Du kannst es dir nicht leisten, gedankenverloren zu sein. Besonders jetzt nicht.«

»Wenn ich eine Frau brauche, dann finde ich schon eine«, entgegnete Hawk unwirsch.

»Aber nicht sie, Hawk. Eine Frau wie sie, eine Weiße, die würde dich in hunderttausend Jahren nicht verstehen.«

»Ich brauche dich nicht, um mir das zu sagen.«

»Nein, du brauchst mich auch nicht, um dich daran zu erinnern, was es für Konsequenzen hat, wenn du dir eine Anglo ins Bett nimmst.«

»Nein. Aber wie ich sehe, erinnerst du mich ohnehin daran.«

Ernie lenkte ein. »Unsere Leute sind auf dein klares Urteilsvermögen angewiesen«, bemerkte er nur noch.

Hawk richtete sich zu voller Größe auf, so dass er Ernie fast um einen Kopf überragte, und streckte stolz das männliche, markante Kinn vor.

»Ich würde nie etwas tun, um das Wohlergehen meines Volkes aufs Spiel zu setzen«, erklärte er mit fester Stimme und eisigem Blick. »Und ich habe auch nicht vor, meine Leute zu verlassen und ein Leben unter den Weißen zu beginnen.«

Sie starrten einander an, bis Ernie den Blick abwandte.

»Ich habe Donny versprochen, dass wir heute Morgen angeln gehen.«

Hawk schaute ihm nach, als er das Zimmer verließ. Die Furche zwischen seinen Augenbrauen war tiefer als sonst. Und sie war noch immer zu sehen, als er eine Stunde später neben der Bettstelle stand, auf der Miranda Price schlief, die Hände wie ein Kind an die Wangen gelegt. Ihr Haar floss wirr über das Kissen, das wirkte sehr sexy.

Die leicht geöffneten Lippen waren feucht und weich. Bei dem Anblick begann sich etwas heftig in seiner Hose zu regen. Er verfluchte sich und seinen undisziplinierten Körper. Und sie noch mehr.

»Sie sollten längst auf sein.«

Randy fuhr erschrocken hoch, presste sich schützend die Decke an die Brust und blinzelte, bis sie Hawk richtig wahrnahm.

Wie eine große, schwarze Silhouette hob er sich vor dem Fenster ab, durch das das Sonnenlicht hereinströmte.

»Was machen Sie denn da?« Sie blickte prüfend auf die andere Schlafstelle. Die verknitterte Decke war zurückgeschlagen, das Bett leer. »Wo ist Scott?«

»Mit Ernie und Donny beim Angeln.«

Sie schlug ihre Decke zurück und stand auf.

»Er versteht überhaupt nichts vom Angeln. Außerdem könnte er in dem schnell fließenden Wasser, das ich gestern Abend hörte, nicht schwimmen.« Sie ging auf die Tür zu.

Hawk ergriff ihren Arm.

»Ernie passt auf ihn auf.«

»Das würde ich lieber selbst tun.«

»Sie machen ihn zu einem Muttersöhnchen.«

Sie riss sich von ihm los.

»Er braucht es eben noch, bemuttert zu werden!«

»Was er braucht, ist die Gesellschaft von Männern.«

»Wagen Sie es nicht, mir Ratschläge zu erteilen, wie ich meinen Sohn erziehen soll!«

»Ihr Sohn hat Angst gehabt, auf ein Pferd zu steigen!«

»Er wurde von einem Mann fortgezerrt, der mit einer Waffe herumfuchtelte! Welcher Junge in seinem Alter hätte da keine Angst?«

»Donny erzählte mir, Scott hat sich wahnsinnig vor der Ziege gefürchtet.«

»Das ist verständlich. Es gab schließlich nicht viele Gelegenheiten, sich mit Tieren zu beschäftigen.«

»Und, wessen Fehler ist das?«

»Ich war mit ihm im Zoo. Aber mit Löwen und Tigern in Kontakt zu kommen ist nicht so einfach.«

»Haustiere?«

»Wir wohnen in einem großen Mietshaus. Tiere sind nicht erlaubt.«

»Wieder etwas, woran Sie hätten denken müssen, bevor Sie Scott seinem Vater wegnahmen.«

»Sein Vater besitzt keine …« Sie brach abrupt ab.

Hawk ließ sich nicht beirren.

»Was? Was besitzt sein Vater nicht?«

»Das geht Sie einen feuchten Kehricht an.« Sie rieb sich die kalten Arme, aber damit er das nicht als Schwäche missverstand, sagte sie sehr herablassend:

»Ich bin sehr froh darüber, dass Scott ein sensibles Kind ist.«

»Er ist ein Hasenfuß. Weil Sie ihn dazu gemacht haben!«

»Was fänden Sie denn gut? Dass er ein Wilder wird wie Sie?«

Hawk packte sie am Arm und presste sie mit einem so heftigen Ruck an sich, dass ihr die Luft wegblieb und ihr Kopf nach hinten schleuderte. Sie spürte seinen heißen Atem im Gesicht, als er – jedes Wort einzeln betonend – zischte: »Sie haben mich noch nicht wild erlebt, Mrs Price. Hoffen Sie nur, dass Sie das auch nie erleben werden!«

Sein Blick bohrte sich in ihr entsetztes Gesicht, dann ließ er sie abrupt los. »Man erwartet Sie zum Frühstück. Kommen Sie.«

»Ich will kein Frühstück. Was ich möchte, ist ein Bad und frische Kleider. Scott braucht auch etwas Wärmeres zum Anziehen. Vor zwei Tagen wussten wir leider nicht, dass wir gekidnappt und ins Gebirge verschleppt würden.«

»Klamotten kann ich Ihnen besorgen. Scott hat bereits neue. Und zur Badewanne geht es da entlang.« Er drehte sich um und öffnete die Tür. Randy folgte ihm neugierig den Pfad hinunter.

Die Landschaft war einzigartig. Was sie bei der Ankunft im Dunkeln nicht gesehen hatte, raubte ihr nun förmlich den Atem. Der Himmel war tiefblau, dunkelgrüne Nadelbäume ragten gerade und gleichförmig zu ihm empor, der Boden schien mit Steinen übersät – das und die sonnengebleichten Felsen verliehen der rauen Umgebung etwas absolut Spektakuläres.

»Wo sind wir?«

»Schaue ich so dumm aus, Mrs Price?«

»Ich wollte nur wissen, ob das zum Reservat gehört«, gab sie verärgert zurück.

»Ja. Eine Art Ferienort, sozusagen.«

»Ich verstehe. Ist ja auch wirklich schön hier.«

»Danke.«

Was den Fluss anbelangte, hatte Randy Recht gehabt. Ungezähmt und wild stürzte das Wasser den Berg hinab – passend zur übrigen Landschaft. Darüber schwebte eine funkelnde Nebelwolke, in der sich das Sonnenlicht in unzähligen Tröpfchen in den Farben des Regenbogens brach. Das Flussbett unterhalb des Wasserfalls war von großen, spiegelglatten Steinen gesäumt und die Strömung so schnell, dass Randy bezweifelte, darin stehen zu können.

Sie folgte Hawk, bis er kurz vor dem Fluss stehen blieb und darauf deutete.

»Da sind wir.«

Sie starrte auf das kristallklare, wirbelnde Wasser und dann wieder in sein Gesicht.

»Das ist nicht Ihr Ernst. Das Wasser ist doch eiskalt!«

»Ihrem Sohn hat es nichts ausgemacht. Ich glaube sogar, es hat ihm richtig gefallen.«

»Sie haben … Sie haben Scott in dieses eiskalte Wasser gelassen?«

»Ich habe ihn splitternackt wie ein neugeborenes Vögelchen hineingeworfen. Sobald seine Zähne aufhörten zu klappern, fand er es wunderbar. Wir konnten ihn fast nicht überreden, wieder rauszukommen.«

»Das ist nicht witzig, Mr O'Toole. Scott ist an solche Dinge nicht gewöhnt. Er könnte krank werden!«

»Verstehe ich das richtig – Sie wollen nicht baden?«

»Auf gar keinen Fall.« Sie machte auf dem Absatz kehrt. »Ich wasche mich mit dem Trinkwasser.«

»Tun Sie, was Sie nicht lassen können.«

Er ließ sie den Weg zur Hütte zurück selbst finden. Dort angekommen, knallte sie erst einmal die Tür hinter sich zu. Es gab keine Möglichkeit, den Eimer mit Trinkwasser zu erhitzen, der für sie und Scott bereitstand. In der Hütte befand sich zwar ein offener Kamin, aber kein Holz. Trotzdem – das Trinkwasser schien ihr auf jeden Fall wärmer zu sein als der Fluss. Sie wusch sich damit, so gut es ging, und war etwa halb fertig, als es an der Tür klopfte. Sie wickelte rasch eine Decke um sich.

»Herein!«

Leta trat mit einem so aufrichtigen wie schüchternen Lächeln ein.

»Hawk sagte, ich soll Ihnen diese Sachen zum Anziehen bringen.«

Es war unmöglich, Letas Lächeln nicht zu erwidern. Sie hatte ein breites Gesicht, eine kurze, flache Nase und dicke Lippen. Nicht gerade eine Schönheit, aber ihre leuchtenden dunklen Augen und ihre Freundlichkeit machten das mehr als wett.

»Danke schön, Leta.«

Leta holte etwas aus der Tasche ihres langen, unförmigen Rocks.

»Ich dachte, das können Sie wahrscheinlich auch gebrauchen«, sagte sie und gab Randy ein Stück Seife.

»Noch einmal vielen Dank. Das ist wirklich nett.« Sie roch an der Seife. Die Duftnote war stark und maskulin, anders als die parfümierte Seife, die sie normalerweise benutzte, aber sie war trotzdem sehr dankbar dafür.

»Und da haben Sie noch eine Haarbürste«, fügte Leta hastig hinzu und reichte sie Randy.

Randy betrachtete die Sachen von allen Seiten. Die gewöhnlichen Pflegeutensilien erschienen ihr plötzlich kostbar.

»Sie sind sehr nett zu mir, Leta. Danke.«

Erfreut über Randys Kompliment, wandte sich Leta zum Gehen. Erst jetzt bemerkte Randy die Kleider, die Leta auf den Tisch gelegt hatte. Das Flanellhemd war grau und braun kariert, der lange Rock hatte die langweiligste Farbe, die sie je gesehen hatte. Selbst die Tarnfarben soldatischer Bekleidung erschienen ihr attraktiver.

»Hat Mr O'Toole diese Sachen ausgesucht?«

Leta nickte und verschwand zur Tür hinaus, als befürchtete sie, Randy könnte ihr die hässlichen Kleidungsstücke nachwerfen.

Randy beendete ihre Wäsche mit einem Schwamm. Zwischen dem Hemd und dem Rock fand sie außerdem Unterwäsche. Das Höschen passte, aber der Büstenhalter war um einige Nummern zu groß. Doch sie hatte ihren eigenen bereits ausgewaschen; bis er trocken war, musste sie eben ohne auskommen. Das machte nichts, das Hemd war ebenso unförmig wie der Rock. Die Sachen verhüllten ihre schlanke Figur wie ein Sack – wohl wieder eine von Hawks gemeinen Methoden, um ihren Willen zu brechen.

Sie hatte keinen Spiegel, aber sie tat, was sie konnte, um ihr Aussehen zu verbessern. Die langen Hemdzipfel knotete sie in der Taille zusammen, rollte die Ärmel bis zu den Ellbogen hinauf und stellte den Kragen hoch. Mit dem Rock war nicht gerade viel anzufangen. Doch die Bürste nutzte sie ausgiebig. Zuerst kämmte sie ihre Haare glatt, dann band sie sie mit einem Schnürsenkel aus ihren Schuhen zu einem Pferdeschwanz zusammen.

Sie wusste nicht, was man von ihr erwartete, hatte aber nicht vor, den ganzen Tag lang untätig in der Hütte zu sitzen. Das Wetter war wunderbar, ein herrlicher Tag. So lange sie gegen ihren Willen in den Bergen festgehalten wurde, konnte sie wenigstens versuchen, sich den Aufenthalt so angenehm wie möglich zu gestalten. Außerdem brannte sie darauf, Scott zu sehen. Der Gedanke, dass er in dieser Wildnis frei herumlaufen durfte, behagte ihr nicht. Er war sich der drohenden Gefahren nicht bewusst.

Sie trat auf die Veranda hinaus und nahm die Szenerie in sich auf. Als sie die Hütte vor einiger Zeit mit Hawk verlassen hatte, waren nicht viele Menschen zu sehen gewesen. Jetzt schienen es umso mehr zu sein – sie schätzte die Anzahl auf um die Hundert herum. Auch die vielen Häuser an den umliegenden Hängen überraschten sie – vor allem, dass sie aussahen, als wären sie ein natürlicher Teil ihrer felsigen Umgebung. Sie passten sich so sehr daran an, dass sie fast nicht auszumachen waren.

Als sie trotz des rauschenden Flusses Scotts Stimme hörte, machte sie sich in die Richtung auf, aus der sie zu kommen schien. Er kniete am Ufer vor einem breiten, hohen Stein und nahm mit dem Messer, das Hawk ihm geschenkt hatte, gerade einen Fisch aus.

»Scott!«

Er schaute durch die Strähnen, die ihm in die Augen hingen, zu ihr auf, und grinste sie breit mit seiner Zahnlücke an.

»Mami, sieh mal! Ich habe Fische gefangen, drei Stück! Ganz allein! Und ich habe sie auch selbst vom Haken genommen und das alles.«

Er war so aufgeregt über seinen Fang, dass sie ihn unmöglich dafür tadeln konnte. Vorsichtig arbeitete sie sich über den steinigen Untergrund bis zu ihm vor.

»Das ist ja super, aber …«

»Ernie hat mir gezeigt, wie man den Köder an den Haken macht und sie aus dem Wasser zieht und dann den Haken aus dem Maul rausmacht. Donny wusste das alles schon, aber er hat nur zwei gefangen und ich drei!«

»Bist du warm genug angezogen? Warst du in diesem Wasser? Die Felsen sind ganz rutschig. Du musst sehr, sehr aufpassen, Scott.«

Er hörte ihr gar nicht zu.

»Zuerst schneidet man den Kopf ab. Dann schlitzt man ihnen den Bauch auf. Das da sind die Eingeweide. Siehst du das schwabbelige Zeug, Mami? Man muss die ganzen Eingeweide mit dem Messer herausholen, und dann kann man sie kochen und essen.«

Wieder bearbeitete er den Fisch mit einer Freude, dass Randy fast übel wurde. Aus dem linken Mundwinkel spitzte seine Zunge heraus, ein Zeichen dafür, dass er äußerst konzentriert war.

»Aber man muss mit dem Messer sehr aufpassen, sonst schneidet man sich den Finger ab und der wird dann auch zum Abendessen gekocht, hat Hawk gesagt.«

»Der Junge lernt schnell.«

Randy wirbelte herum. Hawk stand fast unmittelbar hinter ihr. Obwohl ihr Kopf gerade bis an seinen Kragen reichte, fiel sie über ihn her und piekte mit dem Zeigefinger wiederholt auf seine Brust, um ihre Worte zu betonen.

»Ich will, dass Sie alles Notwendige unternehmen, damit wir von hier wegkommen! Rufen Sie Morton an. Sehen Sie zu, dass er Ihren Forderungen zustimmt. Rufen Sie Gouverneur Adams persönlich an. Gehen Sie auf den Kriegspfad! Es ist mir egal, wie Sie es machen, wenn wir nur wieder nach Hause kommen. Haben Sie mich verstanden?«

»Gefällt es dir hier nicht, Mami?«

Sie wandte sich wieder Scott zu. Sein schmutziges Gesichtchen blickte besorgt zu ihr auf, die eben noch leuchtenden Augen waren getrübt, sein Lächeln und seine Lebendigkeit verschwunden.

»Mir schon. Es ist so schön.«

»Es ist nicht schön, Scott. Es ist ... es ist ...« Sie schaute auf die mit Blut von den Fischen besudelten Steine. »Es ist ekelhaft. Du gehst sofort zur Hütte hinauf und wäschst dir Gesicht und Hände mit Seife!«

Scotts Unterlippe begann zu zittern, er senkte verlegen den Kopf und ließ die Schultern hängen. Randy schimpfte ihn nur selten so sehr, und schon gar nicht vor anderen Leuten. Doch zu sehen, wie gut es ihm mit seinen Kidnappern ging, zu sehen, wie er in seiner Unschuld nicht die Gefahr erkannte, die sie womöglich darstellten, hatte sie aus der Fassung gebracht.

Hawk trat zwischen sie und Scott und legte eine Hand auf die Schulter des Jungen.

»Das mit dem Fisch hast du sehr gut gemacht, Scott.«

Scott blickte deprimiert zu ihm auf.

»Wirklich?«

»Das hast du so gut gemacht, dass ich gleich noch eine Arbeit für dich habe. Geh mit Ernie und Donny. Du weißt ja, dass wir unser ganzes Vieh mitgebracht haben. Ich möchte, dass du beim Pferdestriegeln hilfst.«

Randy gab einen Laut des Protests von sich. Hawk drehte sich zu ihr um und erstickte mit einem einzigen, eisigen Blick jeden weiteren Widerspruch im Keim.

»Ernie?«

»Donny und Scott, kommt!«, sagte Ernie.

Scott zögerte noch.

»Mami, darf ich mitgehen?«

Hawks Lippen bewegten sich kaum. So leise, dass nur sie es hören konnte, sagte er: »Ich trenne euch beide. Sie werden nicht wissen, wo er ist und was er macht!«

Sie schluckte schwer, ballte die Hände zu Fäusten und schloss die Augen. Wieder stand sie mit dem Rücken zur Wand, genau wie das erste Mal, als sie ein hässliches und unbegründetes Gerücht über sich zu hören bekommen hatte. Aber sie wusste, wann sie aufgeben musste, und nun war es so weit.

»Geh mit Ernie und Donny, Liebling«, sagte sie heiser. »Aber pass bitte sehr gut auf dich auf.«

»Mache ich«, versprach Scott aufgeregt. »Los, Donny! Ich habe keine Angst mehr vor Pferden.«

Sie hörte sein fröhliches Geplauder, als das Trio den Hang hinabging. Dann drehte sie sich zu Hawk um.

»Sie abscheulicher Dreckskerl!«

Mit einer raschen, fließenden Bewegung zog er sein Messer aus der Scheide und hielt es ihr dicht vor die Nase.

»Nehmen Sie die Fische aus.«

5

Randy lachte ungläubig. »Nehmen Sie die Fische doch selbst aus. Oder fahren Sie gleich zur Hölle!« Sie schlug das Messer zur Seite. »Nur zu Ihrer Information, Cochise, ich bin keine Squaw.«

»Nehmen Sie die Fische aus, oder Sie bekommen nichts zu essen.«

»Dann esse ich eben nichts.«

»Und Scott auch nicht.«

Sie ließ es darauf ankommen.

»Sie würden einem Kind nie das Essen verweigern, Mr O'Toole«, sagte sie hämisch.

Hawk starrte sie eine volle Minute lang an. Randy begann bereits selbstgefällig zu glauben, sie habe einen bedeutenden Sieg errungen. Doch dann sagte er plötzlich leise, mit einer fast tonlosen Stimme: »Sie nehmen diese Fische aus, oder ich mache meine Drohung wahr und trenne Sie von Ihrem Sohn.«

Er war kein Trottel, und das machte ihn zu einem ernst zu nehmenden Gegner. Nicht einmal mit einem Messerstich zwischen ihre Rippen hätte er einen direkteren Weg zu ihrem Herzen finden können. Mit dem Wissen über ihre verwundbarste Stelle hatte er auf ihre größte Angst gezielt – die der Mutter um ihr Kind. Nicht zu wissen, wo sich Scott aufhielt, noch dazu in dieser Wildnis, würde für sie die Hölle auf Erden bedeuten.

Randy warf ihm einen mörderischen Blick zu und nahm das Messer zur Hand. Sie betrachtete es einen

Moment lang, ließ die Finger über den glatten Elfenbeingriff und die stumpfe Seite der glänzenden Stahlklinge gleiten.

»Denken Sie erst gar nicht daran, mich zu erstechen«, sagte Hawk leise. »Sie würden Sie töten, noch bevor ich auf dem Boden aufschlage.«

Sie schaute zu ihm auf, und er deutete mit einem Kopfnicken auf die Umgebung. Einige Leute hatten bemerkt, dass sie miteinander redeten. Sie gaben sich den Anschein, als würden sie ganz normal ihren alltäglichen Beschäftigungen nachgehen, doch ihre Blicke waren achtsam und vorsichtig. Hawk sagte die Wahrheit. Wenn sie Gewalt anwendete, würde sie nicht die geringste Chance haben. Sie hatte auch gar nicht wirklich vor, ihn zu töten, aber sie dachte in der Tat daran, ihm Schaden zuzufügen.

Einmal mehr geschlagen, sank sie neben dem Felsen nieder, auf dem Scotts Fische lagen.

»Ich weiß nicht, wie man das macht.«

»Lernen Sie es.«

Randy blickte entsetzt auf die toten Tiere. Schon bei dem Geruch allein hätte sie sich übergeben können. Die Fische mit bloßen Händen zu berühren, widerte sie an, und so stupste sie einen mit der Spitze des Messers an.

»Was muss ich tun?«, fragte sie hilflos.

»Scott hat es Ihnen gesagt – zuerst schneiden Sie den Kopf ab.«

Endlich hatte sie sich so weit zusammengenommen, dass sie den noch intakten Fisch am Schwanz anfassen konnte. Sie legte die Klinge hinter den Kiemen an. Ihr erster Versuch eines Schnitts brachte nichts weiter hervor als ein kratzendes Geräusch. Mit einem leisen Aufschrei ließ sie den Fisch fallen; sie schüttelte sich vor Ekel und ging in die Knie.

Hawk fluchte leise und zog sie an ihrem Hemd wieder hoch. Dann nahm er sein Messer an sich, steckte es in die Scheide und rief einen seiner Leute herbei. Ein junger Indianer kam gelaufen, Hawk redete kurz mit ihm in ihrer Muttersprache. Der Junge blickte auf Randy und lachte. Hawk klopfte ihm auf die Schulter.

»Zwingen Sie mich nicht mehr, es zu tun?«, fragte Randy, als er sie wegführte.

»Nein.«

»Weil es gar nicht nötig ist, nicht wahr? Sie haben erreicht, was Sie wollten – Sie wollten mich nur demütigen. Dasselbe wollten Sie auch mit diesen erbärmlichen Klamotten erreichen, stimmt's?«

»Ich wollte nicht, dass Sie die Fische ausnehmen, weil das Vergeudung gewesen wäre. Sie hätten nur eine große Schweinerei angerichtet.«

Er warf ihr einen Blick von der Seite zu, mit dem er sich sowohl über ihre Unwissenheit lustig machte als auch über ihre fruchtlosen Versuche, ihre unschöne Kleidung attraktiv wirken zu lassen.

»Haben Sie noch nie einen Fisch zubereitet?«

Es ärgerte sie, in die Defensive gedrängt zu werden.

»Nur einen, den ich einmal im Supermarkt gekauft habe. Aber ich hatte bisher keine Gelegenheit, einen Fisch auszunehmen.«

»Sie haben noch nie geangelt?«

Sie schüttelte den Kopf. Ihre Miene würde düster und nachdenklich.

»Mein Vater war kein großer Naturliebhaber.«

»War? Ist er tot?«

»Ja.«

»Was ist passiert?«

»Warum sollte Sie das etwas angehen?«

»Mich nicht. Aber Sie ganz offensichtlich.«

Sie blieb für eine Weile starrköpfig stumm, doch dann sagte sie: »Er hat sich zu Tode gearbeitet. Eines Tages hatte er in seinem Büro einen Herzinfarkt und starb an seinem Schreibtisch.«

»Was ist mit Ihrer Mutter?«

»Sie hat erneut geheiratet und lebt mit ihrem jetzigen Mann an der Ostküste.« Randy schüttelte wehmütig den Kopf. »Sie suchte sich wieder denselben Typ Mann, wie Dad einer war. Ich konnte es nicht glauben.«

»Was für ein Typ Mann ist das?«

»Fordernd. Selbstsüchtig. Ein Workaholic. Nichts war ihm jemals gut genug. Ich könnte nicht einmal mehr sagen, wie viele unserer Familienurlaube gestrichen wurden, weil irgendetwas dazwischenkam und Dad die Stadt nicht verlassen konnte – oder wollte.«

»Sie Ärmste. Keine Ferien. Sie mussten sich also am heimischen Swimmingpool zu Tode langweilen anstatt am Strand.«

Randy blieb abrupt stehen und funkelte ihn wütend an.

»Wie können Sie es wagen, so abfällig über mich und mein Leben zu sprechen? Was wissen Sie denn schon davon?«

Er brachte sein Gesicht nahe an das ihre.

»Absolut gar nichts. Da, wo ich aufgewachsen bin, gab es keine Swimmingpools.«

Sie könnte sich auf einen Streit mit ihm einlassen und ihm sagen, dass sie den Swimmingpool gern gegen etwas mehr Aufmerksamkeit ihres Vaters eingetauscht hätte. Er war immer viel zu beschäftigt gewesen, um für sie und ihre Mutter Zeit zu haben. Und immer, wenn sie sich über seine ständige Arbeiterei beschwerten, verteidigte er sich damit, dass er das alles nur für sie tue, woraufhin Randy sich schuldig und undankbar fühlte.

Doch mit der Zeit und dem Heranwachsen lernte sie, besser zu verstehen. Ihr Vater hatte sie mit allen materiellen Annehmlichkeiten versorgt – und trotzdem war sie zu kurz gekommen. Denn er arbeitete nicht so viel, um sie und ihre Mutter mit Luxus zu überhäufen. Nein, er musste seinen inneren Drang befriedigen.

Aber lieber würde sie vor die Hunde gehen, als ihre Lebensgeschichte mit Hawk O'Toole zu diskutieren. Sollte er über sie denken, was er wollte. Das konnte ihr egal sein.

Doch es schien, dass sie die Einzige war, die auf seine Meinung und Wertschätzung keinen Wert legte. Auf ihrem Weg durch das Gelände wurde Hawk aufgehalten, um ein Neugeborenes zu bewundern, einen Streit wegen eines Sattels zu schlichten und dabei zu helfen, einen Generator von einem Pick-up zu heben.

Als nächstes trafen sie auf einen jungen Mann, der an einem Baumstamm lehnte und an einer Flasche Whiskey nippte. Er fuhr fast vor Schreck aus der Haut, als er Hawk sah, verschloss die Flasche hastig und warf sie auf den Boden.

»Johnny«, begrüßte Hawk ihn lakonisch.

»Hallo, Hawk.«

»Das ist Mrs Price.«

»Ich weiß, wer sie ist.«

»Du weißt auch, weshalb wir hier sind, wie wichtig diese Sache für uns ist.«

»Ja.«

»Bloß, weil die Mine geschlossen ist, bedeutet das nicht, dass wir keine Arbeit haben. Wir sollten diese Zeit nutzen und einige längst fällige Wartungsarbeiten an den Pick-ups erledigen. Ich zähle darauf, dass du sie dir alle vornimmst und sie wieder in Schuss bringst. Verstanden?«

Johnnys dunkle Augen blitzten, und er schluckte schwer.

»Ja.«

Hawk schaute wie beiläufig auf die Whiskeyflasche. Er musste dazu nichts sagen, sein Blick sprach Bände.

»Du bist der beste Automechaniker, den ich habe. Ich verlasse mich auf dich. Enttäusche mich nicht.«

Der junge Mann warf den Kopf in den Nacken.

»Ich fange gleich an.«

Hawk nickte ihm brüsk zu und ging weiter.

»Woher wissen Sie, dass er nicht wieder zur Flasche greift?«, fragte Randy, als sie außer Hörweite waren.

»Ich weiß es nicht. Ich hoffe nur, dass er es nicht tut. Wenn er mit dem Trinken anfängt, fällt es ihm verdammt schwer, wieder damit aufzuhören.«

»Ist er nicht zu jung, um schon so ein Problem zu haben?«

»Er hat einen schweren Fehler begangen, und jetzt bezahlt er dafür.«

»Was für einen Fehler?«

»Er hat eine Anglo geheiratet.« Hawk musterte sie streng. »Sie hasste das Leben im Reservat. Johnny wollte aber nicht weggehen, weil er wusste, dass er dann nie mehr würde zurückkommen können. Also hat seine Frau eines Tages ihre Sachen gepackt und ist verschwunden. Seither trinkt er. Sein Selbstbewusstsein hat einen furchtbaren Knacks bekommen. Er verliebte sich rettungslos in sie. Und als er sie endlich erobert hatte, konnte er sie nicht halten.«

Randy ignorierte seinen Spott und kam wieder zum Thema zurück.

»Und jetzt versuchen Sie, sein Selbstvertrauen zu

stärken, indem Sie ihm geschickt zusätzliche Verantwortung übertragen.«

»So in etwa«, erwiderte Hawk mit einem lässigen Achselzucken. »Davon abgesehen ist er tatsächlich ein hervorragender Mechaniker, und die Pick-ups müssen wirklich gewartet werden.«

»Sie sind also der Stammespsychologe, der Babybewunderer und der Problemlöser, alles in einem. Wofür sind Sie denn sonst noch so zuständig, Mr O'Toole?«

Er ging auf die Veranda einer Hütte hinauf und öffnete die Haustür.

»Ich bin der Kopf der Verbrecherbande.«

Bis dahin hatte Randy nicht aufgepasst, wohin er sie mitnahm. Jetzt zögerte sie auf der obersten Stufe.

»Wie meinen Sie das?«

»Hier hinein.«

Unschlüssig folgte sie ihm in die Hütte. Drinnen war es beträchtlich dunkler als draußen; sie brauchte einige Sekunden, um sich an das andere Licht zu gewöhnen. Mehrere Männer, in denen sie ihre Kidnapper erkannte, saßen um einen wackligen Schreibtisch herum, und darauf stand das erste Telefon, das sie seit ihrer Entführung zu sehen bekam. Ihr Herz machte einen unwillkürlichen Freudensprung, der jedoch durch die düsteren Mienen der Männer rasch wieder gedämpft wurde.

»Wo ist Ernie?«, fragte einer von ihnen Hawk.

»Er passt auf den Jungen auf. Er meinte, wir sollten das einfach ohne ihn machen.«

»Wenn alles nach Plan gelaufen ist, dann ist jetzt Zeit für unseren Anruf.«

Offenbar war auch Hawk dieser Meinung. Er setzte sich auf den einzigen noch freien Stuhl und zog das Telefon zu sich.

»Kommen Sie her«, befahl er mit einem kurzen Blick auf Randy.

»Wozu?«

Seine Augen unter den schwarzen, gebogenen Brauen blitzten gefährlich.

»Kommen Sie her!«

Sie schlenderte auf ihn zu, bis sie ihm an dem Schreibtisch gegenüberstand.

»Das Gespräch muss kurz sein«, erklärte er. »Dreißig Sekunden, maximal fünfundvierzig. Wenn ich Ihnen den Hörer gebe, sagen Sie Price, wer Sie sind. Sagen Sie, dass es Ihnen gut geht, dass Sie nicht misshandelt werden, aber dass wir es sehr ernst meinen. Sonst nichts – falls doch, werden Sie es bereuen.«

Er zog seinen Dolch aus der Scheide und legte ihn vor sich auf den Tisch.

»Unsere Ehre und unsere Lebensgrundlage stehen auf dem Spiel. Wir sind bereit zu sterben, um beides zu schützen und wiederzubekommen, was uns und den Generationen nach uns rechtmäßig gehört. Haben Sie mich verstanden?«

»Absolut. Aber wenn Sie glauben, dass ich auch nur ein Wort in dieses Telefon hineinspreche, dann sind Sie auf dem falschen Dampfer.«

Ihre unnachgiebige Haltung provozierte die Männer. Sie schienen bestürzt, dass sie Hawk dermaßen respektlos behandelte. Hawk starrte sie nur an mit seinen Augen, die so unveränderlich und blau waren wie eine Gasflamme.

Nach einigen Sekunden senkten sich seine Mundwinkel nach unten, und er sagte achselzuckend: »Also gut.« An den Mann neben der Tür gewandt, fuhr er fort: »Hol den Jungen. Er soll das Gespräch führen.«

»Nein!«

Randys Schrei brachte den Mann zum Stehen, noch ehe er einen Schritt getan hatte. Sie warf Hawk einen trotzigen Blick zu, den dieser erwiderte. Ihr war klar, dass seine versteinerte Miene völlige Unnachgiebigkeit signalisierte. Und Hawk war klar, dass sie ein Telefonat zwischen Scott und seinem Vater niemals zulassen würde. Es lief also auf ein Kräftemessen hinaus – wer von beiden hätte wohl den stärkeren Willen?

Morton war inzwischen zweifellos außer sich. Seine Angst könnte sich auf Scott übertragen. Außerdem musste man dieses furchterregende Messer auf dem Tisch mit in Betracht ziehen. So subtil diese Drohung auch sein mochte – Scott war klug genug, sie zu verstehen. Und dann würde das, was ihm bislang noch wie ein Campingurlaub vorkam, für ihn ebenfalls zu einem Albtraum werden. Das wollte sie unter allen Umständen verhindern. Hawk hatte ihre Situation völlig richtig eingeschätzt.

»Sie haben gewonnen«, flüsterte sie widerwillig. »Ich rede mit Morton.«

Hawk sagte nichts. Er war von Anfang an siegessicher gewesen. Er nahm den Hörer ab und wählte die Nummer, die er sich eingeprägt hatte, und hörte das Besetztzeichen.

Alle im Raum, Randy eingeschlossen, atmeten tief und hörbar ein. Sie rieb die feuchten Hände an ihrem Rock ab.

»Was hat das zu bedeuten? War da jemand voreilig und hat angerufen, bevor er sollte?«

»Dafür sind sie zu schlau«, erwiderte Hawk. »Vergessen Sie nicht, wir wussten, wann wir anrufen wollten, aber die Behörden nicht. Es wird wohl ein ganz normaler Anruf für Price gewesen sein.«

Er wählte erneut, und dieses Mal ertönte das Freizeichen. Es klingelte dreimal, ehe jemand abhob. Das könnte dem FBI ein wenig mehr Zeit geben, den Anrufer ausfindig zu machen, hoffte Randy. Viel helfen würde es allerdings nicht.

Sobald Morton sich mit bebender Stimme meldete, stellte sich Hawk als Entführer vor.

»Ich habe Mrs Price und Ihren Sohn.«

Damit reichte er den Hörer Randy. Ihre Hände waren so schweißnass, dass er ihr beinahe entglitt, ehe sie ihn ans Ohr brachte. Hawks Augen hafteten wie Magnete auf ihrem Gesicht.

»Morton?«

»O Gott, Randy, bist du das? Ich mache mir solche Sorgen. Wie geht es Scott?«

»Scott geht es gut.«

»Wenn sie euch etwas getan ...«

»Haben sie nicht.«

Hawk fuhr sich mit dem Zeigefinger wie mit einem Messer über die Kehle.

»Wir werden gut behandelt.«

Hawk stand auf und griff nach dem Hörer.

»Du musst tun, was sie sagen. Sie meinen es ernst.«

Er riss ihr den Hörer aus der Hand. Alle im Raum hörten, wie Morton hektisch nach mehr Informationen verlangte, ehe Hawk auflegte.

»Innerhalb von Sekunden bekommt er den nächsten Anruf, und dann eine ganze Reihe weiterer, in denen wir ihm unsere Forderungen mitteilen«, erklärte Hawk allen. An Randy gewandt, fuhr er fort: »Gut gemacht, Mrs Price.«

Von Elend und Verzweiflung erfüllt, beobachtete sie, wie er mit seinem Messer das Telefonkabel durchschnitt.

»Das brauchen wir nicht mehr.«

Kaum war die Verbindung unwiederbringlich durchtrennt, fielen Randy mindestens ein Dutzend Dinge ein, die sie tun oder sagen könnte, um ihren Aufenthaltsort zu verraten. Jede Nachricht dieser Art hätte sie wahrscheinlich das Leben gekostet, aber einen Versuch wäre es wert gewesen. Sie schimpfte sich einen Feigling und entschuldigte ihr Verhalten nur damit, dass Scott sich in großer Gefahr befände, wenn ihr etwas zustieße. Sie konnte nicht aus Furcht um sein Leben ihr eigenes aufs Spiel setzen.

Hawk befahl einem der Männer, sie in die Hütte zu bringen und einzuschließen.

Ihre Verzweiflung wich einem spontan auflodernden Zorn.

»Den ganzen Tag?«

»So lange, wie ich es für angebracht halte.«

»Was soll ich die ganze Zeit da drinnen tun?«

»Grübeln, denke ich.«

Sie schnaubte vor Wut.

»Ich will Scott bei mir haben!«

»Scott ist beschäftigt. Da er nicht daran denkt zu fliehen, halte ich es nicht für nötig, ihn ebenfalls einzusperren.«

Er deutete mit einem Kopfnicken zur Tür. Der Mann, den er angewiesen hatte, sie zu begleiten, ergriff sie am Ellbogen. Obwohl er keineswegs unfreundlich war, schüttelte Randy ihn wütend ab.

»Ich gehe freiwillig.« Sie sagte es mit einem süßen Lächeln, doch ihre Blicke durchbohrten Hawk wie mit Dolchen. »Wenn sie Sie erwischen, dann sperren sie Sie hoffentlich lebenslänglich ein!«

»Sie werden weder das eine noch das andere tun.«

Während sie zu ihrer Hütte zurückging, fragte sich Randy, warum er seiner Sache so sicher schien.

»... und das war wirklich ein großes Pferd, Mami, kein Pony. Ich bin ganz allein auf ihm geritten. Am Anfang hat Ernie es an einem Seil gehalten, aber dann hat er ihm einen Klaps auf den Hintern gegeben, und es ging los – wusch!« Scotts Hände deuteten die Schnelligkeit der Bewegung an. »Aber ich musste doch innerhalb des Pferchs bleiben. Hawk sagte, morgen darf ich vielleicht draußen reiten, aber er muss erst noch sehen, wie gut ich es bis dahin kann.«

»Morgen sind wir vielleicht gar nicht mehr da, Scott. Es kann sein, dass dein Vater kommt und uns nach Hause mitnimmt. Würde dir das nicht gefallen?«

Sein Gesichtchen verzog sich zu einem verblüfften Stirnrunzeln, als er darüber nachdachte.

»Ja, ich denke schon, aber ich glaube, ich bin noch nicht ganz so weit. Es ist so schön hier.«

»Hast du keine Angst?«

»Wovor?«

Wovor?, fragte sie sich. Vor den abendlichen Schatten, die länger und dunkler erschienen als in der Stadt? Vor der purpurnen Abenddämmerung, die um Stunden früher einsetzte, sobald die Sonne hinter den Gipfeln der Berge versank? Vor den eigenartigen Anblicken, Geräuschen, Gerüchen?

»Vor Hawk«, sagte sie schließlich.

Scott blickte sie an, offensichtlich sehr verwundert.

»Vor Hawk? Wieso sollte ich vor Hawk Angst haben?«

»Er hat etwas Böses getan, Scott. Er beging ein schweres Verbrechen, als er uns gegen unseren Willen aus dem Zug herausholte. Du weißt doch, was eine Entführung ist?«

»Aber er ist nett.«

»Erinnerst du dich daran, wie oft wir darüber geredet

haben, dass man nie mit einem Fremden in ein Auto steigen darf – egal, wie nett er oder sie ist?«

»Wie die ekelhaften Leute, die Jungen und Mädchen antatschen?« Er schüttelte mit fester Überzeugung den Kopf. »Hawk hat mich nicht so angefasst. Hat er das etwa mit dir gemacht, Mami?«

Sie musste sich räuspern, bevor sie etwas erwidern konnte.

»Nein, aber es gibt ja auch noch andere schlechte Dinge, die Menschen einander antun können.«

»Hat Hawk etwas Böses mit uns vor?«

Seine hellen Augenbrauen zogen sich sorgenvoll zusammen.

Zu spät bemerkte sie, dass ihre Warnungen mehr schaden als nutzen würden. Sie wollte Scott nicht ängstigen, sondern nur verhindern, dass er Hawk zu seinem Idol machte. Randy rang sich ein Lächeln ab und glättete seine in die Stirn fallende Strähne.

»Nein, er tut uns nichts Böses. Aber denk daran, dass er gegen das Gesetz verstoßen hat.«

»Okay.«

Er erklärte sich nur allzu bereitwillig einverstanden. Ihre Mahnung war an ihm abgetropft wie Wasser an einer Ölhaut.

»Heute hat Hawk mir beigebracht, wie man einen Fisch im stillen Wasser am Rand eines Sees mit dem Speer fängt. Und er hat mir gezeigt, mit dem Messer, das er mir geschenkt hat, einen Stock zuzuspitzen. Er sagt, es ist gut, wenn man eine Waffe hat, aber man muss damit … äh … irgendwie richtig umgehen.«

»Verantwortungsbewusst.«

»Ja, das hat er gesagt. Dass man eine Waffe nur verwenden soll, um sich damit Nahrung zu beschaffen oder um sich zu verteidigen oder …« Er versuchte sich zu erinnern. »Ah ja, oder um jemanden zu beschützen, den man liebt.«

Randy fand es schwer zu glauben, dass Hawk jemals geliebt hatte. Seine Eltern vielleicht? Seinen Großvater mütterlicherseits, der vor ihm Häuptling gewesen war? Die Menschen seines Stammes? Die ganz bestimmt. Aber eine Liebesbeziehung zwischen zwei Menschen? Sie konnte sich nicht vorstellen, dass ein so hartherziger Mann wie er fähig sein könnte, eine Frau zu lieben.

Der Gedanke beunruhigte sie irgendwie, und so sagte sie etwas geistesabwesend zu Scott: »Mit dem Messer musst du immer sehr vorsichtig sein.«

»Mache ich. Hawk hat mir gezeigt, wie man sicher damit umgeht.«

»Ihr beide habt anscheinend viel miteinander geredet. Was war denn noch?«

»Mhm. Heute haben wir im Wald gepinkelt, und da habe ich ihn gefragt, ob mein Pipi auch so groß wird wie seines, und er sagte, eines Tages wahrscheinlich schon. Seines ist riesig, Mami. Sogar größer als das von Daddy. Hallo, Hawk!«

Verblüfft über Scotts fließenden Wechsel von einem Thema zum nächsten drehte sich Randy um und sah den Gegenstand der Konversation im Türrahmen stehen. Scott lief ihm entgegen.

»Ich habe Mami gerade erzählt, dass …«

»Die Vorsichtsmaßnahmen mit dem Messer«, unterbrach sie rasch. Sie stand auf und wandte sich Hawk zu in der Hoffnung, dass er nichts mitbekommen hatte. »Ich denke, Scott ist noch zu klein, um mit einem Messer zu spielen.«

»Er mag zu jung sein, um damit zu ›spielen‹. Aber jeder Junge, sogar ein Anglo, der in der Stadt aufwächst, sollte sich ein paar Grundkenntnisse der Jagd aneignen. Ich bin gekommen, um euch zum Essen abzuholen. Fertig, Scott?«

Den Blick weiterhin auf Randy gerichtet, reichte er dem Jungen eine Hand, die dieser freudig ergriff. Zusammen verließen sie den Raum; Randy blieb nichts übrig, als hinterherzutrotten.

Scott redete weiter mit Hawk, bis sie die Mitte der Ansiedlung erreicht hatten. Dort war eine Art Büfett aufgebaut. Als Hauptgericht gab es »Chili con carne«; es wurde aus großen Töpfen serviert, die den ganzen Tag lang über dem Feuer geköchelt hatten. Dazu steuerte jede Familie eine Beilage bei.

Die Menschen standen in kleinen Gruppen um das Lagerfeuer beisammen. Mit den gefüllten Tellern in den Händen führte Hawk Randy und Scott zu einer Decke, auf der er sich in einer geschmeidigen Bewegung im Schneidersitz niederließ. Scott versuchte, es ihm nachzumachen, und verschüttete dabei fast sein Essen. Hawk hielt ihm den Teller, bis er sich gesetzt hatte – so nahe an Hawk, dass er ihm schon fast auf dem Schoß hockte. Randy ließ sich auf eine Ecke der Decke nieder, so weit weg von Hawk, wie es eben ging.

Das Essen schmeckte überraschend gut. Oder aber sie hatte außergewöhnlich großen Hunger. Jedenfalls war es warm und sättigend und half, gegen die abendliche Kühle anzukämpfen.

»Alle schauen mich an«, bemerkte Randy zu Hawk, als sie mit dem Essen fertig waren. Die meisten Leute saßen noch um das Feuer herum. Frauen plauderten und lachten, einige der Männer spielten auf Gitarren.

»Wegen Ihrer Haare.« Seine belegt klingende Stimme ließ ihren Blick zu seinen Augen wandern. »Im Feuerschein erscheinen sie wie …«

Er beendete den Satz nicht, und das beunruhigte sie,

ebenso wie die aufmerksame Art, mit der er sie betrachtete, ohne den Blick auch nur einmal abzuwenden. Randy hatte das Gefühl, irgendwie in der Luft zu hängen, zu fallen und nicht in der Lage zu sein, die Talfahrt zu stoppen. Sie verzehrte sich fast danach, das Wort zu hören, das er nicht ausgesprochen hatte, aber gleichzeitig schreckte sie die Intimität des Augenblicks.

»Mir ist kalt«, sagte sie. »Ich möchte in die Hütte zurückgehen.«

Er schüttelte den Kopf.

»Bitte.«

»Wenn Sie zurückgehen, muss ich eine Wache mitschicken.« Er deutete auf die Leute.

»Aber sie brauchen ein bisschen Entspannung.«

»Es ist mir egal, was sie brauchen«, fuhr sie ihn an. »Ich möchte nach drinnen.«

Er hielt ihrem feindseligen Blick stand und hob eine Hand. Eine junge Frau erschien neben ihm, lächelnd und gehorsam eine Anweisung von ihm erwartend. Er teilte ihr kurz etwas mit; sie verschwand in der Dunkelheit und kam gleich darauf mit einer Decke über dem Arm zurück, die sie ihm anbot. Nach einer weiteren Order von Hawk wandte sich die Frau Randy zu. Nun lächelte sie nicht mehr – plötzlich war ihre Miene aufmüpfig und boshaft. Sie warf Randy die Decke praktisch vor die Füße, machte wortlos kehrt und verschwand.

Randy wickelte die Decke um sich.

»Was ist denn mit der los?«, fragte sie Hawk.

»Nichts.«

Er beobachtete stirnrunzelnd, wie sich die junge Frau entfernte und auf der gegenüberliegenden Seite des Kreises ans Feuer setzte. Selbst aus dieser Distanz war ihre feindselige Haltung noch spürbar.

»Sie sieht mich schon den ganzen Abend lang an, als würde sie mir den Tod wünschen. Was habe ich ihr getan?«

»Sie ist nur leicht reizbar.«

Randy glaubte ihm nicht. Sie erkannte, wenn jemand eifersüchtig war, und bei dieser jungen Indianerin war das mehr als offensichtlich.

»Hat es irgendetwas damit zu tun, dass ich die Decke benutze?«

»Familien essen normalerweise zusammen.«

»Ist das ein alter Stammesbrauch?«

»Es ist ein neuer Brauch, den ich initiiert habe.«

»Aus einem besonderen Grund?«

»Es ist für Kinder wichtig, die Zusammengehörigkeit der Familie zu erkennen. Vater, Mutter, Kinder. Das sorgt für Einheit und Ordnung.«

»Weshalb essen Scott und ich dann mit Ihnen?«

»Weil ihr im Augenblick meiner Verantwortung untersteht.«

»Das heißt also, wir sind Ihre Familie?«

»Ich vermute, man könnte das so sehen.«

»Sie sieht es wohl ganz offensichtlich so. Sie brauchen mich gar nicht zu fragen, wen ich wohl meine – das leicht reizbare Mädchen natürlich, das mich missgestimmt ansieht und Ihnen schöne Augen macht. Wie heißt sie?«

»Dawn January.«

Randy beobachtete das Mädchen über die züngelnden Flammen des Lagerfeuers hinweg. Dawn hatte das klassische Aussehen einer Indianerin – hohe Backenknochen und große Mandelaugen, die jedes Mal glühten wie Feuer, wenn sie Hawk anblickte. Augen voller Lust und Leidenschaft. Mit ihrem sinnlichen Mund und der aufreizenden Figur hätte sie jeden Mann dazu gebracht, sich nach ihr umzudrehen, und seine Begehrlichkeit entfacht.

»Sie ist eifersüchtig auf mich, nicht wahr?«, sagte Randy intuitiv. »Sie möchte neben Ihnen auf der Decke sitzen. Warum bieten Sie ihrem Vater nicht ein paar schöne Pferde für sie an? Ich bin sicher, wenn Sie fragen würden, dann könnten Sie sie sofort haben.«

Ein Winkel seines Mundes verzog sich leicht nach oben; zu mehr wollte sich seine gestrenge Miene nicht hinreißen lassen.

»Ich habe als Junge den gleichen John-Wayne-Film gesehen.«

Sie machte eine ungeduldige Geste.

»Sie wissen schon, was ich meine.«

»Ja, ich weiß, was Sie meinen.« Das angedeutete Lächeln wich seinem alltäglichen, ernsten Gesichtsausdruck. »Wenn ich Dawn haben wollte, und wenn es nur für eine Nacht wäre, müsste ich überhaupt nichts bezahlen.«

»Aha«, sagte sie beeindruckt. »Auf solche sexuellen Gefälligkeiten hat man als Häuptling einen Anspruch?«

»Nein. Solche sexuellen Gefälligkeiten bekommt man, wenn man Hawk O'Toole ist.«

Einmal mehr geschlagen, verfiel Randy sicherheitshalber in Schweigen. Sie zweifelte nicht daran, dass die meisten Frauen Hawk attraktiv fanden. Er war ein interessanter Mann. Seine Kälte forderte den weiblichen Mutterinstinkt geradezu heraus. Für Frauen, die sich zum Typ des einsamen Grüblers hingezogen fühlten, war er ein gut aussehender Mann. Zumindest erschien sein schlanker, geschmeidiger Körper begehrenswert. Scotts unschuldige Beschreibung seiner Männlichkeit fiel ihr wieder ein und wollte ihr nicht mehr aus dem

Sinn gehen. Immer wieder ertappte sie sich dabei, wie sie heimlich auf seinen Schoß schaute. Ihre Wangen wurden heiß.

»Stimmt etwas nicht?«, fragte er, während er die Beine ausstreckte und sich auf einen Ellbogen abstützte.

»Nein, ich ...« Ihre Augen wanderten sofort wieder zu der stattlichen Ausbuchtung zwischen seinen Schenkeln. Hastig wandte sie den Kopf zur Seite und suchte nach Worten. »Sie sprechen oft von Kindern und der Zukunft des Stammes. Aber Sie haben selbst noch keine Kinder in die Welt gesetzt.«

»Woher wollen Sie das wissen?«

6

»Oh!«, rief sie leise. »Ich dachte nur ... ich dachte, Sie hätten gesagt, es gibt keine Mrs O'Toole.«

Ihr Gestammel amüsierte ihn, er lachte kurz.

»Es gibt auch keine unehelichen Kinder.«

Sie starrte ihn an, zornig darüber, dass er sie absichtlich geködert hatte.

»Warum haben Sie dann zugelassen, dass ich mich zum Narren mache?«

»Weil Sie das so gut können.«

Jetzt war Randy verstimmt, sie suchte Streit.

»Wenn Sie so familienorientiert sind, warum haben Sie denn dann keine eigenen Kinder? Würden ein paar kleine O'Tooles den Stamm nicht stärken?«

»Möglicherweise.«

»Na – und?«

»Ich habe genug zu tun. Warum sollte ich diese Verantwortung auf mich nehmen?«

»Eine gute Frau würde Ihnen das Kinderhüten schon abnehmen.«

»Denken Sie an irgendwelche Kandidatinnen?«

»Wie wär's mit ihr?«

»Mit wem – Dawn?«, fragte er, als Randy auf das Mädchen zeigte, das noch immer ihnen gegenüber auf der anderen Seite des Kreises saß. »Sie ist noch Jungfrau.«

»Da möchte ich wetten«, entgegnete Randy feixend. »Glauben Sie das, weil sie es sagt, oder haben Sie es selbst herausgefunden?«

Er mochte ihre schnodderige Art nicht. Mit düsterem Blick murmelte er: »Ich bin zu alt für sie.«

»Ich glaube nicht, dass Dawn das ebenso sieht.«

»Sie könnte ohne Weiteres meine Tochter sein. Und wie auch immer, sie gehört einem anderen.«

»Gehört?«

»Einer der jungen Männer, Aaron Turnbow, ist in sie verliebt, schon seit sie Kinder waren.«

»Und das ist für Sie von Bedeutung?«

Die züngelnden Flammen des Lagerfeuers waren nichts im Vergleich zu dem Lodern in seinen zornigen Augen.

»Jawohl. Das ist für mich von großer Bedeutung.«

Randy wandte sich ab. Insgeheim gestand sie sich ein, dass sie den verächtlichen Blick, den er ihr zuwarf, verdiente. Sie hatte keinen Grund, ihn oder Dawn zu beleidigen. Als einzige Entschuldigung konnte sie vorbringen, dass sie schlecht gelaunt war. Und argwöhnisch.

Sie hatte zuerst mit ihrem Vater und dann mit Morton Price zusammengelebt; deshalb waren Männer für sie selbstsüchtige Individuen, die sich nahmen, was sie wollten und wann sie es wollten. Entweder war Hawk O'Toole ein Lügner, der versuchte, ihr mit seinem Edelmut zu imponieren, oder ein ziemlich seltenes Exemplar seiner Gattung, wie sie noch nie einem begegnet war.

Die Möglichkeit, dass er homosexuell sein könnte, schloss sie aus. Aber welcher Mann würde die offenkundige Aufforderung einer sinnlichen Frau wie Dawn ausschlagen? So viel Selbstlosigkeit gab es nun einmal nicht auf der Welt. Randy fiel es leichter zu glauben, dass Hawk sie belog, auch wenn es ihr rätselhaft erschien, weshalb er das tun sollte.

Das Gespräch war verstummt. Aber beide schienen es damit bewenden lassen zu wollen. In die warme Decke gehüllt, genoss Randy in tiefen Atemzügen die frische Gebirgsluft. Es kam ihr vor, als würde sie dadurch von innen heraus gereinigt.

Die Balladen, die leise zur Begleitung von Gitarren gesungen wurden, schläferten die Zuhörer zusehends ein. Die sich wiederholenden, verführerisch wirkenden Rhythmen der Lieder versetzten sie in eine Art Trance. Die Unterhaltung wurde ruhiger; viele der Leute schwiegen.

Die Kinder, unter ihnen Scott, die in dem Gehölz in der Nähe Verstecken gespielt hatten, wurden langsam müde. Scott kam zur Decke zurück und kuschelte sich zwischen Hawk und Randy. Sie wickelte ihn mit in ihre Decke ein, zog seinen Kopf an ihre Brust und bedeckte seine kalten Hände mit den ihren. Dann küsste sie ihn auf den Hinterkopf und rieb die Lippen über seinen Haarschopf.

»Müde?«

»Nein.«

Sie lächelte über sein verräterisches Gähnen.

Paare sammelten ihre Kinder ein und verschwanden dann still im Dunkel jenseits des Feuerscheins. Randy sah, wie Ernie sich zu Leta beugte und ihr etwas ins Ohr flüsterte, woraufhin sie schüchtern die Augen niederschlug. Dann scheuchte er Donny in Richtung Hütte. Arm in Arm folgten sie ihm.

Auch Hawk hatte die beiden beobachtet.

»Alter Bock.«

»Hat er deshalb eine Frau geheiratet, die um so viel jünger ist als er?«

Hawk verzog den Mund zu einem angedeuteten Lächeln.

»Ich bin sicher, dass die Lust etwas damit zu tun hatte, aber nicht nur. Ernies erste Frau starb bald nach Donnys Geburt. Sie hatten noch drei andere Kinder. Sie sind schon alle erwachsen. Leta war eine Waise, die Schutz brauchte. Und Ernie fühlte sich einsam und brauchte eine Frau.«

Er zuckte beredt die Schultern.

»Es hat einfach gut gepasst.«

Ernie hatte den Kopf zu Leta geneigt und einen Arm schützend um ihre Schultern gelegt. Indianer wurden zumeist als gefühlsarm und verschlossen dargestellt. Umso mehr war Randy überrascht, wie offen Ernie seine Zuneigung für seine junge Frau zeigte, und sagte das auch zu Hawk.

»Männlichkeit wird nicht daran gemessen, wie schlecht man mit seiner Frau umgeht, sondern wie gut«, kommentierte er knapp.

»Glauben Sie das wirklich?« Randy war verwundert, dass er sich zu einem so wenig traditionellen Grundsatz bekannte.

»Ich habe keine Frau, deshalb spielt es eigentlich keine Rolle, was ich glaube, oder? Es ist einfach besser für die Gemeinschaft, wenn die Frauen nicht wie Bürger zweiter Klasse behandelt werden.«

»Aber waren die indianischen Gesellschaften nicht schrecklich chauvinistisch?«

»Waren sie das nicht alle?«

Sie nickte, um zu zeigen, dass sie ihm Recht gab.

»Sollte sich das Zusammenleben der Menschen nicht überall verbessern?«

»Auf jeden Fall«, stimmte sie zu. »Mich überrascht nur, dass Sie sich nicht mehr an die Tradition halten.«

Er machte eine wegwerfende Geste.

»Manche Traditionen sollten durchaus aufrechterhalten werden. Aber wie gut ist eine Gesellschaft, in der die Hälfte der Mitglieder zu nichts anderem gut sein soll als zum Kochen, Putzen und Kinderkriegen?«

Ein Mann voller Widersprüche. Seine Gedanken waren sehr komplex; sie schienen verschlungener und gewundener zu sein als eine Gebirgsstraße voller Kehren und Serpentinen. Randy fühlte sich zu müde, um ihnen an diesem Abend zu folgen. Ihr Blick wanderte wieder zu Ernie und Leta. Sie beobachtete die beiden, bis sie in der Dunkelheit verschwanden.

»Die scheinen sich ja wirklich sehr zu lieben.«

»Ich glaube, dass sie sich auf der körperlichen Ebene gegenseitig viel zu bieten haben.«

»Ich dachte mehr an eine Liebe, die über die körperliche Ebene hinausgeht.«

»So etwas gibt es nicht.«

Randy warf Hawk einen vorsichtigen Blick zu. Er hatte soeben ihre Spekulationen über seine persönlichen Beziehungen bestätigt, vor allem bezüglich Frauen.

»Sie glauben nicht an Liebe?«

»Sie etwa?«

Sie dachte an Mortons Treulosigkeit und die emotionale Hölle, die er ihr während der Scheidung bereitet hatte. Ihre Antwort war ehrlich.

»Idealistisch gesehen, ja, glaube ich daran. Realistisch gesehen – nein.«

Sie berührte Scotts kühle, weiche Wange. Er schlief fest, an ihren Busen gedrückt, und atmete feucht durch den Mund.

»Ich glaube an die Liebe von Vater oder Mutter zu ihrem Kind.«

Hawk gab einen spöttischen Laut von sich.

»Ein Kind liebt seine Mutter, weil sie es ernährt. Zuerst mit der Brust, dann mit ihren Händen. Wenn es sie nicht mehr braucht, um gefüttert zu werden, hört auch diese Liebe auf.«

»Scott liebt mich!«, erklärte Randy hitzig.

»Weil er noch darauf angewiesen ist, dass Sie für ihn sorgen.«

»Und wenn er mich eines Tage nicht mehr braucht, dann hört er auf, mich zu lieben?«

»Seine Bedürfnisse verändern sich. Ein kleiner Junge braucht Milch. Ein erwachsener Mann braucht Sex.« Er deutete mit einer Kopfbewegung auf den schlafenden Kleinen. »Er wird eine Frau finden, die ihm gibt, was er braucht, und dafür, dass er sich das nimmt, wird er sein Gewissen damit beschwichtigen, dass er ihr sagt, er liebe sie.«

Randy blickte ihn erstaunt an.

»Und was braucht dieser verbogenen Philosophie zufolge eine Frau, wenn sie keine Muttermilch mehr nötig hat?«

»Schutz. Zuneigung. Freundlichkeit. Ein Ehemann muss den Nesttrieb einer Frau befriedigen. Das wird als Liebe angesehen. Sie tauscht seinen nächtlichen Gebrauch ihres Körpers gegen Sicherheit und Kinder. Und wenn sie Glück haben, dann halten das beide für einen guten Tausch.«

»Was sind Sie nur für ein gefühlloser Mensch, Hawk O'Toole«, sagte sie und schüttelte bestürzt den Kopf.

»Ein sehr gefühlloser.« Er stand abrupt auf. »Gehen wir.«

Er ergriff ihren Arm und half ihr mitsamt Scott und der Decke auf die Füße. Es war eine so plötzliche Bewegung, dass sie fast das Gleichgewicht verlor, aber er wartete, bis sie sich wieder gefangen hatte, bevor er sie losließ.

Randy war froh, dass sie Scott als Barriere zwischen sich und Hawk hatte. Der Abend war ausgesprochen angenehm gewesen: ein herzhaftes Essen, bezaubernde Musik, frische Luft, die warme Decke – all das sprach ihre Sinne lebhaft an. Auch das Gespräch mit Hawk, vor allem die Erwähnung sexueller Dinge, hatte sie aufgereizt und irgendwie unruhig gemacht; sie fühlte sich wie aufgekratzt.

Randy war sich des hochgewachsenen Mannes in ihrer Nähe beklemmend bewusst, als sie durch die Dunkelheit zur Hütte marschierten. Gelegentlich stießen sie mit den Hüften aneinander, oder sein Ellbogen berührte die Seite ihres Busens.

Sie waren fast an der Hütte angelangt, als sich ein Schatten aus den anderen herauslöste und sich ihnen in den Weg stellte. Hawks Hand glitt unbemerkt zu seinem Dolch und zog ihn aus der Scheide.

Als sich der Schatten vorwärts bewegte, fiel ein Lichtstrahl auf ihn. Randy atmete erleichtert auf, als sie Dawn January erkannte. Hawk schien allerdings weniger erfreut, sie zu sehen. Er sprach sie in einem barschen Ton an; sie widersprach ihm offenbar. Seine nächste Bemerkung war von einer ungeduldigen Geste begleitet.

Das Mädchen warf Randy einen hasserfüllten Blick zu, machte auf dem Absatz kehrt und verschwand in der Dunkelheit.

Randy stieg die Stufen zur Veranda hinauf, ging in die Hütte hinein, tastete sich über den einfachen Holzboden zu Scotts Schlafstelle vor, legte ihn darauf und deckte ihn zu. Noch nie zuvor hatte er in seinen Kleidern geschlafen – jetzt tat er es schon die dritte Nacht in Folge.

Nachdem sie ihn gut eingepackt hatte, ging sie noch

einmal auf die Veranda hinaus. Hawk stand unbeweglich da und starrte in die Nacht.

»Ist sie gegangen?«, fragte Randy.

»Ja.«

»Was hat sie hier gemacht?«

»Gewartet.«

»Worauf?«

»Um zu sehen, ob Sie in die Hütte gehen.«

»Ich bezweifle, dass sie um mein Wohlbefinden besorgt ist«, bemerkte Randy sarkastisch. »Wahrscheinlich denkt sie, dass Sie bei mir schlafen.«

»Da könnte sie Recht haben.«

Sie blickte zu ihm auf, unsicher, ob er scherzte oder nicht. Dass er das nicht tat, merkte sie, als er sich ihr zuwandte. Seine scharfen Gesichtszüge waren aufs äußerste angespannt. Mit einer gewandten Drehung nagelte er sie am Türpfosten fest.

»Sie müssten mich zuerst töten«, sagte sie atemlos.

»Nein, das müsste ich nicht.«

Seine Lippen streiften leicht, erregend, über ihren Mund.

»Sie würden mir den Gebrauch Ihres Körpers in einer einzigen Sekunde gegen die Sicherheit Ihres Kindes eintauschen, Mrs Price.«

»Sie würden Scott nichts tun.«

»Aber Sie sind sich nicht sicher.«

Sie schluckte schwer und versuchte, sich abzuwenden.

»Sie müssten mich mit Gewalt nehmen.«

Er beugte sich vor und presste sich unzweideutig an sie.

»Das glaube ich nicht. Ich habe Sie heute Abend beobachtet. Es gibt Aspekte unserer Kultur, die Sie äußerst stimulierend finden. Und im Augenblick ist Ihnen genauso heiß wie mir.«

»Nein.«

Er erstickte ihren kümmerlichen Protest mit einem Kuss. Seine geöffneten Lippen rieben sich an den ihren, bis sich diese öffneten. Seine bewegliche Zunge eroberte mit raschen Vorstößen ihren Mund, liebkoste ihn dann mit langsamen, köstlichen Streichelbewegungen.

Heftig atmend ließ er seine Lippen nach unten wandern, küsste ihren Hals, saugte ihre zarte Haut bis zu den Zähnen ein.

»Es gefällt dir, auf dem Boden zu sitzen, mit nichts über dir außer dem Nachthimmel. Es gefällt dir, dich in eine Decke einzuwickeln und die Wärme zu spüren.«

Seine Lippen wanderten tiefer; seine Nase schob sich in den Schlitz ihres Hemds, und er drückte einen leidenschaftlichen Kuss auf den Ansatz ihrer Brust.

»Du magst unsere Musik, ihren alten, heidnischen, erregenden Rhythmus. Du fühlst diesen Rhythmus. Hier.« Seine Hand legte sich auf ihre linke Brust. Er streichelte sie, zuerst aggressiv, dann zärtlicher, und rieb mit der Handfläche über ihre sich aufrichtende Brustwarze.

Ihr Verstand reagierte alarmiert, ablehnend. Doch als sich seine Lippen erneut auf ihren Mund legten, erwiderte sie seinen Kuss begierig. Ihre Zunge suchte die seine. Ihre Hände wühlten sich in sein dickes, schwarzes Haar. Er ließ eine Hand über ihren Rücken gleiten, drückte sie an sich und hob ihren Unterleib an den seinen.

»Wieso will ich ausgerechnet dich?«, stöhnte er.

Randy fragte sich, ob er bemerkte, dass er die Frage laut ausgesprochen hatte. Es war eine Frage, die sie sich auch selbst stellen konnte – warum reagierte ihr Körper so auf ihn, wo sie doch eigentlich nichts als Abscheu hätte empfinden müssen? Zu welchem Zeitpunkt war an die Stelle der Furcht Begehren getreten? Warum wollte sie ihm näher kommen, anstatt ihn von sich wegzuschieben?

Als er mit belegter Stimme murmelte: »Ich will mich in dir verlieren«, zitterte sie vor Erregung, nicht vor Widerwillen.

»Verdammt!«, fluchte er dann. »Du bist mein Feind! Ich hasse dich! Aber ich will dich.«

Er stieß ein vulgäres Wort aus, knurrte wie ein Raubtier vor der Paarung und drückte sie noch fester an sich.

Doch im nächsten Augenblick schob er sie plötzlich weg, wischte sich mit dem Handrücken über den Mund.

»Wie viele hast du schon vor mir gehabt?«, fauchte er. »Wie viele Männer haben ihren Stolz und ihre Unbescholtenheit hingegeben für ein paar süße Minuten, in denen sie zwischen deinen Schenkeln alles vergessen konnten?«

Er wich von ihr zurück, als wäre sie eine ansteckende Krankheit.

»Ich werde nicht so schwach sein, Mrs Price!«

Damit machte er kehrt und sprang mit einem Satz von der Veranda. Randy stolperte in die Hütte, schloss die Tür und lehnte sich dagegen. Sie bedeckte das Gesicht mit den Händen, schluchzte tränenlos und atmete schwer; ihre Brüste hoben und senkten sich leidenschaftlich. Gleichzeitig wurde sie von Ekel vor sich selbst überwältigt, zitterte vor Zorn über ihn und seine falschen Anschuldigungen.

Wie konnte er es wagen, sie zurechtzuweisen, wenn er nicht einmal wusste, was geschehen war? Wie konnte er es wagen, sie so zu küssen?

Nach einer Weile ließ Randy die Hände sinken und starrte in das Dunkel der Hütte, das nur vom fahlen

Licht des Mondes abgeschwächt wurde, welches durch das kleine Fenster fiel.

Einer Sache war sie sich absolut sicher: Sie konnte nicht so lange warten, bis Morton auf die Forderungen der Indianer reagierte. Es war höchste Zeit, dass sie selbst die Initiative ergriff. Sie und Scott mussten von Hawk O'Toole weg – um Scotts und um ihrer selbst willen.

Sie hatte einen Fluchtplan, aber er wies so viele Schwachpunkte auf, dass man ihn kaum als echten Plan bezeichnen konnte. Wie man ihn auch betrachtete, er war geradezu gespickt mit Möglichkeiten des Scheiterns. Vieles würde nur mit großem Glück gelingen. Aber mehr hatte sie nun einmal nicht vorzuweisen. Sie musste sofort handeln, so lange ihre Entschlusskraft noch reichte, und deshalb ignorierte sie die vielen Risiken einfach.

Die Idee war ihr gekommen, nachdem sie stundenlang in der Hütte auf und ab gegangen war. Sie dankte ihrem Erinnerungsvermögen, das ihr dazu verholfen hatte. Denn wie aus dem Nichts kam plötzlich der Gedanke an den jungen Mann, den Hawk Johnny nannte. Sie hatte ihn aus einem Verschlag treten sehen, der – wie sie später herausfand – eine Garage war.

Irgendwann im Lauf des Abends bemerkte sie, wie er sich, eine Flasche Whiskey an die Brust gedrückt, aus dem Gebäude schlich. So weit sie wusste, war Hawk das entgangen. Anstatt sich zum Abendessen zu den anderen zu gesellen, verschwand Johnny mit seiner Flasche in der Dunkelheit.

Die Alkoholsucht des jungen Mannes erschien ihr tragisch. Randy beschlich ein schlechtes Gefühl bei dem Gedanken, dieses Übel für ihre Zwecke auszunutzen, aber es war die einzige durchführbare Möglichkeit, die sie gefunden hatte. Sie ging davon aus, dass Johnny bei seiner Arbeit nachlässig gewesen war und wenigstens in einem der Pick-ups, an denen er an diesem Tag arbeitete, den Schlüssel stecken gelassen hatte.

Falls sie es schaffte, die Garage unbemerkt zu erreichen, einen Wagen mit dem Schlüssel im Zündschloss fand und falls aus dem Wagen nichts Entscheidendes ausgebaut worden war und sie ihn starten konnte, würde sie vielleicht in der Lage sein davonzufahren, bevor man ihr Verschwinden bemerkte.

Es gab jedoch noch andere Bedenken. Zum Beispiel wusste sie nicht, wo sie sich befand – sie konnte nur vermuten, dass es sich aufgrund der gebirgigen Gegend um den nordwestlichen Teil des Staates handeln musste. Außerdem hatte sie keine Ahnung, wie viel Benzin in dem Wagen sein würde. Geld besaß sie keines, weil ihre Handtasche im Silverado-Zug geblieben war. Aber mit all diesen Unwägbarkeiten konnte sie sich später befassen, wenn es an der Zeit war. Als Erstes musste sie von dem Feriengelände verschwinden.

Für die Umsetzung ihres Plans wählte sie die Zeit vor dem Morgengrauen. Hatte sie nicht irgendwo einmal gelesen, dass normale Menschen in der letzten Stunde vor der Dämmerung am tiefsten schliefen? Hawk O'Toole war zwar nicht normal, doch sie versuchte, sich durch diesen unangenehmen Punkt nicht beirren zu lassen. Außerdem wollte sie einerseits den Schutz der Dunkelheit ausnützen, andererseits brauchte sie aber genügend Licht, um zu sehen, was sie tat und wohin sie ging. Künstliches Licht wollte sie nicht verwenden; sie verließ sich lieber auf die natürliche Helligkeit, also auf das Zwielicht kurz vor Sonnenaufgang.

Eine der ersten Schwierigkeiten war, Scott wach zu

bekommen. Er stöhnte nur und vergrub sich tiefer in die Decke, als sie versuchte, ihn wachzurütteln. Sie wollte ihn nicht erschrecken, aber jede Minute, die verstrich, war kostbar.

»Scott, bitte, Liebling, wach auf.«

Sie war zärtlich, aber auch beharrlich, und schließlich setzte er sich auf, aber er jammerte und weinte.

»Schsch, still!«, warnte sie ihn und klopfte ihm leicht auf den Rücken. »Ich weiß, es ist noch ganz früh, aber du musst für Mami sofort aufwachen. Es ist sehr, sehr wichtig.«

Er murmelte einen Protest und drückte sich die kleinen geballten Hände auf die Augen, um den Schlaf zu vertreiben. Randy bewahrte mit aller Anstrengung die Fassung, denn sie wusste, wenn sie ihn nun bestrafte, würde er nur einen Weinkrampf bekommen. Besser war es, seine Abenteuerlust zu wecken.

»Wir machen ein Spiel mit Hawk«, flüsterte sie.

Er hörte auf zu jammern, richtete sich auf und blinzelte sie an.

»Ein Spiel?«

Gott, vergib mir diese Lüge, betete sie. Sie hatte ihren Sohn noch niemals belogen, auch wenn die Wahrheit noch so schmerzlich gewesen war. Daher konnte sie nur hoffen, dass er sich so sehr über seine Rückkehr nach Hause freute, dass er ihr vergeben würde.

»Ja, aber wir müssen dabei absolut leise sein. Du darfst nicht einen Mucks machen! Die Indianer hören nämlich alles, das weißt du doch.«

»So wie im Wald, da hören sie Tiere in ihren Höhlen und Käfer auf der Erde und so was?«

»Genau. Also musst du so leise sein wie noch nie, denn sonst findet uns Hawk, und dann ist das Spiel vorbei.«

»Spielen wir Verstecken? Kommt Hawk und sucht uns?«

»Er wird ganz bestimmt nach uns suchen.« Und das war keine Lüge.

Sie wickelte Scott in die Jacke, die er von Donny ausgeliehen hatte, und band ihm die Schuhe. Durch das Fenster versuchte sie, ihren Aufpasser auszumachen, und entdeckte nach einer Weile eine in eine Decke gewickelte Gestalt, die unter einem Baum sitzend schlief. Bis jetzt schien Gott ihre Gebete also zu erhören.

»Pass gut auf, Scott«, sagte sie und kauerte sich zu ihm. »Wir müssen als Erstes die Wache überlisten. Ich werde dich tragen. Aber du darfst nicht ein Wort sagen, bis wir an ihr vorbei sind. Nicht einmal flüstern, okay?«

Er starrte sie nur aus großen Augen an.

»Scott, hast du mich verstanden?«

»Du hast gesagt, ich darf nicht einmal flüstern.«

Randy lächelte und umarmte ihn.

»Braver Junge.«

Sie nahm ihn auf den Arm und öffnete vorsichtig die Haustür. Die Scharniere quietschten ziemlich laut. Randy erstarrte und wartete, aber nichts deutete darauf hin, dass sie sich verraten hatte. Sie trat auf die Veranda hinaus. Der Mann unter dem Baum bewegte sich nicht.

Sie tastete sich die Stufen hinab. Auf dem Pfad musste sie aufpassen, um nicht das Gleichgewicht zu verlieren oder einen Stein loszutreten. Erst, als sie etwa hundert Meter von der Hütte entfernt waren, fühlte sie sich einigermaßen sicher. Sie fing an, schneller zu laufen, hielt sich aber, so gut es ging, im Schatten. Zweimal bellte laut ein Hund, aber sie rannte einfach weiter, bis sie an der Garage angekommen war.

In dem Schuppen herrschte absolute Finsternis. Sie setzte Scott ab.

»Bleib an der Tür stehen. Ich suche einen Wagen, mit dem wir fahren können.«

»Mir gefällt das nicht. Es stinkt, und es ist stockdunkel. Und ich bin müde, Mami. Und kalt ist mir auch.«

»Ich weiß, ich weiß.«

Sie streichelte ihm tröstend über die Wange.

»Du bist so ein tapferer Junge. Ich weiß nicht, was ich ohne dich täte – wenn du nicht an der Tür für mich aufpassen würdest.«

»Ist das meine Aufgabe? Ich bin der Aufpasser?«

»Das ist deine Aufgabe.«

Er dachte darüber nach und meinte dann widerwillig: »Okay, aber lieber würde ich etwas anderes spielen. Machen wir schnell, damit dieses Spiel bald zu Ende ist.«

»Es wird nicht lange dauern. Das verspreche ich dir.«

Sie ließ Scott an der Tür zurück mit der nochmaligen Mahnung, er dürfe seinen »Posten« nicht verlassen, und machte sich auf die Suche nach einem Wagen, bei dem der Zündschlüssel steckte. Bereits beim zweiten hatte sie Glück. So weit sie es in der Dunkelheit ausmachen konnte, handelte es sich um einen Lastwagen; er hatte hohe Seitenwände an der Ladefläche.

Sie überlegte, nach einem anderen, vielleicht kleineren zu suchen, der leichter zu manövrieren war, beschloss aber dann, dass die Zeit dazu nicht reichte, denn der Himmel wurde mit jeder Minute heller.

Sie holte Scott von der Tür und drängte ihn, in den Wagen zu steigen. Er tat es nur widerstrebend: »Glaubst du, Hawk kann uns in diesem Lastwagen finden?«

»Das ist seine Aufgabe bei dem Spiel. Unsere Aufgabe besteht darin, vom Gelände herunterzukommen, ohne dass er uns sieht.«

Zuvor musste sie allerdings den Motor starten und

riskieren, damit das halbe Dorf aufzuwecken. Randy hoffte sehr, dass Johnny an diesem Wagen gearbeitet hatte, solange er noch nüchtern gewesen war. Sie schickte ein Stoßgebet zum Himmel, wischte sich die schweißnassen Hände an ihrem Hemd ab und drehte den Zündschlüssel.

Es kam ihr lauter vor als ein Raketenstart. Die Maschine ratterte und lärmte, als wollte sie protestieren. Randy betätigte die Kupplung und trat mehrmals auf das Gaspedal.

»Komm schon«, drängte sie, »mach doch, bitte!«

Der Motor sprang so plötzlich an, dass sie im ersten Moment schockiert auf das Lenkrad starrte. Dann blickte sie zu Scott.

»Er läuft!«, sagte sie erfreut.

»Wolltest du das nicht, Mami?«

»Doch, es ist nur, dass ... vergiss es. Sehen wir zu, dass wir wegkommen, ohne jemanden aufzuwecken.«

»Kann Donny nicht mitspielen?«

»Nein.«

»Bitte.«

»Dieses Mal nicht, Scott!«

Auf ihren schroffen Ton hin schmollte er. Randy bedauerte, so streng mit ihm sein zu müssen, doch eine Auseinandersetzung konnte sie sich im Augenblick nicht leisten. Sie schaffte es, den ersten Gang einzulegen, gab etwas Gas, ließ langsam die Kupplung kommen – und schon rumpelte der Lastwagen vorwärts.

Sie erwartete fast, auf eine Armee bis an die Zähne bewaffneter Indianer zu stoßen, als sie aus der Garage rollte, aber es war nirgendwo ein Lebenszeichen zu entdecken. Bei der ersten Kurve biss sie sich vor Anspannung auf die Lippe, aber sie schaffte auch das. Dann fuhr sie im ersten Gang weiter, auf die Ausfahrt des Geländes zu.

Sie widerstand dem Impuls, Hawk eine lange Nase zu drehen, als der Wagen an seiner Hütte vorbeituckerte. Es kostete sie ihre ganze Kraft, dieses Ungetüm zu steuern, und noch dazu suchte sie ständig die Gegend ab, die sie durch die Windschutzscheibe erfassen konnte. Obwohl es am frühen Morgen ziemlich kühl war, hatte sie Schweißperlen auf der Stirn. Unwillkürlich öffnete und schloss sie immer wieder die Hände um das Lenkrad; ihre Muskeln waren vor Nervosität höchst angespannt.

Dort! Sie sah es. Ein Gatter mit einem Rost im Boden, damit die Rinder nicht das Gelände verlassen konnten. Das Tor war offen. Sie wagte es, in den zweiten Gang zu schalten und zu beschleunigen. Sobald der Wagen holpernd den Gitterrost passiert hatte, legte sie den dritten Gang ein. Der Motor protestierte, aber sie gab mehr Gas, und mit einem Ruck ging es weiter.

»Wie weit fahren wir, Mami, bevor Hawk anfängt, nach uns zu suchen?«

»Ich weiß nicht genau, Liebling.«

Sie wischte sich mit dem Ärmel den Schweiß von der Stirn. Die Straße war so mit Schlaglöchern übersät, dass das Fahren gefährlich wurde; der Wagen holperte und schaukelte wie verrückt. Dennoch fühlte Randy sich erleichtert – als wäre ein tonnenschwerer Stein von ihr genommen worden.

»Scott, Scott, wir haben es geschafft!«, rief sie überglücklich.

»Wir haben das Spiel gewonnen?«

»Ich glaube schon, ja. Jedenfalls sieht es danach aus.«

»Gut. Können wir dann wieder zurückfahren?«

Lachend zerzauste sie ihm die Haare und kniff ihn spielerisch in die Backe.

»Nicht sofort.«

»Aber ich habe Hunger, ich möchte ein Frühstück!«

»Du musst dich ein wenig gedulden. Das Spiel ist noch nicht ganz vorbei.«

Sie fuhr mehrere Meilen; die Straße schien sich endlos dahinzuziehen. Aber irgendwohin muss sie ja schließlich führen, beruhigte sie sich selbst. Der aufgehenden Sonne nach zu urteilen, fuhr sie nach Osten. Das war doch gut, oder etwa nicht? Sie wusste es nicht. Nun musste sie erst einmal eine richtige Straße finden.

Die Sonne stieg über die Gipfel der Berge; das grelle Licht blendete sie für einen Moment. Sie versuchte, ihre Augen mit einer Hand zu schützen, und als sie wieder deutlich sah, war sie sicher, dass ihr ihre tränenden Augen einen üblen Streich spielten.

»Da ist Hawk«, rief Scott.

Er sprang auf, kniete sich auf die Sitzbank, hielt sich am Armaturenbrett fest und hopste auf und nieder.

»Er hat uns gefunden! Er ist schlau, Mami. Ich wusste, dass er uns finden würde. Hawk, da sind wir!«

Randy riss das Lenkrad herum. Der Wagen machte einen Schlenker und hätte fast den Mann erwischt, der mit seinem Pferd mitten auf der Straße stand. Aber weder Pferd noch Reiter schienen sich zu beunruhigen, keiner von beiden regte sich.

Eine Staubwolke wirbelte auf, als Randy den Wagen zum Stehen brachte. Noch ehe sie Scott festhalten konnte, hatte er die Tür geöffnet und rannte auf Hawk zu, der von seinem Pferd gestiegen war. Randy ließ den Kopf niedergeschlagen auf die Hände am Steuer sinken. Sie spürte ihr Scheitern in jeder Faser ihres Körpers.

»Steigen Sie aus.«

Sie blickte auf. Es war Hawk, der den Befehl durch das offene Fenster geknurrt hatte. Er riss die Tür auf, packte sie mit eisernem Griff am Ellbogen und zwang sie zu Boden. Mehrere Reiter standen um sie herum, darunter der stets treue Ernie. Scott hüpfte von einem Fuß auf den anderen und johlte vor Freude darüber, dass sie so weit gekommen waren, bevor man sie gefunden hatte.

»Mami sagte, ich muss leiser sein als jemals zuvor, weil Indianer alles hören. Und ich war der Aufpasser, als sie in den Lastwagen stieg. Und dann sind wir losgefahren und haben niemanden aufgeweckt. Aber ich wusste, dass ihr uns finden werdet.« Er wirbelte herum, rannte wieder zu Hawk und packte ihn an den Knien. »Hat dir das Spiel gefallen, Hawk?«

Seine kalten Augen wanderten von Randys blassem Gesicht zu deren Sohn.

»Ja. Das Spiel hat Spaß gemacht. Aber ich habe etwas für dich, das dir sogar noch mehr Spaß machen wird. Würde es dir gefallen, auf dem da zurückzureiten?«

Er zeigte auf ein Pony, das Ernie an seinem Sattelknauf festgebunden hatte. Scott bekam große Augen und brachte den Mund nicht mehr zu.

»Meinst du das wirklich?«, würgte er endlich heraus.

Hawk nickte.

»Ernie hält die Zügel, aber du kannst ganz allein im Sattel sitzen.«

Noch ehe Randy ihre Meinung zu diesem Arrangement kundtun konnte, hatte Hawk ihren Sohn bereits in den kleinen Sattel gehoben, wo er sich am Knauf festklammerte. Scotts Lächeln war noch etwas unsicher, aber seine Augen leuchteten vor Freude.

Hawk nickte Ernie kurz zu, und daraufhin wendeten er und die anderen Reiter ihre Pferde und brachen in Richtung des Feriengeländes auf. Sie ritten querfeldein und waren hinter einem Bergkamm verschwunden. Hawks Stiefelabsatz machte einen kleinen Krater in den Boden, als er sich umdrehte und wieder Randy zuwandte.

»Sie haben einen scheußlichen taktischen Fehler gemacht, Mrs Price.«

Sie ließ sich nicht einschüchtern, sondern hob selbstbewusst das Kinn.

»Indem ich versuchte, den Kidnappern meines Sohnes zu entkommen?«

»Indem Sie mich auf meiner bösen Seite erwischt haben.«

»Was nicht weiter schwierig war. Eine gute Seite kann ich bei Ihnen nicht erkennen.«

»Ich warne Sie. Seien Sie ein vorsichtiger mit mir.«

»Ich habe keine Angst vor Ihnen, Hawk O'Toole!«

Seine Augen schwenkten langsam über ihren Körper. Er sagte nichts, bis sich ihre Blicke erneut begegneten. Dann murmelte er: »Tja, das sollten Sie aber.«

Wieder machte er mit einer sparsamen Bewegung kehrt und stieg auf sein Pferd. Erst jetzt bemerkte Randy, dass er ohne Sattel ritt. Seine Schenkel drückten in die Flanken des Tiers. Sie stieg wieder in den Wagen.

»Was gedenken Sie denn jetzt zu tun?«

»Ich dachte, ich fahre den Wagen wieder zurück.«

»Das ist Johnnys Aufgabe.«

Sie stieg wieder aus und schaute zu ihm hinauf, die Hände in die Hüften gestemmt.

»Dann werde ich vermutlich mit Ihnen zurückreiten?«

Er beugte sich tief über den Nacken seines Pferdes.

»Nein. Sie gehen zu Fuß.«

7

»Zu Fuß?«

»Richtig. Gehen Sie schon!« Er spannte die Beine an, und das Pferd setzte sich in Bewegung.

»Aber es sind Meilen bis zurück zum Gelände!«

Sie deutete mit dem ausgestreckten Arm in die Richtung der Ansiedlung. Hawk kniff die Augen zusammen, als würde er die Entfernung schätzen.

»Ungefähr zweieinhalb, glaube ich.«

Randy verschränkte trotzig die Arme vor der Brust.

»Das mache ich nicht. Wenn Sie mich nicht mit körperlicher Gewalt zwingen, gehe ich keinen Schritt. Ich warte auf Johnny und fahre mit ihm zurück.«

»Ich habe Sie mehr als einmal gewarnt, mich nicht zu unterschätzen.«

In seiner Stimme schwangen dunkle Untertöne mit.

»Sie haben Johnnys Unglück schon einmal ausgenutzt. Ja, ich habe gesehen, wie Sie ihn gestern Abend beobachteten, als er den Schuppen verließ. Schon zu diesem Zeitpunkt vermutete ich, dass Sie sich eine Unbesonnenheit herausnehmen würden. Und nun wollen Sie einen vom Weg abgekommenen Jugendlichen wie Johnny noch einmal derart ausnutzen? Was haben Sie vor – ihm allen Whiskey zu versprechen, den er trinken kann, bevor er krepiert? Nein, warten Sie, Ihr Stil wäre es wohl eher, ihm als Gegenleistung für Ihre Freiheit ein wenig zu Gefallen zu sein!«

»Sie sind abscheulich. Wie können Sie es wagen, derart mit mir zu reden?«

»Und wie können Sie es wagen, mich und meine Leute dermaßen für dumm zu verkaufen? Haben Sie tatsächlich geglaubt, Sie könnten sich an mir vorbeistehlen?«

»An Ihnen? Das waren Sie unter dem Baum?«

»Das war ich, aber ich habe nicht geschlafen. Ich konnte nur nichts anderes tun, als mich schlafend zu stellen, um nicht laut loszulachen.«

»Ich wusste nicht, dass Sie lachen können.«

Diese Bemerkung traf ins Schwarze. Er biss die Zähne zusammen.

»Nachdem Sie weggefahren waren, habe ich erst einmal laut gelacht. Wenn Sie mir nicht so einen unterhaltsamen Morgen beschert hätten, würde ich Sie als Futter für die Geier hier draußen lassen. Vielleicht sollte ich das ja trotzdem tun. Etwas Besseres haben Sie nicht verdient. Welche Mutter kann nur ihrem Kind vorgaukeln, dass der blutige Ernst ein Spiel ist?«

»Eine Mutter, die verzweifelt versucht, ihren Sohn von einem Kriminellen, einem Fanatiker, einem Verrückten wegzubringen«, schrie sie ihn an.

Ungerührt machte er mit dem Kinn eine Geste in Richtung des Feriengeländes.

»Los jetzt.«

Er setzte sein Pferd in Bewegung. Randy blieb stocksteif stehen, innerlich kochte sie jedoch vor Wut. Und sie wäre am liebsten zur Salzsäule erstarrt, hätte sie nicht an Scott gedacht. Aber jedes Mal, wenn er sich außer Sichtweite befand, verzweifelte sie fast. So lange sie bei ihm war, hatte sie sich einigermaßen unter Kontrolle. Sobald sie aber getrennt waren, konnte sie kaum an etwas anderes denken als an die gefährliche Situation, in der Scott und sie sich befanden.

Eine kleine Staubwolke stieg auf, als sie sich plötzlich umdrehte und losmarschierte. Sie war auf dem unebenen Boden nicht mehr so vorsichtig wie vor Sonnenaufgang. Steine rollten unter ihren Tennisschuhen weg, sie hätte sich leicht den Fuß verstauchen können. Am liebsten wäre sie einfach langsamer gegangen, doch das verbot das Klappern der Hufe hinter ihr. Hawks Blick schien ein Loch in ihren Rücken zu brennen; sie vermeinte, ihn deutlich am unteren Ende ihrer Wirbelsäule zu spüren. Wie sein Namensvetter, der Falke, behielt er sie fest im Auge. Und so lange sie genau beobachtet wurde, wollte sie sich keine Blöße geben. Ihr Stolz trieb sie vorwärts.

Sie ignorierte die Blasen an ihren Füßen, den Schweiß auf ihrer Haut und das Jucken ihrer Haare, die am Nacken rieben. Sie atmete mit jedem Schritt schwerer, denn sie war zwar an körperliche Anstrengung gewöhnt, aber nicht in solcher Höhe. Die dünne Luft forderte ihren Tribut.

Ihr Mund wurde so trocken wie der Staub, der um ihre Füße wirbelte. Außerdem hatte sie großen Hunger. Das rasche Tempo zehrte bereits nach kurzer Zeit an ihren Reserven. Leicht benommen konnte sie den Horizont nicht mehr fixieren, er begann vor ihren Augen zu wanken.

Beinahe wäre sie auf das schuppige Reptil getreten, das sie zu spät sah. Seine Zunge ähnelte der einer Schlange. Randy sprang zurück und schrie entsetzt auf. Die Echse war riesig, aber nicht sehr tapfer; sie flüchtete sich hinter einen großen Stein. Hawks Pferd schnaubte und tänzelte nervös und hätte Randy fast getreten, weshalb sie einen weiteren schrecklichen Schrei ausstieß. Nun bäumte sich das Pferd auf, Randy fiel zu Boden und schaffte es gerade noch, sich zur Seite zu rollen, bevor die Hufe wieder auf dem Boden aufschlugen.

»Bleiben Sie ruhig, verdammt!«, wetterte Hawk. »Und hören Sie mit dem Geschrei auf.«

Mit Knien, Händen und seiner tröstenden Stimme brachte er das Pferd wieder unter Kontrolle. Dann trieb er es dicht zu Randy, die mit vor Angst klappernden Zähnen auf der Erde kauerte. Hawk beugte sich zu ihr hinunter und zog sie am Hemd hoch.

»Schwingen Sie ein Bein auf die andere Seite.«

Sie war zu verängstigt, um sich zu weigern, und so krallte sie sich mit beiden Händen an der Mähne fest und schwang das rechte Bein über den Rücken des Tiers. Ihr Rock rutschte nach oben und entblößte einen großen Teil ihrer Beine. Sie versuchte, den Saum als Schutz gegen die Sonne ein Stück hinunterzuziehen.

»Lassen Sie das.«

»Aber die Sonne …«

»Ich sagte, lassen Sie das!«

Ein Schluchzen hob ihre Brüste an.

»Sie kriegen so lange nicht genug, bis Sie mich total gedemütigt haben, nicht wahr?«

»Genau. Was Demütigungen anbelangt, bin ich ein Experte.«

»Hawk, bitte!«

»Genug.« Als sie nachgab, flüsterte er ihr böse ins Ohr: »Genießen Sie den Ritt. Das werden für eine lange Zeit Ihre letzten friedvollen Augenblicke sein.«

Dann legte er eine Hand auf ihren nackten Oberschenkel und setzte das Pferd in Bewegung.

»Verletzt es Sie, wenn ich meine dunkle indianische Hand auf Ihren weißen Anglo-Schenkel lege?«

»Nicht mehr, als es mich verletzt, wenn irgendein Widerling mich begrabscht.«

Die Andeutung eines Lachens verzog seinen ernsten Mund.

»Was glauben Sie denn, wen Sie damit zum Narren halten können? Mich bestimmt nicht. Sie wurden doch schon von einem ganzen Haufen von Widerlingen begrabscht.«

Randy schwieg standhaft. Sie befand sich nicht in der Stimmung, Beleidigungen mit ihm auszutauschen. Das war letztlich nur eine Verschwendung von Zeit und Energie. Sollte er doch glauben, was er wollte. Das hatten auch andere getan, viele sogar, und sie hatte ihre Verachtung überlebt. Sie war nicht ohne Blessuren davongekommen, aber sie hatte überlebt. Und sie würde auch Mr O'Tooles Unverschämtheiten überstehen.

Das Pferd trottete dahin. Randy begann allmählich zu glauben, dass sie das Feriengelände nie mehr erreichen würden, doch dann stiegen ihr der Geruch von verbranntem Holz und Essensdüfte in die Nase. Ihr Magen knurrte unfein.

Hawk ließ die eine Hand auf ihrem Schenkel, steckte die andere unter ihren Rockbund und legte sie auf ihren Bauch.

»Hunger?«

»Nein.«

»Sie sind nicht nur eine Hure, sondern auch noch eine Lügnerin.«

»Ich bin keine Hure!«

»Letzte Nacht waren Sie bereit, die Hure für mich zu spielen.«

»Ich habe noch nie freiwillig eine Hure gespielt.«

»Nein?«

Seine Hand rutschte tiefer. Die Finger berührten den Spitzeneinsatz ihres Höschens, das sie wieder gegen das geliehene eingetauscht hatte, sobald es getrocknet war. Sie reagierte auf seine Berührung mit einer heftigen Empfindung; sie spürte diese Berührung ganz tief innen und atmete hörbar ein. Ihre Schenkel, die durch das Sitzen auf dem nackten Pferdekörper ohnehin schon warm und sensibel waren, drückten sich unwillkürlich zusammen; ihre Finger gruben sich tiefer in die dichte Mähne.

Hawk hörte nicht auf, über die Spitze zu streichen. Randys Kehle entstieg ein unbeabsichtigtes Stöhnen. »Nicht. Bitte.«

Er zog die Hand zurück. Hätte Randy ihn jetzt angesehen, so wäre ihr in seinen Zügen ein merklicher Unterschied aufgefallen. Seine Haut erschien fast bis zum Zerreißen über seine Wangenknochen gespannt, die Lippen waren zum Strich zusammengepresst, die Augen wirkten fiebrig hell.

»Ich höre nur auf, weil ich nicht will, dass jemand sieht, wie ich dich streichle, und meine Verachtung am Ende noch für Begehren hält.«

Die Angehörigen seines Stammes erahnten die Stimmung ihres Häuptlings und gingen Pferd und Reiter aus dem Weg. Randy schaute sich überall um, doch von Scott oder Ernie war keine Spur zu entdecken. Hawk lenkte das Pferd zu seiner Hütte und stieg elegant ab.

»Ich dachte, Sie bringen mich zu meiner Hütte zurück«, bemerkte Randy.

»Falsch gedacht.«

An ihrem Hemd zog er sie aus dem Sattel. Sie stolperte auf dem steinigen Pfad hinter ihm her.

»Ist diese grobe Behandlung notwendig?«

»Offenbar schon.«

»Ich versichere Ihnen, dass dem nicht so ist.«

»Sie wäre nicht notwendig, wenn Sie nicht versucht hätten zu fliehen. Aber wenn Sie schon den Versuch unternehmen, dann hätten Sie wenigstens sicherstellen müssen, dass er auch zum Erfolg führt.«

Sein kritischer und zugleich spöttischer Ton stachelte ihr Ego an. Er gab ihr einen Stoß, so dass sie durch die Tür taumelte. Drinnen knallte sie an den Tisch in der Mitte des Raumes, wirbelte herum und stellte sich ihm entgegen, bereit zum Kampf. Doch ihre Tapferkeit sank sofort in sich zusammen, als sie sah, dass er mit gezogenem Dolch auf sie zukam.

»Oh Gott«, schrie sie, »wenn Sie mich umbringen, lassen Sie Scott nicht meine Leiche sehen. Versprechen Sie mir das, Hawk. Hawk!«

Sie erhob flehentlich die Hände.

»Und tun Sie meinem Sohn nichts. Er ist nur ein Kind!« Tränen quollen aus ihren Augen. »Bitte, tun Sie meinem Kleinen nichts an!«

Sie warf sich gegen seine Brust und begann, mit den Fäusten auf ihn einzuhämmern. Sein Messer fiel klappernd auf den Tisch hinter ihr. Hawk packte sie an den Handgelenken, bog ihre Arme nach hinten und hielt sie so fest, dass sie sich nicht mehr bewegen konnte.

»Wofür halten Sie mich eigentlich?«, fragte er ärgerlich. »Ich würde dem Jungen nie etwas antun! Ich habe nie vorgehabt, euch beiden zu schaden. Das war nicht Teil der Abmachung. Er wusste …«

Randys Kopf schnellte nach oben; ihre Augen hefteten sich auf ihn, seine Worte machten sie schlagartig hellhörig.

»Er?«

Hawks zornige Miene verschwand im Nu. Er unterdrückte jegliche Gefühlsregung, bis sein Gesicht eine undurchdringliche Maske war und seine Augen wie leblos wirkten.

»Er?«, wiederholte Randy schreiend. »Wer ist ›Er‹?«

»Vergessen Sie es.«

»Morton?« keuchte sie. »Hat mein Mann mit dieser Sache zu tun? Oh Gott! Hat Morton die Entführung seines eigenen Sohnes inszeniert?«

Hawk ließ sie plötzlich los. Er nahm sein Messer zur Hand und schnitt einen Lederriemen entzwei. Randy verfolgte jede seiner fahrigen Bewegungen, begierig auf ein Zeichen, dass ihre Vermutung richtig war.

Der Gedanke erschien ihr absurd, hätte sie Morton nicht so gut gekannt. Aber sie wusste genau, was in ihm vorging. Seit der Entführung machte sein Name im ganzen Staat und darüber hinaus Schlagzeilen. So etwas gefiel ihm. Er genoss die kostenlose Publicity. Und er würde sie ausnutzen, so gut er nur konnte, und dabei an nichts anderes denken, nicht einmal an das Wohlergehen seines Sohnes.

»Antworten Sie mir, verdammt! Sagen Sie mir gefälligst die Wahrheit.« Sie packte Hawk am Ärmel. »Habe ich Recht? Hat Morton Sie zu dieser ganzen Sache angestiftet?«

Wieder bog er ihr die Hände auf den Rücken und band sie mit einem der Riemen zusammen. Sie wehrte sich nicht dagegen. Sie dachte gar nicht daran. Die Wahrscheinlichkeit, dass Morton hinter diesem gemeinen Plan steckte, hatte alle anderen Gedanken aus ihrem Gehirn verbannt. Sie konnte nur mehr an sein überzeugendes Auftreten am Telefon denken. Sein ganzes Herz und seine Seele hatte er in seine zitternde Stimme gelegt und darum gebettelt zu erfahren, ob Scott sich in Sicherheit befand. Und es war alles nur Show gewesen, ein billiger Trick.

Sie fixierte Hawk, doch seiner Miene war nichts zu entnehmen. Als er ihre Handgelenke gefesselt hatte, führte er sie an das Bett und band sie mit dem zweiten Riemen daran fest. Das Bettgestell war aus Holz und stärker und größer als die Feldbetten, auf denen Scott und sie bisher geschlafen hatten.

Hawk trat einen Schritt zurück, prüfte, ob seine Knoten fest saßen und ging dann zufrieden Richtung Tür.

»Nun warten Sie doch! Wagen Sie es bloß nicht zu gehen, bevor Sie meine Frage beantwortet haben!« Hawk kam langsam wieder zurück und fixierte sie mit einem bohrenden Blick seiner blauen Augen. »Hat Morton diesen Plan mit Ihnen ausgeheckt?«

»Ja.«

Ihre Brust schien einzusinken. Sie konnte nicht mehr atmen. Jetzt, da sie es sicher wusste, wollte sie es nicht wahrhaben.

»Warum?«, fragte sie ungläubig. »Warum?«

»Sie bekommen in bestimmten Zeitabständen Wasser«, sagte er, ohne auf ihre Frage einzugehen. »Da Sie sich dafür entschieden haben, das Frühstück auszulassen, warten Sie bis zum Abend, bis Sie etwas zu essen bekommen.«

Da erst wurde Randy richtig klar, dass sie gefesselt, angebunden und vollkommen hilflos war. Hatte sich die gefährliche Lage, in der sie sich befand, durch das Wissen um Mortons Beteiligung noch weiter zugespitzt?

»Sie können mich nicht so hier zurücklassen. Binden Sie mich los!«

»Keine Chance, Mrs Price. Wir haben es auf die andere Art probiert, aber Sie haben versucht, meinen guten Willen auszunutzen.«

»Ihren guten Willen! Sie halten mich als Geisel gefangen!«, schrie sie ihn an. »Wenn Sie an meiner Stelle wären, hätten Sie dann vielleicht nicht versucht zu fliehen?«

»Doch, aber ich wäre entkommen.«

Betroffen versuchte sie einen anderen Kurs.

»Ich will nicht, dass Scott mich so an dieses Bett angebunden sieht, Mr O'Toole. Das würde ihm Angst machen.«

»Deshalb wird er Sie auch nicht zu Gesicht bekommen.«

Sie wurde kreidebleich.

»Wie meinen Sie das?«, fragte sie mit vor Entsetzen heiserer Stimme.

»Er bleibt bei Ernie, Leta und Donny.«

Sie schüttelte vehement den Kopf. Tränen stiegen ihr in die Augen.

»Nein. Bitte. Tun Sie mir das nicht an.«

Seine angespannte Miene änderte sich nicht im Geringsten.

»Wenn Sie schon nicht an mich denken wollen, dann denken Sie wenigstens an Scott. Er wird mich vermissen, mich sehen wollen und nach mir fragen.«

»Dann werden wir ihn herbringen. Solange er bei Ihnen ist, werden Sie losgebunden. Und solange er bei Ihnen ist, werden Sie nichts sagen oder tun außer dem, was zu sagen oder zu tun ich Ihnen auftrage.«

»Seien Sie sich da nicht so sicher.«

»Oh, da bin ich mir sehr sicher«, entgegnete er.

»Sie haben mich von Scott getrennt. Was können Sie denn noch tun zu meiner Bestrafung?«

»Wie Sie herausfanden, hat Price diese Sache eingefädelt. Wir sind beide nicht davon ausgegangen, dass Sie dabei eine Rolle spielen würden. Das haben Sie Ihrer eigenen Tollkühnheit zuzuschreiben.«

»Und?«

»Scotts Sicherheit ist garantiert, weil er für den Abgeordneten Price kostbar ist.« Sein Blick streifte sie voller Verachtung. »Aber für seine treulose Frau trifft das ganz gewiss nicht zu.«

»Er wird seinen Teil dieses Handels niemals erfüllen.« Sie stocherte müßig in dem Essen auf dem Blechteller herum. Verärgert darüber, dass er ihre Bemerkung gar nicht zu registrieren schien, warf sie die Gabel hin. Das laute Geklapper veranlasste ihn, sie anzublicken. »Haben Sie gehört, was ich gesagt habe?«

»Sie sagten, Price würde seinen Teil dieses Handels niemals erfüllen.«

»Und, bereitet Ihnen dieses Wissen keine Sorgen?«

Hawk legte seine Gabel beiseite, schob den Teller weg und nahm einen Schluck Kaffee.

»Von Wissen kann nicht die Rede sein. Sie haben es zwar gesagt, das heißt aber noch lange nicht, dass ich es glaube.«

»Weil Sie es nicht glauben wollen.«

Er kniff die Augen zusammen.

»Richtig. Denn wenn Price seinen Teil der Abmachung nicht erfüllt, dann habe ich keinen Grund, Sie hier zu behalten. Dann wäre ich gezwungen, das Problem zu … beseitigen.«

»Und Scott?«, fragte sie furchtsam.

»Er würde Sie bald vergessen. Er hat sich sehr gut bei uns eingelebt. Kinder sind anpassungsfähig; innerhalb eines Jahres wäre er mehr Indianer als Anglo.« Ihre erschütterte Miene schien ihn nicht zu berühren. Er machte eine beiläufige Handbewegung. »Natürlich, es wäre ein Kind mehr, das man füttern, kleiden und in die Schule schicken müsste, eine weitere Verantwortung für den Stamm. Ich zöge es vor, wenn Price sein Versprechen hielte.«

Sein sachlicher Ton ängstigte sie weit mehr als jedes Schimpfen und Brüllen. Sie war so angespannt, dass sie sich erst einmal räuspern musste, bevor sie ein Wort herausbrachte.

»Was hat Morton Ihnen denn nun versprochen, Häuptling O'Toole?«

»Sich beim Gouverneur Gehör zu verschaffen. Er will sich bei ihm dafür einsetzen, dass die Lone-Puma-Mine wieder geöffnet wird.«

»Das weiß ich bereits. Aber für welche Gegenleistung?«

»Die öffentliche Aufmerksamkeit, die er durch die vorgetäuschte Entführung bekommt.«

»Für mich ist sie nicht vorgetäuscht«, fuhr sie ihn an und streckte ihre Fäuste über den Tisch, damit er die roten Striemen von den Lederriemen an ihren Handgelenken sehen konnte.

Er ergriff eine ihrer Hände, zog sie näher zu sich, um sie genauer betrachten zu können, und strich leicht mit dem Daumen über ihre verletzte Haut. Randy zog ihre Hände mit einem Ruck zurück und sprang auf.

»Setzen Sie sich.« Obwohl er leise sprach, hatte seine Stimme einen bedrohlichen Unterton.

»Ich habe genug!«

»Ich bin aber noch nicht fertig. Setzen Sie sich.«

»Haben Sie Angst, dass ich wieder weglaufe?«, spottete sie.

Er stellte seine Kaffeetasse ab und fixierte sie mit einem Blick, der die ganze einschüchternde Kraft seiner blauen Augen einsetzte.

»Nein. Ich habe Angst, dass Sie so dumm sind, mich zu einem Schritt zu zwingen, den ich lieber nicht tun würde.«

»Ihr ›Problem‹ zu beseitigen?«

Sie fuhr rasch von ihrem Stuhl in die Höhe, aber er war so schnell, dass sie keine Chance hatte.

»Setzen Sie sich!«

Er packte sie mit stählernem Griff im Nacken und

drückte mit solcher Kraft nach unten, dass ihre Knie nachgaben. Sobald sie wieder auf ihrem Stuhl saß, nahm er erneut seinen Platz ein und starrte sie über den Tisch hinweg kühl an.

»Ihr Mann suchte nach einem Ausweg, von dem wir beide profitieren können.«

»Mein Ex-Mann.«

Hawk zuckte mit den Schultern.

»Ich habe ihn vor einigen Monaten besucht, weil ich in der Zeitung gelesen hatte, dass er für die Sache der Indianer eintritt.«

»Das ist für ihn nur Mittel zum Zweck und außerdem in Mode. Er hegt keine wirklichen Sympathien für euch. Bei ihm dreht sich alles nur um ihn selbst. Sie wurden in die Irre geführt.«

»Ich habe ihm unseren Fall dargelegt. Die Mine gehörte dem Stamm.«

Seine Gesichtszüge verdüsterten sich; für einen Moment schien er in eine andere Zeit und an einen anderen Ort zu blicken. Dann schaute er wieder auf und musterte Randy.

»Es war schlimm genug, als diese Investorengruppe sie aufkaufte. Vielleicht können Sie sich unsere Wut vorstellen, als wir erfuhren, dass sie geschlossen werden sollte – ohne Aussicht auf Wiedereröffnung.«

»Warum haben sie sie geschlossen? War sie ein Verlustgeschäft?«

»Verlust?«, fauchte er. »Ganz im Gegenteil. Sie wirft Gewinn ab. Aber genau das ist das Problem.«

Sie schüttelte verständnislos den Kopf.

»Das kapiere ich nicht.«

»Die neuen Besitzer hatten von Anfang an geplant, die Mine lediglich als Abschreibungsobjekt zu verwenden, nichts weiter. Denen ist es doch völlig egal, dass wir für unseren Lebensunterhalt darauf angewiesen sind. Selbstsüchtige Bastarde!«, fügte er halblaut hinzu. »In den letzten Jahren haben sie die Bücher manipuliert, um das Finanzamt zu beschwichtigen, aber sie wurden trotzdem ein paarmal überprüft. Zuerst drückten sie die Produktionsquoten herunter. Und dann beschlossen sie, dass es langfristig am profitabelsten sei, die Arbeit komplett einzustellen.«

Er stand auf, ging zu dem eisernen Ofen in der Ecke und legte Holz nach. Seit der letzten Nacht war es deutlich kühler geworden. Aber Randy hatte noch nie etwas so Kaltes erlebt wie Hawks Augen, als er über die den Menschen seiner Reservation zugefügten Ungerechtigkeiten sprach.

»Was ist mit dem ›Büro für Indianische Angelegenheiten‹?«

»Das BIA hat sich die Sache angesehen, aber die neuen Besitzer haben einen unterzeichneten Vertrag und eine Übertragungsurkunde. Gesetzlich, wenn auch nicht moralisch, gehört die Mine ihnen, und sie können damit machen, was sie wollen.«

»Sie haben sich also auch schon an den Staat gewandt?«

Er nickte.

»Als ich Price aufsuchte, hörte er mir zu und äußerte sein Bedauern. Da man mir bis dahin schon so viele Türen vor der Nase zugeknallt hatte, war seine Sympathie an und für sich etwas Positives. Er versprach, sich den Fall anzusehen und zu tun, was er könne.«

Hawks Ton wurde bitter.

»Seine Bemühungen reichten nicht aus, aber er versprach, der Sache weiter nachzugehen und auf mich zurückzukommen.« Er ging wieder zum Tisch zurück und ließ sich auf seinen Stuhl fallen. »Ich fing gerade an zu denken, dass er sein Versprechen vergessen hatte, aber dann kam er vor ein paar Wochen mit dieser Idee an.«

»Einem Komplott.«

»Er überzeugte mich, dass es funktionieren würde.«

»Er hat Sie manipuliert.«

»Wir würden beide bekommen, was wir wollten.«

»Er. Sie würden nichts bekommen außer einer Verurteilung.«

»Der Fall kommt nie vor ein Gericht. Das hat er garantiert.«

»Das kann er gar nicht, so weit reichen seine Befugnisse nicht.«

»Er sagte, er würde bei Gouverneur Adams zu unseren Gunsten intervenieren.«

»Sie werden aber von den Bundesbehörden angeklagt. Und wenn es dazu kommt, das schwöre ich Ihnen, dann wird Morton nicht den Kopf für Sie hinhalten. Er wird jegliches Wissen über Ihre Vereinbarung ableugnen. Dann stünde Ihr Wort gegen seines, und was denken Sie wohl, wem man mehr Glauben schenken wird – einem indianischen Aktivisten mit einer zumindest zwielichtigen, wenn nicht gar kriminellen Vergangenheit, oder einem Repräsentanten des Staats? Geben Sie zu, Ihre Geschichte würde total weit hergeholt klingen. Sie ginge über jedes noch so fantastische Vorstellungsvermögen hinaus.«

»Auf welche Seite würden Sie sich stellen, Mrs Price?«

»Auf meine. Wenn ich zwischen euch beiden die Wahl hätte, wüsste ich nicht, wer der schlimmere ist: der Drahtzieher oder der, den er manipuliert hat.«

Sein Stuhl kippte hintenüber und landete mit einem lauten Krach auf dem Boden, so schnell sprang er auf.

»Ich bin nicht manipuliert worden. Price kommt

durch damit! Er weiß zwar, dass wir Scott haben, aber er weiß nicht, wo er ist. Er liebt seinen Sohn, und wenn er ihn zurückhaben will, dann wird er tun, was er versprochen hat.«

Auch Randy war aufgestanden, damit sie nicht zu ihm aufschauen musste.

»Ihr erster Fehler ist, dass Sie glauben, Morton würde Scott lieben. Das ist einfach lachhaft.« Sie strich mit einer ungeduldigen Bewegung ihre Haare aus dem Gesicht. »Wenn er ihn wirklich liebte, würde er ihn dann freiwillig in so etwas verwickeln? Ihn als Faustpfand missbrauchen? Sein Leben aufs Spiel setzen? Würden Sie Ihrem Sohn so etwas zumuten?«

Hawks Lippen wurden zu einem dünnen Strich. Randy setzte noch ein Argument obenauf.

»Morton Price liebt niemanden außer sich selbst. Verlassen Sie sich darauf, Mr O'Toole. Wenn er an Sie herangetreten ist, wenn dieses ganze Fiasko seine Idee war, dann seien Sie sicher, dass er das Beste für sich herausholt und noch einiges mehr. Er bekommt, was er will, und Sie sind der Dumme, der die Sache ausbaden darf. Denn am Ende wird man Sie zur Rechenschaft ziehen und nicht Morton.

Er hat es mit der Angst zu tun bekommen wegen der bevorstehenden Wahlen«, fuhr sie nach einer Pause fort. »Er befürchtet zu verlieren, und das geschieht ihm recht. Dieser ganze Kraftakt ist nichts als ein verzweifelter Versuch, die Aufmerksamkeit und Sympathie der Wähler zu gewinnen. Wer könnte einem leidenden Vater widerstehen, der sich vor Schmerz über das unbekannte Schicksal seines einzigen Sohnes verzehrt, seines Sohnes, der zufällig – wegen der unfairen staatlichen Sorgerechtsregelungen – bei seiner ehebrecherischen Mutter lebt? Er wird die Öffentlichkeit an mich und meine Untreue erinnern. Garantiert schiebt er es zumindest indirekt auf meine Nachlässigkeit, dass Scott überhaupt entführt werden konnte.«

Sie machte eine Pause und holte tief Atem.

»Haben Sie ein zeitliches Limit gesetzt?«

»Zwei Wochen. Wir wollen nicht, dass unsere Kinder zu spät in die Schule kommen.«

»Zwei Wochen, in denen er ständig Schlagzeilen macht«, sagte sie mit einem verächtlichen Lachen. »Das passt Morton bestens in den Kram. Und in den Nachrichten wird er jeden Abend das Hauptthema sein.«

Sie rieb sich die Stirn, denn inzwischen hatte sie Kopfschmerzen bekommen.

Dann musterte sie Hawk erneut und beugte sich ihm entgegen, die Hände flach auf den Tisch gelegt. Ihr war unwohl.

»Sehen Sie das denn nicht? Der nutzt Sie noch mehr aus als die Leute, die die Mine geschlossen haben. Er benutzt Sie und Ihren Stamm zu seinem eigenen Vorteil.«

Nervös befeuchtete sie sich die Lippen, und sie sah ihn mit flehenden Augen ruhig an.

»Tun wir uns zusammen, Hawk«, bat sie ihn inständig. »Ihre Möglichkeiten und Ihre Glaubwürdigkeit sind wesentlich größer, wenn Sie uns zurückbringen und den Behörden Ihre Geschichte erzählen. Ich setze mich für Sie ein. Ich werde aussagen, dass Sie übervorteilt wurden, dass Morton Sie angestiftet hat. Sobald alle Vorwürfe gegen Sie zurückgenommen sind, können wir dann sehen, was man bezüglich der Wiedereröffnung der Mine machen kann. Was sagen Sie dazu?«

»Einverstanden. Falls«, fügte er hinzu, »Sie sich

heute Nacht für mich ausziehen und auf den Rücken legen.«

Verblüfft, ungläubig, starrte sie ihn an.

»Was?«

Hawk lächelte, aber eigentlich war es mehr ein Feixen.

»Sie sollten Ihr Gesicht sehen, Mrs Price. Sie sehen aus, als hätten Sie gerade einen dieser Fische verschluckt, die Sie neulich auszunehmen versuchten. Entspannen Sie sich. Ich wollte nur sehen, wie weit Sie gehen, um mich von Ihren edlen Absichten zu überzeugen.«

»Ach, Sie sind einfach ein schrecklicher Mann!«, erwiderte sie vor Abscheu erschaudernd. »Und ein Dummkopf obendrein. Das werden Sie bald merken. Die Zeitungsberichte werden uns ja sagen, wie ernst Morton Ihre Sache nimmt. Dann sehen Sie, wie naiv Sie gewesen sind.«

Randy beging den Fehler, ihn auszulachen. Mit zwei langen Schritten hatte er den Tisch umrundet und zog sie erbost an sich.

»Stellen Sie Ihr Glück nicht zu sehr auf die Probe, Lady. Ihr Mann will Sie bestimmt nicht zurückhaben. So weit es ihn angeht, kann ich Sie behalten und mit Ihnen tun, was ich will.«

Sein Atem schlug ihr heiß und stark ins Gesicht. Er hielt ihren Kopf zwischen seinen großen Händen, die stark genug waren, um ihr den Schädel zu zerdrücken und sie ernstlich zu verletzen.

»Es wäre besser, Sie würden beten und hoffen, dass Price durchkommt.«

»Ihre Drohungen sind nichts als heiße Luft, Hawk O'Toole. Ich glaube nicht, dass Sie mich töten würden.«

»Nein«, sagte er ruhig, »aber ich könnte Sie zurückschicken und den Jungen behalten. Ich würde mit ihm verschwinden. Und wenn ich mit ihm fertig bin, erkennen Sie ihn nicht wieder. Dann wäre er kein verweichlichtes Stadtkind und kein anhängliches Muttersöhnchen mehr. Sondern hinterhältiger als eine Schlange – ein Kämpfer, ein Unruhestifter, ein von der Gesellschaft Ausgestoßener, ganz wie ich. Und genau wie ich würde er Sie allein schon für das hassen, was Sie sind.«

»Warum hassen Sie mich? Weil ich keine Indianerin bin? Wer hat hier die Vorurteile?«

»Ich hasse Sie nicht, weil Sie eine Weiße sind. Ich hasse Sie, weil Sie uns wie die meisten Weißen bewusst ignorieren. Ihr blendet uns aus eurem Gewissen aus, weil das bequemer ist. Es ist an der Zeit, dass ihr auf uns aufmerksam werdet. Einer blonden Anglo-Mutter ihren blonden Anglo-Jungen wegzunehmen sollte das bewirken.«

Sie bebte innerlich, doch sie hielt das Kinn hoch und blickte ihn trotzig an.

»Sie könnten nicht einfach verschwinden. Man würde Sie finden.«

»Wahrscheinlich. Irgendwann. Aber ich hätte Zeit, womöglich Jahre. Genug Zeit, um aus Scott ein wahres Ungeheuer zu machen.«

Bedrohungen ihres Lebens brachten sie nicht aus der Fassung. Eine solche allerdings schon. Entmutigt zupfte sie an seinem Hemd.

»Bitte. Sie können mir Scott nicht wegnehmen. Er ist ... er ist mein Sohn. Er ist alles, was ich habe.«

Er ließ die Hände über ihre Schultern und Arme zu ihren Hüften gleiten, umfasste sie und zog sie unverschämt an sich.

»Daran hätten Sie denken sollen, als Sie mit all den Freunden Ihres Mannes ins Bett gingen.«

Randy drückte sich mit aller ihr verbliebenen Kraft und Wut von ihm weg.

»Das habe ich nie getan!«

»Man hört es aber allenthalben.«

»Das ist wirklich nichts weiter als eine erlogene Geschichte!«

»Sie behaupten, die Gerüchte über Ihre Untreue sind alle unwahr?«

»Jawohl!«

Das Wort klang in der explosiven Atmosphäre nach. Doch dann ertönte plötzlich eine Frage: »Mami?«

8

Als sie Scotts zögerliche Stimme hörte, wirbelte Randy herum. Er stand in der Tür, Ernie hielt sich wie ein Schatten hinter ihm und blickte neugierig auf Hawk. Scott beobachtete mit ängstlicher Miene seine Mutter.

»Liebling, hallo!«

Sie zwang sich zu einem Lächeln und hoffte inbrünstig, dass Scott nicht die letzten Worte ihres Streits mit Hawk mitbekommen hatte. Oder wenn doch, dass er wenigstens nichts verstanden hatte.

Sie ging in die Knie, breitete die Arme aus, Scott lief zu ihr, und sie umarmten sich fest. Randy war überwältigt von seinem kräftigen Körper, den kalten Bäckchen, dem Geruch nach Natur, der in seinen Kleidern und Haaren hing.

Er beendete die Umarmung, lange bevor sie dazu bereit war.

»Mami, rate mal!«, sagte er mit leuchtenden Augen. »Ernie hat Donny und mich heute mit auf die Jagd genommen!«

»Auf die Jagd?«, fragte sie und strich ihm die Haare aus der Stirn. »Mit Gewehren?«

»Nein«, erwiderte er etwas geknickt. »Hawk sagte, wir dürfen noch keine Gewehre mitnehmen, aber wir haben Fallen aufgestellt und Kaninchen damit gefangen.«

»Wirklich!«

Sie begutachtete mit liebevoller Aufmerksamkeit für jedes Detail sein Gesicht. Aber abgesehen von einem leichten Sonnenbrand auf der Nase schien er der gleiche liebenswerte Junge wie immer zu sein.

»Ja, aber wir haben sie laufen lassen. Sie waren noch klein, und Ernie sagte, wir sollten sie am Leben lassen.«

»Ich schätze, Ernie kennt sich mit solchen Dingen gut aus.«

»Er weiß alles!«, rief Scott begeistert und schenkte seinem neuen Freund ein strahlendes Lächeln. »Fast so viel wie Hawk. Hast du gewusst, dass Hawk so etwas wie ein Fürst oder ein Präsident im Stamm ist?«

Mit gesenkter Stimme fügte er in vertraulichem Ton hinzu: »Er ist wirklich ganz wichtig.«

Randy hatte keine Lust, sich auf eine Diskussion über Hawks Vorzüge einzulassen.

»Was hast du sonst noch gemacht heute? Hast du etwas Gutes zu Mittag gegessen?«

»Mhm, belegte Brote mit Salami«, antwortete er geistesabwesend und begann zu zappeln, als sie ihm das Hemd in die Hose stecken wollte. »Und Leta hat Plätzchen gebacken. Die waren richtig gut. Irgendwie noch besser als deine«, räumte er bedauernd ein.

Tränen traten in Randys Augen.

»Das verzeihe ich dir.«

»Und was hast du heute gemacht? Ernie sagte, Hawk wollte, dass du in seiner Hütte bleibst.«

»Ja, na ja ... ich war auch den ganzen Tag über beschäftigt.«

»Habt ihr wieder Spiele gemacht?«

»Spiele?«

»Du weißt schon, so wie heute Morgen.«

Sie warf Hawk einen düsteren Blick zu.

»Nein, wir haben keine Spiele gemacht.«

Scott beugte sich zu ihr und flüsterte ihr ins Ohr: »Ich muss dir ein Geheimnis verraten, Mami.«

Randy war sofort alarmiert. Bestimmt würde er ihr gleich sagen, er sei auf irgendeine entsetzliche Art misshandelt worden.

»Natürlich, Liebling. Ich glaube, Hawk hat nichts dagegen, wenn wir für ein Gespräch unter vier Augen dort herübergehen.«

Mit einem Blick gab sie Hawk zu verstehen, er solle ja nicht wagen einzugreifen, als sie Scott zur Seite zog. Sie kauerte sich in eine Ecke des Raumes und stellte Scott so vor sich, dass er mit dem Rücken zum Zimmer stand.

»Was ist los, Scott? Sag es Mami.«

»Ich glaube, Hawk hat unser Spiel nicht gefallen.«

Dieses »Geheimnis« konnte seine ernste Miene wohl kaum rechtfertigen. Im ersten Augenblick war sie einfach nur sprachlos. Um ihre Ungeduld nicht zu zeigen, fragte sie nach: »Wieso glaubst du das?«

»Weil er den ganzen Tag lang so dreingeschaut hat.« Scott zog die Brauen zusammen und machte ein finsteres Gesicht, das unter normalen Umständen einen Heiterkeitsausbruch zur Folge gehabt hätte. »Und ich habe gehört, wie Ernie zu Leta sagte, dass Hawk wegen dem, was wir getan haben, in einer schlechten Stimmung ist.«

Er legte ihr eine Hand auf die Schulter, als hätten sie die Rollen getauscht und er sei der Klügere.

»Ich weiß, dir hat das Spaß gemacht, Mami, aber ich glaube, wir sollten das nicht noch einmal mit ihm spielen.«

»Nein, das werden wir nicht.«

Sie musste ihre Niedergeschlagenheit nicht vortäuschen. Es bedrückte sie zu sehen, wie wichtig Hawks Laune für Scott war. Er kämpfte um die Anerkennung dieses Mannes, das war ihm offenbar überaus wichtig.

Sie legte die Arme um Scott und drückte ihn zärtlich an sich.

»Ich hab dich lieb, Scott.«

»Ich hab dich auch lieb, Mami.«

Doch nun, da er sein »Geheimnis« preisgegeben hatte, war er mit seinen Gedanken schon wieder woanders. Er befreite sich aus ihrer Umarmung.

»Ich muss gehen, Donny wartet auf mich. Wir machen Popcorn. Er hat mich eingeladen, bei ihm zu schlafen. Ernie sagte, das macht dir nichts aus, weil Hawk bei dir ist.«

»Stimmt. Mach dir darüber keine Gedanken.«

»Nein, mache ich nicht. Es gefällt mir, dass du auch einen Freund hast, bei dem du schlafen kannst. Schlaft ihr beide auch im selben Bett, so wie die Mamis und Papis im Fernsehen?«

»Scott! Du weißt doch, dass wir das nicht tun.«

Sie blickte verstohlen zu Hawk, der sie von der anderen Seite des Raums aus beobachtete wie ein Raubvogel seine Beute. Er musste Scotts helle Stimme gehört haben, doch seine Miene blieb unverändert.

»Weil ihr nicht wirklich Mami und Papi seid?«

»Genau.«

»Aber«, sagte er mit schief gelegtem Kopf und dachte nach, »aber es wäre wahrscheinlich auch so okay. Gute Nacht, Mami.«

Ernie blickte unverwandt zu Hawk. Randy konnte seine Miene nicht recht deuten, doch es kam ihr fast vor, als lese sie darin eine Art Vorwurf. Dann ging er stumm hinaus und ließ sie mit Hawk allein.

Nach einem Augenblick lastenden Schweigens fragte Hawk: »Und, was darf es sein? Der Boden? Oder mein Bett?«

»Der Boden.«

Mit einem Achselzucken, das ausdrücken sollte, dass ihn ihre Wahl absolut unbeeindruckt ließ, winkte er sie zu sich.

»Kommen Sie her.«

Als sie stur an ihrem Platz blieb, trat er stirnrunzelnd mit dem verhassten Lederriemen auf sie zu. Sie zuckte zusammen, als er ihr die Hände hinter dem Rücken zusammenzog.

»Ich werde nicht noch einmal zu fliehen versuchen. Mein Wort darauf.«

»Warum sollte ich auf Ihr Wort etwas geben?«

»Ich würde nie ohne Scott gehen.«

»Aber Sie würden mir mit größter Befriedigung die Kehle durchschneiden, während ich schlafe.«

Er griff in die Tasche ihres Rocks und holte das Messer heraus. Randy hatte geglaubt, sie hätte es Scott während ihrer Umarmung unbemerkt abgenommen. Ursprünglich war das gar nicht ihre Absicht gewesen, aber während der langen Umarmung erspürte sie den glatten Elfenbeingriff, und das kam ihr vor wie ein Wink Gottes. Sie ergriff die Gelegenheit und stibitzte das Messer.

Und nun nahm Hawk es ihr ab, ebenso wie er ihr ihren Stolz geraubt hatte.

»Diese dauernden stümperhaften Versuche werden allmählich langweilig, Mrs Price. Warum hören Sie nicht einfach damit auf?«

»Warum fahren Sie nicht einfach zur Hölle?«

Sie rauschte mit aller Würde, derer man mit gefesselten Händen fähig ist, an ihm vorbei und setzte sich am Fuß des Betts auf die Stelle am Boden, an der sie schon den ganzen Tag verbracht hatte – ausgenommen Scotts Besuch und das Abendessen. Hawk kniete wortlos vor ihr nieder und band ihre Handgelenke an den Bettpfosten. Dann holte er aus einem Schrank in der Ecke eine Decke und ein Kissen.

Er warf das Kissen auf den Boden.

»Legen Sie sich hin.«

Randy wollte rebellieren, aber sie war zu müde, um sich auf einen Kampf einzulassen. Es erschien ihr besser, ihre Energie und ihr Denkvermögen nicht zu sehr zu strapazieren; vielleicht würde sich das später als Vorteil erweisen. Also legte sie sich wortlos auf die Seite; Hawk schüttelte die Decke aus und breitete sie über sie.

»Ich komme wieder«, sagte er nur und verließ den Raum.

Die Lampe nahm er mit, sodass Randy in völliger Dunkelheit dalag. Mehr als eine Stunde verging. Sie fragte sich, wohin er wohl gegangen war und was er machte. Eine Patrouille durch das Feriengelände? Eine Besprechung mit den anderen Häuptlingen? Oder wälzte er sich mit Dawn im Bett?

Die letzte Möglichkeit wollte ihr nicht mehr aus dem Kopf gehen. Sie stellte sich die beiden zusammen vor – zwei Körper, der eine straff und muskulös, der andere weich und wollüstig, die sich in rhythmischem Gleichklang bewegten. Sie sah Hawks Gesichtszüge vor sich, männlich und leidenschaftlich.

Randy stöhnte laut, so stark war ihr Verlangen. Sie hasste es, wie leicht ihr Körper zu betören war, aber sie konnte dieses Gefühl nicht verleugnen. Ihre Fantasie hatte ein schamloses Begehren in ihr erzeugt, das danach verlangte, gestillt zu werden. Und der Mann dafür war Hawk. Er würde einer Geliebten ebenso viel geben wie er von ihr nahm. Das sagte ihr schon die Art und Weise, wie er sie berührte. Am Morgen hatte er sie mit seinen geschickten Liebkosungen halb verrückt gemacht. Ihre Brüste, ihre willigen Schenkel hatten nicht mehr aufhören wollen, nach seiner Berührung zu verlangen.

Das Bild seiner Hand auf ihrem nackten Oberschenkel kam ihr in den Sinn. Sie biss sich auf die Lippe beim Versuch, ein leises, verlangendes Stöhnen zu ersticken, den Wunsch, seine Hand unter ihrer Kleidung zu spüren, auf ihrer Haut, wissbegierig und forschend.

Sie war so sehr in ihrer Fantasie gefangen, dass sie erschrak, als Hawk die Tür hinter sich schloss. Als er lautlos auf sie zukam und ihr die Laterne direkt ins Gesicht hielt, stellte sie sich schlafend. Sie konnte nur hoffen, dass ihre geröteten Wangen nicht allzu verräterisch leuchteten und ihr Atem regelmäßig genug ging, um ihn zu täuschen.

Anscheinend glaubte er wirklich, dass sie in tiefem Schlummer lag, denn er sagte nichts. Er stellte die Laterne auf den Tisch und löschte sie. Randy hörte, wie seine Stiefel auf den Boden polterten, und das Rascheln seiner Kleidung, als er sich auszog. Die Bettfedern ächzten unter seinem Gewicht. Sie lauschte auf ein leises Schnarchen oder regelmäßige Atemzüge als Zeichen dafür, dass er schlief. Darüber schlief sie schließlich selbst ein.

Irgendwann mitten in der Nacht wachte sie auf und merkte, dass er sich über sie beugte. Sie fuhr zusammen und blickte furchtsam zu ihm auf. Silbernes Mondlicht fiel durch das Fenster; es verlieh seinem Gesicht und seinem Körper markante Züge und erhellte seine unglaublich blauen Augen.

»Du klapperst mit den Zähnen«, murmelte er und deckte sie mit etwas zu. Der Rand berührte ihr Gesicht. Ein Schaffell. Sie hatte viele davon im Lager gesehen. Randy grub sich tief in das warme Fell ein und genoss die wohlige Wärme. Hawk ging stumm wieder zu Bett.

Sie lag noch lange wach und starrte auf das Fenster. Sie hatte gesehen, wie sich sein Bizeps anspannte und wieder lockerte, als er das Fell über sie breitete. Die Haut auf seiner Brust war so glatt und fest wie das Fell einer Trommel. Seine Brustwarzen traten klein und hart hervor. Seine Taille war schlank, der Bauch flach. Die schwarze Körperbehaarung hatte ihren Blick weiter nach unten gelenkt.

Noch jetzt, als sie sich daran erinnerte, stockte ihr der Atem.

Der nackte Hawk O'Toole war wild und primitiv und unglaublich gut aussehend.

Leta und Randy bedienten die Männer. Sie bewegten sich zwischen Kochherd und Tisch hin und her, trugen die schweren Emaille-Kaffeekannen und füllten die großen Tassen immer wieder auf. Schon am Morgen hatte sich der Stammesrat in Hawks Hütte versammelt, um die weitere Strategie zu besprechen. Es war das moderne Äquivalent eines »Powwows«.

Vielleicht sollte sie sich ärgern, dass die Männer über sie sprachen, als sei sie gar nicht anwesend, aber das tat sie nicht. Zum einen zog sie es vor zu erfahren, welche Pläne sie verfolgten. Zum anderen konnte sie sich frei in der Hütte bewegen und durch das Fenster Scott beobachten, der draußen mit Donny spielte.

Gemessen an der Aufmerksamkeit, die Hawk ihr widmete, hätte sie genauso gut unsichtbar sein können, aber nach der letzten Nacht empfand sie seine Nichtbeachtung ihrer Person als Erleichterung. Beim Aufwachen am Morgen war sie allein in der Hütte gewesen. Die Lederriemen waren verschwunden. Als Hawk zurückkam, hatte er Ernie und Leta bei sich gehabt. Es kam Randy so vor, als vermiede er es geflissentlich, sie direkt anzusehen, wie auch sie sich bemühte, ihn nicht anzuschauen.

Während seiner Diskussion mit dem Stammesrat hatte er ihren Namen häufig erwähnt, dabei aber nur einmal zu ihr herübergeblickt, weil sie niesen musste. Alle im Raum hatten einen Moment lang überrascht geschwiegen. Sie entschuldigte sich, und ihre Blicke trafen sich kurz, aber sie konnte danach nicht einmal sagen, wer als Erster wieder weggeschaut hatte.

Der Grund der Versammlung war das Eintreffen der Morgenzeitung. Jemand hatte sie aus dem nächsten Ort geholt, der allerdings ziemlich weit entfernt lag. Schließlich kam der Mann zurück, stellte seinen Pick-up ab und kam den Hang zu Hawks Hütte heraufgelaufen.

Unter dem Arm hatte er drei Exemplare der Zeitung, die er mit grimmiger Miene verteilte. Hawk taxierte die Stimmung des Boten, bevor er den Blick auf die Titelseite lenkte und sie aufmerksam durchlas.

Unter der Schlagzeile sah Randy ein Foto von ihr und Scott. Auch Morton war abgebildet; er sah sehr verhärmt aus. Offenbar spielte er seine Rolle bestens. Nur ein wirklich verschlagener Mensch konnte einen derartigen Schwindel gut durchstehen. Und nur ein echter Egomane hatte den Mumm, so etwas überhaupt zu versuchen. Sie konnte es kaum erwarten, die Berichte zu lesen; sicher waren Mortons Aussagen höchst interessant. Außerdem wollte sie wissen, welche Maßnahmen ergriffen wurden, um sie und Scott auszulösen.

Die Männer am Tisch rutschten unruhig auf ihren Stühlen herum. Einmal hob Ernie den Kopf und blickte gespannt auf Hawk, bevor er weiterlas. Einer der Männer fluchte ärgerlich, stand auf und blickte stumm zum

Fenster hinaus. Es machte Randy ausgesprochen nervös, dass er Scott fixierte.

Sie blickte fragend zu Hawk. Seine Miene war jedoch kein Trost; sie wurde mit jeder Sekunde düsterer. Er knirschte mit den Zähnen und ballte die Fäuste, die zu beiden Seiten der Zeitung auf dem Tisch lagen. Zwischen seinen Brauen hatte sich ein tief eingefurchtes V gebildet.

»Verdammt!«

Randy fuhr erschrocken zusammen, als er mit einem Fluch die Faust auf den Tisch knallte.

»Vielleicht steht in einem anderen Teil mehr«, meldete sich Ernie düster zu Wort.

»Da habe ich schon nachgesehen«, warf der Mann ein, der die Zeitungen gebracht hatte. »Mehr ist nicht drin. Nur das, was ihr da lest.«

»Der Scheißkerl hat uns kaum erwähnt!«

»Und dann nennt er die Entführung eine ›unzivilisierte, kriminelle Tat‹.«

»Ich dachte, der sollte Verständnis für uns ausdrücken, sich auf unsere Seite stellen und unsere Sache beim Gouverneur vorbringen!«

Einer nach dem anderen gaben die Männer ihren Kommentar ab. Nur Hawk blieb bedrohlich schweigsam. Schließlich schaute er auf und durchbohrte Randy mit seinem stählernen Blick. Sie zuckte vor Angst innerlich zusammen.

»Raus mit euch«, zischte er kaum hörbar.

Alle schauten vorsichtig um sich, niemand schien zu wissen, was Hawk meinte. Der Mann am Fenster reagierte als Erster; er stakste steif hinaus. Die anderen folgten ihm murrend. Leta blieb an der Schwelle stehen, um auf Ernie zu warten, der neben Hawk stand.

»Bevor du etwas tust«, riet er dem Jüngeren, »denk an die Konsequenzen.«

»Zum Teufel mit den Konsequenzen!«, fauchte Hawk. »Ich weiß schon, was ich mache!«

Ernie schien diese Ansicht nicht zu teilen, aber er verließ zusammen mit Leta den Raum. Ohne zu fragen, war Randy klar, dass Hawk sie nicht in seinen knappen Befehl, die Hütte zu räumen, eingeschlossen hatte. Sie blieb wie angewurzelt stehen.

Stille erfüllte den Raum. Im Hintergrund die vertraute Geräuschkulisse – spielende Kinder, hämmernde Arbeiter, bellende Hunde. Pferde wieherten und schnaubten. Ein widerspenstiger Motor setzte sich stotternd in Gang. Doch diese Alltagsgeräusche schienen abgeschottet zu sein von der brütenden Stille in der Hütte. Außer einem gelegentlichen Knacken des Ofenfeuers und Randys flachem, schnellem Atem war nichts zu hören.

Endlich, sie glaubte schon, die steigende Spannung in ihrer Brust nicht mehr länger aushalten zu können, bewegte sich Hawk. Er rückte den Stuhl vom Tisch zurück und stand langsam auf. Dann kam er auf sie zu, ohne auch nur einen Moment seinen versteinerten Blick von ihr abzuwenden.

Einen Meter vor ihr blieb er stehen.

»Zieh dein Hemd aus«, sagte er tonlos.

9

Sie sagte nichts, tat nichts. Nur das rasche Zusammenziehen ihrer Pupillen und ein unwillkürliches Erschaudern zeigten, dass sie ihn verstanden hatte.

»Zieh dein Hemd aus«, wiederholte er.

»Nein.« Ihre Stimme war kaum mehr als ein heiseres Krächzen. Dann schüttelte sie den Kopf und sagte nachdrücklicher: »Nein. Nein.«

»Wenn du es nicht ...«

Die rasiermesserscharfe Klinge machte ein bedrohliches Geräusch, als er seinen Dolch aus der Scheide zog. Randy wich einen Schritt zurück. Das Messer in der rechten Hand haltend, streckte Hawk die linke nach ihr aus. Sie duckte sich. Er erwischte sie an den Haaren, wickelte eine Strähne um seine Faust und zog sie hoch. Wegen des Schmerzes spürte sie nicht, wie er ihr Hemd vom Kragen bis zum Saum aufschlitzte, doch sie bemerkte die Luft an ihrer Haut. Als sie an sich hinabblickte, sah sie, dass das Hemd weit geöffnet war. Sie erschrak so sehr, dass ihr Entsetzensschrei in der Kehle stecken blieb.

Hawk ließ ihre Haare los, aber sie war zu verwirrt, um ans Davonlaufen zu denken.

Er packte ihre Hand und machte blitzschnell einen Schnitt in ihren Daumenballen; dann steckte er den Dolch lässig wieder weg.

Entsetzt starrte Randy auf das Blut, das aus der Wunde austrat. Sprachlos, zu verblüfft, um einen Mucks zu machen, leistete sie nicht einmal Widerstand, als Hawk ihr das Hemd von den Schultern streifte, ihre schlaffen Arme durch die Ärmel schob und sie auszog.

»Ihre Sturheit kommt mir entgegen. Wenn ich Ihnen das Hemd vom Leib schneiden muss, sieht es sogar noch besser aus.«

Er drückte ihren Daumen, bis das Blut über ihre Hand und am Unterarm entlangrann. Dann hielt er das Hemd an den Schnitt und schmierte das Blut an den Flanell.

»Ihr Blut«, sagte er. »Sie werden es testen.«

Er entfernte sorgfältig eine ihrer Haarsträhnen, die noch um seinen Finger gewickelt war, und rieb die Haare am Stoff.

»Ihre Haare.« Er kräuselte zynisch die Lippen. »Sie werden mit Sicherheit davon ausgehen, dass Sie das Opfer eines barbarischen, kriminellen Akts geworden sind.«

»Und, bin ich das nicht?«

Er blickte auf ihre entblößten Brüste. Randy schloss die Augen, sie schwankte leicht – vor Verdruss und weil sie wusste, dass er sie betrachtete.

»Vielleicht schon.« Er trat näher, ergriff ihre blutende Hand. »Die Lust auf Sie macht mich völlig verrückt, Mrs Price. Sollen wir das Hemd noch mit einer Substanz anderer Art beflecken? Eine, für deren Identifizierung sie kein Mikroskop brauchen?«

Er presste ihre Hand fest gegen seinen Unterleib. Sie schrie auf und riss sich los.

Es war ein Schmerzensschrei, kein Protest gegen seinen unverhohlenen Vorschlag oder gegen die Liebkosung, die er ihr aufzwang.

»Was ist los?« Hawks Stimme hatte sich verändert. Sie klang nicht mehr bedrohlich, sondern nach echter

Betroffenheit. Seine Augen funkelten nicht mehr böse, sondern betrachteten sie forschend.

»Nichts«, antwortete sie atemlos. »Nichts ist los.«

Er ergriff ihren Arm.

»Lügen Sie mich nicht an! Was ist?« Er schüttelte sie leicht, lockerte aber sofort seinen Griff, als sie zusammenzuckte. »Ihr Arm?«

Randy hatte ihm keine Schwäche zeigen wollen, aber nachdem er nicht nachgab, nickte sie.

»Sie tun weh vom Schlafen auf dem Boden in dieser Position. Ich fror, bis Sie ... mich zudeckten«, fuhr sie leise fort und blickte weg.

Er trat einen Schritt zurück. Als Randy Augenblicke später aufsah, starrte er noch immer auf sie hinab. Dann drehte er sich plötzlich um, ging zu einem Schrank und holte ein frisches Hemd heraus. Es war wieder ein Flanellhemd, aber viel größer als das, das sie bisher getragen hatte.

Er legte es ihr um die Schultern und half ihr hinein. Die Manschetten hingen ihr bis über die Fingerspitzen. Während sie vor ihm stand wie ein fügsames Kind, rollte er ihr die Ärmel auf. Und dabei bemerkte er, dass der Schnitt an ihrem Daumen noch immer blutete.

Randy sprang fast das Herz aus der Brust, als er begann, kräftig an der Wunde zu saugen. Ihre Blicke trafen sich, und seine Zunge fuhr leicht über den Schnitt, den er ihr beigebracht hatte. Ihr heftiger Seufzer lenkte seine Augen erneut auf ihre Brüste. Sie waren von dem Hemd bedeckt, aber das sah sehr einladend aus, denn es war nicht zugeknöpft. Ihre Brustwarzen zeigten sich als deutliche Erhebungen in dem weichen Stoff. Es war irgendwie erregender als ihre Nacktheit zuvor.

Er legte die Fingerspitzen an ihren Hals, entdeckte eine leichte Verfärbung an der Stelle, wo er sie vor zwei Nächten leidenschaftlich geküsst hatte und rieb sanft darüber. Randy bemerkte ein Bedauern, aber auch eine unmissverständliche Spur von Stolz in seinen Augen.

Seine Finger wanderten tiefer und schoben den Stoff beiseite, um eine ihrer Brüste zu entblößen. Gegen das maskuline Hemd und seine bronzefarbene Hand wirkte sie bleich und rosig und zart. Hawk streichelte die Innenseite; sein Daumen glitt leicht über die Brustwarze. Er schaute ihr in die Augen. In Randys Blick lag Verwunderung über diese weiche, fürsorgliche Seite von Hawk O'Toole. In dem seinen loderten Leidenschaft und heißes Begehren.

Doch plötzlich, als sei er zornig auf sie – oder auf sich selbst –, zog er seine Hand zurück und drehte sich um. Einen langen Moment stand er angespannt und steif in der Mitte des Raumes. Schließlich sagte er barsch: »Wie es aussieht, ist es deinem Mann egal, ob du freikommst oder nicht.«

»Das habe ich dir bereits gesagt.« Das Sprechen bereitete ihr Probleme; sie hatte weiche Knie. Schamröte stieg ihr ins Gesicht. Leise fügte sie hinzu: »Außerdem ist er nicht mein Mann.«

»Er macht sich nach wie vor Sorgen um Scott.«

»Weil die Öffentlichkeit das von ihm erwartet.«

»Er sagt der Presse kaum etwas über uns, unsere Sache.« Heftig wandte er sich um und schüttelte drohend das blutverschmierte Hemd vor ihr. »Dafür ist das hier gedacht! Es soll ihn an die Bedingungen unserer Vereinbarung erinnern.«

»Ich bezweifle, dass das etwas bringen wird. Vielleicht gibt er nicht einmal öffentlich zu, dass er es erhalten hat.«

»Ich schicke es auch nicht an ihn, sondern direkt an

Gouverneur Adams, zusammen mit einem Brief, der detailliert erklärt, was wir wollen und warum die Lone-Puma-Mine für die Versorgung unseres Reservats so wichtig ist.«

»In dieser Hinsicht, Hawk, hoffe ich, dass ihr erreicht, was ihr wollt. Wirklich. Aber ihr müsst Scott und mich zurückbringen. Blutverschmierte Klamotten zu schicken und mit Gewalt zu drohen, das ist gefährlich. Das wird euch weit mehr schaden als nützen.«

»Ich habe dich nicht um deinen Rat gebeten!«

Sein Blick wanderte nach unten auf das offene Hemd, das sanfte Tal zwischen ihren Brüsten.

»Ich kann mir nur ein Gebiet denken, auf dem du Expertin bist«, fuhr er zynisch fort, »und ich weiß auch schon, was ich mache.«

Er stapfte aus dem Zimmer, schlug die Tür hinter sich zu und ließ sie, außer sich vor Wut, einfach stehen.

»Er hat es nicht leicht gehabt. Deswegen ist er manchmal so schroff«, erklärte Leta bedachtsam Randy. »Aber ich glaube, im Grunde ist Hawk weichherzig. Er will nur nicht, dass man das weiß, weil er meint, er würde dann schwach erscheinen. Er nimmt seine Aufgabe als Stammesführer sehr ernst.«

Dem konnte Randy nur zustimmen. Sie saßen in Hawks Hütte am Tisch und schnitten Gemüse für einen Eintopf. Randy hatte Hawk nicht mehr zu Gesicht bekommen, seit er Stunden zuvor die Tür zuknallte und mit dem blutverschmierten Hemd verschwand. Sie war etwas überrascht gewesen, dass er sie nicht wieder festband, doch die Erklärung dafür kam wenige Minuten später, als Leta eintraf. Sie hatte etwas Flickzeug und einen Korb mit Gemüse dabei – und ein Heftpflaster für Randys Daumen.

»Du bist wohl mein gefährlicher Wachhund«, hatte Randy gemeint.

Als Letas argloses Lächeln daraufhin verschwand, bedauerte sie ihre unfreundliche Bemerkung. Das Mädchen konnte schließlich nichts dafür, dass sie die Gefangene eines Mannes war, in dessen Brust kein menschliches Herz schlug. Leta folgte lediglich den Anweisungen eines Mannes, eines Häuptlings, so wie sie es wahrscheinlich schon ihr ganzes Leben lang tat.

»Tut mir leid, dass ich so böse mit dir war, Leta. Es ist noch Kaffee da. Möchtest du welchen?«

Es schien grotesk, mit einem Mann unter einem Dach zu wohnen, der ihr buchstäblich das Hemd vom Leib geschnitten, sie mit einem Messer bedroht und auf die herabwürdigendste Weise beleidigt hatte. Doch Leta war sich der Widersprüchlichkeit dieser Situation nicht bewusst und akzeptierte den Kaffee dankbar. Danach widmeten sie sich ihrer Näharbeit und dem Gemüseputzen und plauderten dabei die ganze Zeit.

Randy war froh, dass das Gespräch allmählich und wie von selbst auf Hawk O'Toole kam. Sie hatte versucht, so viel wie möglich über ihn in Erfahrung zu bringen, ohne direkte Fragen zu stellen. Und wie sich zeigte, war das auch gar nicht nötig. Leta hatte sie frohen Herzens mit unzensierter Information versorgt.

»Von seiner Weichherzigkeit habe ich aber noch nicht viel mitbekommen«, bemerkte Randy gerade, während sie eine geschälte Kartoffel in das gefüllte Waschbecken tauchte und nach der nächsten griff.

»Oh doch, das ist er. Er trauert noch immer um seine Mutter und seinen Bruder, die bei der Geburt starben. Und er vermisst seinen Großvater.«

»So weit ich es verstanden habe, war er der einzige positive und stabile Einfluss in Hawks Leben.«

Leta überlegte und nickte dann zustimmend.

»Hawk und sein Vater haben gestritten wie Hund und Katze. Er vergoss keine Träne, als sein Vater starb. Ich bin zu jung, um mich daran zu erinnern, aber Ernie hat mir das erzählt.«

Sie zählte die Karotten, die sie geschält und zerkleinert hatte, und beschloss, noch eine hinzuzufügen.

»Ernies ältester Sohn und Hawk sind gleichaltrig. Sie haben im College zusammen Football gespielt.«

»College?«

»Ja. Sie sind beide Bauingenieure geworden. Dennis baut irgendwelche Dämme und Brücken. Hawk kam ins Reservat zurück, als sein Großvater starb. Er hat dafür eine Karriere in der Stadt an den Nagel gehängt.«

Randy vergaß die geschälte Kartoffel in ihrer Hand.

»Wenn er eine viel versprechende Karriere in der Stadt aufgab, dann muss er ein starkes Bedürfnis gehabt haben, zurückzukommen.«

»Ich glaube, es war wegen seines Vaters und der Mine.«

»Wegen seines Vaters und der Mine?«

»Ich weiß nicht alles darüber, aber Hawks Vater arbeitete, glaube ich, als Geschäftsführer der Mine. Er verhielt sich ...« – sie sprach leiser – »er verhielt sich nicht sehr zuverlässig. Ernie sagt, er war die meiste Zeit betrunken. Jedenfalls hat er sich von diesen Männern überreden lassen, ihnen die Mine zu verkaufen.«

Randy versuchte, ihre Neugier zu unterdrücken, aber gleichzeitig fuhr sie sich erwartungsvoll mit der Zunge über die Lippen.

»Er hat die Mine an diese Investorengruppe verkauft?«

»Ja. Ich habe Ernie sagen hören, sie hätten sie dem Stamm ›abgeluchst‹. Fast alle hielten Hawks Vater für den Schuldigen. Er wurde schließlich vom vielen Trinken verrückt und musste das Reservat verlassen.«

»Also übernahm Hawk die Verantwortung für ihn, und damit auch die Schuld«, beendete Randy leise die Geschichte für sich selbst.

Das erklärte vieles über Hawk O'Toole. Er wollte nicht nur, dass die Mine erneut als Einkommensquelle für den Stamm zur Verfügung stand, sondern er wollte sie auch zurückbekommen, um eine Verpflichtung zu erfüllen. Mit seinem Hochschulabschluss und seinen Führungsqualitäten hätte er überall auf der Welt im Bergbau arbeiten können, aber er blieb im Reservat – nicht nur, weil er ein gewählter Häuptling war, sondern weil er sich aus Schuld an diese Mine gebunden fühlte.

»Ernie macht sich Sorgen um Hawk«, fuhr Leta fort, die von Randys Gedanken natürlich nichts ahnte. »Er meint, Hawk sollte endlich heiraten und Kinder haben. Vielleicht würde er dann nicht so oft in seine dunklen Stimmungen verfallen. Deswegen ist er manchmal so gemein. Er könnte unter allen unverheirateten Frauen des Stammes auswählen …«

»Sucht er sich ab und zu eine Frau, um … na, du weißt schon …«

Leta senkte sittsam den Blick.

»Wenn er eine Frau haben will, dann fährt er für ein paar Tage in die Stadt.«

Randy fiel das Schlucken schwer.

»Wie oft macht er das?«

»Ganz verschieden«, meinte Leta achselzuckend. »Ein paarmal im Monat.«

»Ich verstehe.«

»Manchmal bleibt er tagelang weg. Aber je länger es

dauert, desto missmutiger ist er, wenn er zurückkommt. Es scheint, als ob … je mehr Zeit er bei einer gekauften Frau verbringt, desto weniger mag er es.«

Sie wischte sich die Hände an einem Geschirrtuch ab und sammelte die Schalen auf ein Stück Zeitungspapier, das auf dem Tisch lag.

»Von einer Prostituierten kriegt er jedenfalls keine Kinder.«

»Er hat Ernie gesagt, er will gar keine.«

»Ja? Wieso?«

»Ernie meint, er hat Angst davor wegen seiner Mutter. Er musste zusehen, wie sie starb.« Randys Feindseligkeit gegen Hawk fiel immer mehr in sich zusammen. Es war schwer, einen Groll gegen jemanden zu hegen, der solch einen unbeschreiblichen Schmerz durchlitten hatte.

»Wenn Hawk nicht bald mit dem Kinderkriegen anfängt«, sagte Leta in einem leichteren Ton, »dann wird er sich doppelt anstrengen müssen, um mit Ernie mitzuhalten.«

Sie warf Randy ein scheues, heimlichtuerisches Lächeln zu.

»Heißt das, du bist schwanger?«

Letas Augen funkelten freudig, als sie nickte.

»Hast du es Ernie schon gesagt?«

»Erst letzte Nacht.«

»Ich gratuliere euch beiden.«

Leta kicherte.

»Ernie hat schon Enkelkinder, aber er ist stolz wie ein Pfau wegen des Babys.« Sie blickte auf ihren Bauch und legte liebevoll eine Hand darauf.

Ihr weicher, liebevoller Gesichtsausdruck machte sie schön. Randy freute sich für sie, aber sie verspürte auch einen Schuss Eifersucht. Letas Liebe für Ernie war so unkompliziert, und das Leben der beiden schien einfach. Natürlich, er hatte ein Verbrechen begangen und musste vielleicht dafür ins Gefängnis, aber um nichts in der Welt hätte sie das Leta gegenüber erwähnt und damit das Glück der jungen Frau getrübt.

Ein paar Minuten später kamen Scott und Donny angerannt. Sie stopften belegte Brote in sich hinein, die Leta und Randy für sie vorbereitet hatten. Randy setzte sich ganz nah zu Scott und berührte ihn bei jeder Gelegenheit unauffällig, um ihn nicht in Verlegenheit zu bringen.

»Hey, Mami, bei Donny zu schlafen, das war Klasse! Ernie hat uns Geistergeschichten erzählt, indianische Geistergeschichten!«

Er trank seine Milch und wischte sich mit dem Handrücken den Mund ab.

»War es für dich auch schön, bei Hawk zu schlafen?«

Ihr Lächeln verschwand.

»Es ging so.«

»Hawk hat gesagt, nach dem Mittagessen nimmt er uns mit zum Reiten. Und er meinte, du sollst ihm ein Sandwich machen. Ich werde es ihm mitbringen.«

Am liebsten hätte sie Mr O'Toole eine Nachricht zukommen lassen, dass er sich sein Sandwich gefälligst selbst machen solle, aber sie wollte Scott nicht in ihren Streit verwickeln, was Hawk sicherlich gern gehabt hätte. Sie übergab Scott zwei eingewickelte belegte Brote und umarmte ihn zärtlich.

»Pass auf dich auf. Denk daran, dass reiten noch neu für dich ist. Geh keine unnötigen Risiken ein.«

»Nein. Und außerdem ist Hawk dabei. Warte auf mich, Donny! Ich komme schon!«

Er rannte zur Tür hinaus, über die Veranda und die Treppe hinunter, ohne noch einmal zu ihr zurückzublicken. Als sie sich umdrehte, sah sie, dass Leta sie teilnahmsvoll beobachtete.

»Hawk passt gut auf, dass Scott nichts passiert. Das weiß ich.«

Randy lächelte matt.

»Ja, so lange ich gefügig bin. Und das habe ich auch vor zu bleiben.« Sie atmete tief. »Es besteht also kein Grund für dich, bei mir zu bleiben. Du hast sicher viel Arbeit. Bitte, lass dich von mir nicht davon abhalten. Ich laufe nicht weg.«

»Aber du hast es schon einmal versucht.«

»Ich werde den Versuch nicht wiederholen.«

»Du hättest wissen müssen, dass Hawk dich findet.«

»Ich glaube, das wusste ich auch. Aber versuchen musste ich es einfach.«

Leta konnte Randys Entschlossenheit nicht verstehen; sie schüttelte den Kopf.

»Mir ist es lieber, den Schutz eines Mannes zu genießen, als allein zu sein.«

Die Aufrichtigkeit dieser Bemerkung brachte Randy durcheinander. Wieso klang es plötzlich so anziehend, unter Hawks Schutz zu stehen? Sie wollte allein sein, um darüber nachzudenken. Außerdem spürte sie die harte letzte Nacht inzwischen überdeutlich; ihre Augenlider waren schwer, weil sie viel zu wenig geschlafen hatte. Das Gähnen ließ sich nicht mehr unterdrücken, deshalb versuchte sie gar nicht mehr, es höflich verbergen zu wollen. Sie drängte Leta, sie allein zu lassen, und schließlich gab die junge Frau nach.

Sobald Leta die Tür hinter sich geschlossen hatte, legte sich Randy ins Bett, zog die Decke über sich und vergrub den Kopf im Kissen. Falls Hawk nicht wollte, dass sie in seinem Bett ein Nickerchen machte, dann tat es ihr leid. Schließlich war es seine Schuld, dass sie so wenig geschlafen hatte. Zuerst hatte er sie gezwungen, auf dem harten Boden zu schlafen.

Dann ließ er sie halb erfrieren, bevor er sie zudeckte. Und dann stand er splitternackt in seiner ganzen Manneskraft vor ihr.

Begleitet von dieser köstlichen Erinnerung versank sie in einen tiefen Schlaf.

Er war da, als sie aufwachte. Sie setzte sich fröstelnd auf und blickte sich in der Hütte um. Hawk saß beim Ofen auf einem Stuhl mit gerader Lehne, die Füße mit den Stiefeln weit von sich gestreckt und die Hände vor der Gürtelschnalle verschränkt. Sein Blick ruhte unerschütterlich auf ihr.

Es kam ihr vor, als würde er sie schon seit einer ganzen Weile anschauen.

»Tut mir leid«, sagte Randy nervös. Sie schob die Decke zurück und setzte die Füße auf den Boden. »Wie spät ist es?«

»Was macht das für einen Unterschied?«

»Keinen, glaube ich. Ich hatte nicht vor, so lange zu schlafen.«

Sie blickte zum Fenster hinaus und schätzte, dass es wohl später Nachmittag sein musste. Die Sonne war bereits hinter den Bergen verschwunden, die Schatten draußen wurden lang und dunkel.

»Sind Sie nicht neugierig?«

Sie rieb sich die Arme, um sich zu wärmen.

»Worauf?«

»Wegen des Hemdes.«

»Haben Sie es weggeschickt?«

»Ja.«

»Wenn es dazu beiträgt, dass wir früher nach Hause kommen, dann bin ich absolut dafür.« Sie stand auf und strich ihr verknittertes Hemd glatt, das ohnehin schrecklich hässlich war. »Waren Sie mit Scott beim Reiten?«

»Er hat sich überhaupt nicht dumm angestellt.«

»Wo ist er?«

»Ich glaube, sie spielen Karten bei Ernie.«

»Dann werde ich ihn wohl beim Abendessen sehen.«

»Sie haben das Abendessen verschlafen. Wir haben heute früher gegessen.«

»Soll das heißen, ich sehe Scott erst morgen wieder? Warum haben Sie mich nicht geweckt?«, fragte sie verstimmt.

Er ignorierte ihren Ärger und ihre Frage.

»Warum reiben Sie sich dauernd die Arme?«, wollte er stattdessen wissen.

»Weil mir kalt ist. Ich fühle mich nicht gut.« Zu ihrem Verdruss füllten sich ihre Augen plötzlich auch noch mit Tränen. »Ich habe einen dicken Kopf. Mir tut alles weh, und das ist Ihre Schuld. Ein Aspirin täte mir gut. Außerdem bleibe ich mit dem Schnitt in meinem Daumen überall hängen.«

»Ich habe Ihnen ein Heftpflaster geschickt.«

»Das ist abgegangen, als ich Ihr Geschirr gespült habe!«, schrie sie ihn an. »Ich will meinen Sohn sehen. Ich möchte ihm einen Gutenachtkuss geben. Sie haben ihn fast den ganzen Tag lang von mir fern gehalten!«

Er stand langsam auf.

»Daran hätten Sie denken sollen, bevor Sie versuchten zu fliehen.«

»Wie lange wollen Sie mich noch bestrafen?«

»Bis ich davon überzeugt bin, dass Sie Ihre Lektion gelernt haben.«

Sie ließ niedergeschlagen den Kopf hängen.

»Bitte, Hawk. Lassen Sie mich Scott sehen. Nur fünf Minuten.«

Er drückte mit einem Finger ihr Kinn nach oben, musterte sie einige Augenblicke lang und ließ dann plötzlich los. Dann nahm er die Decke vom Bett und holte eine zweite aus einem Regal.

»Kommen Sie«, sagte er und ging zur Tür.

Sie folgte ihm erfreut und wischte sich die Tränen aus dem Gesicht, während sie hinter ihm den Pfad hinuntertrottete. Es kam ihr seltsam vor, dass er geradewegs auf seinen Pick-up zuging, doch sie dachte, sie würden wohl zu der anderen Hütte fahren, anstatt zu Fuß zu gehen. Doch als er in die entgegengesetzte Richtung fuhr, wurde es ihr zu viel.

»Was machen Sie denn? Wohin bringen Sie mich?«

»Das werden Sie schon sehen. Genießen Sie einfach die Fahrt. Es ist eine wunderbare Nacht.«

»Ich will Scott sehen!«

Er sagte nichts, sondern blickte nur starr durch die Windschutzscheibe. Randy wollte ihm nicht den Gefallen tun, sie noch einmal weinen zu sehen. Und sie wollte auch nicht bitten und betteln. Sie setzte sich stocksteif auf. Am liebsten hätte sie sich für ihr Weinen und Bitten in den Hintern getreten. Damit demütigte sie sich nicht nur selbst – es brachte vor allem auch überhaupt nichts.

Sie fuhren nicht weit, aber da, wo Hawk anhielt, sah die Landschaft noch wesentlich ursprünglicher aus als beim Feriengelände. Randy blickte ihn entsetzt an, als er den Motor abstellte und die Handbremse anzog.

»Wo sind wir? Was machen wir hier? Wollen Sie meine Leiche verscharren?«

Hawk stieg wortlos aus und kam auf ihre Seite, um die Tür zu öffnen. Sie stieg aus und wartete, bis er die Decken von der Ladefläche geholt hatte.

»Da hinauf«, sagte er.

Argwöhnisch folgte sie ihm den Hang hinauf. Oben angekommen, holte sie erst einmal tief Luft, nicht nur wegen des steilen Anstiegs, sondern auch wegen der atemberaubend schönen Landschaft. Es sah aus, als sei die ganze Welt unter ihnen ausgebreitet und zwischen ihnen und dem Sonnenuntergang nichts.

Der Himmel bestand aus leuchtenden Farbtönen und allen Schattierungen vom flammendem Zinnoberrot bis zum schillerndsten Violett. Mit jeder Sekunde, die es dunkler wurde, tauchten mehr Sterne am Firmament auf wie frische Blumen auf der Wiese nach einem Frühlingsregen. Dicht über dem Horizont stand groß und makellos wie aus feinem Porzellan der Halbmond. Eine kühle Brise schmiegte ihre Kleidung an den Körper an.

»Wir müssen da durch«, sagte Hawk leise, nahe an ihrem Ohr.

»Wo durch?« Es kam ihr vor, als deute er auf eine Wand aus massivem Fels.

»Hier.« Er nahm sie bei der Hand und führte sie.

Bei näherem Hinsehen entdeckte sie einen Felsspalt, gerade breit genug, dass eine schlanke Person hindurchschlüpfen konnte. Hawk half etwas nach, und sie zwängte sich durch. Er folgte ihr. Am anderen Ende wurde die Spalte etwas breiter. Als Randy es geschafft hatte und aufblickte, blieb sie vor Überraschung wie angewurzelt stehen.

Nur ein paar Meter vor ihr lag ein kleiner Teich. Dampf stieg daraus auf wie aus einem kochenden Kessel und bedeckte den Boden mit einem wirbelnden Nebel, der um ihre Knöchel und Waden spielte. Unterirdische Quellen sprudelten im Wasser.

»Willkommen im Wellnesscenter von Mutter Natur«, sagte Hawk.

10

Die Aussicht, in das blubbernde Wasser einzutauchen, war höchst verlockend. Sie hatte schon seit Tagen nicht mehr richtig gebadet. In das eiskalte Wasser des Flusses zu gehen, hatte sie sich geweigert, deshalb konnte sie sich seit ihrer Entführung nur mit einem Schwamm in einer Waschschüssel waschen.

»Möchten Sie ins Wasser gehen?«, fragte Hawk.

»Ja«, rief sie aufgeregt, fuhr jedoch dann gefasster fort: »Wenn es okay ist.«

»Deshalb habe ich Sie hierher gebracht. Vielleicht macht Ihnen das heiße Wasser den Kopf klar und vertreibt Ihr Kältegefühl.«

Sie tat einen Schritt auf das Ufer zu, doch dann dachte sie an ihre Kleider.

»Was ist mit meinen Sachen?«

»Ziehen Sie sie aus.«

»Das will ich nicht.«

»Dann werden sie nass.«

Er begann, sein Hemd aufzuknöpfen. Als er die Schultern zurückbog und das Hemd aus der Hose zog, schaute Randy weg, denn sie wusste, dass er versuchte, sie einzuschüchtern, und das wollte sie nicht zulassen. Streitlustig zog sie Schuhe und Socken aus und legte sie sorgfältig auf einen trockenen, flachen Felsen. Dann öffnete sie ihren Rock, ließ ihn zu Boden rutschen und trat heraus. Das viel zu große Hemd reichte ihr bis zu den Oberschenkeln und bedeckte sie angemessen.

Als sie über dem Gurgeln des Wassers das Geräusch

von Hawks Reißverschluss hörte, eilte sie, so schnell es der steinige Boden zuließ, ins Wasser. Zuerst fühlte es sich brühend heiß an den Füßen an, aber sie zwang sich, tiefer hineinzugehen. Nach ein paar Sekunden gewöhnte sie sich an die Temperatur und ging in die Hocke, bis ihr das Wasser an die Taille und schließlich bis zum Hals reichte. Sie fand es himmlisch.

Ein von Menschen geschaffener Whirlpool müsste tausend Wasserdüsen haben, um es mit diesem natürlichen Massagestrom aufnehmen zu können, dachte sie. Aus allen Richtungen strömte Wasser auf sie ein, massierte ihre schmerzenden Muskeln, löste ihre steifen Gelenke und wärmte sie wohlig auf.

»Na, gefällt es Ihnen?«

Sie hatte Angst, sich umzudrehen und ihn anzusehen, aber sie riskierte es dennoch und stellte erleichtert fest, dass auch er bereits bis zum Kinn eingetaucht war. Unter der aufgewühlten Oberfläche war er nackt, das wusste sie. Sie versuchte, nicht daran zu denken.

»Es ist himmlisch. Wie haben Sie dieses Naturwunder entdeckt?«

»Mein Großvater hat mich nach der Jagd oft an diesen Platz mitgenommen. Später, als ich älter war, bin ich mit Mädchen hierher gekommen.«

»Ich glaube, ich muss nicht erst fragen, wozu.«

Er grinste tatsächlich.

»Das Wasser lässt die Hemmungen schmelzen. Wenn die Mädchen eine Zeit lang darin waren, konnten sie nicht mehr nein sagen.«

»Waren es viele?«

»Mädchen?«, fragte er achselzuckend. »Wer zählt sie schon? Sie kamen und gingen.«

»In angemessener Zahl?«

Ein leises Lachen ertönte.

»Gibt es Ihrer Meinung nach für einen jungen Mann eine angemessene Zahl?«

»Und jetzt, wo Sie älter sind?«

Er musterte sie genau.

»Gibt es überhaupt eine Zahl, die angemessen wäre?«

Sie wusste, dass es klüger wäre, dieses Thema nicht weiter zu verfolgen, aber sie tat es dennoch.

»Leta hat mir von Ihren Abstechern in die Stadt erzählt. Können gekaufte Frauen Sie befriedigen?«

»Ja. Und ich befriedige sie ebenso.«

Randy blickte zur Seite.

»Was ist mit Ihnen?«, fragte er sie mit weicher Stimme. »Sind Sie denn jemals befriedigt? Wie viele Liebhaber braucht es, um Ihr Feuer zu löschen?«

Sie musste sich sehr beherrschen, um eine verletzende Erwiderung zurückzuhalten.

»Sie halten mich für eine Schlampe«, sagte sie. »Ich halte Sie für einen Kriminellen. Wir denken beide, dass es der andere verdient, bestraft zu werden. Na schön. Können wir es nicht einfach dabei bewenden lassen und aufhören, uns gegenseitig zu beleidigen? Vor allem gerade jetzt. Lassen Sie uns mit diesem Kleinkrieg Schluss machen, sonst verderben wir alles. Es ist einfach zu schön hier. Ich möchte die Stimmung nicht durch einen idiotischen Streit zerstören.«

Er wandte den Blick ab. Sein Profil hob sich als dunkle Silhouette vor dem abendlichen Horizont ab, an dem das Licht rasch seinen Kampf gegen die Nacht verlor. Randy genoss den Anblick von Hawks männlicher Schönheit.

Sie fragte sich, wie sie Hawk O'Toole zu einer anderen Zeit und an einem anderen Ort wahrnehmen würde. Wenn sie Morton Price nicht so jung geheiratet hätte, um einem unglücklichen Zuhause zu entfliehen, wäre es vielleicht möglich gewesen, einen Mann wie Hawk zu treffen: stark, aber selbstlos; einen, der sich für eine Sache einsetzte anstatt für schnöde Dollar, einen Führer ohne persönlichen Ehrgeiz. Und mit ein bisschen Glück wäre es die große Liebe geworden.

Sie schüttelte den Kopf, um diese grotesken Gedanken zu vertreiben, und sagte: »Erzählen Sie mir von Ihrem Großvater.«

»Was ist mit ihm?«

»Haben Sie ihn geliebt?«

Er wandte sich ihr zu, doch sein Blick war voller Argwohn. Erst als er erkannte, dass sie sich nicht über ihn lustig machte, sagte er: »Ich habe ihn respektiert.«

Sie ermutigte ihn fortzufahren, und schon bald erzählte er Geschichten über seine Kindheit und Jugendzeit. Bei einigen seiner liebsten Erinnerungen lächelte er sogar. Doch als er eine besonders amüsante Anekdote abschloss, verkehrte sich sein Lächeln in ein Stirnrunzeln.

»Aber je älter ich wurde, desto häufiger merkte ich, dass zwei Dinge gegen mich sprachen.«

»Welche?«

»Zum einen ein Indianer zu sein und zum anderen einen Alkoholiker als Vater zu haben. Wenn die Leute nicht von Ersterem abgestoßen wurden, dann mit hundertprozentiger Sicherheit von Letzterem.«

Sie überlegte, ob es ratsam wäre, ein so schwieriges Thema anzuschneiden, und entschied, dass sie nichts zu verlieren hatte, aber eine Menge gewinnen konnte, wenn sie lernte, ihn besser zu verstehen.

»Hawk«, begann sie vorsichtig, »Leta hat mir von Ihrem Vater erzählt. Dass er die Mine an die Betrüger verloren hat.«

»Verdammt.«

Er setzte sich auf, so dass ihm das Wasser gerade bis unter die Taille reichte. Es rann über seine glatte Brust, einzelne Tropfen verfingen sich in den dunklen Löckchen unterhalb seines Nabels. Randy hätte gern auf diese verführerische Stelle geschaut, doch sein ärgerlicher Blick lenkte sie davon ab.

»Was hat Leta denn noch so alles ausgeplappert?«

»Es war nicht ihre Schuld«, erwiderte Randy rasch. Sie wollte nicht, dass die junge Frau Schwierigkeiten bekam, weil sie womöglich Stammesgeheimnisse preisgegeben hatte. »Ich habe sie nach Ihnen gefragt.«

»Weshalb?«

Sie blickte ihn verwirrt an.

»Weshalb?«

»Ja, weshalb? Weshalb waren Sie so neugierig bezüglich meiner Person?«

»Ich dachte, wenn ich mehr über Ihre Geschichte weiß, dann verstehe ich vielleicht Ihre Beweggründe besser. Und so ist es auch«, betonte sie. »Nun weiß ich, warum es Ihnen so wichtig ist, die Eigentumsrechte an der Mine zurückzubekommen. Sie wollen den Fehler Ihres Vaters wieder gutmachen.«

Sie legte eine Hand auf seinen Arm.

»Hawk, niemand macht Sie dafür verantwortlich. Es ist nicht Ihre Schuld, dass ...«

Er schüttelte ihre Hand ab und stand auf.

»Das Allerletzte, was ich von Ihnen wünsche, ist Mitleid. Wenn schon, dann sollten Sie um mein Mitleid bitten, Mrs Price!«

Er wandte sich um und war im Begriff, den Teich zu verlassen, doch Randy erwischte seine Hand, zog sich daran aus dem Wasser und begann gleichzeitig, ihn mit Worten zu attackieren.

»Ich bemitleide dich nicht, du unglaublich sturer

Dickkopf! Ich habe lediglich versucht, mich an deine Stelle zu versetzen und dich zu verstehen.«

Er hob sie an den Schultern hoch, so dass nur noch ihre Zehenspitzen den Boden berührten.

»Du kannst mich nie verstehen, denn du hast keine dunkle Haut! Du bist nie von irgendwelchen selbstgerechten Frömmlern ausgelacht oder von verlogenen Gutmenschen umschmeichelt worden. Du hast nie jeden einzelnen Tag deines Lebens beweisen müssen, dass du ein menschliches Wesen bist. Deine Erfolge oder dein Scheitern wurden nicht ständig wegen deiner Zugehörigkeit zu einer Minderheit relativiert. Du wurdest von Geburt an von der Gesellschaft anerkannt. Ich kämpfe um diese Anerkennung noch heute!«

Sie schüttelte seine begehrlichen Hände ab.

»Ist es nicht schrecklich anstrengend, sich ständig angegriffen zu fühlen? Willst du nicht endlich einmal davon ablassen? Wenn es um deinen Vater und seine Taten geht, bist du einfach überempfindlich«, schrie sie und bohrte ihren Zeigefinger in seine Brust. »Niemand belastet dich mit seinen Verfehlungen, nur du selbst! Du machst dir das Leben schwer, weil du meinst, dich für sein Tun bestrafen zu müssen! Das ist dumm! Verrückt!«

Seine Gesichtszüge waren ebenmäßig und ließen keine Gefühlsregung erkennen, doch seine Augen verrieten ihn. Sie flackerten, sie loderten vor Wut.

»Du vergisst, wo du hingehörst!«

»Wo ich hingehöre!«, kreischte sie. »Und, wo soll das sein, wo ich hingehöre?«

»Unter einen Mann«, knurrte er, zog sie an sich und küsste sie heftig.

Sie krümmte und wand sich und versuchte, von ihm wegzukommen, aber er war einfach zu stark. Seine

Zunge drängte sich zwischen ihre Lippen, bis sie sich öffneten, und senkte sich dann unerbittlich in ihren Mund, streichelte und neckte sie, um ihren Widerstand zu brechen. Und er hatte Erfolg; Randys Anstrengungen, sich loszureißen, wurden mehr und mehr zu Bemühungen, ihm näher zu kommen.

Sie erwiderte seinen Kuss, hieß die Vorstöße seiner Zunge willkommen. Sie war jedoch nicht auf das zärtliche Saugen gefasst, mit dem er ihre Zunge in seinen Mund zog. Aber sobald der kleine Schock, den sie dadurch erlebte, vorüber war, erforschte sie seinen Mund mit zügelloser Neugier und sinnlicher Lust.

Ihre nackten Schenkel pressten sich gegen die seinen. Jedes Mal, wenn er die Arme bewegte, um sie noch fester an sich zu ziehen, rieben seine harten Brustmuskeln gegen ihren Busen. Als sie den harten Beweis seines Begehrens an ihrem Bauch spürte, stöhnte sie hörbar auf.

Hawk hielt sie vor sich. Sie beobachteten einander einige Augenblicke lang und schöpften wieder Atem. Der Wind kühlte ihre erregten Körper, die Bergluft machte ihnen den Kopf frei, das Wasser wallte um ihre Beine. Aber nichts konnte ihre Leidenschaft, ihr wildes Begehren füreinander auflösen.

Sein Blick senkte sich auf ihre Brüste; Randy hörte, wie er kurz und heftig einatmete. Ihre Brustwarzen zeichneten sich unter dem nassen Stoff ab, der auf ihrer Haut klebte. Hawk griff nach dem obersten Knopf ihres Hemds. Hypnotisiert von seinen Augen ließ sie zu, dass er ihn öffnete, dann den zweiten. Seine Fingerknöchel drückten an ihre Brüste und streiften über ihren Bauch, als sie sich von einem Knopf zum nächsten nach unten bewegten.

Schließlich waren alle Knöpfe geöffnet, er schob das

nasse Hemd beiseite. Seine Augen wanderten lange über ihren Körper.

Mit einem tiefen, gierigen Laut aus seiner Kehle ließ er die Hände unter ihr Hemd und in die Achselhöhlen gleiten, so dass er ihre Brüste mit den Daumen und den anderen Fingern umschloss.

Randy bog sich unwillkürlich nach hinten und warf den Kopf in den Nacken. Ihre Hüften drängten an seinen Unterleib. Dann zog er sie an einer Hand aus dem Wasser, und sie legten sich zusammen auf eine der Decken.

»Füge meinem Strafregister noch ein Verbrechen hinzu«, murmelte er, als er ihr das Höschen auszog. Er beugte sich über sie, küsste wieder und wieder ihren Bauch, ihre Brüste, ihren Mund.

Randy keuchte, so schockiert war sie von seiner Besitznahme. Ihr Körper schien von einer Hitze erfüllt, die so stark war wie die eines brennenden Sterns. Sie begann zu zittern. In diesem Augenblick vergrub Hawk das Gesicht in ihrem Haar und ließ seiner Begierde freien Lauf.

Sie lagen ineinander verschlungen zwischen den Decken; Randy presste ihr Gesicht an seine Brust, küsste sie scheu und liebkoste mit den Fingerspitzen die glatte, geschmeidige Haut.

»Jetzt bin ich auch eines der Mädchen, deren Hemmungen im Teich dahingeschmolzen sind«, murmelte sie.

»Nein.« Er schob sich dichter an sie heran. »Keine der anderen hatte blondes Haar.«

»Hawk, du hast mich Miranda genannt.«

Seine Hand hielt inne.

»Was?«

»Als du, na ja … hast du mich Miranda genannt.« Er rückte von ihr ab. Seine Miene war wieder verschlossen, als hätte jemand einen Vorhang zugezogen. »Hawk?«

»Komm, es ist Zeit, zurückzufahren.«

Er stand auf und bot ihr seine Hand an. Sie akzeptierte sie, griff dabei zugleich nach ihrem Höschen und schlüpfte hinein. Hawk schien ihre leichte Verlegenheit nicht zu bemerken; er kleidete sich mit schnellen, fahrigen Bewegungen an. Randy zog das nasse Hemd nur ungern wieder an, aber sie hatte nichts anderes. Als sie fertig waren, ergriff er wieder ihre Hand und führte sie durch den Felsspalt zurück. Dann stiegen sie den Hang hinunter zu seinem Wagen.

Dort angekommen, drehte Randy ihn zu sich.

»Warum hast du mich Miranda genannt?«

»Ich habe das nicht bemerkt. Mach keine große Sache daraus.«

»Tue ich auch nicht. Aber du. Es passt dir nicht, dass du mich so genannt hast. Warum?«

Einen Moment lang schaute er in die Ferne. Dann blickte er ihr in die Augen und sagte: »Ich wollte mich von den anderen unterscheiden.«

»Den anderen?«

»Deinen anderen Liebhabern.«

Sie sprachen kaum auf der Rückfahrt zum Gelände. Als er schließlich vor seiner Hütte anhielt, glaubte Randy, dass er bedauerte, was am Teich geschehen war. Er gab sich verschlossen, seine Lippen waren nicht mehr als ein dünner Strich – sie spürte, dass er ihr ungezügeltes Verhalten missbilligte. Sie wollte ihm nicht ins Gesicht sehen, deshalb wandte sie sich ab.

Er stieg als Erster aus und kam auf ihre Seite, um ihr die Tür zu öffnen. Sie verließ den Wagen, konnte aber nicht weitergehen, weil er ihr den Weg verstellte. Sie hielt den Blick gesenkt.

Er tippte ihr Kinn nach oben.

»Offenbar habe ich kein Kondom benutzt.«

»Offenbar habe ich nicht einmal daran gedacht.«

Nach einer nachdenklichen Pause sagte er: »Du hast nichts zu befürchten. Das ist mir vorher nie passiert, dass ich das vergessen habe.«

In ihrem Inneren wurde es sehr still. Sie konnte kaum atmen. Ohne es zu wollen, hatte er ihr mitgeteilt, dass sie für ihn etwas Besonderes war oder zumindest anders als die anderen. Es war nicht viel, aber immerhin etwas. Wenn sie auf die Geschehnisse der Nacht zurückblickte, würde sie jede Möglichkeit zur Rechtfertigung brauchen können, die sie finden konnte.

»Du musst dir auch keine Sorgen machen, Hawk.«

»Du hast mit deinen anderen Liebhabern aufgepasst?«

Sie schüttelte den Kopf und blinzelte, um große, salzige Tränen zurückzuhalten. Mit der Zunge zuerst die Lippen befeuchtend, sagte sie dann: »Es hat keine anderen Liebhaber gegeben. Nicht einen. Nur meinen Mann. Und jetzt dich. Ich schwöre es.«

Seine Augen hatten noch nie so intensiv geleuchtet. Als wollte er das Licht darin zurückhalten, kniff er sie zusammen und musterte Randy kritisch. Nach einigen Augenblicken trat er zurück und fasste ihren Ellbogen.

»Komm.«

»Wohin?«

Er führte sie nicht zur Hütte, sondern davon weg.

»Ich dachte, du wolltest Scott ›Gute Nacht‹ sagen.«

Sie stolperte neben ihm her, den Blick mehr auf ihn gerichtet als auf den steinigen Pfad, und versuchte, aus diesem Rätsel von einem Mann schlau zu werden.

Das Geheimnis Hawk O'Toole blieb auch am nächsten Tag ungelöst.

Nachdem sie am Abend zuvor eine halbe Stunde lang Scott besucht hatten, waren sie zu Hawks Hütte zurückgekehrt. Sie war ganz egoistisch froh darüber gewesen, dass Scott bei Ernie und Leta blieb. Er hielt sich gern dort auf, und Randy konnte es kaum erwarten, die ganze Nacht mit Hawk allein zu verbringen.

Aber er schlief nicht mit ihr, wie sie gedacht und gehofft hatte. Sie lagen nur zusammen in seinem Bett. Er zog ihr langsam und genüsslich die Sachen aus und wurde ungeduldig, als er sich selbst entkleidete. Dann schob er sie zu sich unter die Decke und betrachtete ihr Haar, das auf dem Kissen neben dem seinen ausgebreitet lag. Seine Hände bewegten sich über ihren Körper mit dem feinen Gespür eines Bildhauers für Form und Beschaffenheit. Aber er küsste sie nicht einmal.

Einmal wachte sie während der Nacht auf und spürte, wie er fest den Arm um sie legte und seine Beine rastlos an ihre drängten. Er hauchte ihren Namen an ihren Nacken und küsste sie sanft. Sie spürte ihn deutlich. Aber er ging nicht weiter, als seine Hand um ihre Brust zu legen und sie näher zu sich zu ziehen. Schließlich schlief er wieder ein, und nach einiger Zeit, als sich ihr rasender Herzschlag wieder beruhigt hatte, versank auch sie wieder in den Schlaf.

Als sie aufwachte, hatte er die Hütte bereits verlassen. Sie stand auf, zog sich an, schürte das Feuer, machte das Bett, kochte Kaffee. Sie schalt sich selbst dafür, dass sie sich so lächerlich häuslich benahm, aber jedes Mal, wenn sie sich zufällig in einer spiegelnden Fläche sah, staunte sie über das Funkeln in ihren Augen und das ständige Lächeln auf ihren Lippen.

Außerdem spürte sie in ihrem Unterleib einen köstlichen Schmerz. Ihre Brüste fühlten sich schwer und erregt an, die Spitzen reagierten auf den kleinsten Reiz. Hawk hatte ihren Hunger noch nicht gestillt.

Als sich die Tür öffnete, wirbelte sie herum und hielt den Atem an. Hawk blieb auf der Schwelle stehen. Ihre Blicke ruhten ziemlich lang aufeinander, ehe er eintrat. Die anderen Häuptlinge folgten ihm. Doch sie schienen die gespannte Atmosphäre nicht zu bemerken – bis auf Ernie, der Hawk und sie scharf beobachtete.

»Mach für alle Kaffee«, ordnete Hawk schroff an. Randy versteifte sich. »Bitte«, fügte er mit gedämpfter Stimme hinzu.

Sie gehorchte, nicht unbedingt deshalb, weil dem Befehl ein höfliches Wort gefolgt war, sondern weil die Männer eine Zeitung mitgebracht hatten. Sie wollte unbedingt wissen, wie der Gouverneur auf den Erhalt ihres blutigen Hemdes und den Brief dazu reagiert hatte.

»Wenigstens ist er auf uns aufmerksam geworden«, berichtete Hawk, als er mit dem Lesen des Artikels fertig war. »Er verspricht, die Schließung der Mine zu prüfen. Und er übergeht Price und arbeitet persönlich mit dem FBI zusammen. Er will über jeden Aspekt der Entführung von Randy und Scott Bescheid wissen. Andererseits warnt er, dass er von seiner Autorität vollen Gebrauch macht, falls Randy etwas zustößt. Er wird dann dafür sorgen, dass wir die volle Härte des Gesetzes zu spüren bekommen.«

Er blickte zu ihr auf. Randy spürte, wie sie errötete, und wandte sich ab. Sie fragte sich, ob er gemerkt hatte, dass er ihren Vornamen benutzte.

»Was sollen wir jetzt machen?«, fragte einer der Männer.

Hawk nippte an dem köstlichen Kaffee, den Randy ihm gegeben hatte.

»Ich weiß nicht recht. Wir treffen uns noch einmal heute Abend vor dem Essen, und dann besprechen wir unsere Pläne. Bis dahin könnt ihr die Freizeit genießen.« Sein Blick wanderte von einem Gesicht zum anderen. »Ich hoffe, dass wir alle bald wieder zur Arbeit gehen.«

Als die Männer weg waren, kam Leta mit Donny und Scott. Die Jungen balgten sich auf dem Boden; Hawk und Ernie diskutierten ihr weiteres Vorgehen. Randy hätte gern gehört, was sie besprachen, doch sie redeten sehr leise. Wie es schien, wollte Hawk Ernie für eine Idee begeistern, doch dieser lehnte ständig ab. Und offenbar sollte sie nicht zu Rate gezogen werden, deshalb half sie Leta bei der Vorbereitung des Frühstücks, das sie alle zusammen in Hawks Hütte einnahmen.

Das Gespräch verlief zwanglos. Ein Außenstehender würde niemals auf den Gedanken kommen, dass Scott und sie Geiseln waren, dachte Randy. Scott bat Hawk, ihm beim Reparieren einer Steinschleuder zu helfen. Zusammen mit der Reparatur erhielt er gleich eine Anweisung zum sicheren Gebrauch der Schleuder.

»Wir müssen noch nicht nach Hause, Mami, oder?« Scotts Frage traf Randy vollkommen unvorbereitet. Sie wusste nicht, was sie so schnell darauf antworten sollte. »Ich ... ich weiß nicht. Wieso?«

»Ich hoffe, wir können ganz lange bleiben. Mir gefällt es hier.«

Damit sauste er aus der Tür und hinter Donny her. Die Erwachsenen blieben in betretenem Schweigen zurück. Nach einer Weile brach Leta es endlich. Sie stützte sich an Ernies Schulter ab und stand unsicher auf.

»Ich fühle mich nicht gut.«

Schneller, als Randy ihn je erlebt hatte, verfrachtete Ernie sie hinaus.

»Was zum Teufel war denn das?«, fragte Hawk, sobald Randy die Tür hinter den beiden geschlossen hatte.

»Leta ist schwanger.«

Hawk starrte sie entgeistert an, dann schaute er auf die Tür, als könne er Ernie und seine junge Frau durch das Holz hindurch sehen. Mit einem heftigen Fluch fuhr er sich mit den Fingern durch das dicke Haar und zog die Spitzen nach oben, dann stützte er die Ellbogen auf den Tisch und den Kopf auf die Hände.

Randy ging leise zu ihm.

»Freust du dich nicht für sie?«

»Doch, sehr.«

»Es kommt mir aber nicht so vor.«

Sein Kopf schnellte hoch.

»Wenn Ernie wegen dieses Verbrechens angeklagt wird, dann wandert er in den Knast!«

Sie setzte sich ihm gegenüber.

»Aha, willkommen in der Welt der Logik, Mr O'Toole. Genau das erzähle ich dir seit Tagen. Ihr werdet alle in den Bau gehen.«

Er schüttelte abwehrend den Kopf.

»Ich habe das mit Price ausgehandelt. Wenn es nicht so läuft, wie geplant, dann übernehme ich die volle Verantwortung. Die anderen mussten mir bei ihrem Blut schwören, dass sie sich trennen und untertauchen, falls ich verhaftet werde.«

Randy hielt das für übertrieben edelmütig, aber sie konnte nicht umhin, seine Selbstaufopferung zu bewundern.

»Das ist zwar eine noble Geste, aber trotzdem bleibt ihnen nur ein Leben auf der Flucht.«

»Besser Flucht als Gefängnis.«

»Darüber lässt sich streiten. Was ist zum Beispiel mit Ernie? Hat er den Eid nicht auch geleistet?«

»Ja, aber er hat mir bereits gesagt, dass er sich stellt, falls ich in den Knast gehe.«

»Weiß Leta davon?«

»Ich bezweifle es.«

Er stand auf und begann, unruhig in der Hütte hin und her zu gehen. Randy räumte den Frühstückstisch ab und spülte das Geschirr mit dem Wasser, das sie von der Pumpe geholt und erhitzt hatte. Doch mit den Gedanken war sie so sehr bei Hawks Dilemma, dass ihr der Mangel an Komfort überhaupt nicht auffiel.

Als sie fertig war, sperrte Hawk gerade eine kleine Stahlkassette auf.

»Was ist das?«, fragte sie.

»Die Unterlagen der Lone-Puma-Mine. Ich habe sie mitgebracht.«

Sie blickte auf den ungeordneten Stapel Papier.

»Dieser Haufen Papier ist deine Ablage?«

»Ich bin Ingenieur. Ich weiß, wo das Silber ist und wie man es gefahrlos und wirtschaftlich zutage fördert. Ich mache auch ... habe mich auch um die Vermarktung gekümmert. Aber ich bin kein Buchhalter.«

»Du hättest einen anstellen können.«

»Ich bin einfach nie dazugekommen.« Er ließ sich auf einen Stuhl sinken. »Ich dachte, vielleicht finde ich etwas, das ich übersehen habe; etwas, womit ich Druck ausüben kann.«

Randy setzte sich wieder ihm gegenüber an den Tisch. Sie zog die Papiere, von denen er eines nach dem anderen überflog und dann beiseite legte, zu sich herüber, las sie ebenfalls durch und ordnete sie in verschiedene Stapel: Steuerunterlagen, Lohnlisten, Rechnungen, Grundbucheintragungen.

Mit einem deftigen Fluch warf Hawk ein Exemplar des Vertrags zur Seite, mit dem die Eigentumsrechte der Lone-Puma-Mine an die Investoren abgetreten worden waren. Randy nahm sich auch dieses Schreiben vor. Auf den ersten Blick wirkte es wie ein ganz normaler Vertrag. Die Geldsumme, die die Indianer erhalten hatten, schien beeindruckend, so lange man nicht die für die Auszahlung vorgesehene Dauer und das vergeudete Potenzial der Mine in Betracht zog.

Doch als sie den Text noch einmal genauer las, blieb sie an einer Klausel hängen. Ihr Herz hüpfte, aber sie las den Absatz lieber ein drittes Mal, um sich zu vergewissern, dass sie keine optimistische Schlüsse zog.

»Hawk, was ist das?«, fragte sie schließlich und hielt eine der Vermessungskarten hoch.

»Ein Vermessungsplan. So etwas machen die Landvermesser, um festzulegen …«

»Das weiß ich selbst«, unterbrach sie ihn gereizt. »Ich arbeite in einer Vermessungsfirma.«

Diese Information überraschte ihn total.

»Was? Du arbeitest?«

»Natürlich. Was glaubst du denn, wie ich Scott und mich durchbringe?«

»Ich dachte, dass Price …«

»Nein«, fiel sie ihm erneut ins Wort und schüttelte mürrisch den Kopf, »ich nehme kein Geld von ihm. Nicht einmal für das Kind. Ich wollte ihm nicht in dieser Hinsicht verpflichtet sein. Aber das hier«, sagte sie und breitete den Plan zwischen ihnen aus, »was ist das? Ich meine dieses Gebiet da.« Sie fuhr eine gestrichelte Linie entlang, die ein Areal umschloss.

Hawk schürzte verbittert die Lippen.

»Das war einmal offenes Land, Weideland für Rinder.«

»Rinder?«

»Ja, der Stamm besaß einige hundert Rinder. Wir haben sie als Schlachtvieh gehalten.«

»Und jetzt nicht mehr?«

»Keine Weide, keine Rinder. Wir haben das Land durch den Verkauf der Mine verloren.«

Zu seiner großen Überraschung begann Randy, zu lächeln.

»Du meinst, die neuen Besitzer haben dieses Land zusammen mit der Mine übernommen?«

»Es ist mit Stacheldraht umzäunt, und alle paar Meter steht ein Schild ›Betreten verboten‹. Das heißt doch wohl, dass es jetzt denen gehört.«

»Dann haben sie es sich illegal angeeignet.«

Er zog die Brauen zusammen.

»Was soll das heißen?«

»Schau her, dieses Weideland ... das sind mehrere Quadratmeilen, ja?«

Er nickte.

»Dieses Land ist zwar auf dem Vermessungsplan eingezeichnet, aber im Vertrag wird es nicht erwähnt.«

»Bist du dir sicher?«

Er konnte die Aufregung in seiner Stimme nicht verbergen.

»Hawk, ich befasse mich den ganzen Tag lang mit solchen Plänen und prüfe jedes Detail, bevor ein Stück Land den Besitzer wechselt. Ich weiß genau, wovon ich rede. Diese Investoren waren nicht nur Betrüger, sondern sie waren auch ziemlich dumm. Sie haben den Kauf in Windeseile über die Bühne gehen lassen, offenbar, um zum Jahresende noch ein Steuerschlupfloch ausnutzen zu können.«

Sie drückte seine Hand.

»Der Stamm ist nach wie vor Eigentümer dieses Weidelands, Hawk. Ich bin sicher, wenn du diese Unterlagen dem Gouverneur vorlegst, wird er eine eingehende Prüfung des Verkaufs veranlassen. Morton wäre dann als Mittelsmann völlig überflüssig. Dies«, sagte sie und schlug mit der flachen Hand auf den Vertrag und den Vermessungsplan, »hilft euch mehr, als er es in einer Million Jahre könnte.«

Hawk starrte auf die Dokumente.

»Ich habe mir diesen Vertrag nie in allen Einzelheiten angeschaut. Verdammt! Ich war einfach zu zornig. Jedes Mal, wenn ich nur daran dachte, hat mich das schon krank gemacht. Ich konnte mich nie dazu überwinden, mir den Mist genauer anzusehen.«

»Mach dir keine Vorwürfe wegen vergangener Versäumnisse. Handle einfach dem Stand deines derzeitigen Wissens entsprechend. Eine nachträgliche Erkenntnis ist schließlich besser als gar keine.«

Randy schaute ihm zu, wie er die ganzen Papiere wieder in der Kassette verschwinden ließ und dabei die Ordnung, die sie hineingebracht hatte, vollkommen zerstörte.

»Dein Ablagesystem lässt einiges zu wünschen übrig.«

Er grinste sie nur schief an. Dann verschloss er die Kassette, klemmte sie sich unter den Arm und kam auf Randys Seite des Tisches. Er zog ihren Kopf an den Haaren nach hinten, so dass sie zu ihm aufschauen musste. »Erzähl mir von den Liebhabern.«

Ihr Blick blieb fest.

»Ich habe es dir letzte Nacht bereits gesagt. Es gab keine.«

»Warum hast du dich dann nicht gegen die schmutzigen Behauptungen gewehrt?«

»Warum sollte ich? Sie waren einfach haltlos. Ich habe mich geweigert, sie durch Gegenargumente anzuerkennen. Morton hatte verschiedene Geliebte. Er war mir fast vom Beginn unserer Ehe an untreu. Nachdem er einen Sitz im Kongress errang, schien er zu glauben, dass ihm seine Mätressen einfach zustünden – wie ein Bonus, auf den er ein Anrecht hatte. Er brüstete sich vor mir mit seinen Affären, weil er wusste, dass ich versuchen würde, die Familie wegen Scott zusammenzuhalten. Als ich endlich die Schnauze voll hatte und seine Untreue nicht mehr ertragen konnte, verlangte ich die Scheidung. Da drohte er mir, das alleinige Sorgerecht für Scott einzuklagen, falls ich Ehebruch als Scheidungsgrund angeben würde, weil das seinem Image schadete.«

»Er hätte das Sorgerecht für den Jungen nie bekommen.«

»Wahrscheinlich nicht. Aber ich wollte mich wegen Scott nicht auf ein schmutziges Verfahren einlassen, das in den Medien breitgetreten wird, und Morton wusste das. Außerdem war ich mir nicht völlig sicher, ob ich gewinnen würde. Immerhin besaß er genügend Freunde in hohen Positionen, die unter Eid beschwören könnten, dass ich sie verführt und mit ihnen geschlafen hätte.«

»Welche Freunde?«

»Männer, die für politische Gefälligkeiten in Mortons Schuld standen.«

»Aber warum wehrtest du dich nicht, als ich dich beschuldigte, eine untreue Ehefrau gewesen zu sein? Warum hast du dich von mir quälen lassen?«

»Als Morton begann, Gerüchte über meine vielen Affären zu verbreiten, tadelte mich sogar meine eigene Mutter und meinte, ich solle gefälligst diskret sein. Ich habe mich auch dagegen nicht gewehrt. Wenn sie bereit war, solche Lügen über mich zu glauben, dann war ich bereit, sie in ihrem Glauben zu lassen. Da sie offensichtlich wenig Vertrauen in mich hatte, hörte ich auf, mir Gedanken zu machen, was sie von mir hält.«

»Und warum hast du mir das alles erzählt?«

Die unausgesprochene Antwort schwebte zwischen ihnen. Hawks Meinung war ihr überaus wichtig.

Er hielt die Finger noch immer in ihrem Haar verschlungen. Ihr gebogener Hals sollte ihr eigentlich wehtun, aber sie spürte nichts – außer Hawks heißem Blick, der über ihr Gesicht wanderte. Ohne es zu wollen, drückte er leicht auf ihren Hinterkopf und brachte ihr Gesicht dadurch näher an seinen Schoß. Als Randy unbeabsichtigt eine Hand auf seinen Oberschenkel legte, stöhnte er unwillkürlich auf.

Schwer atmend stieß er hervor: »Wenn du mich weiter so anschaust, dann musst du …«

Ein Klopfen an der Tür ließ sie auseinander fahren. Randy zog rasch ihre Hand zurück, Hawk löste die Finger aus ihren Haaren und trat zurück.

»Herein.«

Seine Stimme war so dunkel wie seine Augen, die Randy beharrlich im Blick behielten. Ernie trat ein und erfasste die Situation mit einem Blick – eine Atmosphäre intimer, leidenschaftlicher und lustvoller Nähe.

»Ich komme später wieder«, sagte er nur und wollte rückwärts wieder hinausgehen.

»Nein«, widersprach Hawk. »Ich wollte sowieso gleich zu dir kommen. Wir haben vieles zu besprechen.«

11

An diesem Abend schien die Stimmung am Lagerfeuer geradezu fröhlich. Der Rat hatte einen Plan ausgearbeitet, wie die Mine wieder in den Besitz des Stammes übergehen sollte. Die Leute wussten nicht genau, wie dieser Plan aussah, doch das war ihnen gleichgültig. Sie vertrauten einfach darauf, dass der Rat damit durchkam. Allen Häuptlingen und ganz besonders Hawk wurde noch mehr Respekt und Ehrerbietung entgegengebracht als sonst.

Während Randy und Hawk auf einer Decke saßen und aßen, kam Johnny zu ihnen. Seit Randys fehlgeschlagenem Fluchtversuch hatte der junge Mann jedes Mal, wenn sie ihn gesehen hatte, fleißig gearbeitet, als wollte er seine Nachlässigkeit von damals wieder gutmachen. Nun hielt er die Hände vor sich und zeigte sie ihnen; sie zitterten nicht mehr.

»Ich bin seit drei Tagen trocken«, sagte er.

Hawk lächelte nicht, doch das hätte der junge Mann auch nicht erwartet.

»Du hast die Pick-ups gut hingekriegt und mein Vertrauen in dich wieder hergestellt«, sagte er stattdessen. »Wenn wir in die Mine zurückkehren, müssen die Maschinen dort überholt werden. Ich ernenne dich zum ständigen Aufseher über die Werkstatt, wenn du dich einverstanden erklärst, eine Mechanikerausbildung in der Stadt zu absolvieren. Möchtest du das machen?«

»Ja.«

Hawk blickte ihn anerkennend an.

»Ich werde mich so bald wie möglich darum kümmern.«

Johnnys dunkle Augen leuchteten vor Freude. Er sagte jedoch nichts mehr, sondern ging ohne ein weiteres Wort weg – allerdings nicht mehr wie früher irgendwohin, wo er allein war, sondern er gesellte sich zu den anderen. Randy sah, wie er zögernd mit einer der jungen Frauen ein Gespräch begann.

»Ich glaube, sein Liebeskummer und sein verletztes Ego heilen allmählich.«

Hawk stimmte geistesabwesend zu; seine Aufmerksamkeit galt bereits einem Pärchen, das Hand in Hand auf sie zukam – ein hochgewachsener, gut aussehender und stolz wirkender junger Mann und eine Frau, die den Blick sittsam gesenkt hielt.

»Willkommen, Aaron, schön, dass du wieder da bist«, begrüßte Hawk den Mann.

»Ich bin nur für zwei Tage gekommen. Ich habe mich angemeldet, aber mein Unterricht beginnt erst am Montag.«

»Hattest du genug Geld, um alles zu bezahlen?«

Der junge Mann nickte. Dann schaute er zu dem Mädchen, und nun zeigte er zum ersten Mal Anzeichen von Nervosität. Bevor er weitersprach, fuhr er sich mit der Zunge über die Lippen.

»Ich möchte deine Erlaubnis, Dawn January zu heiraten.«

Hawk musterte die junge Frau.

Sie blickte kurz zu ihm hin und dann wieder vor sich auf die Erde.

»Was ist mit deiner Schule?«

»Im Mai habe ich meine Abschlussprüfung«, erinnerte Aaron ihn. »Im Juni würden wir dann gern heiraten. Und nächsten Herbst möchte sich Dawn dann auch im College anmelden, damit sie auch ihren Abschluss machen kann.«

»Das müsst ihr vor den Stammesrat bringen.«

»Das wollte ich diesen Nachmittag machen, aber ich habe es gelassen, weil ich weiß, dass die Sachen, die im Moment besprochen werden, vordringlich sind.« Er blickte zu Randy. »Ich habe mich mit allen anderen Häuptlingen des Rats unter vier Augen besprochen. Sie haben mir ihre Erlaubnis gegeben.«

»Ist Dawns Familie einverstanden?«

»Ja.«

»Und sie selbst?«

Der Mann zog seine Freundin etwas nach vorn.

»Ich möchte Aaron Turnbow heiraten«, erklärte sie mit leiser Stimme, aber voller Überzeugung.

»Dann habt ihr meine Zustimmung«, erklärte Hawk. »Aber erst, wenn du deine Prüfung gemacht hast, Aaron«, schränkte er hastig ein.

Sie bedankten sich respektvoll bei ihm und entfernten sich dann rasch. Bevor sie in der Dunkelheit verschwanden, bemerkten Randy und Hawk, wie Dawn die Arme um ihren Verlobten schlang.

»Ich bezweifle, dass sie bis Juni warten, um die Ehe zu vollziehen.«

»Ich bezweifle, dass sie bis zum Morgen warten. Nicht, wenn Dawn dabei etwas zu sagen hat«, bemerkte Randy etwas zynisch.

Hawk drehte sich abrupt zu ihr um. Er versuchte, ein Grinsen über ihre boshafte Bemerkung zurückzuhalten.

»Ich hoffe nur, dass er sie nicht schwängert und mich zwingt, die Hochzeit um ein paar Monate vorzuverlegen. Wir haben in Aarons Ausbildung viel investiert. Bislang hat er unsere Erwartungen erfüllt. Ich hatte Angst, er würde ein Anglo-Mädchen kennenlernen und …«

»Und was?«, fragte Randy, als er seinen Satz unvollendet ließ.

»Nichts.«

»Und was?«, beharrte sie.

»Und sie heiraten.«

»Wäre das denn so schlimm gewesen?« Sie fühlte sich verletzt und wollte seine Antwort eigentlich gar nicht hören, wusste aber, dass sie es musste.

»Wir brauchen starke, intelligente junge Männer wie Aaron. Wenn er eine Weiße geheiratet hätte, hätte er den Stamm aller Wahrscheinlichkeit nach verlassen.«

»Und wäre dann nie mehr willkommen geheißen worden«, fügte sie ruhig hinzu, was er vorsätzlich nicht ausgesprochen hatte.

»Er hätte im Reservat leben, aber keine Position im Stammesrat mehr einnehmen können. Es ist sehr schwer, wenn nicht sogar unmöglich, zwei Kulturen unter einen Hut zu bringen. Und wenn man sich einmal entschieden hat, dann gilt das für immer.«

Er wandte sich ab. Randy studierte sein Profil, das sich vor dem sanften Schein des Feuers abzeichnete. Hawk war ein harter, aber fairer Stammesführer. Sie bewunderte sein unbeirrbares Eintreten für Gerechtigkeit. Wenn er strafte, dann klug und effizient. Da er nur selten Lob austeilte, wurde es umso mehr geschätzt. Er nahm sich die Probleme jedes Mitglieds seines Stammes sehr zu Herzen. Sie schätzte sich glücklich, diesen einzigen Mann in ihrem ganzen Leben getroffen zu haben, der nicht immer nur darauf aus war, die Nummer eins zu sein. Bis sie Hawk O'Toole kennen lernte, hatte sie nicht geglaubt, dass es einen solchen Mann überhaupt gab.

Aber während sie ihn weiter beobachtete, fiel ihr etwas auf. Hawk war einsam. Obwohl er inmitten von Menschen lebte, die ihn ganz offensichtlich sehr respektierten, teilte er seine Gefühle nicht mit ihnen. Er stand auf eine Art und Weise allein in der Welt, die ihr Kummer bereitete. In der Tiefe seiner blauen Augen verbarg sich eine große Traurigkeit, die er zwar sorgfältig verbarg, die aber in gewissen Momenten für jeden, der aufmerksam hinsah, erkennbar wurde. Er litt stumm und allein an seiner unglücklichen Kindheit und der Schuld, die er trug.

Bevor sie die Gefühle, die sie beschäftigten, näher untersuchen konnte, tauchte plötzlich Scott auf und setzte sich neben sie auf die Decke.

»Hallo Mami.« Nicht fröhlich wie sonst, sondern ziemlich niedergeschlagen, kuschelte er sich an sie und legte den Kopf auf ihre Brust.

»Hallo, Liebling. Wo warst du? Ich habe dich eine ganze Weile nicht mehr gesehen. Was hast du denn gemacht?«

»Nichts.«

Sie blickte fragend zu Hawk, doch er zuckte die Schultern, um anzudeuten, dass auch er nicht wusste, was der Grund für Scotts Trübsinn sein könnte.

»Stimmt etwas nicht?«

»Nein«, murrte Scott.

»Bist du sicher?«

»Doch, es ist nur ...«

»Nur?«

Er setzte sich auf.

»Es ist nur ... Donny kriegt ein neues Geschwisterchen.«

»Ich weiß. Und ich denke, das ist doch eine wunderbare Neuigkeit. Meinst du das nicht auch?«

»Ich glaube schon, aber er erzählt es überall herum.« Scott machte eine ausholende Handbewegung, als wolle er die ganze Welt mit einschließen. »Er sagte, ich bekomme keines. Können wir nicht auch eines kriegen, Mami? Bitte?«

Im ersten Moment war Randy sprachlos, doch dann lachte sie leise und antwortete mit der Ausrede, die Eltern bei dieser Frage immer parat haben: »Wir werden sehen.«

»Das hast du auch bei dem Kaninchen gesagt, und dann wurde das nie was. Ich verspreche, dass ich dir auch helfe, mich um das Baby zu kümmern. Bitte.«

»Scott.«

Scotts ernstes Bitten hörte urplötzlich auf, als Hawk ihn ansprach.

»Sir?«

»Wo ist dein Messer?« Scott zog es aus der Scheide an seinem Gürtel. Hawk nahm es an sich und betrachtete es genau. »Du hast es nicht verloren?«

Offenbar hatte er Scott, als er ihm das Messer zurückgab, nicht erzählt, dass Randy es ihm abgenommen hatte, als sie sich umarmt hatten.

»Nein, Sir.«

»Hmm. Ich denke, du verdienst eine Belohnung dafür, dass du so gut auf das Messer aufgepasst hast. Eine Scheide.«

»Er hat schon eine, Hawk.«

»Aber keine solche.« Hawk zog eine verzierte Lederscheide aus seiner Hemdtasche, steckte den Dolch hinein und gab ihn Scott zurück, der das Geschenk mit einer Ehrerbietigkeit annahm, als sei es eine Reliquie.

»Oh, Hawk. Die ist wirklich schön. Woher hast du die?«

»Von meinem Großvater. Er hat sie für mich gemacht, als ich ungefähr so alt war wie du. Ich möchte, dass du sie behältst.«

»Damit du an mich denkst.« Er sagte es nicht, aber Randy konnte die Worte förmlich hören. Ein Abschiedsgeschenk, ein Andenken. Bei dem Gedanken begann ihr Herz wie in Panik zu flattern, obwohl das doch überhaupt keinen Sinn machte. Hatte sie nicht vor ein paar Tagen erst versucht zu fliehen? Und nun war die Vorstellung, abzureisen und Hawk O'Toole nie mehr wiederzusehen, plötzlich bedrückend. Woher kam dieser plötzliche Umschwung?

Sie hatte jedoch keine Gelegenheit, weiter darüber nachzudenken, denn nun erschienen Ernie und Leta mit Donny, der von der Messerscheide so tief beeindruckt war, dass er vergaß, mit seinem künftigen Geschwisterchen zu prahlen.

»Möchtest du, dass Scott heute Nacht wieder bei uns schläft?«, fragte ihn Ernie und schaute dabei zwischen Hawk und Randy hin und her.

»Ihr habt in eurer Hütte mehr Platz als ich in meiner«, bemerkte Hawk. »So gesehen wäre es tatsächlich sinnvoll.«

»Er und seine Mutter könnten auch in der Hütte schlafen, in der sie waren, als wir herkamen.«

Ernies Alternative gefiel Hawk nicht sehr.

»Da ist seit Tagen der Ofen nicht mehr angeheizt worden. Es wird zu kalt sein.«

»Scott ist überhaupt kein Problem für uns«, meinte Leta, ohne die dem Gespräch zugrunde liegende Spannung zu bemerken, und führte die Jungen mit sich weg. Ernie, der aussah, als wollte er eigentlich etwas sagen, überlegte es sich offenbar anders und folgte seiner Familie.

»Ich glaube, Ernie mag mich nicht«, meinte Randy nach einer Weile.

Mit einer geschmeidigen Bewegung und ohne die Hände zu Hilfe zu nehmen, stand Hawk auf und half Randy, auf die Füße zu kommen. Zusammen gingen sie durch das Ferienlager auf seine Hütte zu.

»Ernie mag Anglo-Frauen ganz allgemein nicht.«

»Das dachte ich mir.«

»Er meint, sie seien aggressiv und gescheiter, als ihnen gut tut.«

»Wir sind für ihn nicht unterwürfig genug.«

»So könnte man es wohl ausdrücken.«

»Und was glaubst du?«

»Ich glaube, was die Frauenbewegung angeht, steht Ernie auf verlorenem Posten.«

»Ich meine, was hältst du von Anglo-Frauen?«

»Von einer bestimmten?« Sie waren inzwischen an der Hütte angelangt, und Hawk schloss die Tür hinter sich.

Randy drehte sich zu ihm um.

»Was hältst du von mir?«

Er schritt in den Raum und blieb ganz knapp vor ihr stehen.

»Ich habe mir noch keine endgültige Meinung über dich gebildet.«

»Und ein erster Eindruck?«, fragte sie kokett.

»Ich wollte mit dir ins Bett.«

Sie sog hörbar die Luft ein.

»Oh.«

Das Feuer im Ofen war das einzige Licht im Raum. Fantastische Schatten tanzten über die groben Wände, über den Boden, über die beiden Menschen, die einander in die Augen schauten.

Lange standen sie so – reglos. Schließlich begann

Hawk, mit einer langsamen, sehr sorgfältigen Bewegung seine Finger durch ihr Haar zu streifen. Er hob es etwas an, weg von ihrem Kopf, und beobachtete, wie der Schein des Feuers durch die blonden Strähnen fiel.

»Deine Haare sind wunderschön, vor allem, wenn das Feuer so hindurchscheint.«

Randy fiel das Sprechen schwer, doch sie brachte ein heiseres Dankeschön zustande.

Hawk nahm ihr Gesicht zwischen seine Hände und ließ die Daumen an ihren unteren Lidern entlanggleiten.

»Deine Augen haben die Farbe der ersten Blätter im Frühling.«

Seine Hände glitten ihren Hals hinab, umschlossen ihn kurz und wanderten dann weiter zu ihrer Brust. Am Morgen hatte sie ein frisches Hemd bekommen. Es war um keinen Deut kleidsamer als die anderen zuvor, doch Hawk schien das gar nicht zu bemerken. Er war offensichtlich mehr interessiert daran, wie sie es ausfüllte. Durch die Art und Weise, wie er sie ansah, fühlte sie sich schöner als jemals zuvor.

Seine Hände bewegten sich über die sanften Erhebungen ihrer Brüste.

»Zieh es aus«, murmelte er und ließ die Arme sinken.

Sie schaute nur einmal nach unten, um zu sehen, wo der oberste Knopf war. Danach hielt sie seinem Blick stand, öffnete einen Knopf nach dem anderen, streifte das Hemd ab und ließ es zu Boden fallen. Sie sah, wie Hawk schluckte, wie er seine Hand nach ihr ausstreckte; als er sie berührte, hatte sie die Augen jedoch schon geschlossen.

»Herrliche Brüste.« Er umfasste sie behutsam. »Wunderschön und empfindlich.«

Er atmete rau, als sich ihre Brustwarzen unter seinen

streichelnden Fingern aufrichteten, senkte dann den Kopf und liebkoste sie. Randy bebte und stöhnte leise.

Dann knöpfte er rasch sein Hemd auf und schüttelte es ab, als könne er es nicht schnell genug loswerden, und drückte sie mit seinen starken, dunklen Händen an sich. Ihre Brüste hinterließen feuchte Abdrücke auf seiner Haut. Bei ihrem Anblick stöhnte er lustvoll auf und drückte ihr einen Kuss auf die Lippen. Es war kein fester, fordernder Kuss, sondern ein tiefer und forschender, als wollte er mit seiner suchenden Zunge ihre Seele berühren.

Sie schmiegten sich weiter aneinander, rieben sich Nasen und Wangen, Kinn und Lippen. Randy merkte bald, warum er sie nicht umarmte. Er knöpfte seine Jeans auf. Als er damit fertig war, trat er einen Schritt zurück.

Sie atmeten beide schnell und unregelmäßig, während sie einander betrachteten. Schließlich senkte Randy den Blick auf seine Brust. Sie war beeindruckend glatt und schön, wunderbar proportionierte Muskeln, starke Knochen, weiche Haut. Ihr Finger zeichnete die Kontur seines Brustmuskels nach. Beim Brustbein angekommen, folgte sie der flachen Einbuchtung nach unten, dem Rand seiner Magengrube über die Taille hinab bis zum Ansatz des dunklen, glänzenden Haars, der Vertiefung seines Nabels.

Randy schloss die Augen, legte ihre Wange an seine Brust und ließ ihre Hand über ihn gleiten. Hawk stöhnte leise auf.

»Miranda«, seufzte er und schlang stürmisch die Arme um sie.

Sie legte den Kopf in den Nacken, und er küsste sie ungestüm auf den Mund.

Hawk setzte sich auf das Bett, lehnte sich an die

Wand und zog Randy über sich. Ihre Münder fanden sich zu einem heißen, gierigen Kuss.

Randy wollte nichts mehr, als ihm zu gefallen, und so legte sie jegliche Hemmungen ab und gab mehr, als er verlangte. Ihre Körper waren schweißglänzend und fiebrig heiß, während sie sich vollständig der Leidenschaft hingaben, die sie beide zu verzehren drohte …

Mehr als befriedigt und kaum noch fähig, sich zu bewegen, ließen sie gerade lange genug voneinander ab, um sich ihrer restlichen Kleider zu entledigen. Dann zog Hawk ihren nackten Körper eng an sich und breitete eine Decke über sie beide.

»Ernie würde das nicht gefallen«, flüsterte Randy an seinem Ohr.

»Zum Teufel mit Ernie.« Er kicherte leise.

Ihr zufriedenes Lächeln verschwand, als ihr in den Sinn kam, was seine Bemerkung unter Umständen bedeuten konnte.

»Hawk, ich möchte nicht, dass meinetwegen deine Position innerhalb des Stammes beeinträchtigt wird.«

Er hob ihren Kopf etwas an.

»Nichts, was heute Abend passiert ist, verändert in dieser Hinsicht irgendetwas.«

»Sicher?«

»Sicher.«

»Aber ich dachte, wenn …«

»Pst.« Er ließ einen Daumen sanft über ihre Lippen gleiten. »Du hast da etwas am Mund.«

»Weil du mich so heftig geküsst hast.«

»Tut mir leid, dass ich dir wehgetan habe.«

»Mir nicht.«

Sie richtete sich ein wenig auf und presste ihre Lippen auf die seinen. Sie küssten sich lange und hingebungsvoll, seine Hände liebkosten dabei ihren Körper.

Danach konnte sich Randy an nicht mehr viel erinnern. Auf seiner Brust liegend, so dass ihr blondes Haar seine kupferfarbene Haut bedeckte, mit seinem Herzschlag im Ohr, schlief sie selig ein.

Sie wachte auf, weil ihr seine Körperwärme fehlte. Bevor sie die Augen öffnete, wollte sie sich fest an ihn schmiegen; ihre Hände griffen nach ihm, fanden jedoch nur Leere. Sie öffnete die Augen und stellte fest, dass sie allein im Bett lag. Verblüfft drehte sie den Kopf und legte sich dann erleichtert wieder hin – er stand am Fenster, eine Schulter an die Wand gelehnt, und starrte regungslos nach draußen.

Er war noch immer nackt, die Kälte im Raum schien ihm nichts auszumachen. Randy zog sich die Decke bis unter das Kinn und nutzte die Chance, dass er sie nicht bemerkte, um ihn zu beobachten und zu betrachten – breite Schultern, der Rumpf lang und wohlproportioniert. Sein fester, schmaler Hintern trat in einer eleganten Kurve unter dem Kreuz hervor; die Oberschenkel waren lang, die Waden muskulös. Seine Arme, die Hände, die Füße – Randy konnte an diesem Mann nicht den geringsten Makel finden.

Sie bewunderte den Körper, den Gott so schön erschaffen hatte. Als Frau begehrte sie ihn. Er konnte ihr unglaubliche Lust spenden, ihr Gefühle und Empfindungen entlocken, die ihr bislang verborgen geblieben waren. Er hatte Teile ihres Körpers zum Leben erweckt, die seit ihrer Geburt geschlummert hatten. Und er übte einen mächtigen Zauber auf ihren Leib aus.

Überfließend von Gefühlen schlug Randy die Decke zurück und ging zu ihm. Sie presste ihren Körper an seine Rückseite, steckte die Arme unter seinen Achselhöhlen durch und umarmte ihn.

»Guten Morgen«, murmelte sie und drückte einen Kuss auf sein Schulterblatt.

»Guten Morgen.«

»Was machst du so früh schon auf?«

»Konnte nicht schlafen.«

»Warum hast du mich nicht aufgeweckt?«

»Weil es nicht notwendig war.«

Vielleicht hätte sie ihn seinen Gedanken überlassen sollen. Er war nicht in der Stimmung zu reden oder etwas aufzunehmen. Aber sie wollte nicht ins Bett zurück, es wirkte ohne ihn so leer.

»Was schaust du denn da draußen an?«

»Den Himmel.«

»Und woran denkst du?«

Seine Brust hob und senkte sich.

»An mein Leben, meine Mutter, meinen Vater, meinen totgeborenen Bruder. An meinen Großvater. An den Iren, der sich ein indianisches Mädchen zur Frau nahm und mir seine Anglo-Augen beschert hat.«

Sie hätte ihm gern gesagt, was er für wunderschöne Augen hatte, aber sie war sicher, dass er das bereits wusste. Und sicherlich wusste er auch um die Besonderheit dieser Augen.

»Du magst deine Augen nicht, weil sie nicht indianisch sind, oder?«

Er zuckte gleichgültig die Achseln, aber Randy hatte das untrügliche Gefühl, dass sie richtig lag. Sie küsste ihn auf den Rücken, breitete die Hände über seinen Bauch und ließ sie langsam über seine Hüftknochen nach unten gleiten, ihre Fingerspitzen strichen durch seine Körperbehaarung und wanderten zu den Ansätzen seiner Oberschenkel. Sie spürte, wie sich sein Körper anspannte, doch er versuchte offenkundig, sich zu beherrschen.

»Du bist sehr schön, Hawk O'Toole. Alles an dir ist wunderbar und schön.«

Ihre Hände bewegten sich wieder nach oben, doch dieses Mal war ihre Berührung nicht mehr so erforschend wie zuvor, sondern erotischer. Plötzlich ergriff er ihre Hände und hielt sie fest.

»Geh wieder ins Bett!«, befahl er ihr schroff. »Es ist kalt.«

Erschreckt stieß Randy einen leisen Schrei aus und zog rasch ihre Hände zurück. Sie fühlte sich brutal zurückgewiesen und wollte sich von ihm abwenden, doch noch ehe sie den zweiten Schritt tat, hatte Hawk sie am Handgelenk ergriffen und zog sie zu sich.

»Du glaubst, dass ich dich nicht will.« Es klang mehr wie eine Feststellung als eine Frage. »Und das ist auch so!«, knurrte er.

Randy blieb keine Zeit zu reagieren, so schnell hob er sie an seinen Unterleib, presste sie gleichzeitig an die Mauer und drang in sie ein. Ihre Hände waren zu beiden Seiten ihres Kopfes flach an die Wand gedrückt. Hawk vergrub das Gesicht in ihrem Haar.

»Oh, lieber Gott!«, stöhnte er. »Ich will nicht, dass ich dich will, aber ich kann nicht anders. Ich will dich nicht, weil du mich schwach machst.«

Randy war zunächst überwältigt, dann schlang sie die Beine um seine Hüften und zog ihn näher zu sich … Endlich stöhnte er erlöst auf, lang und leise, und gleichzeitig errötete er vor Verzweiflung.

Wenig später stellte er sie auf die Beine. Randy suchte in seinem von ihr abgekehrten Blick nach einer Erklärung. Sie war nicht gekränkt – sie war verwirrt. Ihre Verwirrung mischte sich mit Furcht, doch sie wusste nicht, wovor. Aber noch bevor sie Hawk dazu bringen konnte, ihr sein Verhalten zu erklären, wurden draußen Geräusche laut, die mit dieser frühen Tageszeit nicht in Einklang zu bringen waren.

Sie trat ans Fenster und schaute hinaus. Die aufgehende Sonne sandte gerade ihre ersten glühenden Strahlen über die Berge.

Die dem Fahrzeugkonvoi entsteigenden Gestalten sahen aus wie schwarze Insekten, die über das felsige Gelände huschten.

»Hawk!«, rief sie entsetzt. »Da draußen ist Polizei! Wie sind die hierher gekommen? Wie haben sie uns gefunden?«

»Ich habe sie gerufen.«

12

»Du hast sie gerufen? Wieso denn?«

Hawk schlüpfte in seine Jeans.

»Um mich zu stellen.«

Er sagte ihr das ohne jede Gefühlsregung.

»Du ziehst dich besser an. Sie werden dich da unten erwarten.«

»Hawk!«, schrie sie und packte ihn am Arm, um ihn zu zwingen, sie anzusehen. »Was geht hier vor? Warum tust du das? Ich dachte, du wolltest dem Gouverneur die Übertragungsurkunde schicken!«

Er schüttelte ihre Hand ab. Er warf eines nach dem anderen ihrer Kleidungsstücke auf sie.

»Sein Büro hat gestern eine Kopie davon bekommen. Ich gab ihm ein paar Stunden Zeit, um sie durchzulesen, und dann habe ich ihn angerufen.«

»Du hast mit ihm persönlich gesprochen?«

»Ich musste leider doch ein wenig nachhelfen, aber nach ein paar verhüllten Drohungen in Bezug auf dein Leben erklärte er sich einverstanden, mit mir zu reden.«

»Und, was hat er gesagt?«, fragte sie ungeduldig, als er sich von ihr abwandte und begann, seine restliche Kleidung anzuziehen.

»Er sagte, er werde der Angelegenheit seine volle Aufmerksamkeit widmen, falls ich mich den Behörden stelle und dich und Scott freilasse. Ich erklärte mich einverstanden, aber nur unter der Bedingung, dass er mir zusicherte, mich als den einzigen für eure Entführung Verantwortlichen zu betrachten. Und das hat er mir versprochen.«

»Hawk«, sagte sie kläglich und presste sich ihre Kleider an die Brust, »das ist nicht fair.«

»Im Leben ist vieles nicht fair. Und jetzt zieh dich an.«

»Aber ...«

»Zieh dich an oder willst du, dass ich dich nackt ans Tor hinunterschleife? Ich glaube nicht, dass das deinem Ex-Gatten gefallen würde!«

So hart und unnachgiebig war er seit der ersten Nacht im Lager, gleich nach der Entführung, nicht mehr gewesen.

Er erschien unbeugsam und entschlossen, seine Augen blitzten vor Hass.

»Welche Rolle spielt Morton bei deinem Aufgeben?«

»Weiß ich nicht, aber mit Sicherheit erwartet er dich und Scott dort mit offenen Armen!«

»Du willst, dass ich ... wir ... zu ihm zurückgehen?«

»Das ist mir vollkommen egal«, erwiderte er mit kaltem, gefühllosem Blick. »So lang du hier warst, botest du mir eine willkommene Abwechslung. Hübsch anzuschauen. Schön zu spüren. Gut zu ...« Er deutete mit einer Bewegung des Kinns auf das zerwühlte Bett. »Wenn es stimmt, dass du nie vor oder nach deiner Scheidung Liebhaber hattest, dann hast du deine Talente verschwendet.«

Randys Brust bebte vor Verlangen, ihre Qual und ihre Verletztheit hinauszuschreien, doch sie hielt sich zurück. Stattdessen kehrte sie ihm den Rücken zu und biss die Zähne zusammen.

Sie verkrampfte sich vor Anstrengung so sehr, dass sie sich kaum anziehen konnte. Als sie endlich damit fertig war, drehte sie sich zu ihm um. Er hielt ihr mit versteinerter Miene die Tür auf.

Am Ende des Pfads wartete Ernie mit Scott. Die Augen ihres Kleinen waren geschwollen vom Schlafmangel, und er blickte besorgt. Als sie mit Hawk näher kam, lief er ihr entgegen.

»Mami, Ernie sagt, ich muss nach Hause. Stimmt das? Kann ich nicht noch bleiben?«

Sie nahm ihn bei der Hand und lächelte ihn aus tränennassen Augen an.

»Ich fürchte, Ernie hat wohl Recht, Scott. Wir hätten schon längst fahren sollen.«

»Aber ich will noch nicht nach Hause. Ich möchte hier bleiben und noch ein wenig mit Donny spielen. Ich möchte sein kleines Brüderlein sehen, wenn es auf die Welt kommt.«

»Scott.«

Ein einziges Wort von Hawk beendete seinen weinerlichen Protest.

»Aber Hawk, ich …«

Ein Blick in Hawks eisige Augen ließ ihn verstummen. Scott ließ den Kopf hängen und blieb unterwürfig neben Randy stehen. Ernie vertrat Hawk den Weg.

»Lass mich mit dir gehen«, sagte er.

»Wir haben das doch hundertmal durchgesprochen. Sei nicht dumm. Du wirst hier gebraucht, du musst dich um deine Söhne kümmern. Sieh zu, dass sie klug und stark werden. Mach aus ihnen Männer mit Überzeugung und Entschlossenheit.«

Ernies faltiges Gesicht schien noch länger zu werden. Traurig legte er eine Hand auf Hawks Schulter. Sie tauschten einen langen, vielsagenden Blick aus. Schließlich ließ Ernie seinen Arm sinken und trat zur Seite.

Mit Randy und Scott an der Spitze schritt die Prozession die Hauptstraße der Feriensiedlung hinunter auf das Tor zu. Randy spürte Blicke, die die Gruppe ernst und freudlos hinter den Fensterscheiben verfolgten. Jenseits des Tors waren als Dienstfahrzeuge gekennzeichnete Autos aus der Hauptstadt in einem einschüchternden Halbkreis aufgestellt. Sie erkannte in dem Mann in der Mitte den Gouverneur. Und neben ihm stand Morton. Bei seinem Anblick hätte sie sich am liebsten übergeben.

»Da ist Daddy«, bemerkte Scott halblaut und sehr desinteressiert.

»Ja.«

»Wieso ist er denn hier?«

»Vielleicht hat er dich vermisst und wollte dich sehen.«

Scott sagte nichts.

Auch seine Schritte wurden nicht schneller in Vorfreude darauf, seinen Vater zu sehen. Eher wurden sie sogar langsamer.

»Mami, was machen alle diese Polizisten da? Ich habe Angst.«

»Wegen denen brauchst du keine Angst zu haben, Scott. Sie wollen dir eine Eskorte zurück nach Hause geben, das ist alles.«

»Eine Eskorte? Was ist das?«

»Das machen sie sonst nur für ganz wichtige Leute, für den Präsidenten zum Beispiel.«

»Ach.« Auch der Gedanke einer Polizeieskorte schien ihn nicht sonderlich zu beeindrucken.

Bevor sie am Tor anlangten, blieb Hawk stehen. Randy drehte sich um und blickte ihn aus trüben Augen fragend an.

»Sie erwarten, dass du vor mir hinausgehst. Aber ich habe sie gebeten, dich und Scott wegzubringen, bevor sie mich verhaften. Wegen des Jungen.«

Hawk in Handschellen, wie er auf den Rücksitz eines Polizeiautos gedrückt wurde. Sie schauderte innerlich bei dem Gedanken, dass Scott das sehen sollte.

»Ich bin froh, dass du daran gedacht hast. Das ist das Beste, natürlich.«

Trotz seiner harten Worte von vorhin zerriss es Randy das Herz.

Sie wollte sich sein Gesicht einprägen. Vielleicht würde sie es zum letzten Mal in seiner angestammten Umgebung sehen – vor dem Himmel, der die Farbe seiner Augen hatte, vor den Bergen, die so rau und unbezähmbar waren wie sein Profil.

Sein Körper war rank und schlank wie die Nadelbäume im Hintergrund. Der Wind fuhr durch sein flatterndes Haar; der Anblick erinnerte sie an die schwarzen, glänzenden Schwingen eines faszinierenden Raubvogels.

»Hawk, kommst du nicht mit?«, fragte Scott ihn mit bebender Stimme.

Obwohl er nicht verstand, welche Folgen das, was sich abspielte, haben würde, spürte er doch, dass etwas nicht in Ordnung war.

»Nein, Scott. Ich muss mit diesen Männern etwas erledigen, aber erst, wenn du weg bist.«

»Ich möchte aber gern bei dir bleiben.«

»Das geht nicht.«

»Bitte!«, flehte er mit sich überschlagender Stimme.

Ein Muskel in Hawks Wange zitterte, doch er behielt seine stolze Haltung.

»Wo hast du dein verdammtes Messer und die Scheide dazu?«

Mit Tränen in den Augen und zitternder Unterlippe zeigte Scott auf seinen Gürtel, an dem die Scheide mit dem Dolch befestigt war.

»Gut. Ich verlasse mich darauf, dass du gut auf deine Mami aufpasst.«

»Ich verspreche es.«

Er fasste Scott fest an der Schulter, ähnlich wie Ernie sich zuvor von ihm verabschiedet hatte, dann ließ er ihn los und trat einen Schritt zurück, als würde er ein unsichtbares Band durchtrennen. Er warf Randy einen durchdringenden Blick zu.

»Geht weiter. Sonst werden sie ungeduldig.«

Sie hätte ihm noch tausend Dinge sagen müssen und wollen, wenn genug Zeit geblieben wäre, sie auszusprechen – und wenn Hawk sie überhaupt hätte hören wollen.

Doch sie schöpfte Kraft aus einer inneren Stärke und wandte sich mit dem widerstrebenden Scott um.

Zusammen schritten sie durch das Tor. Morton stürzte nach vorn und ergriff sie an den Schultern.

»Randy, ist alles in Ordnung mit dir? Hat er seine Drohungen wahr gemacht und dir etwas getan?«

»Lass deine Finger von mir!«, fauchte sie ihn an.

Morton blinzelte äußerst verdutzt, aber um vor den vielen Zuschauern das Gesicht zu wahren, fügte er sich schnell.

»Scott? Scott, geht es dir gut, mein Sohn?«

»Ja, schon, Daddy, aber warum muss ich nach Hause?«

»Was?«

»Gouverneur Adams?«, wandte sich Randy an den obersten Vertreter des Staates, einen Politiker, der sein wenig eindrucksvolles Aussehen – er war sehr beleibt und glatzköpfig – mit großem rhetorischem Können und einem scharfen analytischen Verstand wettmachte. Er trat vor.

»Ja bitte, Mrs Price? Wie kann ich Ihnen helfen?«, fragte er und ergriff ihre Hand. »Sie haben Schreckliches durchmachen müssen. Wenn ich irgendwie etwas für Sie tun kann – fragen Sie mich einfach nur.«

»Vielen Dank. Würden Sie bitte den Polizeibeamten sagen, dass sie ihre Waffen wegstecken sollen?«

Einen kurzen Augenblick lang verlor Gouverneur Adams die Fassung. Er hatte eine Bitte um etwas zu essen erwartet, oder um Wasser, frische Kleidung, medizinische Versorgung oder Schutz. Randys Anliegen überrumpelte ihn vollkommen.

»Mrs Price, die Männer haben ihre Waffen zu Ihrem Schutz gezogen. Wir konnten uns nicht auf Mr O'Tooles Versprechen verlassen, Sie unversehrt auszuliefern.«

»Warum nicht?«, fragte sie verständnislos. »Sehen wir etwa aus, als ob man uns irgendetwas angetan hätte?«

»Na ja, das nicht, aber ...«

»Hat Mr O'Toole Ihnen nicht sein Wort gegeben, dass uns nichts geschehen würde?« Das war ein Schuss ins Blaue, doch der verlegenen Miene des Gouverneurs nach zu urteilen ein Volltreffer.

»Doch, das hat er.«

»Dann veranlassen Sie, dass die Waffen entfernt werden, oder ich bewege mich keinen Millimeter mehr weiter. Sie machen meinem Sohn Angst.«

Morton stemmte die Hände in die Hüften.

»Randy, was glaubst du eigentlich, dass du ...«

»Sprich nicht in diesem herablassenden Ton mit mir, Morton!«

»Genau«, meldete sich jetzt Scott zu Wort. »Hawk wird nämlich wütend, wenn du Mami so anschreist!«

»Na, das ist doch ...«

Gouverneur Adams erhob eine Hand.

»Bitte, Mr Price. Offenbar hat Mrs Price uns etwas Wichtiges zu sagen.«

»Ganz richtig. Die Waffen?«

Adams blickte sie abwägend an. Dann schaute er über ihre Schulter zu einem Mann, der auf einem Felsvorsprung stand, so dass sich seine Silhouette gegen den Himmel abzeichnete. Er winkte den FBI-Beamten zu sich. Die beiden sprachen kurz im Flüsterton miteinander, dann musste Randy ihre Forderung dem Mann gegenüber wiederholen. Schließlich wurde der Befehl erteilt, sämtliche Waffen wegzustecken. Erst als sich Randy davon überzeugt hatte, dass alle entfernt waren, begann sich der Knoten in ihrem Bauch allmählich zu lösen.

»Sie haben gestern von Mr O'Toole eine umfangreiche Mappe mit Fotokopien erhalten?«, fragte sie den Gouverneur.

»Das ist richtig«, erklärte Adams. »Sehr interessante Unterlagen.«

»Und haben Sie danach nicht am Telefon mit ihm über dieses Material und die sich daraus ergebende Untersuchung gesprochen?«

»Auch das ist korrekt.«

»Dann ist das alles unnötig.« Sie machte eine weit ausholende Geste in Richtung der Polizeifahrzeuge.

»Er hat sich bereit erklärt, sich den Behörden zu stellen.«

»Weswegen?«

»Weswegen?«, rief Morton aufgeregt. »Er hat ein schweres Verbrechen begangen.«

»Er hat es ausgeführt – aber wer hat es geplant?«, schrie sie ihn an.

Morton wurde kreidebleich.

Da er zunächst nicht fähig war, etwas zu sagen, wandte sich Randy wieder an den Politiker, der inzwischen missbilligend und voller Argwohn die Stirn in Falten gelegt hatte.

»Gouverneur Adams, Morton ist letztlich für diesen ganzen Vorfall verantwortlich. Er brachte Mr O'Toole auf den Gedanken, die Zustände auf der Reservation würden verbessert und die Lone-Puma-Mine wieder an den Stamm zurückgegeben werden, wenn er Morton diesen ›kleinen Gefallen‹ erwiese. Es dürfte sich erübrigen festzustellen, dass Morton dabei ausschließlich seine eigenen Interessen im Sinn hatte. Er initiierte diese Entführung wegen des öffentlichen Aufsehens, das er dadurch vor den Wahlen im November erregen würde.«

Der finstere Blick von Gouverneur Adams hätte Morton Price in Stein verwandeln können. Er verhieß nichts Gutes. Zunächst aber wollte der Gouverneur die Lage vor Ort klären.

»Es bleibt jedoch die Tatsache bestehen, Mrs Price, dass Mr O'Toole Sie und Ihren Sohn entführt hat.«

»Wenn er angeklagt wird, werde ich schwören, dass dem nicht so war. Ich werde aussagen, dass wir freiwillig mit ihm gegangen sind«, erklärte sie unerschütterlich.

»Er hat einem der Passagiere im Zug Geld entwendet.«

»Er nahm das Geld an sich, das ihm von einem Touristen, der sich aufspielen wollte, praktisch in die Hand gedrückt wurde.

Zeugen werden das bestätigen. Alle im Zug hielten den Überfall für eine inszenierte Show. Niemand war auch nur eine Sekunde lang in Gefahr.«

»Ausgenommen Sie und Ihr Sohn.«

»Niemals«, entgegnete sie und schüttelte unnachgiebig den Kopf.

»Ich habe ein zerrissenes Hemd mit Ihrem Blut darauf bekommen.«

Sie hielt ihren verletzten Daumen hoch.

»Ein Unfall bei der Küchenarbeit«, log sie. »Außerdem gehört das Hemd gar nicht mir.«

Damit beschönigte sie die Wahrheit ein wenig.

»Mein Blut darauf zu schmieren und es dann Ihnen zu schicken, das war nichts als ein weiterer verzweifelter

Schritt von Mr O'Toole, um Ihre Aufmerksamkeit zu gewinnen. Wir waren niemals einer physischen Gefahr ausgesetzt. Fragen Sie Scott.«

Gouverneur Adams warf einen Blick auf Scott, der dem Gespräch so weit folgte, wie es sein begrenzter kindlicher Wortschatz erlaubte. Der Gouverneur kniete nieder und fragte ihn: »Scott, hast du jemals vor den Indianern Angst gehabt?«

Er verzog das Gesicht und dachte nach.

»Ein bisschen, als ich zum ersten Mal mit Ernie auf dem Pferd saß, aber er hat immer wieder gesagt, dass er mich ganz fest hält. Dann hatte ich noch ein bisschen Angst vor Geronimo, weil er mich andauernd mit seinem Kopf stoßen wollte.«

»Geronimo ist eine Ziege«, fügte Randy zur Erklärung ein.

»Ich mag ihn noch immer nicht wirklich«, gab Scott zu.

»Und hat Mr O'Toole dir irgendwie wehgetan? Oder damit gedroht?«

Verwirrt von dieser Frage schüttelte Scott den Kopf.

»Nein. Hawk ist Klasse.«

Er blickte über die Schulter zurück und winkte ihm glücklich zu.

»Er winkt nicht zurück, weil er nicht mag, dass all die Autos auf dem Gras parken und Spuren machen. Er sagt, dass die Menschen manchmal nicht gut zum Land sind. Deshalb holen die Indianer das Silber so aus dem Berg – so dass von der Oberfläche der Erde möglichst nichts kaputtgemacht wird.«

Der Gouverneur war offensichtlich beeindruckt von dem, was er zu hören bekam, doch er stellte Scott noch eine letzte Frage.

»Hat Mr O'Toole irgendwann einmal deiner Mutter etwas getan?«

Scott blickte zu ihr auf.

»Nein. Aber er hatte ein Messer ...«

»Ein Messer?«

»Das da.«

Scott zog seinen Dolch aus der neuen Scheide.

»Er hat es mir gegeben und gesagt, wenn er meiner Mami jemals etwas antut, dann kann ich ihm damit ins Herz stechen. Aber er hat nichts gemacht, und deshalb musste ich ihn nicht erstechen. Aber ich glaube, das würde ich sowieso nicht tun, weil Hawk sagte, Messer sind dafür da, um Tieren das Fell abzuziehen und Fische auszunehmen, aber ich soll es nie bei einem Menschen benutzen.«

»Du hast mein Kind mit Messern spielen lassen?«, fuhr Morton Randy an. »Möchtest du, dass er so ein Wilder wird wie dein neuer Liebhaber?«, fügte er gehässig hinzu und deutete dabei auf Hawk. Dann griff er nach dem Dolch. »Gib das mir!«

»Nein«, schrie Scott und beugte sich nach vorn, um sein Messer zu schützen.

Morton machte einen Satz auf ihn zu und packte ihn am Arm.

Hawk sprang von dem Felsabsatz herunter und rannte herüber. Bisher verborgene automatische Gewehre kamen plötzlich wieder in Anschlag und wurden auf ihn gerichtet.

»Nicht schießen!«, rief Gouverneur Adams mit erhobener Hand. Nach einem Augenblick größter Anspannung wandte sich der Gouverneur Randy zu.

»Mrs Price, Sie haben sehr zur Aufklärung dieses« – er unterbrach sich und warf Morton einen vernichtenden Blick zu – »abscheulichen Missverständnisses beigetragen. Aber ich fürchte, ich kann die Sache trotzdem nicht einfach als erledigt betrachten.«

»Warum nicht?«

»Sie hat den Steuerzahler eine beträchtliche Stange Geld gekostet.«

»Dasselbe würde natürlich auch auf eine Verhaftung von Mr O'Toole zutreffen.«

»Die Öffentlichkeit wird eine zufriedenstellende Erklärung verlangen.«

»Ich bin sicher, dass Sie dieser Aufgabe gewachsen sind, Gouverneur Adams. Denken Sie nur daran, welche Gelegenheit Ihnen das bietet, Unterstützung für die Sache der Indianer zu sammeln, der Sie sich doch ganz gewiss sehr verpflichtet fühlen.«

Er musterte sie scharf.

»Also gut, ich gebe Ihnen mein Wort, dass ich mich sofort mit dem Betrug in Sachen der Lone-Puma-Mine beschäftigen werde. Darf ich Sie und Ihren Sohn in meinem Dienstwagen in die Hauptstadt mitnehmen?«

»Vielen Dank, Gouverneur Adams, aber wir fahren nicht zurück.«

»Du meinst, wir können hierbleiben?«, schrie Scott begeistert. »Oh, Mann, kann ich das gleich Donny sagen?«

Ohne eine Erlaubnis abzuwarten, rannte er an seinem Vater vorbei durch das Tor zurück.

Morton wollte protestieren, doch Adams brachte ihn mit einer ärgerlichen Handbewegung zum Schweigen und wandte sich wieder Randy zu.

»Würden Sie in diesem Fall Mr O'Toole eine Nachricht übermitteln?«

»Sehr gern.«

»Dann sagen Sie ihm bitte, ich werde ein Treffen mit Vertretern des ›Vereinten Rates der Stämme‹, dem BIA, Anwälten meines Büros und den derzeitigen Eigentümern der Mine arrangieren. Ich bin sicher, auch ein Vertreter der Finanzbehörden würde sich gern daran beteiligen. Sobald wir Zeit und Ort festgelegt haben, werde ich mich mit ihm in Verbindung setzen. Und ich würde vorschlagen, dass er in der Zwischenzeit in sein Dorf in der Nähe der Mine zurückkehrt.«

Sie ergriff seine Hand.

»Herzlichen Dank, Gouverneur Adams. Vielen Dank.« Sie schaute Morton nicht mehr an, obwohl er sie mit einem Schimpfnamen bedachte, als sie an ihm vorbeiging. Seine Geringschätzung kümmerte sie nicht im Mindesten. Sie hielt die Augen vielmehr auf den Mann gerichtet, der gleich hinter dem Tor stand. Ihr Herz pochte wild, doch ihr Schritt war sicher und entschlossen.

Als sie sich nur noch wenige Zentimeter von ihm entfernt befand, blickte sie in sein strenges Gesicht.

»Du hast mich mit Gewalt aus diesem Zug herausgeholt«, sagte sie, »und nun hast du mich am Hals. Ich weiß, dass du mich begehrst. Ich vermute, dass du mich sogar liebst, auch wenn du es nicht zugeben willst. Aber vor allem brauchst du mich, Hawk O'Toole. Du brauchst mich, um mich nachts in den Armen zu halten, wenn du allein bist. Du brauchst meine Stärke, wenn du zweifelst. Du brauchst meine Liebe. Und ich die deine.« Sein Gesicht blieb ungerührt. Sie befeuchtete sich nervös die Lippen.

»Außerdem machst du mich zu einem Volltrottel, wenn du mich jetzt zurückschickst.«

Einen kurzen Moment lang blitzten seine Augen erheitert auf. Er griff nach ihren Haaren und wickelte sich eine dicke Strähne um seine Finger, bis er die Kontrolle über die Bewegung ihres Kopfes hatte. Dann schloss sich sein Mund über dem ihren in einem glühenden Kuss.

Epilog

»Ist er nicht schön?«

Randy strich über das glatte, dunkle Haar ihres neugeborenen Sohnes.

»Für ein Halbblut ist er okay.«

Sie schlug Hawks liebkosenden Finger von der Wange des Babys weg.

»Wage es nicht, so über meinen Sohn zu sprechen.«

»Unseren Sohn«, korrigierte sie ihr Ehemann mit einem liebevollen Lächeln und streichelte die Wange des Babys erneut. Es schnaufte und prustete, während es heftig an der Brust seiner Mutter saugte. »Er ist wirklich schön, meinst du nicht auch?«

Hawks Miene drückte Ehrfurcht und Erstaunen aus. Normalerweise war sein Gesichtsausdruck ernst, und das hatte sich auch nicht geändert. Aber anders als noch vor einem Jahr wurden inzwischen seine Gesichtszüge häufig sehr weich – wenn er über Scotts Geplapper lachte, wenn er Randy liebte, wenn sich ihre Blicke an einem öffentlichen Ort trafen, wo sie ihre Liebe nur stumm teilen konnten.

»Sicher ist er schön, aber ich kann schon jetzt Spuren deines Temperaments an ihm erkennen.«

Sie nahm den Kleinen von ihrer Brust. Sein geballtes Fäustchen boxte in die Luft, und das winzige Gesicht verzog sich heftig vor Missfallen.

»Immer mit der Ruhe, du bist nur mit dieser Seite fertig«, tadelte Randy sanft und legte ihn an die andere Brust.

Das Mündchen umschloss sofort wieder ihre Brustwarze, und der Kleine begann, erneut geräuschvoll zu saugen.

Hawk gefiel der gesunde Appetit seines Söhnchens.

»Wenn er immer so reinhaut, dann wird er einmal ein starker Football-Spieler.«

»Ich dachte, das wird Scott.«

»Jedes offensive Team braucht zwei gute Verteidiger. Wir könnten aber auch noch zwei weitere Söhne bekommen und dann das gesamte hintere Feld besetzen. Und dann verkaufen wir sie an das meistbietende Team der ›National Football League‹.«

»Habe ich dazu auch etwas zu sagen?«

»Du könntest nein sagen, jede Nacht, wenn mich nach dir verlangt.« Er beugte sich nieder und küsste sie. »Aber das tust du nicht.«

Sie senkte ihren Blick.

»Wie unfein von Ihnen, das so zu betonen.«

In diesem Augenblick kam eine Krankenschwester mit einer Vase Rosen herein.

»Noch einmal Blumen«, sagte sie zu Randy und stellte sie auf das Nachtkästchen. »Und, wie geht es uns?«, fragte sie mit einem neugierigen Blick über Hawks Schulter.

»Ich glaube, er ist endlich satt.« Randy betrachtete ihren Sohn liebevoll. Er hatte zu saugen aufgehört und schlief nun zufrieden.

»Dann bringe ich ihn in die Babystation zurück.«

»Einen Augenblick noch.«

Hawk hob seinen Sohn hoch, drückte einen sanften Kuss auf die Stirn des Babys, rieb die Nase an seiner Wange und bewunderte das schlafende Gesicht und die kräftigen Glieder, bevor er den Kleinen der Schwester überreichte.

Er begleitete sie zur Tür, als wolle er sicherstellen, dass sie ungestört zur Babystation zurückkam. Als er sich wieder zum Bett umdrehte, stellte er erschrocken fest, dass Randy Tränen in den Augen hatte.

»Was ist los?«

Sie schniefte.

»Nichts. Ich habe nur gerade gedacht, wie sehr ich dich liebe.«

Er setzte sich zu ihr und küsste sie zärtlich.

»Dieser Kuss ist von Scott; er will wissen, wann du sein Brüderchen endlich nach Hause bringst.«

»Sag ihm, nur noch zwei Tage. Wie geht es ihm?«

»Er ist schwer damit beschäftigt, ein Bild für dich zu malen. Er hat versprochen, dass es morgen fertig wird.«

Sie lächelte.

»Darauf freue ich mich. Von wem sind die Blumen?«

Er las die beigefügte Karte.

»Ernie und Leta. Das war bestimmt Letas Idee. Ernie ist eingeschnappt, weil mein Sohn bei der Geburt mehr wog als seiner.«

»Hab ich´s doch gewusst.«

Sie legte eine Hand auf ihren ungewohnt flachen Bauch.

»Hast du Schmerzen?«, fragte Hawk gleich besorgt.

Da seine Mutter bei einer Geburt gestorben war, hatte er während Randys gesamter Schwangerschaft Befürchtungen gehegt. An dem Tag, als er sie ins Krankenhaus fuhr, machte er sich wegen der Entbindung weit mehr Sorgen als Randy selbst.

»Nein, ich habe keine Schmerzen«, versicherte sie ihm. »Ich habe nur Spaß gemacht.«

Sie strich ihm eine Strähne aus der Stirn. Nach ihrer Hochzeit hatte sie erst einmal gezögert, ihre Zuneigung für ihn offen auszudrücken – außer, wenn sie im Bett waren. Aber schon bald hatte sie gemerkt, dass Hawk ihre spontanen Liebkosungen mochte. Wahrscheinlich, weil er sein Leben lang so wenige bekommen hatte.

»Ernie mag mich noch immer nicht«, sagte sie mit einem Blick auf die Rosen.

»Du bist meine Frau.«

»Das heißt?«

»Wenn eine Frau nicht seine Küche oder sein Bett mit ihm teilt, dann ist er ihr gegenüber gleichgültig. Du missverstehst das als Abneigung. Aber ich weiß, dass er dich respektiert.«

»Sein Verhalten mir gegenüber hat sich – zumindest ein wenig – gebessert, als er merkte, dass ich dich nicht aus dem Reservat weglocken würde.«

Hawk streichelte ihren Nacken.

»Er konnte schon in jener ersten Nacht, als ich zu dir in den Pick-up kroch und dir ein Messer an die Kehle hielt, sehen, welch eine starke Verlockung du für mich darstellst.«

Durch die Geburt neigte sie zu Gefühlsschwankungen. Schon wieder kurz vor einem Tränenausbruch, versuchte sie, das Thema zu wechseln.

»Ich bin stolz auf Leta wegen ihres neuen Hauses. Sie haben den zusätzlichen Platz für ihre wachsende Familie wirklich gebraucht.«

»Sie sind in diesem Jahr gut vorangekommen. Wir alle. Weil wir durch dich die Mine wiederbekommen haben«, fügte er leise hinzu.

»Ich habe nur die Dinge ins Rollen gebracht. Es war deine Überzeugungskraft, die alles Weitere geschehen ließ.«

Er beugte sich über sie.

»Habe ich dir schon gedankt?«

»Mindestens zehn Millionen Mal«, erwiderte sie mit einem liebevollen Lächeln und strahlenden Augen.

»Danke, noch einmal.«

Er küsste sie zärtlich.

»Dieser Kuss ist von mir.«

»Ich dachte mir, dass ich deine besondere Art darin spüre.«

»Habe ich dir schon gesagt, wie sehr ich dich vermisse, wie leer mein Bett ohne dich ist, wie sehr ich dich liebe?«

»Heute noch nicht.«

Er küsste sie ein weiteres Mal, arglos, doch dann suchte ihre Zunge nach der seinen, und er stöhnte sehnsuchtsvoll auf. Seine Hand bewegte sich zu ihrem Nachthemd und öffnete es. Begierig und besitzergreifend umfasste er ihre Brust. Als er die klebrige Flüssigkeit spürte, blickte er an Randy hinab. »Ich sehe es gern, wenn du meinen Sohn stillst.«

»Ich weiß. Ich habe es gern, wenn du dabei zuschaust.«

Hawk streichelte leicht ihre dunkle Brustwarze, und eine milchige Perle formte sich auf seinem Daumen. »Er hat nicht alles getrunken. Du hast noch Milch.«

»Jede Menge«, erwiderte sie mit belegter Stimme.

Sein fragender Blick traf den ihren. Ein paar unentschiedene Sekunden lang musterten sie sich gegenseitig.

Dann legte Randy liebevoll eine Hand um seinen Hinterkopf und drückte ihn nach unten.

ENDE